아낌없이
뺏는 사
랑

아낌없이 뺏는 사랑

피터 스완슨 지음 | 노진선 옮김

THE
GIRL
WITH A
CLOCK
FOR A
HEART

푸른숲

샬린에게,

그리고 세상에서 가장 친절한 사람이자

훌륭한 작가인 나의 할아버지

아서 글래드스톤 엘리스(1916~2012)를 기리며

프롤로그

　　　　　조지는 타이어 자국이 깊게 파인 진입로에 들어섰다. 땅거미는 내려앉았지만 아직 집 주위에 둘러쳐진 노란 테이프가 보였다.

　　차를 주차했지만 시동은 끄지 않았다. 뉴에식스의 막다른 길에 숨어 있다시피 한 집을 바라보며 마지막으로 여기 왔던 때는 생각하지 않으려 했다.

　　이 소나무에서 저 소나무로 넓은 원을 그리며 폴리스 라인이 둘러졌고, 현관문에는 흰색과 빨간색 테이프가 X자 모양으로 붙어 있었다. 그는 시동을 껐다. 에어컨이 멈추자마자 숨 막힐 듯한 더위가 밀려들었다. 태양이 나직이 걸린 데다 울창한 소나무가 하늘을 가려 한층 더 어둑했다.

　　조지는 차에서 내렸다. 눅눅한 공기에서는 바다 냄새가 났고,

멀리서 갈매기 소리가 들렸다. 진갈색 목재 가옥은 주위를 둘러 싼 나무들에 섞여 잘 눈에 띄지 않았다. 외벽은 때가 타서 거뭇거뭇했고, 길쭉한 창문 안쪽은 어두워서 아무것도 보이지 않았다.

"폴리스 라인", "넘어가지 마시오"라고 적힌 노란 테이프 아래로 몸을 숙여 안쪽으로 들어갔다. 집 뒤의 썩은 데크로 걸어가며 들어갈 수 있는 미닫이 유리문이 열려 있기를 바랐다. 만약 잠겨 있다면 돌을 던져 유리문을 깰 것이다. 어떻게든 집 안으로 들어가 최대한 빨리 둘러보며 경찰이 놓친 단서를 찾아볼 작정이었다.

유리문에도 테이프가 붙어 있었지만 문이 잠겨 있지는 않았다. 조지는 서늘한 실내로 들어갔다. 집 안에 들어가면 무서울 줄 알았는데 오히려 비현실적일 정도로 차분해졌다. 마치 백일몽을 꾸는 것처럼.

찾아야 할 물건이 뭔지는 몰라도 보면 알 거야.

경찰이 집 안을 샅샅이 뒤진 흔적이 역력했다. 곳곳에 지문 채취용 가루가 한두 줄씩 남아 있고, 마약을 녹이는 데 사용한 스푼도 커피 테이블에서 사라졌다. 조지는 제일 큰 침실이 있는 저택 동쪽으로 향했다. 한 번도 들어가 본 적이 없는 방이었다. 난장판으로 어질러졌을 거라고 예상하며 문을 열었지만 의외로 말끔하게 정돈되어 있었다. 천장이 낮은 널찍한 침실로, 꽃무늬 침구를 씌운 킹사이즈 침대와 맞은편에 놓인 두 개의 서랍장이 있었다. 서랍장 위에 세워진 테 없는 사진틀의 지저

8

분한 유리 너머로 빛바랜 폴라로이드 사진이 보였다. 생일 파
티 사진과 졸업식 사진이었다.

서랍을 열어봤지만 아무것도 없었다. 낡은 옷가지와 헤어
브러시, 상자에 든 향수병들뿐이었다. 모두 뽀얗게 먼지가 내
려앉았고 꽃향기 같은 좀약 냄새가 풍겼다.

카펫이 깔린 계단은 아래층으로 이어졌다. 현관 옆의 층계
참을 지날 때는 그 얼굴을 떠올리지 않으려고 노력했다. 하지
만 결국에는 그녀가 쓰러졌던 곳, 얼굴이 잿빛으로 변하며 죽
어간 곳을 유달리 오래 바라보았다.

계단을 다 내려와서는 왼쪽으로 돌아 퀴퀴한 냄새가 나는
지하실로 들어갔다. 넓은 지하실에는 창문이 없었다. 벽에 달
린 전등 스위치를 켜봤지만 이미 전기가 끊겼는지 불이 들어오
지 않았다. 미리 뒷주머니에 넣어둔 소형 플래시를 꺼내 희미
한 불빛으로 지하실을 비췄다. 중앙에 놓인 아름다운 빈티지 당
구대에는 초록색이 아닌 빨간색 펠트가 깔렸고, 당구공이 여기
저기 흩어져 있었다. 저쪽 모퉁이에는 높은 바 테이블과 스툴
대여섯 개가 있고, "조지 디켈 테네시 위스키"라고 적힌 대형 거
울이 벽에 걸려 있었다. 거울 앞 빈 선반에는 한때 술병이 줄줄
이 진열되어 있었을 테지만 다 마시고 버린 지 오래였다.

찾아야 할 물건이 뭔지는 몰라도 보면 알 거야.

조지는 다시 위층으로 올라가 작은 침실 두 개를 훑어보며
최근 그 방에 살았던 사람의 흔적을 찾아보려 했지만 아무것도

없었다. 경찰도 같은 생각이었을 테니 조금이라도 중요하다고 생각되는 증거는 모두 가져갔으리라. 그래도 조지는 직접 와서 찾아봐야 했다. 분명 무언가 나올 것이기 때문이다. 틀림없이 그녀가 무언가 두고 갔을 것이다.

마침내 거실 책꽂이의 눈높이쯤 되는 선반에서 그걸 찾아냈다. 하얀색 양장본으로, 마치 도서관에서 빌린 책처럼 비닐 커버가 씌워져 있었다. 보트 사용설명서라든가 가이드북, 오래전에 출간된 아동용 백과사전 같은 실용서들 속에서 단연 두드러졌다. 같은 선반에 다른 소설도 있었지만 모두 대중적인 스릴러 소설 문고본이었다. 마이클 크라이튼이나 톰 클랜시의 책 같은.

그는 책등을 쓰다듬었다. 가늘고 우아한 빨간색 글씨체로 제목과 작가 이름이 새겨져 있었다.《레베카》, 대프니 듀 모리에.

그녀가 가장 좋아하는 책이었다. 유일하게 좋아하는 책. 그들이 처음 만난 대학 1학년 때 그녀가 선물로 주기도 했다. 추운 겨울밤에는 기숙사 방에서 이 책을 큰 소리로 읽어주었다. 그는 책 속의 몇 구절을 아직도 외우고 있었다.

책을 꺼내 책장이 우둘투둘하게 잘린 옆면을 쓸어내렸다. 그러자 갑자기 책이 6페이지에서 벌어졌다. 두 문장 주위로 깔끔하게 그린 네모가 눈에 들어왔다. 그녀가 그런 식으로 책에 표시를 해두던 게 기억났다. 형광펜을 쓰지도, 밑줄을 긋지도 않고 그냥 단어와 문장, 문단 주위로 깔끔하게 네모를 그릴 뿐이었다.

처음에는 네모 안의 글귀가 눈에 들어오지 않았다. 책이 6페이지에서 펼쳐진 건 우연이 아니라 거기에 엽서가 끼여 있었기 때문이다. 엽서 뒷면은 오래되어 살짝 누렇게 바랬고, 아무것도 적혀 있지 않았다. 엽서를 뒤집었더니 폐허가 된 마야 시대 유적지 사진이 인쇄돼 있었다. 바다를 배경으로 관목이 우거진 절벽 위의 허물어진 유적인데 옛날 엽서라서 바다와 잔디가 촌스러울 정도로 새파랬다. 그는 다시 엽서를 뒤집었다. 맨 밑에 이렇게 적혀 있었다. "멕시코 킨타나로 주, 툴룸의 마야 유적지."

1

금요일 오후 5시 5분, 사무실에서 나온 조지 포스는 폭염이 기승을 부리는 보스턴의 끈끈한 공기를 가르며 곧장 술집인 잭 크로로 걸어갔다. 나오기 전 세 시간 동안은 다시 작성한 일러스트레이터와의 계약서를 꼼꼼하게 교정한 다음, 창밖의 연푸른 도심 하늘을 멍하니 바라보았다. 사람들이 보스턴의 기나긴 겨울을 싫어하듯이 그는 보스턴의 늦여름을 싫어했다. 더위에 지친 나무들과 누렇게 시든 공원을 바라보고 길고 습한 밤에 시달리다 보면, 옷이 살에 달라붙지 않고, 뼛속까지 지치지도 않고, 숨이 잘 쉬어지는 뽀송한 가을 날씨가 그리워졌다.

조지는 셔츠가 땀에 젖지 않기를 바라며 잭 크로까지 남은 여섯 블록을 가능한 한 천천히 걸어갔다. 차들은 도심의 매연을 빠져나가려고 좁은 도로를 따라 앞다투어 달렸다. 이 동네 주민들은 오늘 저녁 1차 장소로 웰플릿이나 에드거타운, 케네벙크포트, 혹은 비교적 가까운 거리에 있는 해안가 마을의 술집을 점찍어두었을 것이다. 하지만 조지에게는 잭 크로로 충분했다. 술맛은 그저 그랬지만 주인인 프랑스계 캐나다인이 늘 실내 온도를 냉동 창고처럼 서늘하게 유지했기 때문이다.

그리고 아이린을 만난다는 사실 자체가 즐거웠다. 마지막으로 본 지 2주가 넘었다. 지인이 주최한 칵테일 파티에서였는데 둘은 거의 말을 섞지 않았다. 그날 조지는 먼저 자리를 떴고, 아이린은 그런 그를 짐짓 화난 척 노려보았다. 만남과 헤어짐을 반복한 그들의 관계에 또다시 주기적인 위기가 닥친 것일까? 두 사람은 15년 전, 지금 조지의 직장인 문학잡지사에서 처음 만났다. 당시 아이린은 초보 편집자였고, 그는 회계부 직원이었다. 유명한 문학잡지사의 회계부서는 문학을 좋아하지만 문학적 재능은 없는 사람에게 완벽한 직장이었다. 이제 조지는 그 침몰하는 배의 경영 관리자인 반면, 아이린은 출세 가도를 달린 끝에 나날이 규모가 확장되는 〈글로브〉지의 온라인 콘텐츠 부서에서 일한다.

그들은 2년 동안 완벽한 커플이었다. 하지만 이후 13년간은 상대의 수고를 점점 당연히 여기고, 서로를 비난하고, 가끔씩 바람도 피우며 상대에 대한 기대치가 끊임없이 낮아졌다. 자기들이 평범한 결말을 맞이할 평범한 커플이라는 생각은 포기한 지 오래였지만 여전히 단골 술집에서 만났고, 서로의 일상을 시시콜콜 털어놓았으며, 가끔씩 같이 자기도 하고, 무엇보다 서로에게 가장 좋은 친구였다. 그래도 주기적으로 각자의 위치를 재정립하고 대화를 나눌 필요가 있었다. 하지만 오늘 밤에는 그러고 싶지 않다고 조지는 생각했다. 아이린 때문은 아니었다. 여러 면에서 그녀를 향한 조지의 마음은 변함이 없었다. 그보다는 인생 전반에 대한 감정 때문이었다. 마흔이 다 되어가니 세상이 서서히 바래가는 듯했다. 누군가와 미친 듯이 사랑에 빠져 가정을 이룬다거나, 출세를 하겠다거나, 일상에서 벗어나게 해줄 놀라운 일이 일어날 거라는 기대가 자연스럽게 사라지는 나이가 된 것이다. 그렇다고 이런 기분을 입 밖에 낸 적은 없었다. 어쨌거나 그에게는 안정된 직장이 있고, 보스턴의 좋은 동네에 살았으며, 머리숱도 그대로였으니까. 하지만 대부분은 멍한 상태에서 무료한 나날을 보냈다. 아직 상조 회사 앞에서 걸음을 멈추지는 않았지만 지난 몇 년간 설레는 일은 전혀 없었다. 새로운 친구나 여자를 사귀는 데도 관심이 없었다. 연봉은 점점 늘어갔지만 일에 대한 열정은 시들해졌다. 예전에는 매달 잡지가 나올 때마다 자부심과 성취감을 느꼈지만 요즘에는 잡지에 실린 글도 거의 읽지 않았다.

잭 크로 출입문으로 다가가며 조지는 오늘 아이린의 기분이 어떨지 생각했다. 올여름 그녀에게 몇 번 데이트를 신청했다던 이혼남 얘기가 틀림없이 나올 것이다. 만약 그녀가 데이트를 승낙하면 어떻게 될까? 두 사람 사이가 진지해지고 마침내 자기는 개밥에 도토리 신세가 된다면? 조지는 아무 감정이나 느껴보려 했지만 대신 그 많은 여가 시간을 뭘 하며 보내나 하는 생각만 들었다. 그 시간을 어떻게, 누구와 함께 채운단 말인가?

조지는 불투명한 유리가 끼워진 문을 밀치고 들어가 곧장 늘 앉는 자리로 갔다. 나중에야 그때 자기가 분명 바 모퉁이에 앉아 있던 리아나 덱터 옆으로 지나갔으리라는 사실을 깨달았다. 다른 날이었다면, 날씨가 그렇게 덥지 않거나 사는 게 덜 시들한 날이었다면 금요일 밤 자신의 단골 술집에 온 몇몇 손님들을 훑어보았을 것이다. 한때는 창백한 피부에 풍만한 몸매의 여자가 바에 홀로 앉아 있기만 하면 리아나일지도 모른다는 생각에 가슴이 철렁했다. 지난 20년간 조지는 그녀와의 재회를 꿈꾸기도 하고 두려워하기도 했다. 그리하여 세상 곳곳에서 그녀의 일부와 마주쳤다. 비행기 여승무원에게서 그녀의 머리카락을 보고, 케이프 해변에서 그녀의 육감적인 몸매를 보고, 심야의 라디오 재즈 방송에서 그녀의 목소리를 들었다. 심지어 반년 동안은 진 할롯이라는 포르노 배우가 리아나라고 확신해 신원을 조사하기까지 했다. 하지만 진 할롯은 노스다코타 출신으로 아버지가 목사이고 본명은 칼리 스웬슨이었다.

조지는 칸막이 좌석에 앉아 웨이트리스에게 올드 패션드를 주문하고, 낡은 메신저백에서 오늘 자 〈글로브〉지를 꺼냈다.

바로 이 순간을 위해 낱말 맞추기 퍼즐을 아껴두었다. 아이린은 6시가 되어야 올 것이다. 칵테일을 한 모금 마시고 가로세로 낱말 퍼즐을 푼 다음, 마지못해 스도쿠로 넘어가고 점블 퀴즈(주어진 단어의 빈칸을 채우는 퀴즈—옮긴이)까지 거의 다 풀었을 때 뒤에서 아이린의 익숙한 발소리가 들렸다.

"자리 좀 바꾸자." 인사 대신 그녀가 말했다. 보스턴의 보통 술집들과 달리 잭 크로에는 텔레비전이 한 대뿐이었고, 조지보다 훨씬 더 충성스럽고 열성적인 레드삭스 팬인 그녀는 텔레비전이 더 잘 보이는 자리에 앉고 싶어 했다.

조지는 칸막이 좌석에서 빠져나와 그녀의 입꼬리에 키스하고(크리니크 화장품과 알토이스 박하사탕 냄새가 났다) 반대편 자리에 앉았다. 그 자리에서는 떡갈나무로 만든 바 테이블과 바닥부터 천장까지 이어지는 전면 유리창이 보였다. 밖은 아직 환해서 길 건너 브라운스톤 저택들 위로 핑크색 태양이 살짝 고개를 내밀고 있었다. 유리창에 반사된 햇빛 덕분에 불현듯 바 한쪽 모퉁이에 홀로 앉은 여자가 눈에 띄었다. 레드 와인을 마시며 책을 읽는 여자를 보자 리아나와 닮았다는 생각에 마음이 설레었다. 리아나와 똑같았다. 하지만 이런 설렘은 전에도 숱하게 겪었다.

조지는 아이린에게로 눈을 돌렸다. 그녀는 오늘의 특별 메뉴와 맥주가 적힌 바 뒤의 칠판을 돌아보는 중이었다. 늘 그렇듯 더위에 전혀 흐트러지지 않은 모습이었다. 짧은 금발은 이마를 시원하게 드러내며 양쪽 귀 뒤로 쓸어 넘겼고, 눈꼬리 쪽이 올라간 핑크색 뿔테 안경을 쓰고 있었다. 전에도 저 안경이었던가?

아이린은 알라가시 화이트 와인을 주문한 뒤, 이혼한 편집자와 계속 썸 타는 사연을 구구절절 늘어놓았다. 시비조가 아닌, 평상시처럼 수다스런 어조에 조지는 마음이 놓였다. 이혼남과의 사연은 점차 한때의 해프닝이 되는 듯했지만 조지는 그이면에 감춰진 그녀의 비난을 감지할 수 있었다. 비록 이혼남이 뚱뚱하고, 머리를 뒤로 묶고 다니고, 수제 맥주 제조에 빠져있다 할지라도 그와 사귀면 훨씬 더 안정된 미래가 기다리고 있을 터였다. 최근 조지와의 관계처럼 그저 칵테일을 마시고, 이야기를 나누며 깔깔 웃고, 어쩌다 가끔씩 섹스를 하는 데 그치지 않으리라는 뜻이다.

조지는 아이린의 말을 들으며 칵테일을 홀짝거렸지만 눈으로는 계속 바에 앉은 여자를 바라봤다. 자기가 보는 것이 리아나의 유령도, 쌍둥이처럼 닮은 누군가도 아닌 진짜 리아나 덱터라는 착각에서 벗어나게 해줄 몸짓이나 사소한 증거가 나오기를 기다렸다. 만약 저 여자가 리아나라면 그녀는 변했다. 살이 5킬로그램 쪘다거나 머리를 짧게 자르는 식으로 눈에 띄게 변했다는 뜻이 아니라 어딘가 달라 보였다. 좋은 쪽으로. 마치언젠가 굉장한 미인이 될 가능성을 품고 있던 이목구비가 마침내 한껏 피어난 것처럼. 대학생 시절의 젖살은 모두 빠지고, 광대뼈는 더욱 도드라지고, 머리칼은 조지가 기억하는 것보다 갈색이 더 많이 도는 금발이었다. 보면 볼수록 리아나가 분명했다.

"내가 막 질투하고 그런 타입은 아닌데 말이야, 아까부터 누굴 그렇게 보는 거야?" 아이린이 그렇게 말하며 고개를 돌려 재빨리 바 부근을 훑어봤다.

"대학 동창 같은데 잘 모르겠어."

"내 눈치 보지 말고 가서 물어봐."

"아냐, 괜찮아. 친한 사이도 아니었어." 조지는 거짓말을 했다. 그러자 왠지 목덜미에 거미가 기어가는 듯한 불안감이 물결처럼 퍼져 나갔다.

두 사람은 술을 더 시켰다. "좀 괴짜 같은데." 조지가 말했다.

"누구?"

"그 이혼남."

"아, 신경이 쓰이긴 하는 모양이네." 아이린은 화장실에 다녀오겠다면서 자리를 떴고, 덕분에 조지는 맞은편의 리아나를 제대로 볼 수 있었다. 젊은 샐러리맨 둘이서 재킷을 벗고, 넥타이를 느슨하게 풀면서 그녀를 가리기는 했어도 그들의 움직임 사이로 리아나를 뚫어지게 바라보았다. 그녀는 하얀 셔츠를 입었고, 대학 때보다 살짝 짧아진 머리카락은 한쪽으로 모아 늘어뜨렸다. 액세서리는 전혀 하지 않는데 대학 때도 그랬던 기억이 났다. 목과 붉게 달아오른 가슴 위쪽의 피부는 크림처럼 새하얘서 음란해 보일 지경이었다. 리아나는 읽던 책을 가방에 넣고, 아까도 종종 그랬듯이 실내를 훑어보며 누군가를 찾는 듯했다. 조지는 그녀가 일어나서 움직이기를 기다렸다. 걸음걸이를 봐야 확실히 알 것 같았다.

마치 그의 생각대로 일이 풀리듯이 여자가 푹신한 스툴에서 내려왔고, 스커트 자락이 잠시 허벅지에 붙었다가 떨어졌다. 발이 바닥에 닿자마자 그녀는 조지 쪽으로 걸어왔다. 그 순간, 모든 의심이 사라졌다. 리아나가 틀림없었다. 마더 대학 1학년 때 만난 후로 거의 20년 만이었다. 엉덩이를 느릿하게 흔드는 걸음걸이는 의심의 여지가 없었고, 마치 누군가의 머리 너머를 보려는 듯 고개는 빳빳이 들어 뒤로 살짝 젖혔다. 조지는 메뉴판을 들어 얼굴을 가린 채 의미 없는 글자들을 바라보았다. 가슴이 쿵쾅거렸다. 에어컨이 켜져 있는데도 손에서 땀이 나기 시작했다.

리아나가 그의 곁을 막 지났을 때 아이린이 다시 자리로 돌아왔다. "저기 당신 동창이네. 인사 안 해?"

"아직 확실히 모르겠어." 조지가 대답했다. 목소리에서 느껴지는 당황한 기색을 아이린도 알아차렸을까?

"좀 더 마실까?" 아이린이 물었다. 화장실에서 립스틱을 덧바르고 나온 듯했다.

"당연하지. 근데 장소 옮기자. 아직 환할 때 산책도 할 겸."

아이린이 웨이터에게 손짓하자, 조지는 지갑을 꺼냈다.

"내가 낼 차례야. 기억 안 나?" 아이린은 그렇게 말하며 두둑한 지갑에서 신용카드를 꺼냈다. 그녀가 계산하는 동안, 리아나가 다시 옆으로 지나갔다. 이번에는 멀어지는 뒷모습과 눈에 익은 걸음걸이를 지켜볼 수 있었다. 얼굴뿐 아니라 몸매도 한층 더 성숙해졌다. 대학 시절에도 그녀의 몸매는 조지의 이상형이었으나 지금은 더 근사해졌다. 늘씬하게 뻗은 다리는 발목으로 갈수록 가늘어졌고, 팔 안쪽은 우유처럼 뽀얗고, 몸의 굴곡은 더욱 살아났는데 운동으로 만들어진 것이 아니라 오로지 타고나야만 가능한 몸매였다.

조지는 이 순간을 여러 번 상상했지만 왠지 결말까지 상상한 적은 없었다. 리아나는 단지 한때 조지의 마음을 아프게 한 여자 친구가 아니었다. 그가 알기로는 수배 중인 범죄자였다. 그것도 젊은 날의 치기 어린 실수가 아닌 그리스 비극에 나올 법한 범죄를 저질렀다. 한 명은 확실히 죽었고, 다른 한 명도 죽었을 확률이 높았다. 조지는 경찰에 신고해야 한다는 도덕적 책임감을 느끼는 한편 어떻게 해야 할지 결정할 수 없어 마음이 무거웠다.

"갈까?" 아이린이 자리에서 일어나자, 조지도 함께 일어났다. 발뒤꿈치로 쿵쿵 소리를 내며 빠르게 걷는 그녀를 따라 페인트가 칠해진 마룻바닥을 가로질렀다. 스피커에서 니나 시몬의 〈시너맨Sinnerman〉이 따다단 흘러나왔다. 출입문을 밀치고 밖으로 나가자, 퀴퀴하고 찌는 듯한 공기가 훅 밀려오면서 아직 습한 저녁이 그들을 맞이했다.

"2차는 어디로 갈까?" 아이린이 물었다.

조지는 움직이지 않았다. "모르겠어. 그냥 우리 집으로 갈까?"

"좋아." 아이린은 그렇게 대답했지만 우두커니 서 있는 조지를 보고 다시 덧붙였다. "아니면 이 찜통 속에 계속 서 있든지."

"미안해. 갑자기 몸이 안 좋아. 집에서 쉬어야 할 거 같아."

"아까 그 여자 때문이야?" 아이린이 고개를 돌려 출입문의 불투명한 유리 너머를 바라보았다. "설마 마더 대학의 그 미치광이는 아니지? 그 여자 이름이 뭐였지?"

"그럴 리가. 아냐." 조지는 거짓말을 했다. "오늘은 그만 가는 게 좋겠어."

조지는 집으로 걸어갔다. 바람이 점점 거세지더니 비컨힐의 좁은 길 사이로 쌩쌩 소리가 났다. 시원한 바람은 아니었지만 그래도 양팔을 벌리자 땀이 마르기 시작했다.

아파트에 도착한 조지는 옥외 계단에 앉았다. 잭 크로에서 집까지는 겨우 두 블록 떨어져 있었다. 리아나와 한잔하면서 보스턴에는 무슨 일로 왔는지 물어볼 수도 있었다. 오랫동안 그 순간을 상상하며 그녀와의 재회를 고대했건만, 막상 만나니 공포 영화의 한 장면처럼 곧 머리에 도끼가 박힐 줄도 모르고 헛간 문을 여는 기분이었다. 그는 두려웠고, 몇 십 년 만에 처음으로 담배가 피우고 싶었다. 리아나는 그를 만나려고 잭 크로에 온 걸까? 만약 그렇다면 무엇 때문에?

평소였다면 그냥 집에 가서 노라에게 밥을 주고 침대로 기어들어 갔을 것이다. 하지만 8월 밤의 무언가가 단골 술집에서 봤던 리아나의 존재와 합쳐져 무슨 일이 일어날 것만 같은 느낌이 들었다. 그리고 그것이야말로 바라던 바였다. 좋은 일이든, 나쁜 일이든 무언가 일어날 것이다.

이 정도 시간이 흘렀으면 리아나가 분명 갔으리라는 확신이 들 때까지 조지는 계속 앉아 있었다. 혼자서 레드 와인을 마시며 오래 앉아 있지는 못할 것이다. 그제야 다시 잭 크로에 가보기로 마음먹었다. 만약 그녀가 갔다면 다시는 못 만날 테고, 아직 있다면 인사를 건네리라.

잭 크로로 걸어가는 동안 더 뜨겁고 거세진 바람이 그의 등을 떠밀었다. 술집 앞에 도착하자 망설임 없이 문을 밀치고 안으로 들어갔다. 그 순간, 바에 앉아 있던 리아나가 고개를 돌려 그를 바라보았다. 그를 알아봤는지 눈동자가 조금 밝아졌다. 원래 몸짓이 요란한 타입은 아니었다.

"역시 너구나." 그가 말했다.

"응, 나야. 잘 있었어, 조지?" 그가 기억하는 담담한 말투로 리아나가 말했다. 마치 오늘 아침에도 만났다는 듯이 태연하게.

"저쪽에서 널 봤어." 조지가 뒤쪽을 향해 고갯짓했다. "처음에는 잘 모르겠더라고. 네가 좀 변해서 말이야. 그러다 네가 옆을 지나갈 때 확실히 알았지. 집으로 가다가 다시 돌아왔어."

"네가 돌아와서 정말 다행이야." 리아나는 단어 사이에 적절한 간격을 넣었고, 마지막에는 살짝 혀를 찼다. "사실…… 내가 여기…… 이 술집에 온 건…… 널 만나기 위해서야. 네가 이 근처에 산다는 걸 알고 있었어."

"그래?"

"네가 알아봐줘서 기뻐. 먼저 다가갈 용기는 없었거든. 네가 날 어떻게 생각할지 아니까."

"그럼 나보다 날 더 잘 아네. 난 내가 널 어떻게 생각하는지 잘 모르는데."

"나에 대해서라기보다 그 사건에 대해서 말이야." 조지가 술집에 돌아온 후로 그녀의 자세는 변함이 없었지만, 그 순간 음악 속 타악기 소리에 맞춰 손가락 하나로 바 테이블을 부드럽게 톡톡 두드렸다.

"아, 그거." 조지는 마치 무슨 사건을 말하는지 기억을 더듬기라도 하듯이 말했다.

"응, 그거." 리아나는 그렇게 대꾸했고 둘은 함께 웃었다. 그녀는 몸을 살짝 돌려 조지의 눈을 똑바로 봤다. "나 걱정해야 해?"

"걱정하다니?"

"용감한 시민이 날 체포하는 거냐고. 내 얼굴에 술도 뿌리고." 그녀의 눈가에 전에 없던 주름이 살짝 잡혀 있었다.

"지금 경찰이 오는 중이야. 난 시간을 끄는 중이고." 조지는 계속 미소를 지었지만 부자연스럽게 느껴졌다. "농담이야." 리아나가 아무 대꾸도 없자 그가 덧붙였다.

"알아. 좀 앉을래? 시간 있어?"

24

"실은…… 약속이 있어. 가봐야 해." 조지의 입에서 천연덕스럽게 거짓말이 나왔다. 이렇게 바로 곁에서 그녀의 살 냄새를 맡으니 갑자기 아찔해졌고, 어서 도망치고 싶은 동물적 충동마저 들었다.

"아, 괜찮아." 리아나가 얼른 대답했다. "하지만 너한테 꼭 부탁할 게 있어."

"그래?"

"우리 다시 만날 수 있을까? 내일은 어때?"

"너도 보스턴에 살아?"

"아니, 난 그냥…… 친구를 만나러 왔어……. 사정이 좀 복잡해. 하지만 너와 할 얘기가 있어. 물론 네가 싫다고 해도 이해해. 나도 별 기대는 안 해, 그러니까―."

"좋아." 그녀의 말을 자르며 조지가 대답했다. 나중에 취소해도 된다는 생각이었다.

"나랑 만나겠다는 거야?"

"물론이지. 네가 보스턴에 머무는 동안에 보자. 경찰에는 신고하지 않을게. 네가 어떻게 지내는지 듣고 싶어."

"정말 고마워." 그녀가 코로 숨을 크게 들이쉬자 가슴이 들썩였다. 주크박스에서 음악이 흘러나오고 있었는데도 왠지 빳빳한 흰 셔츠가 그녀의 살갗에 사각사각 스치는 소리가 들리는 듯했다.

"내가 여기 사는 건 어떻게 알았어?"

"찾아봤어. 인터넷으로. 별로 어렵지 않던데?"

"이젠 리아나라는 이름은 쓰지 않겠지?"

"그렇게 부르는 사람은 몇 명 없어. 지금은 다들 날 제인으로 알고 있지."

"휴대전화 있어? 나중에 전화할게."

"휴대전화는 없어. 애초부터 없었어. 여기서 다시 만나는 게 어때? 내일 정오에." 조지는 그녀의 눈이 보일 듯 말 듯하게 움직이며 자기 얼굴을 살피는 걸 알아차렸다. 속마음을 읽으려는 것이다. 아니면 얼굴에서 예전 그대로인 건 무엇이고 변한 건 무엇인지 찾아내려고 했거나. 조지의 머리카락은 관자놀이 쪽이 희끗해졌고, 이마에는 주름이 생겼고, 입가 주름은 깊어졌다. 그래도 아직까지는 몸에 군살도 없고, 살짝 모성 본능을 자극하는 잘생긴 얼굴이었다.

"그러자. 여기서 봐. 점심에도 영업하니까." 조지가 말했다.

"아직 확신이 안 선 말투네."

"널 다시 만나겠다는 확신은 없지만 안 만나겠다는 확신도 없어."

"중요한 일이 아니었다면 이렇게 찾아오지 않았을 거야."

"알았어." 조지는 그렇게 대답하며 나중에 취소해도 된다고, 일단 약속을 잡아서 결정을 미루는 것뿐이라고 생각했다. 후에 조지는 리아나와의 만남을 거절해야 할 때가 또 올 거라고 생각했다. 그에게는 정의를 구현해야 한다거나 심지어 그때의 사건을 종결시키고 싶은 마음조차 없었고, 따라서 경찰에게 알려야 한다고도 생각하지 않았다. 리아나가 연루된 사건은 이미 오랜 과거의 일이다. 하지만 그후로 그녀가 계속 도망 다닐 만큼 나쁜 짓이었고, 아마 남은 평생을 그래야 할 것이다. 휴대전화가 없는 게 당연했다. 또한 공공장소, 다시 말해 보스턴에서도 번잡한 동네의 교차로에 자리한 이 술집, 여차하면 얼른 달아날 수 있는 곳에서 만나고 싶어 하는 것도 당연했다.

"그래, 내일 올게." 조지가 말했다.

리아나가 미소 지었다. "정오에 만나."

2

　　그들은 대학 입학 첫날 만났다. 조지의 기
숙사 조교는 멀대같이 생기고 성격이 까칠한 2학년생이었는데
기숙사 4인실에서 열리는 생맥주 파티에 신입생 몇 명을 데리
고 갔다. 조지도 조교를 따라 사람들로 발 디딜 틈 없는 계단을
올라가 찜통처럼 후덥지근한 4인실로 들어갔다. 천장이 높고,
창틀은 앉을 수 있게 소파처럼 꾸며졌고, 마룻바닥은 홈집투성
이었다. 조지는 사우어 비어를 마시며 같은 기숙사에서 생활하
는 신입생 마크 슈마허와 잡담을 나눴지만, 마크가 곧 떠나면
서 매력적인 상급생들 속에 홀로 남게 되었다. 상급생들은 자
기들끼리 이야기하며 요란하게 웃어대느라 그에게는 관심도
없었다. 그는 딱 한 잔만 더 마시고 파티장을 떠나기로 마음먹
었다. 반대편에 있는 생맥주통까지 가는 길을 눈으로 파악한 다

음, 체크무늬 셔츠와 카키색 바지 차림의 남학생들 사이를 비집고 나갔다. 맥주통 꼭지를 향해 손을 뻗은 순간, 한 여학생이 선수를 쳐서 먼저 꼭지를 눌렀다. 하지만 립스틱이 묻은 여학생의 컵에 떨어지는 건 픽 빠지는 공기와 거품뿐이었다.

"술이 다 떨어졌나 봐." 여학생이 말했다. 갈색이 도는 금빛 생머리는 턱 바로 밑까지 내려왔고, 푸르디푸른 눈동자는 서로 멀찌감치 떨어져 하트형 얼굴 양옆에 자리했다. 미간이 넓은 탓에 인상이 약간 흐릿했지만 그래도 대학에 와서 본 여자 중에 제일 예뻤다.

"떨어진 거 맞아?"

"모르겠어." 여학생은 '어'를 길게 늘여 빼며 말했는데 그렇다면 뉴잉글랜드 주 출신이 아니라는 뜻이다. "이런 술통은 처음이라서. 넌 이거 다룰 줄 알아?"

조지도 처음이었지만 일단 한 발짝 나아가 그녀의 컵을 가져갔다. "아마 이 통을 흔들어야 할 거야. 나도 잘 모르지만 그렇게들 하던데."

"너도 신입생이야?"

"응." 꼭지에서 쏟아지는 맥주가 반은 컵으로 떨어지고, 나머지 반은 손목을 타고 셔츠 소매로 흘러내렸다.

두 사람은 열린 창문 옆에서 그녀의 담배를 돌려 피우기도 하고, 밤늦게 캠퍼스를 탐험하며 그날을 함께 보냈다. 대학 예배당과 행정관을 잇는 아치 아래서 키스도 했다. 조지는 농부의 아들인 아버지가 가금류를 도축하는 기계를 발명했는데 한 대를 팔 때마다 할아버지가 평생 농사하며 모은 돈보다 더 많은 돈을 벌어들인다고 말했다. 그녀는 아버지가 사고 현장마다 쫓아다니는 작은 마을의 변호사라고 했고, 조지의 손이 셔츠 안으로 들어오자 자기는 보수적인 남쪽 지방 출신이라서 집을 떠나 대학에 왔다는 이유만으로 의미 없는 섹스를 할 생각은 없다고 말했다. 상대를 비난하지 않는 담담한 말투와 순진할 정도의 직설적인 화법, 게다가 손에 살짝 닿았던, 얇은 새틴 브라 속 풍만한 가슴까지 더해져 조지는 곧바로 사랑에 빠지고 말았다.

조지는 그녀를 기숙사까지 바래다준 다음, 반쯤 뛰다시피 캠퍼스를 가로질러 자신의 기숙사로 돌아왔다. 방에 들어가 신입생 오리엔테이션 안내서를 들고 낯선 잠자리로 들어갔다. 거기에 그녀의 이름과 주소가 있었지만 사진은 없었다. 그래도 사진이 붙어 있어야 할 빈 자리와 이름을 뚫어지게 바라보았다. 이런 여자는 지금껏 만나본 적이 없었다. 감정을 억누르거나 아니면 자기 의견을 고집할 줄밖에 모르는 조지네 식구들과 달리 그녀는 자신을 숨김없이 드러냈고, 생각하는 대로 말하는 듯했다. 술통 옆에서 마주쳤을 때는 도발적이면서도 지극히 순진무구한 눈초리로 그를 바라보았다. 마치 막 태어난 아기 같아서 어딘가 오싹하게 느껴질 정도였다. 그러다 그녀의 굶주린 키스가 떠올랐다. 거칠게 밀착시키는 입술, 간질이는 혀, 그의 목을 끌어당기던 손. 제대로 인사도 못한 룸메이트가 맞은편 침대에서 요란하게 코를 골아댔다. 조지는 사각팬티 안으로 손을 넣었고 금세 절정에 도달했다.

다음 날 아침 잠에서 깼을 때 그의 머릿속에는 독립이나 대학 생활, 곧 듣게 될 수업이 아니라 오로지 리아나 생각뿐이었다. 숙취 때문에 약간 어지러웠지만 그녀를 만나기 위해 학교 식당에 가서 혼자 세 시간 동안 앉아 있었다. 리아나는 11시가 돼서야 다른 여학생과 함께 나타나더니 곧장 시리얼이 있는 쪽으로 갔다. 샤워를 했는지 머리칼은 아직 젖어 있었고, 딱 달라붙는 카키색 바지에 흰색 면 티를 입었다. 그녀를 다시 보자 조지는 입이 바짝 말랐다. 멋있어 보이고 싶은 마음에 늘 마시던 포도 주스 대신 커피를 가지러 갔다가 색색의 시리얼을 담는 그녀와 우연히 마주친 척했다.

"안녕, 또 만났네." 일부러 졸리고 관심 없는 말투로 조지가 말했다.

리아나는 그에게 룸메이트인 에밀리를 소개한 뒤, 합석하자고 제안했다. 필라델피아 사립 고등학교 출신으로 색이 바랜 아이조드(Izod, 캐주얼 의류 브랜드—옮긴이) 티셔츠에 테니스 스커트를 입은 에밀리는 두 사람을 배려해서인지 아니면 무시해서인지 통밀 시리얼을 반 그릇만 먹고 자리를 떴다. 리아나와 조지는 서로를 바라보았다. 낮에 본 그녀는 전날 밤보다 훨씬 더 아름다웠다. 천장이 높은 식당으로 새어 들어오는 적나라한 햇빛 속에서도 얼굴은 말갛고 모공 하나 찾아볼 수 없었다. 투명한

31

푸른색 눈동자에는 회녹색 반점들이 섞여 있었다. "실은 널 만나려고 여기서 세 시간이나 기다렸어." 조지가 사실대로 털어놓았다.

웃음을 터뜨릴 거라는 그의 예상과 달리 리아나는 이렇게 말했다. "기분 좋은데."

"시리얼을 몇 그릇이나 먹었는지 몰라."

"더 일찍 올 수도 있었는데 에밀리가 함께 가자면서 옷을 한 시간이나 갈아입지 뭐야. 별로 친해질 거 같지 않아."

그후 석 달간 둘은 늘 붙어 다녔다. 다른 친구들도 사귀고 각자만의 시간을 보내려고 애를 썼지만 밤이면 대개 다시 만났다. 설사 두 기숙사 중간에 있는 대학 예배당의 춥고 캄캄한 그늘에서 키스만 하고 헤어질지라도. 리아나가 섹스에 대해 했던 말은 농담이 아니어서 서두를 생각이 전혀 없어 보였다. 하지만 조금씩 진도가 나간 끝에 조지의 룸메이트 케빈이 외박하는 11월 말 어느 날, 두 사람은 긴장한 채 알몸으로 조지의 침대에 눕게 되었다.

"준비됐어." 그녀가 말하자, 조지는 고등학교 2학년 때부터 가지고 다녔던 콘돔을 서투르게 씌웠다. 그런 다음, 무릎을 세우고 누워 있는 리아나의 허리를 한 손으로 잡고, 다른 손으로 그녀의 허벅지 안쪽을 잡은 채 천천히 들어갔다. 리아나는 엉덩이를 들어 올려 그를 맞이했고, 머리를 뒤로 살짝 젖힌 채 도톰한 아랫입술을 깨물었다. 그녀의 엉덩이가 움직이는 느낌보다 바로 그 표정 때문에 부끄럽게도 조지는 곧바로 사정하고 말았다. 그가 사과하자 리아나는 웃으며 진하게 키스했다. 그녀는 섹스가 처음이라고 했지만 다행히도 출혈은 없었다. 며칠 후 시험을 일찌감치 끝낸 에밀리가 펜실베이니아 주의 집으로 떠나자, 그후로 일주일간 조지는 리아나의 기숙사 방에서 지냈다. 동부 해안 전체에 지독한 눈보라가 몰아치는 바람에 마더 대학 기말고사 절반이 연기되었다. 두 사람은 함께 공부하고, 카멜 라이트를 줄줄이 피워대고, 가끔씩 기숙사에서 나와 학교 식당에 가고, 섹스를 했다. 조지가 오래 버티면서도 리아나가 가장 빨리 절정에 도달하는 방법을 찾아 모든 체위를 다 시도했다. 매일매일 낮은 문 뒤에 감춰진 새로운 세상을 발견하는 기분이었다. 조지에게 그 강렬한 일주일은 슬픔과 맞닿아 있었다. 책을 많이 읽은 터라 첫사랑은 오래가지 못한다는 걸 알았기 때문이다. 이 사랑이 영원히 계속되기를 바랐던 그의 소원은 결국 이루어졌다. 접이식 침대보다 더 크지도, 더 편하지도 않은 리아나의 싱글베드에서 보낸 일주일은 그의 기억 속에 낙인처럼 찍혔기 때문이다.

시험이 끝나고, 일시적으로 세상을 뒤덮었던 얼음이 녹아 개울처럼 흘러내려 길은 진창으로 변했다. 크리스마스를 이틀 앞두고 둘은 작별 인사를 나눴다. 리아나는 자동차로, 조지는 기차로 고향에 돌아가야 했다.

리아나는 플로리다 주에 있는 부모님 집 전화번호를 알려췄지만 제발 전화하지 말라고 사정했다. "사실상 내가 집에 있을 확률은 거의 없어. 그러니 제발 전화하지 마. 만약 같은 대학 남학생에게서 전화가 온 걸 알면 부모님은 내게 정조대를 채울 거야."

"정말이야?"

"응." 리아나는 모음을 길게 늘여 빼는 남부식 억양으로 대답했다. 평소 조지가 생각했던 플로리다 여자의 이미지와 전혀 어울리지 않는 억양이었다. 플로리다 하면 서핑과 스포츠카가 떠올랐지만, 리아나의 고향인 스위트검의 아이들은—멕시코계나 흑인은 없고 모두 백인이었다—컨트리 음악을 듣고 픽업트럭을 몬다고 했다.

"그럼 네가 전화해." 조지는 그렇게 말하며 부모님 집 전화번호를 적어주었다.

"그럴게."

하지만 리아나는 전화하지 않았다.

그리고 1월이 되어 마더 대학에 돌아온 조지는 소식을 듣게 되었다.

그녀는 학교에 돌아오지 않았다.

고향인 플로리다의 집에서 자살했다고 했다.

3

　　오전 11시 45분, 조지는 잭 크로의 첫 손님이었다. 그가 이곳을 좋아하는 데는 여러 이유가 있지만 최근 보스턴에 불어닥친 브런치 열풍에 아직 굴복하지 않은 것도 그중 하나였다. 주말에도 점심에야 영업을 시작했고, 에그 베네딕트를 먹고 평소보다 세 배나 비싼 블러디 메리를 마시려고 가게 앞에 줄 선 사람들도, 길모퉁이에서 연주하는 재즈 트리오도 없었다.

　　아직 오전인데도 잭 크로는 냉동실처럼 써늘했다. 김빠진 맥주 냄새와 그보다 약간 더 강한 소독약 냄새가 풍겼다. 웨이트리스가 한 명도 보이지 않기에 조지는 바 테이블로 가서 뉴캐슬 한 병을 주문했다.

　　"일찍 왔군." 주인은 그렇게 말하며 자르던 레몬을 다시 자르기 시작했다.

"더위가 지긋지긋해, 맥스."

"동감이야."

조지는 바에 있던 구겨진 신문을 집어 들고 뒤쪽 칸막이 좌석으로 가 출입문이 보이는 자리에 앉았다. 신문을 펼쳤지만 도무지 기사에 집중할 수 없어서 신문 너머로 출입문 쪽만 바라봤다. 맥주를 다 마시고 나니 12시 10분이었다. 그때까지 출입문은 세 번 열렸다. 처음에는 슈트케이스를 끄는 일본인 커플이 들어왔고, 그다음에는 우체부가 들어와 고무줄로 묶은 우편물 뭉치를 바에 툭 던지고 갔다. 세 번째로는 단골인 로렌스가 들어왔다. 로렌스가 늘 앉는 자리, 즉 바에서 멀고 부엌에서 제일 가까운 자리로 곧장 가는 동안, 조지는 신문을 살짝 올려 얼굴을 가렸다.

두 번째 맥주를 주문하려고 자리에서 일어나니, 아까는 보이지 않던 웨이트리스 켈리가 바 뒤에서 술잔을 닦고 있었다. 조지가 바를 향해 걸어가는 동안, 그녀 뒤에 있던 벽전화기가 울렸다. 전화기를 낚아채 턱과 어깨 사이에 끼운 켈리는 "잭 크로입니다"라고 말하더니 잠시 침묵하다 눈을 들어 조지를 보았다. "네, 알아요. 지금 바로 앞에 있어요. 기다리세요." 조지가 바 앞에 서자, 그녀가 전화기를 건넸다. "어떤 여자가 당신을 찾는데?" 켈리는 어깨를 으쓱였다.

조지는 전화기를 받아 들었다. 누구일지 짐작이 갔다.

"여보세요?"

"여보세요, 조지? 나 리아나야."

"무슨 일 있어?"

"아니. 근데 약속을 못 지킬 거 같아. 내가 누구한테 차를 빌려줬는데 그 친구가 지금 어디 있는지 모르겠어. 혹시 네가 이쪽으로 올 수는 없을까?"

"거기가 어딘데?"

"뉴에식스. 어딘지 알아?"

"물론이지. 노스쇼어에 있잖아. 예전에 가봤어."

"너 차 가지고 있니? 나 데리러 올 수 있겠어?" 떨리는 목소리였다. 그리고 평상시와 다르게 말투가 빨랐다.

"너 괜찮아?"

"응. 그냥 차를 타고 나갈 수 없을 뿐이야."

"정말?"

"어제 네가 말한 대로야. 괜찮다고 할 수는 없지만 안 괜찮다고 할 수도 없어. 약간 곤경에 처하긴 했어. 지금 이 순간이 그렇다는 게 아니라 전반적으로. 그래서 네가 날 좀 도와줬으면 해."

조지가 곧바로 대답하지 않자 그녀가 물었다. "듣고 있니?"

"응. 듣고 있어."

"나도 너한테까지 도움을 청하고 싶지는 않았어. 정말이야. 그래도 일단 내 얘길 들어주면 좋겠어."

"지금 전화로 할 순 없는 거야?"

"얼굴 보고 말하고 싶어. 차 있니?"

"있어."

"그럼 여기로 날 데리러 와서 일단 내 말을 들어줘. 날 믿어도 돼. 나도 널 믿으니까. 여차하면 경찰에 전화해서 내 주소를 알려줘."

조지는 코로 숨을 들이쉬고 켈리를 바라봤다. 켈리는 그의 빈 맥주병을 힐끗 보더니 소리 없이 "한 잔 더?"라고 입을 뻥긋거렸다. 조지는 고개를 저었다.

"좋아. 갈게. 정확히 주소가 어디야?"

"고마워, 조지. 비치 로드라고 알아? 여긴 친구 집인데 세인트 존이라는 오래된 석조 교회 바로 뒤에 있어."

"알았어. 어딘지 알 거 같아."

"오른쪽에 교회가 보이면 캡틴 소여 레인이라는 비포장도로가 나올 거야. 그 길 맨 끝에 있는 집이야. 집이라기보다 오두막이지. 기다리고 있을게. 오후에 아무 때나 와."

"알았어."

"정말, 정말 고마워."

조지는 전화기를 다시 켈리에게 건넸다. "아하." 강한 보스턴 억양으로 켈리가 말했다. "동네 술집으로 전화가 걸려오는 건 결코 좋은 징조는 아니지."

"고마워, 켈. 혹시 나 없을 때 전화가 오거든 메시지 좀 받아줘."

"흥, 누구 마음대로?"

조지는 맥주와 음식을 시킬까 하다가 그냥 바로 리아나에게 가기로 했다. 그녀와 통화하고 나니 속이 거북했다. 자기 삶에 다시 리아나가 들어와서가 아니라, 정말로 겁에 질린 목소리였기 때문이다. 술집에서 나와 차를 주차해둔 주차장까지 짧은 두 블록을 걸어갔다.

조지는 결코 자동차 애호가는 아니지만, 사브 900은 유일하게 사랑에 빠진 차였다. 대학 졸업 직후에 16만 킬로미터를 주행한 중고 사브를 구입해 다시 16만 킬로미터를 탄 후, 또 다른 사브를 찾아 헤맸다. 그후로 계속 사브만 갈아탔는데 지금이 네 번째였다. 처음 구입한 사브는 SPG(Special Performance Group)로 1986년 당시에는 1500대가량만 생산되었고, 색깔도 모두 진회색이었다. 사브를 주차장에 보관하려면 꽤 많은 돈이 들었지만 그래도 이렇게 아끼는 차를 거리에 둘 순 없었다.

리아나가 말한 곳은 보스턴 북쪽 지역으로, 밀리지 않으면 차로 45분 정도 걸렸다. 두 개의 작은 만 사이에 낀 뉴에식스는 바닷가의 오래된 채석장 마을이었다. 보스턴에서 사용되는 화강암 절반이 그곳에서 채굴되었고, 그걸 증명이라도 하듯 땅에는 엄청나게 큰 구멍이 뚫려 있었다. 하지만 사람들이 뉴에식스에 가는 가장 큰 이유는 튀긴 조개를 먹고 증기선을 타고 바위가 흩어진 해안가를 구경하고, 항구 주변의 낡은 오두막을 개조한 키치적인 감성의 갤러리를 찾아가기 위해서였다.

조지가 뉴에식스 도심에 도착했을 때는 1시 반이 조금 넘은 시간이었다. 도심 한가운데 위치한 작은 로터리로 들어가 중심에 세워진, 화강암으로 조각된 채석공 석상을 돌아 나와 비치 로드가 있는 북쪽으로 향했다. 오늘도 후텁지근했다. 하늘은 회청색이고, 상록수들 사이로 언뜻언뜻 보이는 산산한 바다는 회색빛이었다. 조지는 표지판을 찾으려고 속도를 늦췄다. 길모퉁이를 도니 전방에 종탑과 석조 교회가 보였다. 한 노인이 남색 바지에 남색 셔츠 차림으로 교회 정원 벤치에 앉아 졸고 있었다. 등을 꼿꼿이 세우고 있었지만, 턱이 가슴에 닿은 걸 보니 불현듯 노인이 죽었는데 세상은 그걸 모르는 게 아닐까 하는 생각이 들었다. 아니면 햇볕 아래 잠든 노인을 깨우지 않기로 했거나.

교회를 지나자 비치 로드는 급격히 커브를 틀어 내륙으로 파고들었다. 바다는 소나무 숲에 가려 더는 보이지 않았다. 캡틴 소여 레인이라고 적힌 표지판은 바래다 못해 읽을 수가 없을 지경이었다. 조지는 바퀴 자국이 심하게 파인 캡틴 소여 레인으로 들어서서 몇 백 미터쯤 나아갔다. 숲에 가려 잘 보이지 않는 1970년대식 목재 가옥 하나를 오른쪽으로 지나쳤다. 앞으로 계속 갔더니 길이 끝나는 곳에 지붕널을 얹은 낡은 오두막하나가 나왔다. 허물어질 듯한 현관 계단 앞에 하얀색 크라이슬러 닷지가 주차되어 있지 않았다면 폐가인 줄 알았을 것이다. 조지는 닻지 뒤에 주차하고 시동을 끈 다음, 차에서 내렸다. 진입로에는 자갈과 조개껍질이 깔렸고, 오두막 뒤에는 습지로 된 만과 이 집보다 더 오래되고, 더 심하게 허물어질 듯한 잔교가 보였다. 조지는 현관 계단을 올라가 페인트가 칠해지지 않은 현관문을 노크했다. 아무런 인기척도 없었다. 바다에서 불어오는 미풍에 주위 소나무들이 부드럽게 흔들렸다. 조지는 다시 노크했다. 문은 마치 내부가 부식된 것처럼 텅 빈 느낌이었다. 막 문을 열어보려는데 집 옆에서 한 남자가 돌아 나오며 말했다. "여자는 여기 없어."

키가 작고 말끔하게 차려입은 남자였다. 이 동네에서는 흔히 볼 수 없는 고급 실크 셔츠에 양복바지 차림으로 얼굴에는 적대적인 미소를 띠고 있었다. "여자라뇨?" 조지가 물었다.

남자가 한층 더 환하게 웃더니 두 발짝 더 다가왔다. "시치미를 떼시겠다?" 남자는 아침으로 와인을 잔뜩 마시기라도 한 것처럼 이가 회자줏빛이었다.

"그러는 당신은 누굴 찾아왔습니까?" 형세를 역전시키고자 조지가 따져 물었다. 남자는 키가 꽤 작았지만 움직이는 품새가 꽤 위협적이어서 조지는 저절로 몸이 움츠러들었다. 주둥이에 입마개를 씌우고, 줄로 묶어놓은 핏불테리어가 떠올랐다.

"나야 제인을 찾아왔지." 핏불이 말했다. 마치 제인이 두 사람 모두의 친구라는 듯이. "제인이 여기서 지내니까. 그러는 넌 무슨 일로 왔지?"

"전 세일즈맨입니다." 조지는 계단을 내려가 남자와 똑같이 평지에 섰다. 핏불은 그보다 족히 30센티미터는 작아 보였다. 더 작으면 모를까.

"뭘 파는데?"

"물어봐주시니 고맙군요. 전 영생을 팝니다." 조지는 핏불과 악수하기 위해 손을 내밀었다. 손바닥에서 땀이 났지만 리아나 혹은 제인을 계속 모르는 척하고 싶었다. 또한 자신을 나뭇가지 부러뜨리듯 쉽게 두 동강 낼 수 있을 법한 남자와 이 어두운 숲속에 단둘이 있는 게 딱히 무섭지 않은 척하고 싶었다.

두 사람은 악수를 했다. 예상대로 남자의 손은 메마르고 차가웠다. 손을 빼려고 했지만 남자는 엄지로 조지의 손등을 꾹 누른 채 놓아주지 않았다. 조지는 그저 손가락을 편 채 가만히 있을 수밖에 없었다. 핏불은 손을 더욱 세게 쥐며 손가락 관절을 일그러뜨렸다. "으악." 조지는 비명을 지르며 손을 빼려 했다.

"움직이지 마." 이제 핏불은 능글맞게 웃었고, 조지는 그 말대로 가만히 있었다. 남자가 조금만 더 힘을 주었다가는 손가락 관절이 분쇄기 속 바위처럼 으스러질 게 분명했다.

"대체 왜 이러는지─."

"쉬. 조용히 해. 딱 한 번만 물어볼 테니까 사실대로 말해. 아니면 손가락을 다 분질러버릴 거야. 전에도 그런 적이 있었는데 솔직히 정말 하기 싫었어. 내가 비위가 좀 약하거든. 물론 피는 아무리 봐도 괜찮아. 하지만 사람 손이 자갈 든 장갑처럼 축 처지는 느낌은 정말 싫단 말이야. 생각만 해도 속이 울렁거려. 그러니까 나도 하고 싶지 않다고. 너도 싫을 테니 아는 대로 다 말해, 알았어? 마지막으로 제인을 본 게 언제지?"

조지는 잠시 망설였다. 1초도 안 되는 짧은 순간이었지만 거짓말할 이유가 없다는 결론을 내리기에는 충분했다. "어젯밤에 봤습니다. 보스턴에서."

"보스턴 어디?"

"비컨힐에서요. 잭 크로라는 술집입니다. 제인은 오랜 친구예요. 대학 동창이라서 언제 한번 만나자고 했더니 이 주소를 알려주더군요. 오늘 만나러 오라고 했어요. 그뿐입니다."

"왜 거짓말했지?" 가까이서 보니 핏불의 얼굴은 도토리 모양이었다. 이목구비가 작고 피부는 밀랍 같았으며, 얼굴 전체를 바늘로 콕콕 찌른 것처럼 작은 모공이 있었다. 코는 싸움에 두어 번 진 것처럼 납작 내려앉았는데, 정말로 누군가에게 졌으리라고는 믿기지 않았다. 짧게 자른 머리에는 젤을 듬뿍 발랐고, 애프터셰이브 로션인지 뭔지 알코올이 듬뿍 들어간 화장품 냄새가 났다.

"그건…… 제인의 과거에 문제가 있다는 걸 아니까요. 지금 당신이 왜 이러는지는 모르지만요. 게다가 당신은 제인이 피해 다닐 사람처럼 보였고요."

남자는 껄껄 웃었다. 활짝 웃는 듯도 싶었다. 마치 자기에 대한 평가가 마음에 들었다는 듯이. "이봐, 나보다 먼저 그년을 보거든 좆빠지게 도망 다니라고 전해. 하지만 그년도 이미 알고 있을 거야. 넌 이름이 뭐지?"

"조지 포스라고 합니다." 가짜 이름이 튀어나오려는 걸 참으며 말했다. 신문이 끝나가는 느낌이 들었고, 손을 망가뜨리고 싶지 않았다.

"좋아, 조지. 넌 사실대로 말했고 그 점이 마음에 들어. 내이름도 알려줄까?"

"정 알려주고 싶다면요."

핏불은 고개를 뒤로 젖히고 다시 껄껄 웃었다. 턱과 목이어찌나 매끈한지 오늘 아침 이발사에게 제대로 면도를 받은 듯했다. 손아귀가 약간 느슨해진 것을 느낀 조지는 이대로 손을빼고 달아날까 고민했다.

"네가 맘에 든다, 조지. 그러니 내 이름을 알려주지. 우리가호형호제할 수 있도록 말이야. 난 조지아 주에서 온 도니 젠크스야. 누가 거짓말을 하면 귀신같이 알아채는데 넌 하지 않았어. 우리 우정이 처음 시작됐던 그 엉터리 대화만 제외하고 말이야. 그러니 또 제인을 만나거든 도니 젠크스가 왔다고 전해. 알았어?"

"다시 만날 생각은 없지만 알았습니다, 그러죠. 약속해요."

"마지막으로 내가 가기 전에 뭘 좀 남기고 싶어. 내가 얼마나 진지한지 네가 알 수 있도록 말이야."

도니 젠크스는 잡고 있던 조지의 오른손을 잡아당겼다. 조

44

지가 앞으로 끌려가며 엉덩이가 돌아가는 순간, 도니도 몸을 돌려 조지의 신장이 있는 쪽에 주먹을 날렸다. 허리 아래쪽에서 무언가가 살짝 터지는 느낌과 함께 통증이 밀려왔고 조지는 털썩 주저앉았다. 기절할 것처럼 눈앞이 캄캄해졌다.

"도니 젠크스야. J—E—N—K—S. 제인에게 네년은 인생 조졌다고 전해. 그나마 그 인생도 며칠 남지 않았다고. 너도 그년을 도우려고 했다가는 명줄 재촉하는 거야. 내가 한 말, 다 기억하겠어?"

조지는 간신히 고개를 끄덕였고, 남자는 뒤돌아 걸어갔다. 진입로 위에서 그의 로퍼가 우드득 소리를 냈다.

입 안이 침으로 흥건해졌고, 조지는 고개를 돌려 격렬하게 토했다. 먹은 지 오래된 아침과 점심에 먹은 술을 다 토해낸 후에도 구역질은 멈추지 않았다. 닷지에 시동이 걸리더니 차 소리가 멀어졌다. 조지는 몇 센티미터 더 기어가 아프지 않은 쪽으로 돌아누워 고개를 숙인 채 10분간 그대로 있었다. 잘게 부순 조개껍질 위에 쏟아낸 자신의 토사물을 바라보면서.

4

조지는 3시 조금 전에 보스턴에 도착했다. 오는 길에 병원에 들를까 생각했지만 그냥 계속 운전했다. 파열됐을지 모를 신장을 치료하고 싶은 마음보다 어서 집에 가고 싶은 마음이 더 컸다. 어지럽고 울렁거리는 증상은 사라졌어도 운전대를 왼쪽으로 돌릴 때마다 옆구리의 찢어진 부위가 더 벌어지는 느낌이었다. 본능적으로 옆구리를 만지며 혹시라도 차에 피가 떨어지지 않았는지 확인했다.

조지는 주차장으로 들어가 사브를 주차했다. 차 상태가 어떠냐고 묻는 주차장 직원 마우리시오에게 열쇠를 건네며 애써 미소를 지은 다음, 집까지 반 블록을 걸어갔다. 가파른 길이 평상시보다 훨씬 길게 느껴졌다. 봄과 가을, 겨울에는 쾌적하지만 여름에는 지린내와 쓰레기 냄새가 진동하는 보행자 전용 도로 맨 끝에 호화로운 연립주택이 있었고, 그 건물 꼭대기가 그의 집이었다. 다락을 개조한 그 집은 건물 뒤쪽에 설치된 계단으로 올라가야 했다.

그런데 계단 맨 아래 칸, 전날 밤 조지가 앉았던 바로 그 자리에 리아나가 앉아 있었다. 창백하고 초조해 보였으며, 무릎을 꼭 맞댄 채 팔꿈치를 양 무릎에 하나씩 올리고 한 손으로 턱을 받치고 있었다. 옆에는 낡은 검은색 가죽 가방이 있었는데 딱 떨어지는 사각형 모양이었다.

"네가 왜 여기 있는 거야?" 조지가 물었다.

"저기, 미안해, 난—."

"좀 꺼져줄래? 비켜." 조지는 그렇게 말하며 그녀를 빙 둘러 갔다.

"저기, 내가 다 설명할게. 술집으로 전화했는데 넌 이미 떠났더라고. 내 친구가 차를 가지고 돌아왔어."

"그래도 계속 기다렸어야지. 내가 가는 중이라는 거 알았잖아." 조지는 기절하지 않으려고 애쓰며 신중하게 계단을 올라갔다.

"그걸 설명하려고 그래. 날 쫓는 사람이 있는데 그 사람이 내가 사는 곳을 알아낸 거 같아."

"설마 그 사람이 도니 젠크스는 아니겠지?"

리아나는 헉하고 숨을 들이쉬었다. "맙소사. 그 사람 여기 있니? 너 괜찮아?"

"괜찮아. 그냥……." 그는 말을 멈추고 뒤를 돌아보았다. 리아나가 골목을 살펴보고 있었다.

"그 사람이 여기까지 널 따라왔어?" 그녀가 물었다.

그럴 가능성은 전혀 생각하지 못했다. "몰라. 그럴지도 모르지. 나보다 먼저 떠났지만 그렇다고 날 미행하지 말란 법은 없으니까. 어쨌든 그자가 곧 들이닥칠 테니까 넌 가는 게 좋겠어." 조지는 리아나를 내려다보았다. 작고 연약한 몸에 어깨는 한없이 가냘파 보였다.

"어디 다치진 않았어? 다쳤지? 내가 보기에 넌 분명 다쳤어." 그녀는 두 발짝 다가와 그의 팔에 손을 올렸다. "내가 어떻게 해줄까?"

"여길 떠나줘. 그게 네가 해줄 수 있는 일이야. 평생 딱 세 번 맞았는데 다 널 아는 사람에게 맞았어. 그러니 제발 좀 가줘." 조지는 계속 계단을 올라갔고, 그녀는 뒤따라왔다. 등 뒤로 그녀의 존재가 느껴지자 주먹을 날리고 싶었다. 도니 젠크스와 만난 후로 그나마 있는 줄 알았던 용기가 다 사라져버렸고, 자기가 얼마나 겁쟁이인지 처절하게 깨달았다. 이 충격이 가시고 나면 한바탕 울 것 같았다. 그런 자신이 한심했지만 동시에 살아남아서 다행이라는 생각이 들었고, 어서 집에 들어가 혼자 있고 싶었다.

현관문에 열쇠를 밀어 넣는 손이 부들부들 떨렸다. 리아나가 바로 뒤에서 간청하는 목소리로 말했다. "조지, 너한테 부탁이 있다니까. 귀찮게 해서 정말 미안한데 부탁할 사람이 너뿐이야."

지금 뒤돌아보면 후회하리라는 걸 본능적으로 알고 있었다. 하지만 조지는 돌아보았다. 높이 뜬 태양 아래서 눈물로 반짝이는 그녀의 눈동자는 피한 채 대충 얼굴이 있는 쪽만 바라봤다. 그녀의 눈썹은 살짝 올라갔고, 걱정스럽다는 듯 양쪽 입꼬리가 처져 있었다. "딱 하나만 부탁할게. 그것만 들어주면 도니 젠크스는 영원히 사라질 거야. 내가 장담하는데 절대 위험한 일이 아니야."

조지는 그녀의 헤어라인을 바라보았고, 얼굴이 굳어지는 걸 느꼈다.

"부탁이야." 리아나의 목소리가 계단통에 메아리치자 예전의 그녀, 그들이 처음 만났던 때의 미숙하던 열여덟 살 여대생이 떠올랐다. 마침내 조지는 입을 열었다.

"만약 널 집으로 들였다가 네 친구가 나타나려는 낌새가 조금이라도 보이면 바로 경찰에 신고할 거야."

"그렇게 해. 절대 그럴 일 없을 테니까."

그는 문을 열어둔 채 집 안으로 들어갔다.

리아나가 뒤따라 들어왔고, 현관문이 닫히며 매끄러운 딸칵 소리가 났다. 두 사람은 10년 넘게 조지가 살았던 집으로 들어섰다. 굵직한 기둥들이 가로지르는 천장은 비스듬히 기울어졌고 큼직한 채광창을 새로 냈으며 부엌은 최신식으로 설계되었다. 여름에는 덥고 겨울에는 추웠지만 그래도 조지는 이 집을 좋아했다. 가장 넓은 벽에 책꽂이를 설치하고, 1950년대풍의 값비싼 가구들을 한두 점씩 들여놓았지만 열다섯 살짜리 메인쿤 고양이인 노라가 모두 할퀴어 아랫부분이 너덜너덜해졌다.

"넌 늘 책을 좋아했지." 리아나가 거실 반대편으로 시선을 던지며 말했다.

조지는 노라의 턱을 긁어주고는 욕실로 들어갔다. 수돗물을 받아 진통제 네 알을 삼킨 다음, 밖으로 나갔다. 리아나는 거실 한가운데 서서 꿈꾸듯이 채광창을 올려다봤다. 리아나 덱터가 내 집에 있다. 조지는 생각했다. 꿈이 아니야. 리아나가 내 앞에 있어.

"마실 것 좀 줄까?"

"물 한 잔만. 그리고 조지, 들어오게 해줘서 고마워. 너한테는 쉽지 않은 일이라는 거 알아."

조지는 물컵 두 개를 들고 가서 리아나에게 하나를 건넨 다음, 패브릭 윙체어에 앉았다. 리아나는 등을 꼿꼿이 세운 채 낮은 소파 가장자리에 걸터앉았고, 상판에 타일을 붙여 만든 커피 테이블에 물컵을 내려놓았다. "도니가 찾아올 줄 알았다면 절대 너한테 와달라고 하지 않았을 거야. 그것만은 알아줘."

"난 아무것도 모르겠어." 조지는 물을 길게 들이켜며 차라리 맥주를 마실 걸 그랬다고 후회했다. 그러고는 최대한 통증이 덜 느껴지는 자세로 앉았다.

50

"너한테 설명해야 한다는 거 알아. 전부 다 말할게. 하지만 널 다치게 할 의도는 전혀 없었어. 도니와 무슨 일이 있었는지 말해봐."

조지는 도니와 있었던 일을 모두 세세히 들려주었다. 새로 알게 된 사실들과 자기가 얼마나 무서웠는지도.

"미안해." 리아나가 말했다.

"이제 그자가 왜 널 쫓는지 말해봐. 그 정도는 설명해줄 수 있지?"

리아나는 남은 물을 마셨고, 조지는 위아래로 움직이는 그녀의 울대뼈를 바라봤다. 집 안으로 들어오는 환한 햇빛을 받은 그녀는 간밤에 봤을 때보다 훨씬 아름다웠다. 넓적한 가죽 벨트가 달린 남색 펜슬 스커트에 작고 검은 물방울이 찍힌 블라우스를 입었다. 얼굴과 달리 다리는 갈색으로 살짝 그을려 있었다. 머리는 뒤로 모아 집게핀으로 묶었고, 투명한 얼굴에는 화장기가 전혀 없었다. 스트레스를 받고 있다는 유일한 흔적은 눈 밑의 다크서클뿐이었다. "물 좀 더 줄래?" 그녀가 말했다.

조지는 자리에서 일어났다. "차라리 맥주를 마실래? 나도 마시려는 참인데."

"좋아." 그녀가 대답하자, 조지는 맥주통 앞에서 둘이 처음 만났던 때가 떠올랐다. 그 얘기를 꺼내려다가 그만두기로 했다. 둘 중 먼저 감상에 젖어야 할 사람이 있다면 그건 자신이 아니었다.

조지는 냉장고에서 뉴캐슬 두 병을 꺼내 뚜껑을 딴 다음, 거실로 돌아갔다. 리아나에게 맥주를 건네고 다시 윙체어에 앉았다. 노라가 윙체어의 다리를 긁어대다가 그의 무릎으로 폴짝 뛰어올라 가르릉거리더니 아예 자리를 잡으며 손님을 노려보았다. 노라는 원래 여자 손님을 달가워하지 않았다.

리아나는 맥주를 한 모금 마시고, 윗입술에 묻은 거품을 핥더니 뒤로 살짝 기댔다. "신발 좀 벗어도 될까?"

"물론." 조지가 대답했다. 리아나가 샌들 끈을 풀려고 몸을 숙이자, 심플한 흰 브라 안에 모아진 핏기 없는 가슴이 언뜻 보였다. 그녀는 다시 허리를 세우고 두 다리를 들어 올려 옆으로 뉘고 팔걸이에 몸을 기댔다. 조지로서는 음 하나하나까지 모두 알지만 지난 20년간 전혀 듣지 못했던 노래를 다시 듣는 기분이었다. 저게 리아나가 의자에 앉는 자세였다. 대학 1학년 때 그녀의 기숙사 방에서 수백 번쯤 봤을 것이다. 어떻게 저토록 익숙한 모습을 까맣게 잊고 있었을까? 마치 그의 마음을 읽은 듯 리아나가 말했다. "옛날로 돌아간 거 같다."

"그러네." 조지가 대답했다.

리아나는 맥주를 한 모금 더 마시더니 입을 열었다. "도니 젠크스는 날 찾아내라고 고용된 사람이야. 고용한 사람은 제럴드 매클레인이라고 매클레인 가구 회사 소유주지. 주로 남부에 매장이 있는데 텔레비전 광고도 해. 하지만 그건 모두 가짜야. 거의 확실해. 제럴드는 엄청나게 많은 현찰을 취급해. 내가 알기로는 해외에서 도박 사이트를 운영하는데 그거 말고도 꽤나 수상한 투자 회사를 운영하고 있어. 어쨌거나 돈이 아주 많은 사람이야. 난 애틀랜타에 있는 본사에서 1년간 그의 개인 비서로 일했어. 또 애인이기도 했고."

"그리고 그 남자는 유부남이겠지."

"유부남이긴 한데 부인이 아파. 젊은 여자야. 제럴드보다 훨씬 젊은데 곧 죽을 거야. 벌써 죽었을지도 몰라. 췌장암이거든. 제럴드의 두 번째 부인이지. 그리고 제럴드는 날 세 번째 부인으로 삼을 생각이 없다고 분명히 말했어. 좀 충격이었지."

"세 번째 부인이 되고 싶었어?"

"솔직히 말하면 아니야. 다만 그렇게 쉽게 버림받을 줄 몰랐어. 우리가 무슨 대단한 사랑을 한다는 환상은 전혀 없었지만 그래도 그저 돈이나 받는 애인은 아니라고 생각했거든. 자존심 때문이었나 봐. 너도 잘 알겠지만 난 지난 20년간 그다지 합법적인 삶을 살지 못했어. 처음에 제럴드를 만났을 때는 그냥 돈 많은 노인이라고만 생각했지. 당시 외국에 살고 있었는데 그가 미국에 다시 돌아올 수 있는 기회를 줬어. 신원증명서를 요구하지도 않았고, 내게 월급을 준다는 기록도 남기지 않았지. 모든 게 만족스러웠어.

그러다 차츰 그의 사업에 대해 많이 알게 됐어. 그가 소유한 현금의 대부분이 규제 없는 뉴욕 의류 사업의 자子펀드로 운용되고 있다는 사실도. 제럴드는 애틀랜타에서 투자자들을 끌어들여 엄청나게 높은 수익률로 이윤을 제공해. 그 돈은 다시 뉴욕으로 흘러들어 가고, 제럴드는 물건이 판매될 때마다 수수료를 챙기지. 전형적인 피라미드 수법이야. 투자자들은 자기들이 카리브 해 지역에서 운영되는 도박 사이트에 투자한 줄 알 거야. 정확히 어떻게 돌아가는지는 나도 모르지만, 합법적인 부분도 있고 아닌 부분도 있어. 도박 사이트는 실제로 존재하지만 거기서 돈을 얼마나 벌어들이는지는 모르겠어. 예전에 제럴드가 뉴욕에서 온 사람과 하는 얘길 들었는데 새로운 자금이 유입되지 않으면 파산할 거랬어. 피라미드 방식이지만 덕분에 제럴드는 부자가 됐지. 게다가 늘 현찰이 쌓여 있는 걸로 봐서 소득 신고는 실제 수입보다 훨씬 적게 할 거야. 나도 월급을 현찰로 받았어. 당연히 기록도 남지 않았고. 그런데 제럴드가 내게 싫증이 난 거야. 어느 날 밤, 술에 취해 부인 얘기를 꺼내더니 부인이 죽는 즉시 떠나라고 했어. 자기 회사에서도, 침대에서도. 아까 말했듯이 충격이었지."

"그래서 어떻게 했어?"

리아나는 스커트 가장자리를 만지작거렸다. "제럴드의 돈을 훔쳤어. 딱히 어렵지는 않았어. 제럴드는 늘 카리브 해 섬의 어떤 은행에 현찰을 송금하니까. 난 그냥 현찰이 많이 들어올 때를 기다렸다가 훔치면 그만이었지. 50만 달러였어."

"그러고도 무사할 줄 알았어?" 조지가 물었다.

"들키긴 하겠지만 제럴드가 딱히 신경 쓰지 않을 거라고

54

생각했어. 그가 원하는 것, 그러니까 인생에서 날 쫓아내는 대가 치고는 작은 듯했으니까. 또 난리를 칠 정도로 큰 액수라고 생각하지도 않았는데 내 짐작이 틀렸나 봐. 제럴드는 화가 많이 났는지 도니를 고용해 날 찾으라고 했어. 제럴드가 그런 사람을 알고 있다는 사실조차 의외였어. 내가 너무 순진했지."

"도니가 널 쫓는다는 건 어떻게 알았어?"

"돈을 훔친 다음, 코네티컷 주의 외딴 곳으로 가서 현금을 받는 모텔에 한동안 숨어 있었어. 도니가 어떻게 날 찾아냈는지는 모르겠어. 하루는 카지노 바에서 저녁을 먹고 있는데 두 자리 떨어진 스툴에 앉아 있던 그가 말을 걸었어. 인상은 별로였지만 술을 사주겠다길래 그러라고 했지. 그런데 이야기를 나누던 중에 갑자기 내 이름을 부르는 거야."

"제인이라고?"

"응. 사실 그 이름을 쓴 지 꽤 됐어. 내 이름으로 어때?"

"잘 어울려."

"내가 평범하게 생겨서(평범한 여자를 말할 때 Plain Jane이라는 표현을 쓴다―옮긴이)?"

"그보다는 정체를 알 수 없어서(신원 미상의 여자를 가리킬 때는 Jane Doe라고 한다―옮긴이)."

그녀는 맥주병을 잡고 있던 두 손을 각기 반대 방향으로 비틀었다. "어디까지 했지? 아, 술집에서 도니 젠크스를 만났다고 했지? 도니가 내 이름을 부르더니 다가와 말했어. 자기는 돈을 찾아오라고 제럴드에게 고용됐고, 날 마음대로 처리하라는 허락을 받았다고. 그래서 날 죽이기로 마음먹었지만 내게 살아남을 수 있는 기회를 주는 게 더 재밌겠다고. 계속 빙글빙글 웃으며 그렇게 말했지. 난 아무것도 할 수 없었어. 바지에 오줌을 지리지 않도록 참는 것밖에는. 쉽게 겁을 먹는 성격이 아닌데 도니는 정말로 무서웠어."

"오늘 나한테도 계속 웃으면서 말하더군."

"그게 습관인가 봐." 그녀는 아랫입술을 깨물었다. "다시 한 번 말하지만 아까 일은 정말 미안해, 조지."

"도니가 악수하자고는 안 했어?"

"했어. 바에서 나갈 때 내 손을 잡더니 손등에 키스하고는 날 만나서 너무 반갑고, 곧 다시 만나게 될 거라고 했지. 그러고는 가버렸어."

"그래서 어떻게 했어?"

"없는 용기를 쥐어짜서 택시를 잡아타고 모텔로 돌아갔지. 근데 도니가 내 방을 뒤졌더라고. 달라진 건 없었지만 그냥 알 수 있었어. 모텔 방에 돈을 둘 정도로 멍청하진 않았는데 덕분에 목숨을 건진 거 같아."

"돈은 어디에 뒀는데?"

"바보처럼 들리겠지만 하트퍼드 기차역 로커에 넣어뒀어. 내 모텔 방을 뒤졌는데도 돈이 안 나오자, 도니는 바에서 내게 접근해야겠다고 마음먹은 거야. 날 겁줘서 뭔가 실수를 하도록.

그자가 돈의 행방을 알아내기 전까지는 날 죽이지 않으리라는 걸 깨달았지. 그래도 짐을 챙겨서 체크아웃을 하고, 다시 택시로 돌아가는 5분이 50년처럼 느껴지더라. 도니가 어둠 속에서 튀어나와 목을 그을 것만 같았거든. 하지만 그런 일은 없었어. 난 택시를 타고 그대로 뉴헤이븐에 갔어. 미행당하고 있을 거라고 생각했기 때문에 도심 호텔에 들어가서 화물 출입구로 나와 다른 택시를 잡아탔지. 그렇게 여러 번 택시를 바꿔 타고 마침내 그를 따돌렸다는 확신이 든 후에야 하트퍼드 기차역으로 갔어. 로커에서 돈을 꺼내 현찰로 차를 사고 델라웨어 주 번호판을 붙였지. 도니가 어떻게 코네티컷까지, 그리고 이번에는 여기 보스턴까지 날 따라왔는지 모르겠어. 마치 냄새라도 맡고 다니는 거 같아. 사실은 정말 무서워. 이렇게 도망 다니는 데 지쳤고.

그래서 포기할 거야. 살면서 뭔가를 포기한 적은 별로 없는데 말이야. 이 근처, 보스턴 외곽에 제럴드의 집이 있어. 부인이 여기서 호스피스 치료를 받거든. 전에 함께 일했던 동료에게 전화했더니 이번 주말에 제럴드가 여기로 올 거래. 부인이 언제 죽을지 모르는 상황이라 당분간 여기 있을 거라고 했어.

그래서 돈을 돌려주고, 용서를 빌려고 해. 그것만이 살길이야."

"그거 때문에 보스턴에 온 거야?"

"그거 때문에 보스턴에 온 거야. 도니가 뉴에식스까지 따라왔다는 게 아직도 안 믿겨. 다른 사람은 없었어?"

"도니뿐이었어. 네가 신세를 지고 있다는 친구는 누구야?"

"친구라기보다는 그냥 지인이야. 그 오두막에서 지낼 수 있도록 해줬어. 길에서 비켜난 데다 눈에 띄지 않아서 좋더라고. 내 차를 빌려 간 사람도 그 친구야. 아까 너와 통화한 직후에 친구가 돌아왔는데 오는 길에 미행을 당했대. 난 겁이 나서 다시 술집에 전화했다가 네가 받지 않길래 포기하고 그냥 여기 보스턴으로 왔어. 내가 신경과민인 줄 알았는데 아니었네."

"근데 왜 날 만나고 싶어 한 거야?"

리아나는 맥주를 다 마시고 빈 병을 테이블에 올려놓았다. 달그락, 텅 빈 소리가 들렸다. "부탁이 있어."

"너와 함께 그 돈을 전해주러 가자는 거야?" 조지가 미루어 짐작하며 말했다.

"아니. 나 대신 돈을 전해주면 좋겠어. 난 제럴드를 만나고 싶지 않아. 그가 어떻게 나올지도 모르겠고. 하지만 네가 돈을 전해주면서 날 용서해달라고 부탁한다면……."

"돈을 도니에게 줄 생각은 없어?"

"아니, 절대. 도니는 이미 날 죽이겠다고 했어. 그 사람은 돈이 문제가 아니라 날 벌주고 싶어 해. 그러니까 네가 제럴드에게 돈을 전해주고 날 용서해달라고, 도니에게 맡긴 일을 취소해달라고 부탁해줬으면 해."

"내가 대신 가는 게 더 나은 이유가 뭐야?"

"그 사람은 널 몰라. 그러니까 일종의 사업 협상 같을 거라고. 이번 일이 네게 조금이라도 위험하다면 절대 부탁하지 않았을 거야. 제발 믿어줘. 제럴드는 노인이야. 누구도 해치지 못해. 하지만 날 보면, 돈을 들고 온 날 보면 어떻게 나올지 몰라. 난 그 사람을 화나게 했으니까. 다른 사람이 가져다주는 게 훨씬 나아."

조지는 망설이며 손톱을 바라봤다.

"사례비는 지불할게." 리아나가 말을 이었다. "어차피 훔친 돈을 일부 썼으니까 거기서 1만 달러를 떼어줄게."

"만약 내가 이 일을 한다면 돈 때문은 아닐 거야."

"넌 내게 잘해줘야 할 이유가 하나도 없어. 그러니까 내 부탁을 들어준다면 꼭 돈을 받아야 해. 아니면 네게 너무 큰 빚을 지게 될 거야."

"생각 좀 해볼게." 조지가 말했다.

"이해해. 거절해도 이해하고."

"하나만 물어봐도 돼?"

"뭐든 물어봐."

"왜 하필 나야? 보스턴에 아는 사람이 나뿐이야?"

"오두막을 빌려준 친구가 있기는 하지만 그 친구에게 돈을 들려 보내느니 차라리 내가 직접 가는 게 나아. 너 말고 아는 사람은 그 친구뿐이야. 생각해보면 웃겨. 보스턴에는 와본 적이 없지만 1학년 때 널 만난 후로 계속 이곳을 생각했어. 내겐 늘 특별한 곳이었지. 상상 속에서 점점 더 미화되었던 것 같아. 지난 20년간 우리의 추억이 그랬듯이. 여기 와서 제럴드에게 돈을 돌려줘야겠다고 결심했을 때 널 찾아가야 한다는 생각이 들더라. 어쩐지 넌 아직 여기 살고 있을 것만 같았거든."

"뛰어봤자 벼룩이지."

"무슨 뜻이야?"

"여길 못 벗어났다고. 어릴 때 보스턴 외곽에서 자랐으니 거의 평생을 여기서 산 셈이지."

"우린 참 다르게 살았구나."

"그럴 거야."

잠시 침묵이 흘렀다. 조지의 갈비뼈를 따라 식은땀 한 방울이 흘러내렸다. 리아나가 고개를 돌려 그의 아파트를 둘러보았다. 집이 좀 더 깨끗했더라면 좋았을 거라고 조지는 생각했다. "계속 혼자 살았어?" 그녀가 물었다. 리아나는 접었던 다리를 풀어 맨발을 마룻바닥에 내려놓았다.

"그런 셈이지. 샌프란시스코에서 잠깐 여자 친구랑 살긴 했어. 대학 졸업 직후에. 그랬다가 다시 돌아왔지. 분명 여기에 뼈를 묻을 거야."

"그건 먼 훗날 일이야." 리아나는 어깨 쪽 블라우스를 집어 뒤로 살짝 넘긴 다음 아래쪽을 반반하게 잡아당겼다. 꽤 깊이 파인 스쿱 네크라인(U자 형태로 깊게 파낸 네크라인—옮긴이)이라서 가슴 둔덕이 다 보였다. 조지가 기억하는 대로 왼쪽 쇄골 바로 밑에 희미한 주근깨가 동그랗게 나 있었다. "조지, 네가 결정을 내리기 전에 마지막으로 하고 싶은 말이 있어. 네가 도와주든 아니든, 이 난리가 정리되는 대로 널 자주 만났으면 해. 우리가 그렇게 헤어진 게…… 늘 마음에 걸렸거든. 마더 대학을 얼마나 그리워했는지 몰라. 거의 집착할 정도였지."

"그래." 조지의 목소리는 살짝 쉬어 있었다. 그는 자기가 승낙하리라는 걸, 리아나를 대신해 돈을 돌려주리라는 걸 알고 있었다. 심지어 그녀의 부탁이 무엇인지 듣기 전부터, 더 거슬러 올라가 그녀를 이 집에 들인 순간부터. 하지만 리아나가 공격 태세를 취한 뱀만큼이나 믿을 수 없는 사람이라는 건 다섯 살배기도 알 것이다. 그래도 도니 젠크스가 리아나에게 할 짓을 생각하니 보호 본능이 일어났다. 조지는 모든 감각이 예민해지면서 살아 있는 기분을 느꼈다. 앞으로 어떻게 될지 알 수 없었지만 이런 흔치 않은 상황이 한편으로는 반가웠다.

조지는 제안을 승낙하기 전에 좀 더 뜸을 들이고 싶어서 잠시 실례한다고 말하고 화장실에 갔다. 그러다 피가 섞여 나오는 오줌을 보고 깜짝 놀랐다. 예전에 읽은 통속소설들 덕분에 혈뇨는 단지 신장이 있는 곳을 맞았을 때의 부작용임을 알고 있었지만 그래도 무릎이 휘청거렸다. 핑크색 오줌 줄기를 보니 다시 속이 울렁거려 하마터면 토할 뻔했다.

"신장 파열에 대해 좀 알아?" 다시 거실로 돌아가 조지가 물었다. 이마에 땀이 송송 맺혀 있었다.

"혈뇨야?"

"응."

"간호사 친구가 있어. 원하면 전화해서 물어볼게."

"그렇게 해줘. 그리고 리아나,"

"응?"

"할게. 내가 제럴드 매클레인에게 돈을 전해주고 널 용서해달라고 부탁해볼게."

리아나가 함박웃음을 지으며 자리에서 일어났다. 한순간 조지는 그녀가 거실을 가로질러 와 자기를 껴안을 줄 알았다. 하지만 그녀는 제자리에 서서 말했다. "넌 내 영웅이야."

5

대학 입학 첫날 밤, 기숙사 방으로 돌아간 조지가 신입생 안내서를 미친 듯이 뒤적거리며 찾았던 이름은 리아나 덱터가 아니라 오드리 벡이었다. 맥주 파티에서 그들이 처음 만났을 때 그녀가 말해준 이름, 조지가 신입생 안내서에서 찾아낸 이름, 그해 가을 그가 사랑에 빠졌던 소녀의 이름, 태어나서 가장 길게 느껴졌던 크리스마스 휴가 내내 주문처럼 머릿속을 맴돌던 이름도 바로 그것이었다.

오드리.

크리스마스가 지나고 1월이 되었을 때 조지는 학교로 돌아가는 기차를 탔다. 아버지가 보스턴 남부역까지 차로 데려다주었고, 그는 간신히 카멜 담배 하나를 산 다음 쏜살같이 기차에 올라탔다. 부모님의 심기를 거스르기 싫어서 방학 내내 담배는 입에 대지도 않았다. 뉴헤이븐 역에서 디젤 기차가 전기 기차로 교체되는 10분 동안 플랫폼에 서서 마침내 담배를 한 모금 빨아들이자, 니코틴이 들불처럼 몸 안에 퍼져갔다. 살짝 어지러웠지만 마저 다 피우기로 마음먹었다. 담배의 아찔한 펀치는 대학 생활을 연상시켰다.

초저녁이었고 메마른 대기 속에 눈송이가 빙글빙글 떠돌았다. 재킷을 기차 안에 두고 온 탓에 담뱃불을 감싸야 할 손은 추위를 피해 청바지 주머니에 찔러 넣었다. 조지는 플랫폼을 위아래로 훑어보며 아는 사람이 있는지 살폈다. 2학기가 시작되기 전날이었으므로 동북간선(Northeast Corridor, 미국 동북부의 주요 도시들을 통과하는 선로로 보스턴에서 시작해 워싱턴D.C.에서 끝난다—옮긴이)을 통과하는 기차라면 마더 대학 학생들로 가득 찰 터였다. 하지만 눈에 익은 얼굴은 보이지 않았다. 조지는 마지막으로 담배를 길게 빨아들인 뒤 바닥에 버리고 발꿈치로 비벼 껐다.

다시 기차에 올라타 읽고 있던 《워싱턴 스퀘어》를 펼쳤지만 집중이 되지 않았다. 오드리를 다시 만나면 어떻게 될지 여러 경우로 상상하고 또 상상했다. 그녀는 방학 동안에 전화하겠다고 했지만 하지 않았다. 혹시 그녀의 존재 자체가, 1학년 1학기 전체가 상상은 아닌지 의심스러웠다.

기차역에서 기숙사까지는 거금을 들여 택시를 타기로 했다. 일렬로 서서 공회전을 하며 매서운 대기 속으로 배기가스를 내뿜는 택시들 중 한 대에 올라탔다. 택시는 한적한 도심의 거리를 2.5킬로미터 달려 마더 대학이 자리 잡은 어사일럼 언덕으로 올라갔다. 가파른 경사면에 벽돌과 석판으로 지어진 이 캠퍼스는 2백년의 역사를 자랑하는 사립대학으로 정원은 1천 명이 채 안 되었다.

기숙사 현관마다 비밀번호로 열리는 도어록이 설치되어 있었는데 노스 홀 현관으로 다가가는 조지의 머릿속은 바람 빠진 풍선처럼 지난 학기 내내 외웠던 비밀번호가 빠져나가고 없었다. 지나가는 사람에게 물어보려고 주위를 둘러봤지만 아무도 없었다. 시험 삼아 숫자가 적힌 금속 패드에 검지를 대보았더니 본능적으로 번호가 생각났다. 4, 3, 1, 2.

조지의 룸메이트는 시카고에서 온 케빈 피츠제럴드로 키가 198센티미터였다. 케빈의 아버지는 경찰이었는데 얼굴이 불그레한 거인이었다. 롤빵 절반만 한 턱이 달린 케빈의 통통한 얼굴 역시 훗날 아버지처럼 불그레하게 변하고, 배는 농구공만큼 불룩 튀어나올 팔자였다. 열여덟 살인 케빈은 정치보다는 스포츠, 맥주, 그리고 데이비드 레터맨 토크쇼에 더 관심이 있었다. 조지와 케빈은 관심사가 완전히 다른 1학년생이 최대한 친해질 수 있는 만큼 친했다.

조지는 문을 벌컥 열어젖히며 빈 기숙사 방으로 들어갔다. 페인트를 칠한 콘크리트 벽에 리놀륨이 깔린 바닥, 개성이라곤 없는 사각형의 방이었다. 싱글베드 두 개가 양쪽 벽에 나란히 놓여 있고, 창문 하나가 두 원목 책상 사이를 이어주었다. 케빈은 방에 없었지만 이미 돌아온 듯했다. 침대 위에 깨끗하게 세탁된 옷들과 상자 안에 든 농구공, 가습기가 놓여 있었기 때문이다.

조지는 옷이 든 가방을 침대 발치로 밀어버린 다음, 코트 단추를 풀고 전화기를 집어 들어 오드리의 번호를 눌렀다. 신호음이 네 번 울리더니 자동응답기로 딸깍 넘어갔다. 1학기 때와 똑같은 오드리의 목소리와 메시지가 흘러나왔다. 조지는 전화를 끊고 침대에 누워 담뱃불을 붙였다. 복도에서 발소리가 나더니 이윽고 여러 명이 이야기하는 소리가 들렸다. 그중 목소리 하나를 알아들을 수 있었는데 복도 아래쪽 4인실에서 생활하는 그랜트였다. 아무래도 이 건물 1학년생들이―모두 합해 일곱 명이다―건물 남쪽 끝의 4인실에 모이는 듯했다.

보통 때라면 조지도 그들을 따라 4인실에 있는 세 개의 싸구려 소파 중 하나에 털썩 누워 물파이프로 마리화나를 피우고, 크리스마스 무용담을 나눴을 것이다. 하지만 지금은 어서 빨리 오드리와 연락이 닿아 밤에 만날 약속을 잡고 싶을 뿐이었다.

"포스, 안에 있냐?" 누군가 외치더니 문을 쾅쾅 두드렸다.

"없어." 조지가 대꾸하며 다시 오드리에게 전화했다.

"빨리 4인실로 와."

오드리는 이번에도 전화를 받지 않았다.

그는 재킷을 벗고 호주머니에 담배를 넣은 뒤, 코를 찌르는 마리화나 냄새를 따라 4인실로 갔다. 문은 열려 있었고, 방의 주인인 네 아이들과 두 층 위에 사는 1학년생 토미 티스데일이 있었다.

"어서 와라, 포스."

"조가 크리스마스 선물로 뭘 가져왔게." 그랜트가 연두색 대마 잎이 든 비닐봉지를 들어 올렸다.

조는 6센티미터짜리 자주색 물파이프로 부글부글 거품을 일으키며 길게 빨아들였다. 스피커에서 더 데드The Dead의 즉흥 연주가 흘러나왔다.

대마초를 피우고 미지근한 스트로 맥주 한 캔을 마신 뒤, 조지는 방으로 돌아가 다시 오드리에게 전화했다.

"여보세요." 오드리의 룸메이트인 에밀리였다. 똑 부러지는 그녀의 말투가 귀에 익었다.

"안녕, 에밀리. 나 조지야. 방학 잘 보냈어?"

"아, 조지. 그게…… 지금 어디서 전화하는 거야?"

"노스 홀. 왜 그래? 너 목소리가 이상하다."

"들었니? 오드리 소식 들었어?"

조지는 속이 뒤틀렸다. 머릿속으로는 오드리가 새 남자 친구와 함께 있는 장면, 졸업반 선배들 모두와 섹스를 하는 장면이 떠올랐다. "아니. 무슨 일인데? 지금 오드리 거기 있어?"

에밀리가 땅이 꺼지게 한숨을 내쉬었다. "너한테 말하면 안 될 거 같아."

"뭔데? 왜 사람 놀라게 그래?"

"그게…… 나도 방금 알았는데…… 오드리가 죽었대, 조지. 그렇게 들었어."

조지는 재킷도 걸치지 않은 채 오드리의 기숙사인 바너드 홀까지 걸어갔고, 초현실적인 광경과 마주하게 되었다. 바너드 홀은 1학년 여학생들만 묵을 수 있는 신축 기숙사로 1층 전체가 공동 거실이고, 방은 2층부터 있었다. 전단지로 뒤덮인 짧은 복도를 돌아가니 지붕이 높고 형광등이 켜진 공간에서 왁자지껄 떠들어대는 소리가 들렸다. 적어도 스물다섯 명의 여학생들이 푹신한 의자와 소파가 갖춰진 거실을 가득 채웠는데 대다수가 울고 있었다.

그들이 조지를 돌아봤다. 둥둥 떠 있는 하얀 풍선처럼 다 똑같아 보이는 얼굴이었다. 조지는 그들의 얼굴을 훑어보며 자기도 모르게 오드리를 찾았다. 그녀의 얼굴을 찾아내려 했다. 젖은 건초 색깔 머리카락, 짙은 갈색 눈썹, 긴 목, 가냘픈 어깨. 풍선 하나가 그를 향해 둥둥 떠내려왔다. 에밀리였다. 프레피 출신에 속물근성이 있는 에밀리가 뭐라고 입을 벙긋거리며 그를 껴안으려는 듯이 두 팔을 내밀었다.

하지만 껴안지 않고 대신 그의 팔꿈치를 잡았다. 조지는 보이지 않는 등 뒤의 벽 때문에 왔던 길로 되돌아갈 수도 없었다. 그 벽과 무시무시한 에밀리 사이에 갇혀 곤충 핀으로 꽂힌 나비처럼 옴짝달싹할 수 없었다. "너도 함께하자." 에밀리가 그렇게 말했고 그제야 조지는 이게 현실임을 깨달았다. 오드리는 돌아오지 않을 것이다.

이튿날 조지는 9시 5분에 울리는 전화를 받았다.

"조지 포스?"

"전데요?"

"안녕, 조지. 난 마를린 심슨이야. 학생처장이란다."

"네, 알아요."

"나쁜 소식이 있어서 전화했다."

"알고 있습니다."

"오드리 벡 소식을 들었니?"

"오드리 룸메이트인 에밀리에게 들었어요. 다른 아이들도 다 알고 있고요."

어젯밤 바너드 홀에서 에밀리에게 끌려간 후, 조지는 여학생들 속에서 얼떨떨한 한 시간을 보냈다. 여학생들 중에는 정말로 슬퍼하는 아이들도 있었지만 그저 극적인 사건을 즐기는 아이들도 있었다. 죽은 지 얼마 안 된 사체에 달려드는 독수리 떼처럼.

에밀리는 전날 아침 뉴욕 집에서 총장의 전화를 받았는데 그때 오드리 벡의 자살 소식을 들었다고 했다. 부모님 집 차고에서 차에 시동을 켜둔 채 질식해 죽었다는 것이다.

오드리의 친구와 지인들은 모두 조지에게 같은 질문을 던졌다. 뭐 짐작 가는 거 있니? 대체 왜 그랬대? 방학 때 오드리와 통화했어?

머릿속으로 생각하는 것보다 입으로 말하는 게 더 나았기 때문에 조지는 최대한 성의껏 그들의 질문에 답했다. 사각형 얼굴에 턱이 길고 뾰족한 갈색머리 여학생이 1학기 대학 생활을 주제로 만들었다는 끔찍한 스크랩북을 가져왔다. 그 안에는 여러 장의 사진이 있었지만 오드리는 없었다. 몇몇 여학생들은 파티장 사진 속에서 오드리의 소매를, 혹은 사람들로 바글거리는 기숙사 사진에서 오드리의 뒤통수를 찾아냈다. 조지는 자신에게도 그녀의 사진이 한 장도 없음을 깨달았다. 마지막으로 만난 지 4주가 지났으니 벌써 그녀의 얼굴을 잊어버린 건 아닐까 걱정되었다.

나중에 에밀리는 조지를 노스 홀까지 데려다주었다. 맥주 냄새를 풍기며 코를 골아대는 케빈이 있는 방에 들어서자 안심이 되었다. 케빈 역시 오드리를 반쯤 짝사랑하고 있었다. 그런 케빈을 다시 깨워 또 난리를 치고 싶은 마음은 추호도 없었다.

"오늘 아침에 널 좀 만났으면 하는데. 10시 어떠니?" 학생처장이 말했다.

"좋습니다."

"내 사무실이 어딘지 아니?"

그녀는 위치를 설명해줬고, 조지는 10시에 사무실에 도착했다. 가는 길에 기숙사 친구들과 마주치지 않으려고 피해 다

넜다. 다들 오드리 이야기를 하면서 그를 바라볼 것이 뻔했으므로 학교 식당에도 갈 수 없었다. 그래서 그냥 캠퍼스 밖에 있는 편의점에서 커피 한 잔을 샀다.

다행히 케빈과 마주치는 것도 피할 수 있었다. 학생처장이 전화했을 때 케빈은 샤워 중이었기 때문이다. 케빈도 곧 이 사실을 알게 되리라.

학생처장의 사무실에는 캠퍼스의 가장 큰 안뜰을 마주보는 창문이 있었다. 안뜰의 비스듬하게 경사진 잔디밭에는 서리가 내려앉았고, 중앙에는 떡갈나무들이 일렬로 서 있었다. 날씨는 아직 추웠지만 하늘에는 구름 한 점 없었고 캠퍼스 곳곳에서 눈 더미와 얼음 조각이 반짝거렸다. 학생들은 잔뜩 껴입은 채 안뜰을 가로질렀는데 대부분 둘씩 짝지어 다녔다.

"이따가 짐 펠드먼에게 들러달라고 부탁해뒀다. 짐은 우리 학교 상담 교사인데 널 만나고 싶다는구나. 네게 꼭 상담을 받으라고 강요할 순 없지만 그렇게 해준다면 우리로서는 안심이……. 암튼 짐을 만나줬으면 좋겠다. 네가 오드리와 얼마나 가까웠는지 우리도 아니까."

조지는 '우리'라는 게 대체 누굴 말하는지, 또한 그가 오드리와 사귄 걸 어떻게 학교에서 아는지 알 수 없었지만 그냥 고개를 끄덕이며 말했다. "물론이죠. 만나볼게요."

심슨 처장은 오십대로 보였고 왜소증의 범주에서 간신히 벗어날 수 있을 정도로 키가 작았다. 반짝거리는 은실이 들어간 자주색 스웨터를 입었고, 희끗한 머리카락이 구름처럼 머리와 어깨 주위로 부풀어 있었다.

"잘됐구나. 이번 일은 우리 모두에게 정말 충격이야. 방금 전에야 사건의 진상을 알게 됐단다. 우리의 주된 관심사는 오드리와 친했던 학생들을 안전하게 보호하는 일이야. 네가 이번 학기에 계속 남아 수업을 들었으면 좋겠지만, 설사 그게 힘들다고 해도 이해한다. 짐도 너와 그 얘기를 하고 싶어 해."

"알겠습니다." 조지는 당장 어떻게 할 것인지 아무 계획도 없었다. 오드리의 죽음을 슬퍼하며 마더 대학을 떠나는 건 생각만 해도 끔찍했다. 하지만 오드리 없이 학교에 다닌다고 생각하니 더욱 끔찍했다.

"네가 온 김에 하나 더 묻자. 오드리의 다른 친구들에 대해서 말해줄 수 있겠니? 물론 에밀리와는 이미 얘기를 나눴다. 바너드 홀의 몇몇 여학생들에게도 연락했고. 하지만 이런 일은 큰 트라우마가 될 수 있으니까 한 명이라도 빠뜨리고 싶지 않구나. 우리가 곁에서 도와줄 수 있다는 걸 알리고 싶어."

조지는 고개를 끄덕이며 짐 펠드먼이 언제쯤 오려나 생각했다. 창밖에서 눈부신 태양이 펄떡거렸고, 사무실 시계가 재깍거렸다. "죄송하지만 전 잘 모르겠습니다." 조지가 대답했다. 뭘 물어봤는지도 벌써 잊어버렸다.

"지금 당장 대답할 필요는 없다. 하지만 오드리를 기리는 추모식 정도는 열어야 할 것 같구나. 너도 동의해주면 좋겠어."

조지는 어깨를 으쓱이고는 미소를 지으려 했다.

학생처장은 아랫입술을 내밀고는 고개를 갸웃했다. "이쯤 해서 짐을 불러야 할 것 같구나."

"네."

그녀는 전화기를 집어 들었고, 30초도 되지 않아 노크 소리가 한 번 나더니 짐 펠드먼이 문을 열었다. 그는 한 손으로 조지와 악수하며 다른 손으로 조지의 어깨를 잡았다. 학생처장은 실례한다고 하더니 둘만 남겨둔 채 사무실에서 나갔다.

두 시간 후, 조지는 방에 혼자 있었다. 그때 복도에서 의심의 여지 없는 케빈의 발소리가 들렸다. 달가닥 찰싹, 달가닥 찰싹. 이른 오후였고, 조지는 보스턴에서 돌아온 후로 아직 케빈과 대면하지 않았다. 문이 벌컥 열리더니 대낮부터 취한 케빈이 비틀거리며 들어왔다. 장갑을 끼지 않은 한쪽 손에는 열두 개들이 제네시 크림 에일이 대롱거렸다.

"이 개자식, 만약 네가 이번 일에 조금이라도 책임이 있다면 내가 맹세코……." 케빈은 그렇게 말하며 성급하고 불안정한 걸음으로 방을 가로질러 조지의 멱살을 잡아 올렸다. 그 바람에 조지의 셔츠 단추 하나가 떨어졌다.

"맙소사, 케빈. 왜 이래?"

"오드리랑 헤어졌냐?" 케빈이 조지의 멱살을 더욱 바싹 잡아 올렸고 이번에는 칼라가 뜯어졌다.

"무슨 소리야? 헤어진 적 없어!" 조지는 멱살을 풀기 위해 양손으로 케빈의 손목을 잡았다.

술을 마신 데다 울기까지 해서 눈이 빨개진 케빈은 조지의 멱살을 놓아주지 않았고, 조지는 오드리의 사망 소식을 들은 후 처음으로 울음을 터뜨렸다. 그러면서 자신은 오드리의 자살과 아무 상관도 없다고 맹세했다.

케빈은 침대에 앉아 조지에게 제네시 한 캔을 건넸다. 그들은 함께 술을 마시며 침묵을 지키기도 하고, 이야기를 나누기도 했다. 밖은 더 어두워졌지만 불은 켜지 않았고, 누가 문을 두드려도 둘은 대답하지 않았다.

조지는 케빈의 돌발 행동에 놀라지 않았다. 케빈이 나름대로 오드리를 짝사랑했다는 것, 하지만 그녀에게 결코 접근할 생각이 없었다는 걸 알고 있었다. "넌 오드리에게 잘해줬어." 마침내 죄사함을 선언하는 목사처럼 술 취한 케빈이 말했다. "너 때문이 아냐."

"천만다행이지."

"이제 어쩔 거야?" 케빈이 물었다.

"모르겠어. 상담 교사 말로는 계속 학교에 남아 학기를 마치라는데 과연 할 수 있을지 모르겠어."

"그냥 남아. 수업은 좆까고 나랑 맥주나 마시자."

"학교에서 가만둘까?"

케빈은 어깨를 으쓱였다.

"어떻게 해야 할지 모르겠어." 조지는 또다시 그렇게 말했다. 사실 조금 전, 상담 교사와 만나고 캠퍼스를 가로질러 기숙사에 돌아오는 동안 계획을 세워두긴 했다. 어렴풋이 보이는 갈색 석조 탑들, 학교 식당, 잎이 다 떨어진 나무, 어깨를 움츠린 채 각기 다른 건물을 드나드는 학생들. 오드리가 죽으니 이 모든 게 철저히 무의미하게 느껴졌다. 소름 끼칠 정도로. 그래서 짐을 간단히 챙겨 플로리다에 가기로 결심했다. 아침 일찍 일어나 그레이하운드 버스 터미널로 가서 남쪽으로 가는 첫차를 타리라. 탬파에 도착하면 거기서 오드리의 고향을 찾아갈 수 있다. 오드리의 가족과 친구들을 만나고, 어쩌면 오드리가 왜 죽었는지도 알아낼 수 있을 것이다. 상담 교사에게 이 계획을 말했다면 그거야말로 제대로 된 끝맺음이라고 했을 것이다.

"배고파 죽겠다." 케빈이 말했다.

"식당 가서 뭐 좀 먹고 와. 나 먹을 것도 가져다주고. 10분 후면 문 닫아."

케빈은 비틀거리며 방에서 나갔고, 조지는 내일 플로리다로 떠나는 일에 대해 좀 더 생각했다. 케빈에게는 말하지 않을 작정이었다. 알았다가는 케빈도 같이 가겠다고 할 테지만 이건 조지 혼자서 해야 할 일이었다.

6

일요일 오후 4시, 이번 주말에만 벌써 두 번째로 조지는 사브를 몰아 도심에서 벗어났다. 제럴드 매클레인의 저택은 보스턴 서쪽의 부유한 교외인 뉴턴에 있었다. 조지는 커먼웰스 애비뉴를 타고 정유회사 싯고_{Citgo} 광고판 아래를 통과해 펜웨이파크의 높은 담을 지났다. 오늘 오후에 저 경기장에서 보스턴 레드삭스와 탬파베이 레이스의 경기가 있다는 사실이 기억났다. 금요일 밤에 리아나를 만나 이 바보 같은 심부름을 해주겠다고 약속하지 않았다면 지금쯤 친구 테디의 바에서 차가운 맥주를 마시며 경기를 보고 있을 것이다. 왜 올해는 레드삭스가 글렀는지 설명해주는 테디의 세세한 분석을 듣다가 경기가 끝난 후에는 아이린에게 전화해 저녁 약속이 있는지 물어봤으리라. 아니면 계속 맥주를 마시다가 테디의 유명한 요리인 로드아일랜드 스타일의 칼라마리를 먹든지. 하지만 지금 조지는 거의 50만 달러가 든 스포츠백을 들고 낯선 사람의 집으로 가는 중이다.

어제 조지가 부탁을 들어주겠다고 승낙한 후, 리아나는 그 자리에서 매클레인에게 전화해 약속을 잡았다. 리아나가 전화기에 대고 자기 대신 다른 사람을 보내겠다고 말하는 동안, 조지는 대놓고 듣지 않으려고 했다. 하지만 테니스 코트 절반만 한 크기의 집에서는 그러기가 쉽지 않았다. 리아나는 훔친 돈의 전부는 아니지만 대부분을 돌려주겠다는 식으로 말했고, 적어도 두 번이나 미안하다고 했다. 내일 오후로 약속이 잡히면서 그다지 우호적이지 않은 분위기의 통화가 끝났다.

리아나는 간호사 친구에게도 전화했다. 간호사는 실제로 조지의 신장이 파열됐을 가능성은 희박하고, 다만 소변 속 혈액의 양을 지켜보며 핑크색이 점점 옅어지는 걸 확인해야 한다고 했다. 조지는 심란해졌다.

두 통의 전화를 한 후, 리아나는 돈을 가져와야 한다며 내일 아침에 이 근처로 오겠다고 했다.

"오늘 밤에 어디서 잘 건데?" 조지는 그렇게 물었다가 곧바로 후회했다. 그런 질문을 한 것도, 작업을 걸 듯이 말한 것도 짜증났다.

"뉴에식스로 가진 않을 거야. 근처에 도니가 있을 테니까. 호텔에서 잘 거야. 내가 알아서 할게."

"여기서 자도 돼. 소파에서."

"그건 아닌 거 같아. 이제 도니는 네 이름을 아니까 여기 주소도 알 거야. 사실 벌써 이 집을 지켜보고 있을 수도 있어."

"그럼 아예 이 집에서 나가지 마."

"아니, 괜찮아. 난 도니를 잘 알아. 그저 날 겁줘서 실수하게 하려는 거야. 돈이 어디 있는지 알아내려고. 내가 훔친 돈을 찾아내는 대가로 그 돈의 상당액을 받기로 했을 거야. 그러니 돈이 어디 있는지 알아내기 전까진 절대 날 죽이지 못해. 일단 여기서 나가 다시 도니를 따돌린 다음에 돈을 찾아서 내일까지 숨어 있을 거야. 내일 어디서 만날까? 돈을 건네주기에 적당한 장소가 있어?"

조지는 커먼웰스 애비뉴에 있는 슈퍼마켓에서 만나자고 했고, 두 사람은 시간을 정했다.

"혹시 필요할 때 연락할 방법이 있어?" 조지가 물었다.

"없어. 그냥 서로를 믿어야 해. 꼭 약속 장소에 나갈게."

"나도."

"만약 내가 오지 않으면, 어떤 이유로든 너무 위험해져서 그런 거라고 생각해. 설사 네가 오지 않는다 해도 이해해. 무리한 부탁이니까."

그날 밤 조지는 또 잠을 설쳤다. 아침에 일어나 불안한 마음으로 오랫동안 샤워하고 면도한 후, 캐주얼 복장이 허용되는 금요일에 중간급 간부가 입을 법한 옷으로 갈아입었다. 훔친 돈을 돌려주는 이 단역을 위해 굳이 잘 차려입을 필요는 없었다. 하지만 리아나를 용서해달라고 부탁하려면 단정한 옷차림을 해야 할 듯했다. 약속 장소인 고급 슈퍼마켓에 일찌감치 도착해 값비싼 유기농 글루텐 프리 제품들이 진열된 구역을 어슬렁거렸다. 구체적으로 슈퍼마켓 어디에서 만날지는 정하지 않았기 때문에 약속 시간이 되자 출입문 쪽으로 걸어갔다. 작은 주차장이 내다보이는 기다란 유리창 앞에 여러 개의 칸막이 좌석이 설치되어 있었다. 막 거기 앉았을 때 리아나가 눈에 띄었다. 어제와 똑같은 스커트에 블라우스만 바꿔 입고서 슈퍼마켓 입구를 향해 주차된 두 대의 도요타 프리우스 사이로 요리조리 빠져나오고 있었다. 조지는 자동문 앞에서 그녀를 만났다.

"일단 좀 들어가자." 리아나가 말했다. 작은 가방과 검은색 스포츠백을 메고 있었다.

"별일 없었어?" 조지가 물었다.

"응, 그런 거 같아. 여기까지 오는 동안 미행당한다는 느낌은 없었어. 내가 아주 신중하게 살펴봤는데도. 잠깐 앉자."

그들은 칸막이 좌석에 앉았고, 리아나는 둘 사이에 놓인 합판 테이블에 스포츠백을 올려놓았다. 조지는 근처에서 누군가가 그들의 일거수일투족을 감시하는 기분이 들었다.

"가방에 정확히 46만 3천 달러가 들어 있어. 맨 위에 신문지로 싼 1만 달러가 네가 받을 돈이야. 제럴드에게는 45만 3천 달러라고 해뒀으니까 너도 그런 줄 알아. 가는 길은 알아?"

"알아. 수고비는 나중에 너한테 따로 받는 줄 알았는데."

"원하는 대로 해. 난 널 믿으니까."

조지는 가방에 한 손을 올린 채 망설였다. 가방은 예상보다 작았지만 꽤나 묵직했다. 지폐 대신 장작이 들어 있는 것처럼. "내 수고비는 네가 가지고 있어. 차 안에 수고비를 넣어둔 채 그 사람 집으로 가고 싶진 않아. 엄밀히 따지면 그 사람 돈이잖아."

"좋을 대로 해." 리아나는 그렇게 말하며 스포츠백을 잡아당기더니 지퍼를 반만 열고 둘둘 말린 〈헤럴드〉 뭉치를 집어 들었다. 얼핏 초록색 지폐 다발이 보이자, 조지는 재빨리 주위를 돌아보며 혹시 지켜보는 사람이 없는지 살폈다. 리아나는 다시 지퍼를 채우고 가방을 조지 쪽으로 밀었다.

"다시 말하는데 정말 고마워. 네가 이 일을 해줘서 얼마나 안심이 되는지 몰라. 제럴드를 다시 만나는 건 생각만 해도 끔찍하거든."

"혹시 거기에 경찰이 대기하고 있다가 날 신문하진 않을까?" 아침에 일어났을 때부터 계속 조지를 따라다니던 의문이었다.

"절대 그럴 리 없어. 혹시 경찰이 있다면 전부 다 말해. 이 일을 해주는 것 이상으로 날 보호하거나 도와줄 필요는 없으니까. 조금이라도 일이 틀어질 가능성은 전혀 없어. 그저 사실대로 말하고 돈을 돌려주면 돼. 그리고 괜찮다면 제럴드에게 내가 미안해한다고 전해줘. 제럴드는 믿지 않을 테지만 그래도 그 말을 전하고 싶어. 지금 생각하니까 내가 도를 넘었어."

리아나는 미소 지었고, 조지도 미소로 답했다. 그녀의 차분함이 전염되었는지 아침부터 곤두섰던 신경이 가라앉았다.

"네가 도를 넘었다고는 생각하지 않아. 넌 50만 달러를 받을 자격이 있어."

"그렇게 생각해?"

다시 차에 탄 조지는 에어컨을 틀고 셔츠 단추를 하나 더 풀었다. 리아나에게 1만 달러를 맡겨둔 건 바보 같은 짓이었을까? 그녀는 다시 만나기로 한 약속을 저버린 채 그 돈을 들고 얼마든지 도망갈 수 있었다. 하지만 왠지 그럴 것 같지 않았다. 사실은 그 반대였다. 오히려 돈을 맡겨두었기 때문에 리아나는 나중에 그를 꼭 만나려 할 것이다. 꼭 사례하고 싶다, 빚을 지고 싶지 않다고 말하지 않았던가.

보스턴의 4층짜리 아파트들이 차츰 뉴턴의 우거진 녹음과 우아한 단층 저택들로 바뀌어갔다. 매클레인의 저택은 뉴턴의 열세 개 마을 중 하나인 노난텀의 언덕에 자리했다. 조지는 체스닛 가에서 우회전해 시든 잔디밭과 튜더 양식을 본뜬 저택들 사이를 구불구불 달려 트위첼에 도착했다. 대문이 달린 첫 번째 저택이 매클레인의 집이었다. 초인종 스피커 앞에 차를 세우니, 경사진 잔디밭에 쪼그려 앉은 조지 왕조 풍 저택이 보였다. 조지는 차창을 내렸다. 보이지 않는 어딘가에서 잔디 깎는 소리가 들렸고, 깎인 잔디의 시큼한 냄새가 코를 찔렀다.

스피커에서 쨍쨍거리는 듯한 여자 목소리가 물었다. "성함이요?"

"조지 포스입니다."

잠시 후 화려하게 장식된 금속 대문이 안쪽으로 서서히 열리기 시작했다. 가슴이 들썩일 정도로 숨을 깊이 들이쉬었더니 뻐근하던 옆구리에 찌르는 듯한 통증이 흘렀다. 수면 위로 떠오르는 상어 지느러미처럼 그의 머릿속에서 도니 젠크스의 얼굴이 떠올랐다. 혹시 도니도 여기 있을까? 그럴 가능성도 있었다.

조지는 현관 근처에 주차된 조경 차량 옆에 사브를 세웠다. 그제야 저택 동쪽의 우뚝 솟은 단풍나무 주위를 바짝 돌아가는 승차형 잔디깎이가 보였다. 잔디깎이에 탄 정원사를 보니 한결 마음이 놓였다. 저렇게 버젓이 목격자가 있는데 그를 정원에 암매장하지는 않으리라.

벽돌로 지은 저택은 가장자리에 흰 테가 둘러졌고, 칠을 새로 한 검은색 덧문과 현관문이 있었다. 초인종을 누르기도 전에 현관문이 소리 없이 안쪽으로 활짝 열리더니 이십대 중반의 여자가 나타났다. 황갈색 면 스커트에 군청색 폴로셔츠를 입었고, 갈색과 금색이 섞인 머리카락은 뒤로 바짝 끌어모아 높이 묶었다. 처음에는 매클레인의 딸인가 싶었지만 문을 여는 동작에서부터 매사에 고압적이고 똑 부러진 태도로 보아 전형적인 비서였다. "포스 씨?" 그녀가 물었다.

“네.”

“들어오세요. 매클레인 씨가 기다리고 계십니다.”

조지는 집 안으로 들어섰다. 매클레인의 저택은 겉보기에도 충분히 호화로웠지만 내부는 그에 비할 바가 아니었다. 필시 올림픽 수영장의 두 배는 될 법한 직사각형 로비는 정교한 무늬가 새겨진 몰딩과 하얀 대리석으로 이루어져 있었다. 구부러져 올라가는 목재 계단은 2층 발코니로 이어졌고, 천장에는 구불구불한 색색의 유리 튜브가 바닷속 말미잘처럼 뻗어나간 데일 치훌리의 작품이 걸려 있었다. 전에 이와 비슷한 작품을 라스베이거스 카지노에서 본 적이 있었다. 흰 벽에도 눈에 띄는 작품들이 걸려 있었는데 형광색으로 그린 추상화였다.

“치훌리군요.” 조지는 비서에게 말하며 작품을 향해 눈짓했다. 비서는 눈을 들어 천장을 봤지만 미술품을 알아보는 그의 해박한 지식에 별로 감동 받지 않은 듯했다.

“매클레인 씨께서 곧 내려오실 겁니다. 여기서 기다리세요.” 그녀는 대리석 로비를 2백 미터쯤 걸어가 하얀 문간 앞에서 멈췄다. “기다리시는 동안 마실 것 좀 드릴까요?”

“괜찮습니다.” 조지가 대답하자, 에스파드리유를 신은 그녀가 소리 없이 물러났다.

조지는 방 안으로 들어갔다. 서재 같은 분위기였지만 책은 한 권도 없었다. 창문 없는 벽에는 나무 패널을 붙였고 가죽 소파와 의자가 놓여 있었다. 똑바로 세워진 지구본도 여러 개 있었는데 일부는 골동품 같았다. 방의 분위기가 로비와 너무 달라 조지는 아까 헛것을 본 게 아닌가 싶어 로비를 돌아봤다. 마치 마이애미 마약왕의 저택 현관을 통과했더니 갑자기 피터 윔지 경(도로시 L. 세이어스의 소설에 등장하는 귀족 탐정―옮긴이)의 비밀 소굴에 들어온 것처럼 어리둥절했다. 벽에는 표구한 지도들이 일렬로 걸려 있었는데 바다 괴물이 그려져 있을 정도로 오래되고 누렇게 바랜 지도도 있었다. 조지가 그 지도를 바라보고 있을 때 두 남자가 방으로 들어왔다.

나이 많은 쪽이 매클레인인 듯했다. 건강해 보이는 육십대 남자로 숱이 많은 백발을 최근에 짧게 잘랐고, 빨간 체크무늬 셔츠를 검은 바지에 넣어 입었다. 키는 약간 작은 편이었지만 그걸 보완하기 위해 평생 운동을 한 듯했다. 그 나이에도 어깨는 다부져 보였고 배에는 군살이 없었다. 외모나 옷차림에 눈에 띄는 점은 없었으나 다만 벨트 버클에 시선이 가지 않을 수 없었다. 은색 테가 둘러진 큼직한 타원형 유리였는데 노란 펠트 바탕에 진짜로 보이는 검은 전갈이 들어 있었다.

또 다른 남자는 조지와 비슷한 키였지만 허리둘레는 거의 두 배였다. 허리 위 상반신은 그다지 뚱뚱하지 않지만 골반 부위가 엄청나게 넓은 체형이었다. 텐트처럼 헐렁한 카키색 바지에 포터킷 레드삭스 셔츠를 고무줄로 된 허리띠 안에 넣어 입었다. 머리도 체형과 똑같아서 턱과 볼 부위는 넓고 정수리로 갈수록 폭이 좁아졌다. 검은 머리는 옆 가르마를 탔고, 콧수염은 완벽하게 다듬었다.

"돈이 든 가방인가?" 조지를 향해 고갯짓을 하며 나이 든 남자가 말했다.

조지는 고개를 끄덕이고는 스포츠백을 내밀었다. 덩치 큰 남자가 어색하게 기우뚱거리며 걸어와 스포츠백을 받아 들더니 나이 든 남자에게 건넸다. "저자를 뒤져보게, DJ." 매클레인이 말했다.

DJ라는 남자가 조지 쪽으로 몸을 돌리더니 양팔을 옆으로 들어 올리는 시늉을 했다. "협조 좀 해주시죠."

조지는 양팔을 옆으로 들어 올렸다. DJ는 허리를 굽히는 게 아니라 한쪽 무릎을 땅에 댔다가 천천히 일어나는 방식으로 발목에서 겨드랑이까지 조지의 몸 양옆을 재빨리 더듬었다. 그의 한쪽 무릎에서 우드득 소리가 나는 바람에 조지는 깜짝 놀랐다. 총이나 도청 장치를 찾는 걸까? 아마 둘 다일 것이다.

조지가 몸수색을 당하는 동안 매클레인은 사이드 테이블에 스포츠백을 내려놓고 지퍼를 연 다음, 지폐 뭉치를 휘리릭 넘겨보고는 다시 지퍼를 채웠다. 얼핏 한숨 소리가 들리는 듯했다.

"깨끗합니다." DJ가 매클레인에게 말했다.

"좋아. 고맙네. 이제 잠시 나가 주겠나?"

"돈도 가져갈까요?"

"그건 그냥 두게. 내가 처리하지."

DJ는 방에서 나갔고 등 뒤로 문을 닫았다.

매클레인은 조지에게 두 걸음 다가왔지만 분명 악수를 하기 위해서는 아니었다.

"제인의 친구라고?" 그가 물었다.

"네."

"그거 참 위태로운 역할이군." 매클레인의 한쪽 입꼬리가 올라가며 전혀 즐거워 보이지 않는 미소를 지었다. 조지는 어른 앞에서 한마디도 못하는 어린아이가 된 심정이었다. 매클레인이 다시 한숨을 쉬었다. "자리에 앉게."

조지는 가죽 의자에 앉았다. 살짝 삐걱 소리가 나더니 가죽 세척제의 꽃향기가 코를 찔렀다. 매클레인은 소파 한쪽 가장자리에 걸터앉았다. 마치 필요 이상으로 오래 있을 생각은 없다는 듯이. 두 손은 바닥을 아래로 해서 무릎 위에 놓았다. 백발 아래 얼굴은 핑크빛이 도는 붉은색이고, 눈은 길고 가늘게 찢어졌으며 입술은 사실상 없다고 할 수 있을 정도로 얇았다. 밖에서 들리던 잔디깎이 소리가 멈추더니 다시 엥엥거리는 고음이 들리기 시작했다.

"미안한데 이름이 뭐라고 했지?" 매클레인이 물었다.

"조지 포스라고 합니다. 제인과 잠깐 대학을 같이 다녔죠. 오래전에요."

"알겠네, 조지 포스. 아마 본명이 아닐 테지만 그것까지 따지지는 않겠네. 아마 제인이 몸 바쳐 봉사했으니 여기까지 왔을 테고."

"마음대로 생각하셔도 됩니다만, 우린 그저 대학 동창일 뿐입니다."

매클레인은 콧방귀를 끼더니 엄지와 검지로 콧날을 잡았다. "좋아. 단지 대학 동창이라면 왜 이 일을 하는 거지?"

"제인에게 호의를 베푸는 겁니다. 또 당신에게도요. 덕분에 당신도 돈을 돌려받잖습니까."

"돈의 일부지. 전부가 아니라."

"네. 그러니 이제 도니에게 맡긴 일을 취소해주시죠."

매클레인이 무심결에 놀란 미소를 지으며 입꼬리를 올렸다. "도니에게 맡긴 일을 취소해달라고? 도니가 어쨌는데? 자네를 괴롭히기라도 했나?"

"아뇨. 저 말고 제인요. 도니가 제인을 협박하고 있습니다."

매클레인은 눈살을 찌푸리며 어리둥절한 표정을 지었다. "지금 누굴 말하는 건가? 도니 젠크스를 말하는 거야? DJ?"

조지는 돌연 혼란스러워졌다. "당신이 제인에게서 돈을 받아오라고 고용한 사람 말입니다. 제가 어제 만났습니다."

"어제뿐 아니라 오늘도 만났지. 아까 자네 몸수색을 했으니까. 도널드 젠크스. DJ. 내가 고용한 탐정일세. 대체 누굴 말하는지 모르겠군."

7

잠시 뒤 조지가 입을 열었다. "어제 도니 젠크스 행세를 하는 사람을 만났습니다."

"어떻게 생겼나?"

조지는 그의 외모를 설명했다.

"내가 아는 사람은 아닌 것 같군. 아마 제인의 친구일 거야. 자네를 겁줘서 부탁을 들어주게 하려고 그랬겠지."

"그건 말이 안 됩니다. 애초에 제인이 돈을 돌려주려고 했던 이유가 바로 그 남자 때문이니까요."

매클레인은 입술을 굳게 다물고 다시 두 손가락으로 콧날을 꽉 잡았다. "제인이 그렇게 말하던가?"

조지는 아는 대로 말했다. 남자가 리아나를 협박했고, 그녀가 애틀랜타를 떠난 후로 계속 미행했다고. "당신을 잘 아는 사람인가 봅니다. 당신이 돈을 되찾기 위해 도니 젠크스라는 남자를 고용했다는 걸 알고 그 이름을 도용한 거죠."

매클레인은 손을 저으며 조지의 말을 일축했다. "어쨌든 내 알 바 아니오. 청부살인업자가 제인을 쫓는다고 해서 내가 밤잠을 설칠 일은 없으니까. 난 왠지 제인이 배후일 것만 같군. 이유는 모르지만 제인이라면 그러고도 남지."

"돈은 돌려받았잖습니까." 조지는 그렇게 말하며 자세를 바꿨다. 이제 그만 떠날 생각이었다. 불현듯 도니 젠크스를 자칭했던 그 땅딸보 암살자는 매클레인의 하수인이라는 생각이 들었다. 매클레인은 비밀리에 그자를 고용했고, 그 사실을 순순히 인정할 마음이 없는 것이다. 겉으로는 점잖은 척하는, 악질 중의 악질이었다.

마치 조지의 마음을 읽은 듯 매클레인이 한 손을 들어 올리며 말했다. "내가 선심을 쓰도록 하지. 자네에게 제인에 대한 이야기를 해주겠네. 그래봤자 제인을 향한 자네 마음은 바뀌지 않을 테지만 내 기분은 나아질 테니까." 그는 시계를 봤다. 가는 손목에 두툼한 금속 덩어리가 느슨하게 걸려 있었다.

조지는 어깨를 으쓱였다.

매클레인은 소파에 등을 기댔다. "자네도 알겠지만 난 재산이 꽤 많네. 월마트 회장 수준은 아니지만 만족스러울 정도지. 두 번 결혼했는데 첫 번째 부인은 아기를 낳다가 임신중독증으로 죽었어. 그게 37년 전이야. 이름은 레베카였고, 검은 머리에 푸른 눈동자였지. 칠흑처럼 까만 머리에 연푸른색 눈동자였어. 내가 만난 여자 중에 가장 아름다웠네. 한 편의 시처럼. 조지아 주의 한 골프장에서 만났는데 골프 실력이 뛰어났지. 요즘 같은 시대에 태어났으면 잘나가는 프로 선수가 됐을 거야. 하지만 당시에는 나와 결혼하는 데 만족했어.

레베카가 죽은 뒤 다시는 결혼할 수 없을 줄 알았는데 하게 되더군. 15년 전, 여기 보스턴의 자선 파티에서 테레사를 만난 거야. 레베카와 마찬가지로 테레사도 칠흑처럼 까만 머리에 아주 푸른 눈동자였어. 그리고 역시 레베카와 마찬가지로 나보다 먼저 죽을 거고. 아내는 바로 이 집에서 죽어가고 있네. 그것도 몇 주 후가 아니라 며칠 후에 죽을 거야. 내가 얼굴도 비슷한 데다 기구한 팔자의 부인을 둘이나 둔 이유가 뭐겠나? 대답할 필요 없네. 답은 이미 알고 있으니까.

부인이 둘 다 요절한 거야 그냥 운이 더럽게 없어서 그런다지만, 돈값을 하는 상담사라면 알겠지. 내가 그런 타입에 끌리기 때문이라는 걸. 흑발에 푸른 눈."

매클레인은 말을 멈추고 끼어들 테면 끼어들라는 눈빛으로 조지를 바라봤다. 하지만 조지는 아무 말도 하지 않았다.

"그러다 제인 번을 만나게 됐지." 매클레인은 말을 잇더니 제인의 이름을 언급한 후에 기침을 두 번 했다. "자네가 관심 있는 여자. 물론 제인은 본명이 아니겠지만 내가 아는 이름은 그것뿐일세. 바베이도스의 카클베이 리조트에서 처음 만났지. 사업차 갔는데 리조트 안내 데스크에서 체크인을 도와줬어. 레베카나 테레사처럼 칠흑처럼 까만 머리에 새파란 눈동자를 가졌더군. 심지어 머리 모양까지 레베카와 똑같았어. 끝이 바깥쪽으로 살짝 뒤집히고 어깨까지 내려오는 단발."

매클레인은 손으로 직접 머리끝의 곡선을 표현했다. 저렇게 남자다운 사람의 손짓 치고는 희한하게 여성스러웠다.

"요즘에는 옛것이 새것이 되고, 복고가 유행이라는 건 알았지만 그래도 제인을 보니 레베카가 떠오르더군. 그렇다고 당시 제인을 의심했던 건 아니야. 그럴 이유가 없었지. 그냥 레베카를 꼭 닮았다고만 생각했네. 테레사에게는 미안하지만," 매클레인은 이 대목에서 천장을 올려다보았다. "내 인생에서 두 번째로 아름다운 여자를 만난 거야. 그날 밤 부하 직원과 리조트 바에서 술을 한잔 하는데 제인이 와서 와인을 시키더군. 교대 근무가 끝나고 쉬러 왔나 보다 했지. 그녀는 내 쪽을 보지 않았지만 내가, 자업자득이지, 제인에게 다가가 내 소개를 했네. 그냥…… 당신을 보니 사별한 부인이 생각났고 덕분에 마음이 따뜻해졌다는 말을 하고 싶었어. 그 얘기를 하고 다시 내 자리로 돌아갈 작정이었지. 근데 그녀가 이런저런 질문을 하더군. 내가 무슨 일을 하는지, 어떻게 살았는지 등등. 제인은 바베이도스에 온 지 1년이 되었고 그곳이 신물 나지만 날씨와 사람들은 좋다고 했어. 우린 새벽 2~3시까지 얘기를 나눴고, 난 해변에서 6백 미터 정도 떨어진 제인의 아파트까지 바래다줬네. 그녀는 딱히 끼를 부리진 않았지만 분명 내게 관심을 보였어. 솔직히 말하면 내 회사에서 일하고 싶어서 그러는 거라고, 날 이용해 바베이도스에서 탈출하고 싶어 한다고 생각했지.

그 리조트에 사흘을 더 머물렀고 매일 밤 제인과 술을 마셨네. 마지막 날, 제인을 집까지 바래다주면서 명함을 건네주고 말했지. 우리 회사에서 일하고 싶다면 본사에 적당한 일자리가 있을 거라고. 제인은 웃으면서 '내가 취직하고 싶어서 당신과 술을 마셨다고 생각해요?'라고 하더군. 난 그런 줄 알았다, 아니면 왜 내게 관심이 있는 거냐고 물었지. 그러자 그녀가 키스했고 나도 같이 키스했네. 천벌을 받을 짓이었지. 난 살면서 두 번 결혼했고 고등학교, 대학교 때 진지하게 사귄 여자 친구가 한 명씩 있었지만 바람을 피운 적은 없네. 믿기 힘들겠지만 사실이야."

매클레인은 시비를 걸어보라는 듯이 조지를 바라보았다. 조지는 그저 팔꿈치를 긁적거렸다.

"뭐 그다음은 자세히 말하지 않아도 알 거야. 난 틈 날 때마다 바베이도스에 가기 시작했고, 제인에게 비행기로 네 시간이나 걸리는 곳 말고 더 가까이에 있어달라고 부탁했네. 제인은 애틀랜타로 와서 내 비서로 일하겠다고 했어. 그게 2년 전일이야. 당시 테레사는 매주 다른 의사들을 만나고 다녔는데 의사마다 말이 달랐어. 그리고 아내가 그렇게 진찰을 받고 다니는 동안, 나는 애틀랜타에 제인이 살 집을 구해줬고. 당시에도 부도덕한 짓이라고 생각했지만 지금은 더욱 죄책감이 드는군. 제인이 마법을 부렸다고는 생각하지 않지만 꼭 홀린 것만 같았어. 그녀를 향한 갈증이 가시질 않았으니까. 그런 감정은 태어나서 처음이었지."

매클레인은 목덜미를 문질렀고, 순간적으로 조지는 그가 일어나서 나가려는 줄 알았다. 하지만 그는 그대로 앉아 말을 이었다. "레베카는 곧 죽을 게 뻔했어. 그래서 적당한 시간이 흐른 뒤에 제인에게 청혼할 생각이었지. 그게 순리 같았고. 그런데 두 가지 사건이 생겼네." 매클레인은 발표를 하는 사람처럼 손가락 두 개를 세웠다. "첫째, 우리 회사의 한 중역이 야근을 하다가 내 사무실로 찾아갔다더군. 거기서 서류함을 뒤지고 있던 제인을 본 거야. 그 친구 말이, 평소였다면 그냥 넘어갔을 텐데 그날 제인은 서랍 하나를 통째로 빼서 안쪽 면을 손으로 훑고 있었다고 했어. 마치 숨겨둔 물건이나 서랍 안쪽에 달라붙은 무언가를 찾는 것처럼 말이야. 문제는 내가 사무실의 금고 비밀번호를 서랍 안쪽에 붙여둔다는 거야. 실제로 그걸 확인하지는 않아. 비밀번호는 여기 잘 넣어뒀으니까." 매클레인은 오른쪽 관자놀이를 톡톡 쳤다. "하지만 혹시 몰라서 라벨에 적어두고 서랍 안쪽에 붙여두긴 했지. 비밀번호를 그렇게 보관한다는 얘기를 제인에게 했는지는 기억나지 않지만 했을 수도 있어. 그 일을 어떻게 받아들여야 할지 고민이 되더군. 사실 제인이 비밀번호를 물어봤다면 기꺼이 알려줬을 거야.

그러다 두 번째 사건이 터졌네. 하루는 제인의 집에서 자고 가기로 했는데 제인이 몇 가지 물건을 사러 잠깐 나간 거야. 솔직히 그 틈에 여기저기 기웃거리긴 했네. 그러다 책상에 앉아 컴퓨터를 살펴보고 서랍을 뒤지기 시작했지. 별다른 물건은 없었지만 사진 몇 장이 있더군. 그중에 바베이도스에서 찍은 사진도 있었어. 카클베이 리조트 앞에서 찍은 걸 보니 바베이도스가 틀림없었지. 처음엔 옛날에 찍은 사진인 줄 알았네. 첫째로 컴퓨터에서 출력한 게 아니라 진짜 필름 사진이었고, 둘째로 사진 속 제인의 머리칼은 갈색이 섞인 금발이었기 때문이야. 금발의 제인은 인상이 완전히 달라 보이더군. 사진을 뒤집어 봤더니 거기 날짜가 찍혀 있었네. 내가 바베이도스에 가기 한 달 전이었어. 내가 제인을 만나기 한 달 전.

그러자 갑자기 모든 게 정확히 들어맞았어. 제인은 내가 부자고, 카클베이 리조트를 예약했다는 걸 알고 날 조사한 거야. 구글에서 검색하거나 그랬겠지. 내가 두 번 결혼했다는 걸 알게 되고, 아내들 사진도 봤겠지. 그래서 염색하고 테레사와 똑같은 머리를 한 거야. 물론 법정에선 아무것도 증명할 수 없고 그럴 생각도 없네. 하지만 바보가 된 기분이었지. 제인에겐 아무 말도 하지 않고 뒷조사를 시켰어. 사람을…… 고용해서 알아봤는데 아무것도 없었어. 구린 데가 없다는 뜻이 아니라 아무것도 알아낼 수 없었다는 말일세. 제인 번이라는 사람은 없더군. 물론 그런 이름을 가진 여자들은 있었지만 다 모르는 사람들이었어. 그녀에겐 과거도 없었어. 한때 이 세상에 정말로 존재했다고 증명할 만한 어떤 정보도."

매클레인은 다시 말을 멈췄고, 조지가 물었다. "그래서 어떻게 하셨죠?"

"제인에게는 아무 말도 하지 않았네. 왜냐하면…… 왜냐하면…… 모르겠어. 그냥 테레사와 함께 있다 보니…… 테레사가 죽어가는 걸 보니…… 우리 관계를 다시 생각해보게 됐고 그만 헤어지고 싶다고 했지. 하지만 제인은 알고 있었어. 내가 그녀의 속셈을 알아차렸다는 걸. 마치 더는 다른 사람 행세를 할 필요가 없다는 듯이 그녀의 눈에서 무언가 사라지더군. 제인은 내 인생에서 사라지겠다고 했고, 나는 바보같이 그녀에게 시간을 주기로 했네. 다른 직장을 구할 때까지 회사에 다니라고 한 거야.

그 뒤는 자네가 아는 대로일세. 제인은 50만 달러를 훔쳐서 사라졌어. 그녀를 용서하고 그 일을 묻어버릴 수도 있었지. 내게 그다지 큰돈은 아니니까. 하지만 그녀의 검은 머리와 푸른 눈동자, 그리고 처음 만났을 때 레베카를 꼭 닮았던 얼굴이 자꾸 생각나는 거야."

매클레인은 거칠게 코로 숨을 들이쉬었다. "한마디로 그 쌍년이 처음부터 날 가지고 놀았어." '쌍년'이라는 대목에서 침이 튀었다.

"그래서 젠크스를 고용했군요."

매클레인은 눈을 들었다. 가느다란 눈이 반짝거렸다. "그래, 내가 DJ에게 제인의 뒷조사를 시켰네. 하지만 그 땅딸막한 깡패는 보내지 않았어. 자넨 내가 보냈다고 생각하겠지만."

"솔직히 어떻게 생각해야 할지 모르겠습니다. 그냥 제가 이 돈을 돌려드린 걸로 사건을 일단락 짓죠. 당신은 누구를 고용했든지 간에 요청한 일을 취소하고 제인을 그냥 내버려두면 됩니다."

매클레인은 다시 거칠게 코로 숨을 들이쉬었다. 마치 콧물이 흘러내리는 것처럼. 불현듯 조지는 겉보기에 자신만만한 이 남자가 사실은 크게 동요하고 있는 게 아닐까 생각했다. 다부진 몸과 매서운 눈동자가 갑자기 건강하다기보다 슬퍼 보였다. "DJ에게 제인을 찾는 걸 그만두라고 하지. 하지만 제인을 직접 만나야겠네. 딱 한 번만. 그녀는 내 돈을 가져갔고, 이젠 자네를 시켜 돈의 일부를 돌려줬어. 하지만 그걸로는 부족해. 제인을 해칠 생각은 없지만 얼굴은 봐야겠네. 이 말을 전해주겠나?"

"전해드리죠. 하지만 제인이 그 부탁에 응할지는 잘 모르겠습니다. 어떤 것도 약속드릴 순 없습니다. 제인이 미안하다는 말을 전해달라고 했습니다. 그게 도움이 될지는 모르겠습니다만."

"제인에게 내가 보고 싶다고, 얼굴을 직접 보고 사과를 받고 싶다고 전하게. 영원히 숨을 순 없어. 진짜 정체는 얼마든지 알아낼 수 있지. 제인도 그걸 알 거고. 자, 이제 그만 가게. 오늘 아내와 떨어져 보낸 시간은 이걸로 충분하니까."

매클레인이 자리에서 일어나자 조지도 일어났다. 일어서니 매클레인이 더 작아 보였다. 왠지 쪼그라든 듯했다. 조지는 새로운 사람을 만났을 때 으레 하는 인사말이나 행동이 나오려는 걸 꾹 참았다. 그래서 손을 내밀어 악수를 청하지도, 아내의 일이 유감이라고 말하지도 않았다. 훗날 매클레인에게 일어난 사건을 알게 되었을 때 조지는 이 순간을 떠올리며 후회했다.

"나가는 길은 알고 있습니다." 조지는 그렇게 말하고 문으로 걸어가 휘황찬란한 백색 로비로 나갔다. 벽에 기대서서 휴대전화를 들여다보고 있던 도널드 젠크스 혹은 DJ가 조지 쪽을 힐끗 봤다. 조지는 목례만 하고 계속 걸어갔다. 발소리가 울려 퍼지는 가운데 현관으로 걸어가 무자비한 오후 햇살 속으로 나갔다. 갑자기 현기증이 일면서 눈앞에 작고 푸른 점들이 떠다녔다. 곤히 낮잠을 자다가 깨어난 기분이었다.

조지는 잠시 서 있다가 차로 걸어갔다. 집 앞에 주차되어 있던 조경 차량이 사라지고 없었다. 분명 일을 마치고 짐을 챙겨 떠났으리라. 정원사가 사라지니 저택 밖은 으스스할 정도로 고요했다. 울창한 수풀 너머로 다른 저택은 전혀 보이지 않았다. 8월 오후의 폭염에 지친 귀뚜라미가 끊임없이 칭얼대는 소리만 들릴 뿐이었다.

8

조지는 보스턴 외곽 소거스의 요란한 식당가에 자리한 대형 중국 음식점 구룡에서 리아나와 만나기로 약속했다. 95번 도로를 타고 북쪽으로 달리다가 1번 도로로 빠져 구룡의 주차장으로 들어섰다. 6시가 조금 넘은 시간이었다. 발밑 아스팔트가 물렁물렁하게 느껴졌다. 2층짜리 구룡 건물로 다가가니 기름과 MSG 냄새가 훅 밀려왔다. 구룡의 출입문은 두 개의 흰색 이스터 석상 사이에 끼여 있었고, 문 위에는 더 큰 목각상이 있었다. 연무가 낀 대기 속에서 레스토랑 간판이 다홍색으로 반짝거렸는데 큼지막한 글자가 엉터리 폴리네시아 서체로 적혀 있었다.

로비에 들어서서 소원을 비는 분수를 지나, 그를 레스토랑 앞쪽 별실에 밀어 넣으려는 중국인 할머니도 지나 축구장만 한

메인 홀을 통과했다. 조잡한 폴리네시아 풍으로 장식된 메인 홀은 일요일 이른 오후인데도 벌써 손님들로 가득했고, 럼을 원료로 삼은 대화 소리가 쿵쾅거리는 음악 소리와 경쟁하고 있었다. 조지는 곧장 바 테이블로 다가가 출입문이 잘 보이는 스툴에 앉았다. 리아나는 5시 30분에서 6시 30분 사이에 오겠다고 했다. 그가 이곳을 약속 장소로 정한 이유는 무질서하게 뻗어나간 1번 도로 옆에 있어서 찾기 쉽고, 늘 사람들로 붐비기 때문이다. 또한 이곳의 새콤달콤한 새우탕수도 좋아했다.

조지는 바텐더에게 좀비(과일 주스에 리큐어와 다양한 럼을 섞어 만든 칵테일—옮긴이)를 주문하고 리아나를 기다렸다. 바는 사람들로 속속 채워졌다. 한쪽 구석에 두 커플이 앉아 스콜피온 볼(과일 주스에 다양한 럼을 섞어 만든 일종의 펀치. 큼직한 그릇에 담겨 나온다—옮긴이) 두 개를 나눠 마시고 있었다. 두 남자 모두 배가 불룩 나왔고 레드삭스 야구 모자를 썼다. 여자들은 둘 다 연갈색으로 그을린 피부에 젓가락처럼 말랐고, 1985년에나 유행했을 법한 사자 머리를 하고 있었다.

바 안쪽 바닥이 꺼진 탓에 조지보다 살짝 아래 서 있던 젊은 여자 바텐더가 좀비를 가져다주며 물었다. "음식도 주문하시겠어요?"

조지는 일행을 기다리는 중이라고 말하고 칵테일을 마셨다. 딱히 맛이 좋지는 않았지만 럼이 듬뿍 들어 있었다. 두 모금 만에 절반을 비우고 벽에 매달린 텔레비전을 봤다. 오늘 있었던 야구 경기의 하이라이트가 방송 중이었다. 레드삭스는 3점 차로 앞서다가 결국 연장전에서 지고 말았다. 하지만 그의 시선은 자꾸 출입문 쪽으로 향했고 과연 리아나가 올 것인지, 온다면 무슨 말을 해야 할지 생각했다.

도니 젠크스가 두 명이고, 적어도 제럴드 매클레인의 말에 따르면 기분 나쁘게 웃는 그 땅딸보가 매클레인의 하수인이 아니라고 말할 생각이었다. 뉴턴에서 소거스까지 차를 몰고 오는 동안, 조지는 리아나와 매클레인 중 한 명이 자신을 속이고 있으며 그로서는 누구도 믿을 이유가 없다는 생각이 들었다. 단지 돈을 전달해달라는 것 말고 리아나에게 또 다른 꿍꿍이가 있는 걸까? 조지는 자기도 모르게 볼 안쪽을 깨물고 있음을 깨닫고 그만두었다. 약속대로 돈을 전달했으니 이젠 매클레인의 전갈을 리아나에게 전하기만 하면 된다. 물론 리아나가 나타난다면.

다만 그녀가 계획적으로 접근했다는 매클레인의 주장은 굳이 말해줄 필요가 없을 듯했다. 리아나가 그 주장을 부인하는 소리를 들을 필요도 없고, 듣고 싶지도 않았다. 리아나는 나쁜 짓을 저지를 수 있는 여자였다. 직감으로 아는 게 아니라 사실이기 때문이다. 조지는 20년 전에 그녀가 한 짓을 알고 있었으며, 어디까지가 계획된 것인지 늘 궁금했다. 하지만 만약 매클레인의 말이 사실이라면—따지고 보면 그가 거짓말을 할 이유가 없었다—리아나가 매클레인에게 한 짓은 완전히 계획적이었다. 아픈 부인을 둔 부유한 남자에게 작정하고 달라붙은 것이다. 그리고 매클레인은 그녀에게 홀딱 빠져버렸다. 매클레인의 이야기를 들어보니 그가 불륜을 저지른 데는 리아나의 성적 매력에서 벗어날 수 없는 이유도 있는 듯했다. 조지도 이해할 수 있었다. 이틀 전 리아나를 만난 후로 그녀와 짧게 사귀었던 시절의 추억이 자꾸 떠올랐기 때문이다. 그에게 리아나는 첫 번째이자 최고의 섹스 파트너였다. 그들은 모든 걸 함께 배워나갔다. 마치 탐험가가 되어 정글 속에 감춰진 유적지를 우연히 발견하고, 인류 최초로 숨겨진 도시를 본 기분이었다. 그후로 몇 년간 그는 다른 탐험가 때로는 관광객과 함께 그곳으로 돌아갔지만 결코 예전 같지 않았다. 리아나와 함께했을 때처럼 죽이 척척 맞고, 새로운 것을 발견한다는 기분은 느낄 수 없었다.

조지는 좀비를 다 마시고 이번에는 포그 커터를 주문했다. 만드는 걸 지켜보니 들어가는 과일 일부와 유리잔만 다를 뿐 기본적으로 좀비와 아주 비슷했다. 손목시계를 확인하는 순간, 리아나가 레스토랑으로 들어와 바에 앉은 그를 보고 다가왔다. 소매 없는 초록색 원피스를 입었고, 손에 들린 작은 핸드백은 말채찍처럼 앞뒤로 흔들렸다.

"어떻게 됐어?" 스툴에 올라앉아 바텐더에게 손짓하며 리아나가 물었다.

"일단 마실 것부터 시켜. 그런 다음에 말해줄게."

그녀는 보드카 온더록스를 주문했다. 그를 만나려고 뛰어왔는지 양볼은 상기되었고, 이마는 땀으로 반짝거렸다.

"좋은 소식부터 들을래, 나쁜 소식부터 들을래?"

"당연히 좋은 소식부터지."

"좋은 소식은 내가 도니 젠크스를 다시 만났다는 거야. 이젠 그가 널 해치지 않을 거야. 파리 한 마리도 안 죽일 것 같은 얼굴이었어. 그런데 나쁜 소식은 그가 뉴에식스에서 날 위협했던 도니 젠크스가 아니라는 거지."

"무슨 말이야?" 리아나는 잔 가장자리에 꽂힌 레몬 조각을 빼서 냅킨에 내려놓고는 보드카를 한 모금 마셨다.

"처음 만났을 때 매클레인이 뚱뚱하고 콧수염을 기른 남자에게 내 몸수색을 시켰거든. 그 남자 이름이 도니 젠크스야. 코네티컷 주에서 널 위협하고 여기까지 따라온 사람이 누군지는 몰라도 진짜 도니 젠크스는 아냐."

조지는 리아나의 반응을 유심히 살폈다. 그녀는 잔을 돌리며 빙글빙글 돌아가는 육각형 얼음을 바라봤다. 정말로 어리둥절한 표정이었다. "그렇다면 그 도니 젠크스, 그러니까 키 작은 도니 젠크스가 매클레인의 하수인이 아니라는 거야?"

"나도 정확히는 모르겠어. 혹시 독자적으로 일하는 사람은 아닐까? 네가 훔쳐 갔다는 걸 알아내고 네게서 돈을 뺏기 위해 도니 젠크스 행세를 했을 수도 있어. 근데 네가 매클레인에게 직접 돌려주는 바람에 그자의 계획이 틀어진 거지."

"그럴 가능성도 있지만 그보단 제럴드가 고용했다고 보는 편이 맞을 거야. 제럴드는 그러고도 남을 사람이니까.”

“무슨 말이야?” 조지가 물었다.

“제럴드는 절대 그런 깡패 같은 남자를 고용했다고 순순히 인정할 성격이 아냐. 합법적인 탐정을 고용해 법의 테두리 안에서 날 찾는 척하면서 뒤로 진짜 해결사를 고용한 거지. 그게 그 사람 방식이야. 훌륭한 사업가 행세를 하고 싶어 하거든.”

“그건 말이 안 돼. 그렇다면 왜 굳이 같은 이름을 썼지?”

“모르겠어.” 리아나는 보드카를 홀짝거렸다. “아, 정말 지겨워. 그래서 이젠 날 내버려두겠대?”

“나쁜 소식이 하나 더 있어. 네가 직접 만나러 오지 않으면 도널드 젠크스에게 계속 조사를 시켜서 네 진짜 정체를 알아내겠대.”

“왜 날 보고 싶다는 거야?”

“모르겠어. 자세히 말하지는 않았지만 네 말대로 매클레인은 화가 많이 났어. 널 더 괴롭히고 싶은가 봐.”

“그래도 제럴드가 돈은 받았지?”

“응.”

리아나는 한숨을 쉬었다. “또 뭐래? 전부 다 말해봐.”

조지는 처음부터 다 말했다. 저택의 외관과 현관문을 열어준 젊은 여자, 사설탐정 DJ에 대한 상세한 설명, 셜록 홈스 소설에서 튀어나온 듯한, 벽에 나무 패널이 붙은 방에서 기다린 일. 그리고 매클레인이 두 아내에 대해 했던 이야기와 회사 중역이 리아나가 서류함을 뒤지는 걸 봤던 일까지.

"필립 청이야." 그녀가 말했다. "놀랄 일도 아니지. 사실 난 정말로 금고의 비밀번호를 찾던 중이었어. 하지만 그저 서류를 넣어두기 위해서였어. 제럴드에게 물어봤어도 번호를 알려줬을 거야."

"그 사람도 그렇게 말했어."

조지는 나머지 이야기도 들은 그대로 말했다. 다만 리아나가 원래 금발이었다는 사실을 알게 된 매클레인이 그녀가 처음부터 계획적으로 접근했다고 의심한 부분은 생략했다.

"제럴드를 어떻게 생각해?" 리아나가 물었다.

"괜찮은 사람 같았어. 물론 개인적으로 엮이고 싶진 않지만 다른 사람을 고의로 해칠 것 같진 않았어. 너도 매클레인 말을 믿고, 직접 만나서 사과하는 게 어때? 그러면 그 사람이 널 내버려둘 테고 넌 예전 삶으로 돌아갈 수 있잖아."

"그게 어떤 삶인데?"

"바베이도스에 다시 돌아갈 수 있어?"

"갈 수는 있을 거야, 아마도. 하지만 가고 싶은지는 잘 모르겠어."

"거기 말고 다른 덴 없어? 나와…… 헤어진 후로 살았던 곳들 중에서 말이야."

리아나는 남은 보드카를 내려다보더니 눈을 들어 그와 시선을 마주쳤다. 그녀의 눈동자에서 반짝 분노가 일더니 금세 다른 무언가로 바뀌었다. 아마 슬픔이리라. 아니면 회한이거나.

"3년마다 새 출발 하는 게 신물이 나. 그렇다고 동정해달라는 건 아니야. 이 모두가 자업자득이라는 걸 아니까. 하지만 우리가 처음 만났을 때의 그 여대생은 이제 내가 아닌 것 같아. 나는 덫에 걸렸고 거기서 빠져나오기 위해 끔찍한 짓을 저질렀어. 그리고 이젠 그 일 때문에 평생 벌을 받아야 하고." 리아나가 살짝 웃자 눈가에 잔주름이 잡혔다. "나 동정해달라는 거 맞네. 한심하다. 지금 극도로 감상적인 상태라 그래. 정말이야. 그냥 이렇게 도망치는 게 지긋지긋해. 요즘엔 만약 자수해서 감옥에 갔으면 어떻게 됐을지 끊임없이 상상한다니까. 지금쯤 감옥에서 나와 내 이름으로 살았겠지?"

"지금이라도 자수할 수 있어." 조지가 말했다.

"나도 그 생각을 했어. 하지만 재판이 플로리다에서 열릴 텐데 거기로 돌아간다고 생각하면 견딜 수가 없어. 그 사건 이후로 플로리다에는 간 적이 없거든."

"그랬겠지."

잠시 침묵이 흘렀다. 조지는 물어보고 싶었다. 정확히 알고 싶었다. 플로리다에서 일어난 사건이 어디까지가 계획되었고, 어디까지가 끔찍한 사고였는지. 하지만 도저히 물어볼 수 없었다. 그저 리아나가 잔을 기울여 육각형 얼음을 입 안으로 미끄러뜨리는 모습만 지켜보았다.

"그럼 이제 뭘 할까? 먹을 것 좀 시킬까?" 조지가 물었다.

"이상하게 배가 고파. 그냥 여기서 술 마시고 애피타이저나 시켜 먹자. 제럴드 매클레인 말고 다른 얘기도 하면서."

"좋지."

"네가 어떻게 살아왔는지 말해줘."

"하품 나올 텐데."

"그럼 지난번 술집에 너와 함께 있었던 그 예쁜 여자 얘길 해줘. 매력적이던데?"

"아, 아이린?"

"여자 친구야?"

"만났다 헤어졌다 그래. 복잡해." 조지는 눈짓으로 바텐더를 불러 기름기 범벅인 모둠 애피타이저와 술을 더 주문했다. 그가 주문하는 동안, 리아나는 빈 잔을 바텐더 쪽으로 밀고 등을 똑바로 폈다. 머리카락을 양쪽 귀 뒤로 넘기고 그를 돌아보며 미소 지었다.

그들은 칭타오 맥주도 마시고, 불이 붙어서 나오는 요리도 주문하며 대여섯 시간 동안 이야기를 나눴다. 조지는 대학 졸업 후의 일, 다니는 회사, 사귀었다 헤어진 여자들에 대해 말했다. 또한 리아나가 사라진 후 마더 대학에서 보낸 3년에 대해서도. 그녀는 모두 기억하고 있었다. 조지는 에밀리, 그리고 1학년 때 같은 기숙사에서 살았던 친구들이 어떻게 되었는지 말해주었다. 자기가 대학 시절의 세세한 것까지 모두 기억해낼 수 있다는 사실이 놀라웠고, 리아나가 그 모든 이야기에 관심을 보인다는 사실이 두 배로 놀라웠다. 아마도 일이 그렇게 되지만 않았다면 자기의 삶이 되었을지도 모르기 때문일 것이다.

마침내 구룡에서 나왔을 때는 주위가 어두웠고, 여름비가 줄기차게 세상을 두들겨대고 있었다. 멀리서 천둥이 대기를 휘저었다. "차는 어디에 뒀어?" 조지가 물었다.

"2~3킬로미터쯤 떨어진 주차장에. 저쪽이야."

그들은 차가 반쯤 빠져나간 주차장을 가로질렀고, 리아나는 자신의 폭스바겐을 찾아냈다. 그녀가 차 문에 열쇠를 꽂는 동안, 조지는 옆에 서 있었다. 그때, 그녀가 별안간 뒤로 돌아 그의 품에 안겼다. 두 입술이 만났고, 조지는 조금 전의 의심을 모두 떨쳐내고 그녀의 느낌, 촉촉한 키스에만 집중했다. 머리와 등은 비에 젖었지만 리아나가 안겨 있는 앞쪽은 따뜻하고 보송했다. 조지가 그녀의 한쪽 뺨에 손을 올리자, 리아나가 더욱 몸을 밀착하더니 그의 목에 키스하며 말했다. "너희 집으로 갈까?"

"응." 다른 대답은 할 수 없었다.

"그렇다고 우리 관계를 다시 시작하자는 뜻은 아니야."

"알아."

리아나는 몸을 떼고 폭스바겐 운전석에 앉았다. "홀딱 젖었어." 그녀는 그렇게 말하며 젖은 머리카락을 얼굴에서 떼어냈다.

"내 차를 따라올래?"

"혼자서도 찾아갈 수 있을 거 같아. 얼마나 걸려?"

"30분. 그럼 집 앞에서 봐."

조지는 차가 있는 곳으로 걸어갔다. 더욱 거세진 빗줄기가 자동차 지붕 위에서 하얗게 부서졌고, 주차장은 순식간에 검고 얕은 호수가 되었다. 여자들은 구릉의 차양 아래 서서 남편이 차를 가지고 오기를 기다렸다.

운전하는 동안 조지는 깊이 생각하지 않으려고 했다. 빗줄기의 공격은 계속되었고 운전자들은 막강한 빗줄기에 경의를 표하며 제한 속도를 준수했다. 라디오 다이얼을 만지작거리다가 맨 왼쪽에서 솔로몬 버크의 노래가 나오는 채널을 찾아냈다. 젖은 몸을 고쳐 앉자 오른쪽 옆구리에 찌릿한 통증이 퍼졌다. 지난번에 맞은 곳이었다. 그게 언제였지? 몇 달 전 일인 것만 같았다. 다른 차들이 폭우 속에 빛의 터널을 그리며 그를 추월했는데 그중에 그의 집으로 향하는 리아나도 있을지 모른다. 그녀가 정말로 올 거라는 확신은 없었지만, 오지 않을 거라는 확신도 없었다. 아무것도 확신할 수 없었다. 어쩌면 매클레인이 오해했을 수도 있다. 리아나는 그저 새롭게 살아보고 싶었을 뿐이고, 머리를 염색한 것은 우연의 일치일 수도 있다. 매클레인의 돈을 훔친 것은 사실이지만 어디까지나 그의 눈 밖에 난 뒤의 일이다. 게다가 돈도 돌려주었다. 불현듯 오늘 아침에 리아나가 수고비로 주려고 했던 1만 달러가 생각났다. 리아나는 아직도 그 돈을 가지고 있을까? 1만 달러는 큰돈이고, 조지의 인생을 크게 바꿔놓을 터였다. 하지만 돈에 대한 생각은 금세 리아나 생각으로, 조금 전 둘이 했던 키스와 지금 그녀가 그의 집으로 가고 있다는 생각으로 바뀌었다.

하지만 한 가지 걸리는 게 있었고, 조지는 애써 그걸 생각하지 않으려고 했다. 아까 구룡에서 리아나는 아이린에 대해 물었다. 금요일 저녁 술집에서 그와 함께 있었던 매력적인 여자라고 했다. 하지만 조지가 아는 한 리아나는 아이린을 본 적이 없었다. 그날 저녁 리아나는 그들을 지켜보고 있었던 걸까? 그랬다면 왜 그에게 말을 걸지 않았을까? 리아나는 그를 만날지도 모른다는 생각에 그 술집으로 찾아갔다고 이미 말했다. 조지가 먼저 알아봐주길 바랐던 걸까? 모두 계산된 행동이었을까? 만약 그렇다면 그렇게 해서까지 조지에게 돈을 돌려달라고 부탁한 이유가 뭘까?

사브를 주차하고 좁은 길을 내려가니 빗방울이 뚝뚝 떨어지는 차양 아래서 리아나가 그를 기다리고 있었다. 그 순간 아까 차에서 했던 생각들은 모두 사라졌다. 그들은 아무 말 없이 다시 키스했다. 리아나가 양팔로 그의 허리를 꼭 껴안는 바람에 옆구리에 격렬한 통증이 흘렀지만 무시했다. "올라가자." 조지가 쉰 목소리로 말했다.

좁은 현관에 들어서자 노라가 그의 발목에 몸을 비벼댔다. 조지는 리아나의 옷을 모두 벗겼다. 더운 밤이었는데도 그녀는 몸을 떨었고 축축한 살갗은 차가웠다. 그들은 소파로 갔다. 그가 비에 젖어 몸에 찰싹 달라붙은 옷을 재빨리 벗어던지는 동안, 리아나는 소파에 누웠다. 그들을 따라온 노라가 애처롭게 야옹거렸다. 조지는 노라를 안아서 침실에 내려놓고 문을 닫았다. 나중에 보복을 당할 테지만, 집착이 심한 암고양이에게 절대 보여주지 말아야 할 게 있는 법이다.

조지는 다시 소파로 갔다. 리아나는 그가 기억하는 대로였다. 둥글고 봉긋한 가슴, 탐스러운 핑크색 젖꼭지, 얕게 파인 보조개 같은 배꼽, 유달리 큰 골반, 오른쪽 허벅지에 보일 듯 말 듯한 딸기 모양의 점. 조지는 그녀의 나체를 처음 봤던 열여덟 동정 시절로 돌아간 듯해 긴장한 채 잠시 그녀 옆에 서 있었고, 벌거벗은 몸이 부르르 떨렸다. 리아나가 그와 눈을 마주치더니 왼손을 뻗어 그를 쓰다듬었고, 오른손으로는 그의 손을 잡아 자신의 다리 사이로 이끌었다. 갈색 음모는 기억보다 짧게 다듬어져 있었다. 리아나는 조지를 몸 위로 끌어당겼다. 그녀가 귀를 살며시 깨물자, 조지의 목이 파르르 떨렸다. 조지는 한 번에 깊숙이 그녀 안으로 미끄러져 들어갔고, 두 사람은 동시에 숨을 헉하고 들이쉬며 등을 활짝 젖혔다.

9

두 번째로 초인종이 울렸을 때 조지는 텅 빈 침대에서 몸을 굴려 일어나 앉았다. 눈앞이 흐릿하고 머릿속은 혼란스러웠다. 리아나의 흔적은 어디에도 없었다. 그녀가 여기서 밤을 보냈다는 증거는 마구 엉킨 채 흐트러진 시트와 아직까지 방에 진동하는 축축한 섹스 냄새뿐이다. 손목시계를 보니 아침 9시였다. 조지는 가슴이 철렁 내려앉았다. 오늘은 월요일이니 이 시간에는 사무실에 있어야 했다. 회사에서 전화한 걸까? 하지만 아까 그 소리는 전화벨이 아니라 초인종이었다.

조지는 침대에서 일어났다. 어쩌면 리아나가 일찍 일어나 아침을 사러 나갔을지 모른다. 분명 열쇠를 가져가지 않았으리라.

가운을 입던 조지의 눈에 서랍장 중앙에 놓인 돈다발이 들어왔다. 자기도 모르게 맨 위에 놓인 50달러 지폐를 검지로 쓰다듬었지만 돈은 그대로 두었다. 어젯밤에 1만 달러 사례비 얘기는 나오지 않았고, 리아나와 함께 집에 돌아와 옷을 벗은 후로는 조지도 잊고 있었다. 초인종이 다시 울리자 두려운 나머지 위장이 살짝 오그라들었다. 서랍장 위의 돈은 리아나가 떠났다는 뜻이다. 그렇다면 누가 초인종을 누르는 걸까? 거실을 가로질러 현관문 손잡이를 잡은 채 누구냐고 물었다.

"경찰입니다." 문 밖에서 여자 목소리가 들렸다.

문을 열어보니 남자와 여자가 있었다. 여자는 허리춤에 찔러둔 배지를 재빨리 꺼내 보여줬지만 굳이 그럴 필요가 없었다. 정장 바지에 셔츠를 입은 두 사람은 누가 봐도 경찰이었다.

"조지 포스 씨?" 여자가 물었다.

"그런데요."

"전 로베르타 제임스 경사, 이쪽은 제 파트너인 존 오클레어 경장입니다. 얘기 좀 나눌 수 있을까요? 들어가도 되나요?"

삼십대 후반으로 보이는 흑인 여형사는 조지와 키가 비슷했다. 짧게 자른 머리는 심한 곱슬이었고, 긴 연갈색 얼굴에 광대뼈가 툭 튀어나와 있었다. 파트너인 오클레어는 더 어려 보였지만 머리카락은 희끗희끗했다. 매끈하게 면도한 직사각형 얼굴에 목은 갑상 연골이 심하게 불거졌으며, 뒤꿈치를 살짝 올렸다 내리기를 반복했다.

"실례지만 무슨 일이시죠?"

"어제 제럴드 매클레인을 방문한 일로 몇 가지 물어보러

112

왔습니다. 어제 오후에 매클레인 씨 댁으로 찾아가셨죠?"

조지는 딱 잡아뗄까 생각하며 잠시 머뭇거렸지만 그럴 필요도 없었고 사실 바보 같은 짓이었다. "그랬습니다. 하지만—."

"몇 가지 물어볼 게 있습니다."

"이해가 안 가네요. 전 제럴드 매클레인을 잘 모릅니다. 어제 만나긴 했지만…… 혹시 그 사람이 날 만나보라고 했나요?"

"왜 그렇게 생각하시죠?" 언제 선물을 열어봐도 되냐고 묻는 아이처럼 기대에 찬 표정으로 로베르타가 물었다.

"아닙니다. 그냥 한 소립니다. 두 분을 보고 당황했나 봅니다." 그냥 입 닥치고 경찰들을 집으로 들이자고 생각하며 조지가 말했다.

"어젯밤 제럴드 매클레인 씨가 살해됐습니다."

로베르타는 더 이상 말하지 않았고, 조지는 드라마 〈로 앤 오더〉를 숱하게 본 덕분에 지금 두 형사가 자신의 즉각적인 반응을 유심히 지켜보고 있다는 걸 알고 있었다. 마치 무대에 선 배우가 되어 대사를 잊어버린 심정이었다. 조지는 반쯤 웃었고, 설명할 수 없는 죄책감이 들었다. "어디서요?" 그가 물었다.

"잠깐 들어가도 될까요, 포스 씨? 아니면 경찰청으로 가서 얘기하는 게 편하실까요?"

"아닙니다, 들어오세요." 조지는 옆으로 비켜나며 벌거벗은 몸 위로 가운을 더 단단히 여몄다. 갑자기 무방비 상태로 노출된 기분이었고 어리둥절했다. 두 형사가 거실로 오는 동안,

그는 문이 반쯤 열린 욕실 안쪽을 바라보며 리아나의 흔적이 있는지 살폈다.

　두리번거리는 조지를 보며 로베르타가 물었다. "여기 누가 또 있나요?"

　"아뇨. 없습니다." 조지는 그렇게 대답했고 문득 그게 사실임을 깨달았다. 리아나는 사라졌다. 또다시.

10

버스 터미널에서는 베이컨 기름과 퀴퀴한 오줌 냄새가 났다. 매표소에 갔더니 한 시간 뒤에 있는 워싱턴 D.C. 행 버스를 타면 거기서 탬파로 가는 직행버스를 탈 수 있다고 했다. 오드리의 고향인 스위트검은 탬파에서 차로 한 시간쯤 걸리는 곳에 있었다.

조지는 버스 뒤쪽에 앉았는데 결과적으로 잘못된 선택이었다. 버스 안 화장실 문이 고장 나 계속 벌컥 열렸다가 탁탁 닫히기를 반복했기 때문이다.

어제 오후부터 저녁까지 맥주를 마신 탓에 골치가 지끈거렸다. 조지는 아침 일찍 일어나 조용히 짐을 쌌다. 비록 마취제를 맞은 곰처럼 코를 골며 자는 케빈이 깰 가능성은 거의 없었지만. 떠나기 전에 메모를 남겼다.

머리 식히고 올게. 걱정 마.

부모님께는 오늘 오후에 전화할 거야.

조지는 가방에서 스웨터를 꺼내 몇 번 접은 다음, 베개 삼아 머리에 받쳤다. 워싱턴D.C.로 가는 내내 어설픈 잠에 빠졌다가 깨기를 반복했다. 워싱턴D.C.에 도착해서는 탬파행 버스가 출발할 때까지 20분을 기다려야 했다. 맥도널드에서 치즈버거를 반쯤 먹은 다음, 일렬로 늘어선 공중전화로 가서 지난 9월 부모님께 받은 전화카드로 집에 전화했다. 아빠는 출근했을 테고, 엄마는 친구와 점심 약속이 있어 집에 없기를 바랐다. 하지만 그런 행운은 따르지 않았고 엄마가 전화를 받았다.

"무슨 일이니, 조지. 뭐 필요한 거라도 있어?"

그의 가족은 원래 자주 연락하고 안부를 묻는 사이가 아니었다. "엄마, 지난번에 내가 말했던 오드리 벡이라는 아이 기억해요?"

"아니. 기억은 안 나지만 말해보렴."

조지는 무슨 일이 있었는지 설명했고, 엄마는 연달아 한숨을 쉬었다. "그렇게 꽃다운 나이에 죽다니 아깝구나." 마치 개인적으로 오드리가 얼마나 전도유망했는지 알고 있었다는 듯이 엄마가 말했다. "하지만 내가 가장 걱정하는 건 너야. 이 일이 네게 영향을 미치지 않았으면 좋겠다. 넌 행복한 대학 생활을 해야 해."

"걱정 마세요, 엄마." 이제 곧 탬파행 야간 버스를 탈 예정이라는 말은 차마 할 수 없었다. 만약 학교에서 그의 무단결석을 알아차린다면 부모님에게 연락할 것이다. 하지만 그건 그때 가서 생각할 일이다.

"엄마, 일주일 후에 다시 연락할게요. 난 괜찮아요."

"그럴 거라 믿는다, 조지."

탬파행 버스에서는 가운데 자리에 앉았다. 가는 내내 사과 한 봉지를 먹고, 창밖으로 스쳐가는 남부의 음울한 고속도로를 지켜봤다. 혹시라도 오드리의 자살을 암시하는 일이 있었는지 기억을 뒤져봤지만 아무것도 없었다. 오드리는 집안 형편이 어려웠고, 그 얘기를 별로 입에 올리고 싶어 하지 않았지만 크게 불행하지는 않았다. 대체 얼마나 절박한 일이 있었기에 학교생활에 잘 적응하던 신입생이 자살한 걸까?

조지는 오드리와 함께했던 마지막 순간을 세세히 떠올렸다. 진눈깨비가 살짝 내린 목요일 아침, 재학생 절반은 이미 고향으로 떠난 뒤였고 그들은 마지막 시험을 보았다. 그날 저녁 학교 식당은 채 4분의 1도 차지 않았다. 조지와 오드리는 10인용 식탁에서 단둘이 저녁을 먹었다. 무슨 얘기를 했더라? 저녁 메뉴로 나온 비프 스트로가노프를 분석하며 앞으로 한 달 넘게 식당 문을 닫아야 하니 남은 재료를 모아 만든 게 아닐까 하며 낄낄거렸다. 또한 오드리를 살짝 화나게 했던 일도 기억났다. 오드리는 하루에 열두 시간씩 이틀간 운전해 고향인 플로리다로 돌아갈 예정이었다. 조지는 무리한 일정이 걱정되어 그렇게 오래 운전하는 건 위험하다고 했지만, 오드리는 학교에 올 때도 그렇게 왔으니 갈 때도 그렇게 갈 거라고 했다. 게다가 이틀이나 모텔에 묵을 돈도 없다고 했다. 조지는 숙박비를 주겠다, 플로리다까지 함께 운전해서 가자고 제안했지만 거절당하리라는 걸 알고 있었다. 결국 한참 실랑이한 끝에 오드리는 늘 그랬듯이 이런 말로 종지부를 찍었다. "걱정하고 싶으면 얼마든지 해. 난 어차피 그렇게 할 거니까." 그래서 조지는 그만두기로 했다.

그날 밤에는 각자의 방에서 짐을 싼 후, 오드리의 침대에서 함께 잤다. 그리고 동튼 직후에 일어나 각자 고향으로 떠나기 위해 기숙사를 나섰다. 조지는 오드리를 차가 있는 곳까지 바래다주던 때가 기억났다. 이른 아침의 축축하고 코끝이 쨍하던 공기, 보도를 얇게 뒤덮은 빙판, 범퍼가 강력 접착테이프로 고정되어 있던 오드리의 은색 포드 에스코트. 그녀는 차에 시동을 걸고 히터를 틀어 온도를 최고로 올린 다음 내려서 그를 포옹했다. "조심해서 운전해." 조지는 그렇게 말했고 자기도 모르게 "사랑해"라고 덧붙였다. 사랑한다고 말한 건 처음이었다.

"나도 사랑해, 조지." 오드리가 망설이지 않고 대답했다. "곧 보자."

오드리는 희망으로 가득 차 있었다. 마치 삶이 더 나아졌고, 앞으로 훨씬 더 나아지리라는 듯이 들뜬 표정이었다. 아니면 조지 혼자 그렇게 느낀 걸까? 그래서 그 감정을 오드리에게

투사한 걸까? 그는 계속 기억을 파내려갔고 급기야 더는 어떤 기억도 믿을 수 없게 되었다.

버스는 남쪽으로 단조로운 여행을 계속했다. 뉴잉글랜드 주는 날은 춥지만 하늘이 맑았는데 이제는 구름으로 뒤덮인 하늘에서 차가운 비를 뿌렸고 어느덧 밤이 되었다. 조지는 독서등을 켜고 《워싱턴 스퀘어》를 펼쳤지만 보기만 해도, 책을 만지기만 해도 구역질이 났다. 앞으로 이 책은 오드리의 사망 소식을 들었을 때 읽던 책으로 기억될 것이다. 앞 좌석 그물망에 책을 넣어버리고 다시는 손대지 않았다.

잠을 잘 수도, 책을 읽을 수도 없었지만 어쨌든 아침이 되었다. 운전기사는 버스가 아직 95번 도로를 달리는 중이며 조지아 주로 들어섰다고 말했다. 고속도로에 인접한 들판은 연무가 끼어 있긴 해도 눈은 전혀 쌓여 있지 않았고, 윤기 없는 초록색 이파리들이 나무를 장식했다. 조지는 차창에 손바닥을 대보았다. 차갑다기보다 시원했다. 전날 밤 거미줄 모양으로 창문을 뒤덮었던 서리는 송송 맺힌 물방울로 변해 있었다.

휴게소에 도착하자, 큼직한 스티로폼 컵에 든 커피와 허니 글레이즈드 도넛 두 개를 샀다. 오드리의 사망 소식을 들은 후 처음으로 배가 고팠다. 버스에 기대서 도넛을 먹고, 오가는 차량이 거의 없는 드넓은 아스팔트에 창백한 태양의 온기가 퍼져 나가는 모습을 지켜봤다. 탬파에 도착하면 어떻게 해야 할지 막막했다. 아직 나이가 어려서 자동차를 렌트할 순 없었지만 학교의 현금 인출기에서 뽑은 돈이 있었다. 택시로 스위트 검의 제일 싸구려 모텔을 찾아갈 수 있을 정도의 돈이었다. 일 단 모텔에 간 다음에 어떻게 할지 생각할 것이다. 오드리의 부모님께 전화 드려 만나고 싶다고 할 수도 있다. 장례식이 열릴 지 물어보고, 오드리의 친구들을 찾아가 얘기를 나눌 수도 있다. 학교를 떠난 후 무슨 일이 있었기에 오드리가 자살까지 하게 되었을까? 유서는 남겼을까? 거기에 자살한 이유가 적혀 있을까?

여자 버스 기사는 피우던 버지니아 슬림을 홈통에 던지고는 휴식 시간이 끝났다고 외쳤다. 조지는 기사를 따라 버스에 올라탔다.

낮게 내려앉은 하얀 하늘 아래의 탬파는 영상 15도 정도로 따뜻했다. 대기에서는 타르와 바다 냄새가 났다. 잔뜩 녹이 슨 택시 한 대가 버스 터미널 앞에 주차되어 있었다. 키가 작아 보이는 라틴계 남자 기사가 열린 차창 밖으로 팔꿈치를 내민 채 팔에 얼굴을 괴고 있었다. 반쯤 잠든 듯했다.

"스위트검까지 얼만가요?" 조지가 물었다.

"거긴 왜 가려고?"

"택시비가 얼마쯤 나올까요?"

"몰라. 80달러?"

"스위트검에 있는 모텔에 데려다주시면 60달러 드릴게요."

택시 기사는 손목시계를 봤다. "좋아." 기사가 승낙하자 조지는 가방을 들고 뒷좌석에 올라탔다. 양쪽 날개뼈 가운데에서 땀방울이 천천히 흘러내렸다. 택시는 탬파베이 위로 우뚝 솟은 끔찍한 몰골의 다리를 건넜다. 저 멀리 구름 사이로 햇살이 뻗어 나와 회색 바닷물 여기저기에 빛의 웅덩이를 만들었다. 탬파를 벗어나자 바다가 사라졌고, 고속도로 옆으로 야자수보다 더 높은 모텔 간판이 나타나는가 하면 체인 레스토랑과 주유소, 토플리스 클럽이 즐비했다.

오드리는 대학 오기 전의 일은 거의 말하지 않았는데 고향 얘기는 한 적이 있었다.

"나도 가고 싶다." 한번은 조지가 그렇게 말했다.

오드리는 웃음을 터뜨렸다. "볼거리는 하나도 없어. 와플 가게하고 전당포만 있다니까."

"너네 고향은 뭐가 좋아?"

"좋은 거 없어. 그저 떠나고만 싶었지. 작은 시골 마을과 나의 간격을 이렇게 벌리고 싶었어." 그녀는 두 검지를 들어 8센티미터쯤 떨어뜨렸다.

택시는 스위트검으로 가는 첫 출구로 빠져 1박에 29.99달러라고 광고하는 모텔 앞에 섰다. 쇼니스 레스토랑과 중고차 가게 사이에 끼어 있었다. 모텔 위로 광고판이 솟아 있었는데 6백미터 아래로 가면 폭죽과 오렌지를 파는 빌리네 가게가 있다고 했다.

"방이 있는지 알아볼 동안 여기서 기다려주실래요?"

기사는 조수석 차창 밖을 내다보았다. 플라스틱 판재로 마감한 모텔 앞 주차장은 텅 비어 있었다. "빈방이 있을 테니 걱정 마라." 기사가 말했다. 조지는 60달러를 내고 주차장을 가로질러 모텔로 들어갔다. 늦은 오후였지만 아직 따뜻했고, 반바지를 챙겨오지 않았음을 깨달았다.

모텔에서는 2박 요금을 선불로 받았다. 조지는 숙박계를 작성했고 자동차 번호를 적는 난은 비워두었다.

"차가 없어?" 프런트에 앉아 있던 동양인 할머니가 물었다. 이 하나가 까맸다.

"네. 스위트검에 가려면 어떻게 해야 하나요?"

"차를 타고 가야지."

"차를 렌트할 수 있을까요? 아직 스물다섯이 안 됐는데."

"그 전에는 안 되는 거였나?" 할머니는 깔깔 웃었다. "옆집 댄에게 물어봐. 현찰을 주면 차를 빌려줄 게야. 그나저나 몇 살이야?"

"열여덟이요."

"그래, 딱 그 나이로 보여."

모텔 방은 베이지색 카펫과 번들거리는 꽃무늬 침구, 싸구려 벽지로 꾸며져 있었다. 주차장과 나들목이 내려다보이는 앞쪽 창문에는 꼬질꼬질한 블라인드가 내려졌다. 받침대를 받쳐 열어둔 뒤쪽 창문에는 에어컨이 설치되었지만 지금은 꺼져 있었다. 조지는 가방을 침대에 던지고 샤워를 했다.

난 지금 오드리의 고향에 있다. 목덜미에 물줄기를 맞으며 조지는 그렇게 생각했다. 어쩌면 모든 게 착오이고, 오드리는 살아 있을지 몰라. 병원에서 회복 중일 수도 있어. 지금까지 마음 한편에 숨겨두었던 생각이자 남몰래 간직한 희망이었다. 수건으로 몸을 닦는 동안, 거울에 낀 수증기가 희미해지자 그는 거울 속 얼굴을 바라봤다. 평범한 갈색 머리는 너무 길어지면 늘 그렇듯이 날개처럼 바깥쪽으로 구부러졌다. 평범한 얼굴, 너무 크다 싶은 코, 그걸 보상해주는 턱 보조개. 눈동자는 슈퍼마켓 종이봉투 같은 연갈색이었다. 몇 주 전까지 오드리가 바라보던 얼굴이었다. 그녀는 이 얼굴을 보며 무슨 생각을 했을까? 그 생각들은 지금 어디에 있을까? 조지는 그녀의 존재를 느껴보려 했지만 아무것도 느껴지지 않았다.

리바이스 청바지를 입고 암녹색 바탕에 노란 가로 줄무늬의 폴로셔츠를 입었다. 머리맡 테이블 서랍에는 기드온 성경과 전화번호부가 들어 있었다. 스위트검에 벡이라는 성으로 등록된 번호는 두 개였는데, C. 벡, 그리고 샘과 패트리시아 벡으로 되어 있었다. 아무래도 후자일 듯하여 조지는 담배에 불을 붙이고 그 번호를 눌렀다. 남자가 전화를 받았다.

"벡 씨 댁인가요?"

"누구요?"

"안녕하세요. 전 조지 포스라고 합니다. 마더 대학에서 따님의 친한 친구였어요. 혹시 오드리에게 제 얘기를 들으셨나요?"

"우리 마누라에게는 했을 수도 있지…… 모르겠구나."

"오드리 일은 정말 유감입니다."

"그래."

"저 혹시…… 제가 지금 플로리다에 왔는데…… 찾아뵙고 두 분과 얘기를 나눌 수 있을까요?"

"맙소사. 잠깐 기다려라."

오드리의 아버지가 외치는 소리가 들렸다. "무슨 남자 친구인데 여기 오고 싶대."

조지는 코로 숨을 크게 들이쉰 다음, 초조한 마음에 하품을 했다.

"여보세요? 누구라고?" 딸각 소리가 나더니 이번에는 여자 목소리가 들렸다.

"조지 포스라고 합니다. 마더 대학에서 따님의 친구였습니다."

다시 딸각 소리가 났다. 아마도 벡 씨가 저쪽에서 전화를 끊는 소리 같았다. 조지는 벡 부인이 오드리 사진을 무릎에 올려놓은 채 오드리의 침실에 앉아 있는 모습을 상상했다.

"얘야, 조지, 코네티컷 주에서 여기까지 왔다고? 그거 정말 고맙구나." 벡 부인은 술에 취한 목소리였고, '고맙구나'의 발음이 뭉개졌다.

"혹시 장례식이 열릴 예정인가요? 제가 너무 늦은 게 아니라면……."

전화기 반대편에서 한숨 소리, 혹은 담배 연기를 내뿜는 소리가 들렸다. "장례식이 열리긴 할 거야. 하지만 그 어린 것을 묻어주고 싶은데 지금 당장은 그럴 수가 없다는구나……. 어떻게 그럴 수가 있는지." '장례식'이라는 단어를 말할 때 벡 부인의 목소리가 살짝 떨리기 시작하더니 '그 어린 것'이라고 말할 때는 노골적으로 울먹였다.

"죄송합니다. 괜히 전화드렸네요." 조지가 말했다.

곧바로 대답이 없자, 조지는 그냥 끊을까 생각했다. 그때 다시 벡 씨의 목소리가 들렸다.

"누구야?"

"아직 접니다, 어르신. 조지 포스요."

"젠장. 용건이 뭐냐?"

"죄송합니다만 저도 잘 모르겠습니다. 오드리의 장례식에 참석해 자초지종을 아는 사람을 만나고 싶습니다. 이번 일을 이해하기 위해서요." 일리 있는 말이었지만 별로 설득력이 없었다. 그래서 작전을 바꿨다. "꽃을 좀 사 왔는데 전해드려도 될까요?"

"내일쯤 와보거라." 잠시 침묵이 흐른 뒤에 벡 씨가 말했다.

"고맙습니다, 어르신. 내일 들르겠습니다."

조지는 전화를 끊고 침대에 털썩 누웠다. 기진맥진했고, 관자놀이가 지끈거렸고, 어깨는 뻣뻣하게 뭉쳐 있었다. 그리고 배가 고팠다. 점심 때 사과 두 개를 먹은 후로 아무것도 먹지 못했다. 바로 옆에 있는 쇼니스에 가서 햄버거에 우유를 먹을까 했지만 생각만 해도 귀찮고 피곤했다. 결국에는 피곤이 배고픔을 이겨 조지는 꺼끌꺼끌한 시트 안으로 들어가 여분의 베개를 끌어안고 꿈도 꾸지 않는 잠의 나락으로 떨어졌다.

이튿날 아침, 조지는 쇼니스에서 스크램블 에그와 그릿츠(옥수수를 갈아 만든 죽─옮긴이)를 먹고 벌써부터 태양이 작열하는 아스팔트를 가로질러 댄의 중고차 가게로 갔다.

"무슨 일이지?" 건장한 체격에 볼이 불그레하고 연갈색 양복을 입은 남자가 말했다.

아침을 먹는 동안 뭐라고 말할지 미리 연습했던 터라 조지는 헛기침을 한 뒤 입을 열었다. "제가 지금 곤경에 처했는데 도와주셨으면 합니다."

남자는 핏기가 사라질 정도로 입술을 꾹 다물며 억지 미소를 지었다. "그래. 무슨 상황인지 한번 들어보자." 은색 광택이 도는 보라색 넥타이는 양복 앞주머니에 꽂힌 손수건과 똑같은 색깔이었다.

"전 열여덟 살이라 아직 렌트할 순 없지만 이틀 동안 차가 필요합니다. 어떤 차든 빌려주시면 부모님 신용카드를 담보로 맡길게요. 저 운전 잘합니다. 그리고 현찰로 지불할 거고요."

남자가 껄껄 웃었다. "살다 보니 이런 일도 있군." 그는 고개를 뒤로 젖히고 검은 코털이 빽빽한 콧구멍으로 숨을 크게

126

들이쉬었다. "이렇게 하자. 내게 더 좋은 생각이 있다. 오늘 우리 직원이 올해만 벌써 열한 번째로 병가를 내서 여간 곤란한 게 아니거든." 남자는 마치 질긴 스테이크 조각을 뱉듯이 '직원'이라는 단어를 내뱉었다. "정오까지 서명을 받아야 할 서류가 두 개 있는데 네가 대신해주면 공짜로 차를 빌려주마. 매너티 카운티를 벗어나지 않는다는 조건으로 말이다."

"좋습니다. 하지만 전 이 동네 지리를 모르는데요."

"지도는 볼 줄 알지?"

조지가 넘겨받은 차는 널빤지 무늬 비닐로 도배된 뷰익 르세이버로 운전대가 왼쪽으로 비틀어져 있었다. 댄 톰슨이 적어준 메모와 지도에 따라 소들이 풀을 뜯는 목초지와 스위트검의 낙후된 지역을 지나 다훈 강을 건너 친카핀으로 갔다. 친카핀에는 적어도 중심가처럼 보이는 구역—콘크리트 빌딩 여남은 개가 옹기종기 모여 있었다—이 있었다. 조지는 전당포와 중고품 할인매장 사이에 낀 건물로 들어가 보험회사 중개인에게 서류를 전해준 다음, 시뷰 트레일러 파크(이동주택에서 사는 사람들끼리 모여 사는 구역—옮긴이)로 가서 손자를 위해 575달러짜리 크라이슬러 닷지를 구입한 노부부를 만났다. 스위트검으로 돌아가는 길에 야외 쇼핑몰에서 꽃집을 발견하고는 장례식에 가져가기 좋다고 추천받은 꽃다발을 10달러에 샀다.

다시 스위트검으로 돌아가는 길에 차내 에어컨을 켜봤지만 소음만 심할 뿐 찬바람은 전혀 나오지 않았다. 조지는 톰이 함께 일하자고 제안하는 장면을 상상했다. 그는 제안을 받아들이고 이 지역 최고의 자동차 세일즈맨이 된다. 모텔에 살면서 쇼니스에서 매끼 식사를 하고, 매일 오드리의 무덤에 꽃을 바친다. 날이 가고 해가 바뀌는 동안, 고향에 있는 집과 마더 대학은 기억 속에서 희미해진다. 조지는 피식 웃고는 자동차에 부착된 라이터로 담뱃불을 붙였다. 라이터에는 수천 번쯤 불을 붙인 담배에서 흘러나온 검은 타르가 덕지덕지 붙어 있었다.

중고차 가게로 간 조지는 톰슨이 손님과 함께 있는 것을 보고 책상에 서류를 올려놓은 다음, 바로 옆에 있는 모텔로 차를 몰았다. 모텔 방으로 들어가 축축한 셔츠를 벗고 마지막 남은 옷으로 갈아입었다. 가는 세로줄 무늬의 옥스퍼드 반팔 셔츠였다.

벌써 더위에 시들어버린 꽃다발을 챙겨 다시 차로 갔다. 지도를 골똘히 들여다본 끝에 오드리의 부모님 댁이 정확히 어디인지 알아냈다. 3킬로미터쯤 운전했더니 최근에 더 짙은 색깔 타르로 여기저기 보수한 아스팔트 도로인 딥 크리크 로드가 나왔다. 산호색 기둥 두 개가 이 길에 들어선 방문객을 환영했다. 이 동네의 집들은 대부분 화단이 딸리고 창마다 덧문이 달린 2층짜리 주택이었는데 처음부터 2층으로 지었다기보다 똑같은 층 두 개를 포개놓은 듯했고, 알록달록한 색깔로 칠해졌다. 핑크색이나 민트색, 때로는 형광빛이 도는 연두색으로.

딥 크리크 352번지 저택은 민트색이었다. 관목이 우거진 마당이나 지붕과 맞먹는 높이의 야자수는 다른 집과 똑같았으나 다만 집 앞에 경찰차가 주차되어 있었다.

조지는 경찰차 뒤에 차를 세우고 시동을 껐다. 꽃다발을 들고 현관으로 걸어가면서 차 두 대가 들어 있는 차고는 보지 않으려고 애썼다. 오드리가 일산화탄소를 마시며 삶의 마지막 순간을 맞이한 곳이 바로 저기였다.

제복을 입은 경관이 현관문을 열어주었다. "네가 마더 대학에서 왔다는 친구?" 경관이 물었다.

"네."

울긋불긋한 얼굴에 성긴 콧수염을 길렀고, 조지보다 많아야 다섯 살 위로 보이는 경관이 오른쪽으로 고개를 까닥였다.

"들어와."

조지는 경관을 따라 집 뒤쪽의 거실로 갔다. 큰 책상만 한 크기의 텔레비전을 중심으로 L자 모양의 소파와 인조 가죽 리클라이너 두 개가 반원을 그리며 놓여 있었다. 가까이 있는 리클라이너에는 키가 크고 마른 남자가 앉아 있었다. 청바지에 데님 셔츠를 넣어 입었고, 얼굴은 모공이 커서 귤껍질 같았으며 거의 백발에 가까운 금발이었다. 아마 오드리의 아버지이리라. 오드리의 엄마는 소파에 앉아 있었다. 역시 청바지에 검은 실크 블라우스를 넣어 입었는데, 바지가 너무 꼭 끼는 탓에 블라우스 너머로 밀려 접힌 뱃살이 보였다. 벡 부인 역시 금발이었지만 염색한 듯했고 핑크색 와인을 마시고 있었다.

벡 부인 옆에는 근사한 회색 양복을 입은 남자가 있었다. 나이가 지긋해 보였는데 짧게 자른 은발 속으로 새빨간 두피가 보였다. 얼굴은 한 대 쳐서 납작하게 만들었다가 바이스에 넣어 원래대로 돌려놓은 듯했다. 오드리의 할아버지일지도 모른다.

조지는 말라깽이 젊은 경관을 지나 거실로 들어가 벡 부인에게 꽃다발을 건넸다. 그녀는 부은 눈으로 조지를 바라봤다.

"벡 부인, 정말 유감입니다. 받으세요."

양복을 입은 남자가 오른손으로 팔걸이를 짚으며 몸을 꼿꼿이 세운 채 일어났다. 왼손에는 커피가 든 머그컵을 들고 있었다. "이 아이인가, 로비?" 그가 제복 입은 경관에게 물었다.

"네."

"자네가 마더 대학에서 왔다는 남자 친구인가?"

사람들의 시선이 쏠리는 걸 느끼며 조지는 어떤 행동이라도 취해야 할 듯한 의무감을 느꼈다. 오드리를 얼마나 사랑하는지 연설을 한다든가, 감정에 복받쳐 울먹인다든가. 하지만 그냥 고개만 끄덕였다. 왜 경찰이 와 있는 거지?

"이름이?"

"조지 포스라고 합니다."

"음. 난 셸판트 형사다. 이쪽은 윌슨 경관이고. 자리에 앉거라. 물어볼 게 있다."

조지는 빈 리클라이너 가장자리에 걸터앉았다. "전 그냥—." 조지가 말문을 열었다.

"걱정 마라." 셸판트 형사가 조지의 말을 잘랐다. "금방 다 설명할 테니까. 여기는 어떻게 왔지?"

"버스를 탔습니다."

"코네티컷 주에서 여기까지 버스만으로 올 순 없을 텐데."

"탬파까지 버스를 타고 와서 택시를 탔습니다. 오늘은 차를 빌려서 왔고요."

"그럼 이 마을에 아는 사람이 있는 게냐? 전에 여기 온 적이 있어?"

"아뇨. 없습니다. 댄 중고차 가게 사장인 톰슨 씨에게 차를 빌렸습니다. 몇 가지 심부름을 해드린 대가로 빌려주셨어요. 제가 뭘 잘못했나요?"

"아니다, 조지. 우린 오드리에게 무슨 일이 있었는지 최대한 알아내려는 것뿐이야."

조지는 대형 텔레비전을 힐끗 봤다. 텔레비전 위에는 사진틀 여러 개가 놓여 있었다. 중앙과 앞쪽에 오드리의 사진이 있었는데 졸업식 때 찍은 듯했다. 오드리의 사진이 한 장도 없던 조지는 양해도 구하지 않은 채 벌떡 일어나 텔레비전 앞으로 다가갔다. 가까이서 보니 사진 속 얼굴은 오드리와 약간 닮았을 뿐 오드리가 아니었다. 갈색에 가까운 금발을 정수리에 틀어 올린 소녀였다. 열여덟 살쯤 되어 보였고, 눈에 바른 초록색 아이섀도를 지우면 예쁠 것도 같았다. 도톰하게 뒤집힌 입술에 눈썹은 갈색이었다.

조지는 다른 사진들도 훑어봤다. 같은 소녀의 사진이 여남은 개 더 있을 뿐 오드리는 없었다.

"찬찬히 보려무나, 조지." 오드리의 엄마였다.

조지는 어리둥절해져서 뒤를 돌아봤다. 그의 뒤에 서 있던 셸판트 형사가 나직이 물었다. "사진 속 아이를 알아보겠니?"

"아뇨. 죄송합니다. 제가 아는 사람인가요?"

"확실하니?" 셸판트는 뒤로 돌아 오드리의 부모님을 바라보았다. 조지는 머릿속이 복잡해졌다. 집을 잘못 찾아왔나?

벡 부인이 "맙소사"라고 말하더니 몸을 앞으로 약간 기울이며 알아들을 수 없는 혼잣말을 중얼거리기 시작했다. 벡 씨는 자리에서 일어나 큰 보폭으로 거실을 가로지르더니 걸음을 멈추고 돌아보며 말했다.

"염병할."

"죄송합니다만, 이게 어떻게 된 건가요? 사진 속 여자는 누구죠?" 조지가 물었다.

"저 아이가 오드리 벡이란다." 셸판트 형사가 말했다.

11

"그 여자 이름이 뭐라고요?" 로베르타 제임스 형사가 수첩에 볼펜을 댄 채 물었다.

로베르타는 조지의 권유에 따라 소파에 앉아 있었고, 오클레어는 여전히 서 있었다. 계속 보일 듯 말 듯하게 몸을 위아래로 들썩거리며 마치 바퀴벌레라도 찾는 듯이 조지의 아파트를 훑어보았다.

조지는 그들을 집 안으로 들인 뒤, 침실에서 옷을 갈아입고 오겠다며 잠시 시간을 벌었다. 청바지와 티셔츠로 갈아입고, 리아나가 두고 간 돈을 양말 서랍 뒤쪽에 넣었다. 간밤에 잠을 설친 데다 리아나는 갑자기 사라져버리고 거기에 매클레인이 살해되었다는 소식까지 들으니 정신이 하나도 없었다. 분명 이 모든 게 연관되어 있었다. 그가 함정에 빠졌거나 매클레인이 함정에 빠진 것이다. 리아나가 일찌감치 떠난 이유는 곧 형사들이 찾아오리라는 걸 알았기 때문이다. 적어도 짐작은 했으리라. 그래도 일단 신문이 시작되면 자신을 보호하는 동시에 리아나를 보호할 수 있는 방법이 있을 거라고 생각하며 조지는 머리 아래로 티셔츠를 천천히 내렸다. 자신이 어리석게 행동했다는 건 알고 있었다. 두 형사를 똑바로 바라보며 아는 대로 전부 말하는 것만이 합리적인 대응이었다. 하지만 리아나의 얼굴을 떨쳐낼 수가 없었다. 몇 시간 전만 해도 무채색 여명 속에서 바라보던 그녀의 얼굴과 촉촉한 눈동자가 코앞에 있었다. 또한 리아나는 인생에서 가장 후회하는 일이 그를 그냥 떠나보낸 것, 정상인으로 생활했던 한 학기와 작별했던 것이라고 말했다. 조지는 그 말을 믿을 정도로 순진하지는 않았지만 그래도 믿고 싶었다.

따라서 친구에게 부탁을 받아 돈을 돌려주려고 매클레인 씨를 만났다는 조지의 말에 로베르타가 그 친구의 이름을 묻자, 조지는 그녀의 눈을 보며 이렇게 말했다.

"오드리 벡입니다. 대학 1학년 때 만났지만 그 뒤로는 본 적이 없었어요." 새빨간 거짓말은 아니었다. 경찰에서 조사할 수도 있다. 아마 할 것이다. 그리고 오드리 벡이 스위트검에서 이미 죽은 사람이라는 사실을 알아내겠지. 하지만 만약 추궁을 당한다면 자기는 그 이름만 기억난다고 할 것이다. 고작 3개월 동안 그녀와 알고 지냈을 뿐이고, 당시 그녀의 이름은 오드리였다. 게다가 아주 오래전 일이었다.

"그럼 정리를 좀 해보죠." 로베르타가 말했다. "그러니까 지난 20년 동안 만난 적 없는 오드리 벡이 술집에서 당신에게 다가와 부탁을 했다고요?"

"제가 먼저 알아보고 다가갔습니다. 그리고 다음 날 만나기로 했죠. 오드리가 여기, 제 집으로 왔습니다." 조지는 뉴에식스의 오두막이나 도니 젠크스가 둘이라는 이야기는 빼버리자고 마음먹은 터였다. "그때 오드리가 부탁한 겁니다. 제럴드 매클레인이라는 남자 밑에서 일하다가 돈을 빼돌렸는데—."

"훔친 건가요?"

"그렇게 말했습니다. 말하자면 복잡한데 오드리는 매클레인 비서로 일했고, 두 사람은 연인 사이였습니다. 그런데 매클레인이 오드리를 차버린 것 같더군요. 그래서 오드리가 돈을 훔쳤고요. 하지만 마음을 고쳐먹고 돌려주기로 한 겁니다. 그래서 여기 보스턴으로 왔죠."

"훔친 돈의 액수가 어떻게 되죠?"

"50만 달러쯤 됩니다."

오클레어 형사가 조지 쪽으로 몸을 돌리더니 크게 콧방귀를 뀌었다. 로베르타의 한쪽 눈썹이 올라갔다. "그건 꽤 많은 돈인데요. 돈을 직접 보셨나요?" 그녀가 물었다.

"말씀드렸다시피 전 스포츠백에 든 돈을 매클레인에게 전달했을 뿐입니다. 얼핏 보기는 했지만 세어보지는 않았습니다.

매클레인이 셌죠."

"그럼 이…… 오드리 벡은…… 지금까지 어디에 있다가 나타난 건가요?"

"아마 애틀랜타에 있었을 겁니다. 매클레인의 회사가 거기 있으니까요. 저도 오드리의 개인적인 정보는 잘 모릅니다."

"이 정도면 충분히 잘 아는 것 같은데요."로베르타가 미소를 짓자 얼굴 윤곽이 완전히 바뀌었다. 웃지 않을 때는 목각 가면을 쓴 것처럼 뻣뻣했는데 환하게 웃으니 연갈색 눈동자가 반짝거렸다. 그 미소가 즉시 효과를 발휘해 조지는 거짓말한 것이 미안해졌다. 그녀가 말을 이었다.

"오드리 벡은 유부남과 불륜 관계였다가 버림을 받았고, 남자의 돈을 훔쳤어요. 그런데 왜 직접 매클레인의 집으로 가서 돈을 돌려주지 않았죠? 왜 당신에게 부탁했나요?"

"두렵다고 했습니다. 매클레인이 돈을 돌려받으려고 누군가를 고용했다더군요."

"그게 누군지 말했나요?"

"아뇨, 하지만 정말로 겁에 질린 얼굴이었습니다. 매클레인과 다시 대면하고 싶지 않은 듯했습니다."

"말씀하시는 걸 보니, 지난 20년간 연락이 끊겼던 사람이 느닷없이 나타나 훔친 돈을 대신 돌려달라고 부탁하는 게 전혀 이상하지 않다고 생각하신 모양이네요."로베르타가 다시 미소를 지었다. 저 미소가 그녀의 필살기였다. 오클레어 형사는 뒤꿈치를 들썩거리던 동작을 잠시 멈추고 조지의 대답을 기다렸다.

"물론 저도 이상하다고 생각했습니다. 흔히 있는 일은 아니니까요."

"그런데도 하겠다고 했군요."

"지루했거든요."

로베르타가 웃음인지 기침인지 모를 소리를 냈다. "좋습니다. 오드리 벡을 처음 만난 대학 1학년 때 그녀와 사귄 적이 있나요?"

"네."

"그렇다면 잘 알지도 못하는 누군가를 위해 기꺼이 이런 심부름을 한 데는 이후에 둘의 관계가 낭만적으로 변할 수도 있다는 기대가 있었나요? 단도직입적으로 말해서, 오드리 벡이 대가를 약속했나요?"

"무슨 말인가요?" 조지가 물었다.

"어젯밤 오드리 벡이 여기서 잤죠?"

조지는 머뭇거렸다. 이제 와서 부인해봐야 아무 소용 없을 정도로 오랫동안. "네."

"그럴 줄 알았습니다. 간밤에 제대로 못 잔 사람처럼 보이니까요. 아무래도 저와 제 파트너가 오드리를 본 것 같네요." 로베르타는 고개를 들어 오클레어를 바라봤고, 오클레어는 어깨를 으쓱이며 인상을 찌푸렸다. 그녀가 말을 이었다. "오늘 아침에 여길 찾느라 주변을 두어 번 맴돌았거든요. 그러다 찰스 가

쪽으로 내려가는 여자를 봤는데 초록색 드레스를 입었고 머리
는 어깨까지 내려오는 금발이었어요."

"오드리가 맞는 것 같네요."

"역시 그렇군요. 월요일 아침에 입기에는 어울리지 않는
옷이었죠. 간발의 차이로 놓쳤네요." 로베르타는 아쉽다는 듯
이 혀를 찼다. "어디로 갔는지 아시나요?"

"아침에 일어나 보니 이미 떠나고 없었습니다. 없는 걸 알
고 깜짝 놀랐죠."

"아까 했던 질문으로 다시 돌아가죠. 두 분 사이에 거래가
있었나요? 당신이 돈을 돌려주는 대가로 오드리가 잠자리를 약
속했나요? 아니면 수고비를 주기로 했나요? 돈을 전액 돌려주
지 않은 걸로 알고 있습니다."

"전혀 그렇지 않습니다. 잠자리 얘기는 한 적도 없습니다.
오드리가 옛 여자 친구고, 제가 아직도 그녀에게 끌리는 건 사
실입니다만……. 그런 생각을 하긴 했습니다. 그렇게 되기를 바
랐다고 하는 게 정확하겠군요."

"돈을 돌려주는 대가로 오드리가 잠자리를 허락해주기를
바랐군요."

"아뇨, 그냥 저 혼자 그렇게 생각했을 뿐입니다. 돈을 대신
돌려준 건 순전히 호의였습니다."

"으흠." 로베르타는 의심스럽다는 듯이 수첩을 내려다봤
다. 조지가 아는 한, 지금까지 그녀가 수첩에 쓴 것은 오드리 백

이라는 이름뿐이었다. "그럼 매클레인 씨를 만나러 간 일에 대해 말해주시죠. 보이드 양 말로는 어제 오후 3시 45분에 거기 가셨다더군요."

"제가 매클레인 씨 집에 갔을 때 문을 열어준 사람인가요?"

"네. 카린 보이드 양은 매클레인 씨 조카이기도 하죠. 죽은 매클레인 씨를 맨 처음 발견했고요."

"어디서 살해되었나요? 어떻게요?"

"저희도 알아내려는 중입니다. 그래서 이렇게 포스 씨를 찾아와 묻는 거고요. 3시 45분에 도착한 게 맞습니까?"

"그쯤 되는 것 같습니다."

"그 집에 얼마나 있었죠?"

"굳이 짐작해보자면 45분쯤 있었던 것 같네요."

로베르타가 파트너를 힐끗 본 다음, 다시 조지를 봤다. "보이드 양이 말한 시간과 비슷하네요. 왜 그렇게 오래 있었죠? 그냥 돈을 돌려주러 간 거 아닌가요?"

조지는 집 안으로 들어가 몸수색을 당했고, 몸수색이 끝나자 매클레인과 단 둘이 남았는데 그때 매클레인이 자신의 사연을 말해주었다고 했다. 하지만 리아나가 바베이도스에서부터 계획적으로 접근했고, 매클레인의 죽은 아내와 비슷하게 보이려고 머리를 검은색으로 염색했다는 주장은 생략했다. 그냥 화가 많이 난 것 같았다고만 했다.

"매클레인이 돈을 가져갔나요?" 로베르타가 물었다.

"네, 그러더니 그만 가달라고 하더군요. 아내에게 돌아가고 싶다고 했습니다. 부인이 아프거든요."

"오늘 오후를 넘기기 힘들 거라더군요. 남편 일은 알리지 않은 듯합니다."

"저런."

"매클레인 씨의 첫인상은 어땠나요? 무언가 두려워하든가요?"

"두려워해요? 아뇨. 자기 돈을 돌려받아야 한다는 사실 자체가 짜증나는 듯했습니다. 그리고 아내 일을 슬퍼하는 듯했고요. 또 누군가와 이야기하고 싶어 했던 것 같습니다. 제게 놀랄 정도로 속내를 많이 털어놓더군요. 매클레인 씨가 어떻게 살해되었는지 물어봐도 될까요? 제가 떠난 직후에 살해된 겁니까?"

"집 안에서 또 본 사람은 없나요? 문을 열어준 사람이 보이드 양이었죠?"

"네. 그리고 절 몸수색한 남자가 있습니다. 매클레인 씨는 그를 DJ라고 불렀죠."

"도널드 젠크스. 매클레인 씨에게 고용된 탐정이죠. 정말 두 사람 말고 또 본 사람은 없나요?"

조지는 눈을 감고 손끝으로 눈을 누르며 잠시 생각했다. 어제 마신 럼과 맥주의 숙취가 이제야 밀려들기 시작했다. 자신이 지금 경찰에게 얼마나 많은 거짓말을 하고 있는지 똑똑히 알고 있었다. 처음에는 리아나의 본명만 제외하고 전부 사실대로 말할 생각이었는데 어느새 중요한 사실들을 빼먹고 있었다. 가짜 도니 젠크스의 존재 같은. "정원사들이 있었습니다." 마침 내 조지가 말했다.

"알고 있습니다."

"제가 집에서 나오니 이미 일을 끝내고 떠났더군요."

로베르타는 수첩을 다시 앞으로 넘겼다. "확실한가요?"

"네. 집에서 나와 보니 밴이 사라졌던 게 기억납니다."

"정원사의 밴 말인가요?"

"네."

로베르타는 수첩에 적었다. 조지는 계속 서 있는 그녀의 파트너를 보았고, 순간적으로 오클레어 형사는 농아가 아닐까 생각했다. 지금까지 한마디도 하지 않았기 때문이다. "물 좀 마셔도 될까요?" 조지는 두 형사 사이의 허공에 대고 말했다.

로베르타가 허락했다.

"두 분도 마실 것 좀 드릴까요? 물? 오렌지 주스?"

둘 다 거절했다. 로베르타는 말로, 오클레어는 선승과 같은 침묵으로.

조지는 벽감에 위치한 부엌으로 비틀비틀 걸어가 길쭉한 컵에 물을 따랐다. 물을 한 번에 다 들이켜고 다시 따랐다. 그가 돌아가 자리에 앉기도 전에 로베르타가 물었다. "몇 가지 질문이 더 있습니다. 돈이 든 가방이 어떻게 생겼는지, 가방 안에 든 돈이 정확히 얼마인지 말해주실 수 있나요?"

"돈을 세어보진 않았습니다. 하지만 오드리 말로는 45만 3천 달러라고 했습니다. 그리고 아까도 말했듯이 매클레인이 돈을 셌습니다. 검은 스포츠백에 들어 있었고요."

"차에 스포츠백을 싣고 혼자서 매클레인 씨 댁으로 가는 동안, 가방 안을 들여다보고 싶은 생각은 안 들었나요?"

"돈이 어떻게 생겼는지는 이미 압니다."

"돈을 빼돌리고 싶은 생각은요?"

"난 친구를 돕는 중이었습니다. 더 힘들게 하려는 게 아니라요."

로베르타는 기울어진 목을 똑바로 펴려는 듯이 고개를 살짝 갸웃했다. "근무하시는 직장이 어디죠?"

조지가 잡지사 이름을 말하자 로베르타의 얼굴에 아는 기색이 스쳤다. 마치 먼 과거의 언젠가 그 이름을 들은 적이 있다는 듯이.

"오드리 벡의 연락처는 모르시겠죠? 주소나 휴대전화는요?"

"전혀 모릅니다."

로베르타는 아무 말도 하지 않았고, 조지는 꿀꺽 소리를 내지 않으려고 애쓰며 물을 마셨다. 노라가 근처 창틀로 뛰어올라 방치된 자주달개비 화분 옆에 자리를 잡았다.

"마지막으로 하나만 더 묻죠. 제인 번이라는 여자를 아나요?"

조지는 모른다고 하려다가 다행히 참았다. 리아나의 가명이 제인 번이라는 사실을 그가 모른다는 건 말이 되지 않았다.

매클레인이 알고 있는 유일한 이름이며, 비서이자 조카인 여자가 경찰에게 말한 이름도 그것일 터였다.

"매클레인이 오드리를 그 이름으로 알고 있더군요. 오드리가 매클레인 회사에 취직하면서 이름을 바꾼 것 같았습니다."

로베르타가 미소를 지으며 파트너를 힐끗 봤다. "그 사실을 우리에게 말해야겠다는 생각은 안 하셨나요?"

"죄송합니다. 전 그저 그 친구를 오드리 벡으로 알고 있어서요."

"주변에 이름을 바꾸는 친구들이 많으신가 봐요."

"아닙니다. 오드리뿐이죠. 솔직히 말하면, 오드리도 본명이 아닐지 모릅니다. 마더 대학에 고작 한 학기 다니고 종적을 감췄으니까요. 고향에서 문제를 일으켰고, 부정한 방법으로 대학에 왔다고 들었습니다." 경찰이 오드리 벡이자 리아나 덱터를 어디까지 조사할지 알 수 없었지만 조지는 조금이라도 자신을 보호해야 했다. 만약 그들이 오드리 벡과 관련된 당시 사건 보고서까지 읽게 된다면 분명 그의 이름을 발견할 테고, 그가 거짓말했다는 걸 알게 되리라. 하지만 그건 그때 가서 생각할 일이다.

"오드리 벡을 또 보거나 우리에게 도움 될 만한 일이 생각나면 연락주세요."

"물론입니다."

로베르타는 자리에서 일어나기 전에 수첩에서 명함을 꺼

내 커피 테이블에 올려놓았다. 조지는 두 형사를 현관까지 배웅했다. 로베르타가 돌아서서 떠나려고 할 때 파트너인 오클레어 형사가 불쑥 말했다. "그리고 하나 더. 보스턴을 떠나지 마시오." 고음에 비음이 섞인 그의 목소리를 처음 들은 조지는 너무 놀라 움찔했다.

"아, 제가 용의자인가요?"

"그렇소, 빌어먹을 용의자지." 오클레어 형사는 그렇게 말하며 한쪽 입꼬리를 올려 씩 웃었다.

12

조지는 회사에 전화해 늦을 거라고 알린 뒤 샤워와 면도를 했다. 오늘은 월요일, 사무실 책상 앞에 앉아 있어야 할 자신이 갑자기 살인 용의자로 몰리는 현실이 믿기지 않았다.

백베이와 노스엔드 중간에 자리한, 공장을 개조한 건물의 3층 사무실에 도착했을 때는 한층 더 꿈을 꾸는 기분이었다. 안내 데스크에 앉아 있던 달린이 "으으으윽"이라는 말로 그를 맞이했다. 조지는 몇 초간 어리둥절하다가 레드삭스 경기를 말하는 것임을 깨달았다. 레드삭스는 금요일부터 세 경기를 연속으로 진 상태였다.

"다행히 시즌이 끝나려면 아직 멀었어." 사무실로 걸어가며 조지가 말했다.

"천만다행이죠." 멀어지는 그의 등에 대고 달린이 말했다.

회사는 몇 년째 계속 인원을 감축해왔지만 아직 작은 사무실로 이전하지는 않았다. 아마도 건물의 시세가 떨어지는 걸 두려워한 건물주가 월세를 계속 낮춰주고, 잡지사가 남아 있도록 여러 가지 우대 조치를 해줬을 것이다. 따라서 남쪽으로 향한 조지의 사무실까지 한참을 걸어가는 길은 빈 책상과 회의실로 점점 더 황량해졌다. 조지는 마더 대학을 졸업한 지 1년도 되지 않아 여기서 일하기 시작했다. 졸업하고 두 번째로 얻은 직장이었다. 첫 직장은 대학 4학년 때 사귄 여자 친구 레이첼과 샌프란시스코에 살면서 일했던 서점이었다. 어느 날 일찍 퇴근한 조지는 평소 그들이 단골로 드나들던 싸구려 동네 술집의 바텐더가 레이첼과 한 침대에 있는 것을 보았고, 그걸로 둘의 관계는 6개월 만에 끝났다.

조지는 고향으로 돌아갔다. 어머니는 원래 행복한 사람은 아니었지만 세월이 흐르며 신세 한탄이 늘어났다. 현모양처가 되려고 예술가로서의 경력을 포기했는데 이제는 자식마저 떠나고, 텅 빈 집과 말 없는 일중독자 남편만 남았다는 것이다. 나중에는 도자기 수업을 듣기 시작했는데 그곳의 남자 수강생과 바람을 피우는 듯했다. 조지의 아버지는 어머니와 달리 나이가 들면서 눈에 띄게 말이 없어졌다. 여전히 열심히 일했고 벌게진 얼굴로 녹초가 되어 귀가했으며, 귀가 후에는 언제나 술을 곁들여 저녁을 먹고 서재에 틀어박혀 책을 읽었다. 말 없고 다가가기 힘든 성격이기는 해도 조지는 어머니보다 아버지가 훨씬 편했다. 아버지는 자신의 처지에 만족하는 듯했다.

부모님과 함께 생활한 기간은 두 달이었다. 한번은 아버지가 물을 탄 스카치를 웬일로 두 잔이나 마시며 성공의 비결을 말해주었다. 하나의 직업을 찾아 가능한 한 그 일을 잘하는 것이라고. 할아버지도 똑같이 말해줬다면서 목수가 되어 못을 똑바로 박는 법을 배우면 평생 행복할 거라고 했다. 그리고 은퇴할 날이 두렵다고도 털어놓았다. 조지가 아버지와 가장 허심탄회하게 나눈 대화이자 자주 떠올리는 대화였다. 특히나 그로부터 몇 년 뒤 아버지가 예순다섯의 나이에 심장마비로 돌아가신 후에는.

조지는 신문의 구인란을 샅샅이 뒤졌고, 지원했고, 합격해 보스턴에서 가장 유명한 잡지사의 회계부에서 일하게 되었다. "넌 늘 숫자에 밝았지." 아버지는 그렇게 의견을 밝혔고, 어머니는 이 잡지가 문학계에서 차지하는 위상에 만족스러워했다.

조지는 집에서 독립해 찰스타운의 싸구려 3층짜리 아파트에서 마더 대학 동창 둘과 함께 살았고, 일을 잘한 덕분에 상사인 아서 스쿠트의 눈에 들었다. 조지가 취직했을 당시 회사에서 제일 나이가 많고 평생 미혼이었던 아서는 그에게 모든 것을 가르쳐주었다. 그를 빨리 승진시켰고, 점심시간에는 함께 나가 가볍게 술을 마시며 오랫동안 농땡이를 부리기도 했다. 조지에게는 일이 만족스러운 동시에—정해진 날짜에 예산에 맞취 잡지를 발행하는 일은 못을 똑바로 박는 것과 비슷했다—삶의 자극이 되었다. 설사 그가 맡은 일이 단순히 회계장부를 맞추는 데 불과할지라도 위대한 문학사의 일부가 된다는 사실이 마냥 즐거웠기 때문이다.

잡지사에서는 야간 대학에 다닐 수 있는 학비를 지원해주었고, 몇 년 뒤 조지는 공인회계사 자격증을 땄다. 연봉도 크게 올라 찰스타운을 떠나 일정 가격 이상으로 월세를 올릴 수 없는 다락방 아파트를 얻었다. 현재 그가 사는 집이었다. 혼자 사는 것은 처음이었는데 살아보니 아주 좋았다. 자신이 원하는 대로 벽마다 책장에 책을 빽빽이 꽂아놓고, 먼지 하나 없이 깔끔하게 아파트를 꾸몄다. 또한 초보 편집자인 아이린과 데이트하기 시작했는데 그녀는 동거나 약혼을 서두르는 기색이 전혀 없었다. 그렇게 조지는 이십대와 삼십대 초반을 즐겁게 헤쳐 나갔다. 리아나에 대한 생각은 차츰 줄어들었으나 여전히 그녀의 얼굴, 그녀의 걸음걸이를 찾아 군중을 훑었다. 또 아직도 리아나가 등장하는 야한 꿈을 꿨는데 어찌나 생생한지 깨고 나면 마음이 뒤숭숭해졌다.

아서가 강제로 퇴직당한 지 1년쯤 지나 조지는 부장으로 승진했다. 당시는 잡지사가 진통을 겪던 시기였다. 인터넷 사용자가 폭발적으로 늘었고, 잡지사 사주가 바뀌었다. 직원 수는 줄고 잡지의 성향은 문학에서 정치로 급선회했다. 매달 실리던 단편소설은 여름 특집호에만 실렸고, 시는 완전히 사라졌다. 회사 전체에 절망감이 팽배했다. 아이린은 신문사 〈보스턴 글로브〉의 온라인 콘텐츠 부서에 좋은 자리를 얻었지만 조지는 잡지사에 계속 남았다. 잡지가 폐간되지 않는 한 직장을 잃을 염려는 없기 때문이다. 그는 늘 못을 제대로 박았다. 게다가 새로운 사주가 된 기업은 여러 분야에서 이익을 많이 올리고 있었으므로 잡지가 매달 적자를 내도 기꺼이 받아들일 거라고 생각했다. 그리고 놀랍게도 그의 예상이 적중했다.

사무실에 도착한 조지는 책상에 앉아 인터넷 메일함을 훑으며 급히 처리해야 할 일이 있는지 살폈다. 딱히 급한 용무는 없는 듯해 제럴드 매클레인의 사망 기사를 검색했다. 별로 많지는 않다. 매클레인이 뉴턴 자택에서 주검으로 발견되었고, 사망 원인은 공개되지 않았다는 내용의 기사들 서너 개뿐이었다. 기사를 읽는 사람은 누구나 노쇠한 매클레인이 심장마비로 죽었으리라 생각할 것이다.

한 기사에는 그의 사진이 실려 있었다. 하늘색 양복을 입고 있었는데 적어도 15년 전에 찍은 듯했다. 두 기사에 실린 매클레인에 대한 설명은 거의 동일했다. "제럴드 매클레인, 애틀랜타에 본사를 둔 매클레인 도매 가구 회사의 창업주이자 사장. 최근 암 연구에 매진하는 자선단체 헐재단의 폴 헐과 동업했다. 유족으로는 아내인 테레사 매클레인(결혼 전 성은 리베라)이 있다."

살인이라는 말은 없었다. 자펀드니 피라미드 조직이니 해외 계좌 같은 말도 없었다. 현찰이 든 스포츠백도 언급되지 않았다.

조지는 일에 집중하려고 했다. 현재 잡지사에서는 매사추세츠 주 서부의 한 대학에서 여름 세미나를 개최 중이었다. 말이 세미나지 실은 입장료를 낸 학생들이 잡지사의 인기 있는 작가들과 노닥거릴 수 있는 일종의 기금 마련 행사였다. 대학에서는 행사가 진행되는 동안 잡지사 측에서 들어둔 보험 증서를 요구했고, 조지는 변덕스럽기 이를 데 없는 대학 행정 관계자와 게을러터진 보험 에이전트 사이에서 중개자 역할을 하게 되었다. 보험 에이전트에게 메일을 쓰기로 하고 증서에 들어가야 할 구절이 정확히 무엇인지 정리하기 시작했지만 좀처럼 끝낼 수가 없었다. 머릿속으로는 계속 주말에 있었던 일과 어쩌다 이런 일에 말려들게 되었는지 생각했다. 그저 매클레인이 돌려받은 돈 때문에 살해되었으리라는 짐작밖에 할 수 없었다. 만약 그렇다면 리아나는 살인 사건과 연관이 없을 것이다. 돈을 훔치기는 했어도 돌려주었으니까. 그것만이 유일한 위안이었다.

11시쯤 되었을 때 책상에 놓인 전화가 울렸다. 아이린이었다.

"잊어버렸어?" 그녀가 물었다.

"뭘?"

"오늘 점심 먹기로 했잖아."

"아, 그랬지." 아이린과 했던 약속이 희미하게 기억났다.

"어디에서 만날까?"

"스튜어트 가에 새로 생긴 레스토랑에서 봐. 멕시코 식 상호야."

조지는 레스토랑 앞에서 아이린을 기다렸다. 기온은 다시 33도까지 치솟아 전날 밤 보스턴을 강타했던 폭우의 흔적은 찾아볼 수 없었다. 식당 벽에 걸린 액자 메뉴판을 훑어봤다. 전형적인 미국식 멕시코 음식점으로 삼겹살 타코와 실란트로 마르가리타 같은 앙트레를 팔았다. 전날 밤에 마신 맥주와 기름진 중국 음식의 여파로 아침 내내 속이 더부룩했는데 갑자기 허기가 졌다. 조지는 비프 부리토와 라지 사이즈의 다이어트 코크를 마셔야겠다고 생각했다. 어쩌면 럼도 약간 넣어서.

세 블록 건너에서 걸어오는 아이린이 보였다. 고개를 숙이고 양팔을 몸 옆에 꼭 붙인 채 천천히 걷고 있었다. 보스턴의 혹독한 겨울을 20년간 겪더니 늘 한파에 시달리는 사람처럼 걷는다고 평소 조지는 아이린을 놀리곤 했다. 그 말에 아이린은 자긴 정말로 늘 춥다고, 심지어 후텁지근한 여름에도 춥고, 1년 내내 혹독한 겨울 추위가 뼈에 스며 있다고 말했다. 그를 향해 걸어오는 아이린을 보고 있자니 지난 이틀 반 동안의 일이 한층 더 비현실적으로 느껴졌다. 좋든 싫든 아이린이 내 진짜 삶이야. 조지는 생각했다. 그리고 아이린은 늘 솔직하게 자신을 드러냈다. 아이린은 그저 아이린이었다. 책벌레에 냉소적이고 성실하지만 어쩌나 의리가 있는지, 만났다가 헤어지기를 반복하는 실망스런 남자 친구를 포기하지 않았다. 아이린이 한 블록 앞으로 다가왔을 때 조지는 주말에 있었던 일을 그녀에게 말하지 않기로 마음먹었다. 적어도 오늘은. 한 시간만이라도 예전으로 돌아가 아이린과 함께 먹고 마시며 다시 평범한 일상을 즐기고 싶었다.

하지만 그의 앞에 선 아이린이 현기증 날 정도로 환한 햇살 속에서 고개를 들자, 왼쪽 눈썹 바깥쪽에 붙은 반창고가 보였다. 흰 반창고는 얼굴을 따라 5센티미터쯤 이어졌다. 왼쪽 눈가의 피부는 푸르스름했고, 부풀어 오른 눈덩이 아래로 조금 보이는 눈동자는 토끼눈처럼 새빨갰다.

"얼굴이 왜 이래?" 조지가 물었다.

"안에 들어가서 말해줄게. 보기에만 요란하지 별거 아냐."

"아니, 지금 당장 말해. 무슨 일이야?"

아이린은 어깨를 으쓱였다. "강도 비슷한 걸 당했어."

"비슷한 거라니?"

"강도라고 하기에는 아무것도 안 가져갔으니까. 간단히 말하면, 어젯밤 11시쯤 집에 가고 있는데 우리 아파트 앞에 서 있던 남자가 시간을 묻는 거야. 손목시계를 보고 고개를 들었더니 남자가 내 얼굴에 주먹을 날리더라고."

"맙소사." 조지가 말했다.

"맞아. 나도 똑같이 생각했어. 길바닥에 쓰러져서 이제 죽었구나 싶었지. 근데 남자가 그냥 가버렸어. 심지어 내 가방도

안 건드리고."

"경찰에 신고했어?"

"꼭 꿈을 꾼 거 같아서 신고를 안 하려다가 마음을 고쳐먹고 했지. 남자가 자기 이름까지 알려줬거든."

"이름을 알려줘?"

"본명인지는 모르겠지만 주먹을 날린 후에 아주 공손하게 자기소개를 하더라고." 아이린은 미소를 지었다가 반창고가 움직이자 움찔했다.

"자기소개라니?"

"내가 길바닥에 쓰러져서 이제 강간을 당하거나 머리에 총을 맞겠구나 생각하고 있는데 남자가 날 내려다보면서 '만나서 반가워. 내 이름은 도니 젠크스야'라고 하는 거야. 그러더니 가버렸어."

13

그후로 10분 동안, 셸판트 경위는 조지에게 사진 몇 장을 보여주었다. 조지는 사진들을 유심히 보았다. 저들이 말하는 오드리 벡은 그가 마더 대학에서 만난 오드리 벡이 아니었다. 둘 다 갈색에 가까운 금발에 푸른 눈동자의 백인이라는 점에서는 닮았다고 할 수도 있지만, 이견의 여지 없이 다른 사람이었다. 사진 속 여자아이—진짜 오드리?—는 들창코였다. 부잣집 딸이었다면 분명 성형수술로 고쳤으리라. 게다가 도톰하게 뒤집힌 입술이나 좁은 미간도 오드리와 달랐다.

"여자 친구 사진은 있니? 물론 지금은 없겠지만 모텔이나 학교에 말이다." 셸판트 형사가 물었다.

"사진은 한 장도 없어요. 그 친구가 죽었다는 소식을 들은 후에야 그걸 깨달았죠."

"이 아이가 아닌 게 확실하니?"

"백 퍼센트 확실합니다." 조지는 지난 15분 동안 벌어진 일에 여전히 어리둥절하면서도 차츰 사태를 파악하며 희망이 생겼다. 만약 그의 여자 친구가 진짜 오드리 벡이 아니라면 여전히 살아 있을 것이다. 셀판트 형사에게 그걸 물어 확인하고 싶었지만 진짜 오드리를 잃고 슬픔에 빠진 가족들 앞이라는 사실을 잘 알고 있었다. 오드리의 아버지는 고개를 젓고 한숨을 내쉬며 계속 서성였다.

"무슨 일이에요?" 현관 쪽에서 새로운 목소리가 들리자 거실에 있던 사람들이 모두 돌아봤다. 금발에 키가 크고 치아 교정기를 한 십대 소년이 거실에 들어섰다. 플로리다 게이터스 티셔츠에 농구 바지를 입고 있었다.

"아무것도 아냐, 빌리." 벡 부인이 말했다.

오드리의 동생인 듯했는데 그녀는 동생이 있다고 말한 적이 없었다. 외동딸이라고 했다. 셀판트 형사가 거실에 모인 사람들에게 말했다. "이쯤해서 끝냅시다. 조지, 괜찮다면 서까지 함께 가주겠니? 정식으로 네 진술을 받아야겠다. 더 이상 벡 부부를 번거롭게 할 필요는 없으니까. 네 차로 우리를 따라오겠니, 아니면 우리 차를 타고 가겠니?"

조지는 자리에서 일어났다. "어느 쪽이든 상관없습니다."

"그럼 네 말은 우리 오드리가 아예 대학을 가지 않았다는 뜻이니?" 벡 부인의 말이었다. 목소리는 카랑카랑했고, 들고 있던 와인잔이 기울어지며 와인이 살짝 흘렀다. 거실 한가운데를 향해 던진 그 질문은 조지와 두 경찰 사이 어딘가에 떨어졌다.

셸판트 형사가 한 손을 들어 올렸다. "저기, 팻, 아직 성급한 판단은 내리지 않는 게—."

"성급한 판단이라고요?"

"물론 착오가 있어서 누군가 오드리 이름으로 대학에 대신 간 것 같기는 하네. 우리가 사건을 조사해서 진상을 파헤칠 거야. 뭐라도 나오면 알려주지. 약속하겠네."

"대학에 가지 않았다면 그동안 대체 어디에 있었을까요?"

"그걸 알아내야지."

조지는 순찰차를 따라 베이지색 치장벽토를 바른 경찰서로 갔다. 가는 내내 담배를 피우며 운전에 집중하려 했다. 손바닥이 땀으로 축축했다.

셸판트 형사는 별 특징 없는 긴 복도에 늘어선 여러 사무실 중 하나로 조지를 데려갔다. 조지가 어릴 때 자주 다녔던 알레르기 전문 병원의 진료실을 연상시켰다. 선반에 놓인 자질구레한 장신구들과 벽에 빼꼭한 아이들 사진이 아늑한 분위기를 자아냈다. 셸판트는 조지에게 등받이가 높은 회전의자를 권하더니 자기는 책상을 돌아 반대편의 나무 스툴에 앉았다. "졸음 방지용 의자란다." 셸판트는 그렇게 말하며 윙크를 하고는 책상 위의 전화기를 집어 들었다.

조지가 입을 열었다. "이번 일을 알고 계셨어요? 오드리가 진짜 오드리가 아니라는 걸 아셨어요? 무례하게 굴고 싶진 않지만—."

셸판트 형사가 조지를 향해 검지를 들어 보이더니 전화기에 대고 말했다. "드니스, 부탁 좀 할게. 지난 3년간 스위트검 고등학교의 졸업 앨범 좀 가져다주겠나? …… 그래 …… 아니, 작년부터 시작해서 3년……. 여기 다 있지? …… 그럼 4년 전 앨범도 가져오게. 최대한 빨리 부탁하네. 고맙네."

셸판트는 전화를 끊고 스툴의 가장 낮은 받침대에 발꿈치를 올렸다. 형사라기보다 좋은 성적을 내지 못해 소화불량에 시달리는 야구 감독처럼 보였다. "우리가 이미 아는 사실을 말해주마. 관련 사실을 모두 밝히는 게 사건 수사에 도움이 되니까. 우리는 진짜 오드리 벡, 그러니까 방금 네가 만난 샘과 패트리시아 벡의 딸이 지난 학기에 웨스트팜 비치에서 지냈다는 걸 알고 있다. 부모님과 친구들에게는 마더 대학에 간다고 한 뒤, 자동차에 스웨터와 청바지를 잔뜩 실어 북쪽으로 떠났지. 하지만 어디선가 방향을 바꿔 동쪽으로 간 모양이야. 이언 킹의 말에 따르면, 너 그 친구 아니? 그래, 모를 거다. 어쨌든 이언의 말대로라면 오드리는 가을 내내 그와 함께 살았다. 그 친구가 소속된 밴드 멤버들도 함께. 게이터 베이트라는 밴드인데 혹시……?"

조지는 고개를 저었다.

"……그래, 들어본 적 없겠지. 내가 이 사실을 아는 이유는 어제 이언이 경찰서로 찾아왔기 때문이야. 이언은 오드리 벡이 샘 패리스라는 마약상에게 살해된 것 같다고 하더구나. 듣자 하니 게이터 베이트 멤버들과 오드리는 마약상에게 빚을 졌나 보더라. 오드리가 마약 중독자라는 건 놀랄 일이 아니었다. 검시관 보고서에도 분명히 나와 있으니까. 하지만 마더 대학에 가지 않았다는 사실은 놀라웠지. 그래서 마더 대학에 연락해서 알아보려던 차에 아, 드니스, 여기 책상에 놔주게."

하체 비만에 진한 화장을 하고 적어도 쉰은 돼 보이는 여자가 졸업 앨범 한 무더기를 책상에 올려놓았다.

"마더 대학에 연락하려던 차에 전화가 온 거다. 오드리 남자 친구라면서. 그러니 우리가 네 얘길 얼마나 듣고 싶었겠니."

"다른 사람이 오드리 대신 대학에 갔다고 생각하세요?"

"그런 것 같구나. 오드리가 동시에 두 군데에 있었던 게 아니라면."

"아까 본 사진, 그건 분명 제가 아는 오드리가 아니었어요."

"그래, 그래서 말인데 네가 이 졸업 앨범을 좀 봐줬으면 좋겠다. 누군가 오드리 행세를 하고 다녔다면 아마도 오드리와 같은 고등학교에 다녔을 게다."

"알겠습니다." 조지는 인조 가죽을 덧댄 졸업 앨범 커버에 손을 올렸다. "도울 수 있다면 뭐든 할게요. 하지만 형사님도 제 여자 친구를 찾도록 도와주셔야 해요. 그애는 분명 살아 있어요. 형사님도 그렇게 생각하시죠?"

"섣부른 추측은 하고 싶지 않다만, 우리가 서로 도와야 한다는 말에는 동의한다. 네가 우릴 도와주면 우리도 널 도우마. 난 당분간 여기서 할 일이 있는데 넌 어떻게 할래? 여기도 괜찮겠니? 아니면 다른 방으로 옮겨줄까?"

"여기도 괜찮습니다."

조지는 스위트검 고등학교 졸업 앨범을 한 장씩 넘기며 이름도 모르는 여자 친구를 찾았다. 졸업 사진을 훑어보고 또 훑어봤다. 머리를 잔뜩 부풀리고 입술이 번쩍거리는 여학생, 어깨 너머를 돌아보며 얼굴의 4분의 3가량만 보여주는 여학생, 여드름을 화장으로 덮은 여학생, 블라우스 위로 십자가 목걸이를 내놓은 여학생, 사진사의 말에 따라 턱을 약간 치켜든 여학생, 크게 성공할 것 같은 여학생, 이제 좋은 시절은 끝났다고 생각하는 듯한 여학생. 그들 사이로 멍한 표정의 남학생들 사진이 있었다. 잘생긴 아이도 있었지만 대부분 평범했고, 거의 모두가 스포츠머리를 했으며 눈동자에는 아무 감정도 드러나지 않았다. 그가 아는 오드리가 얼핏이라도 찍혔을지 몰라 동아리와 운동부, 졸업 파티 등의 흑백 단체 사진도 꼼꼼히 살폈다. 조지는 손끝이 메마르고 아플 때까지 앨범을 넘겼다. 곳곳에 그녀의 일부가 보였다. 메리 스테파나폴리스라는 여학생에게서 그녀의 머리 스타일이, 학교 신문사에서 편집 일을 하는 갈색 머리 여학생에게서 그녀의 옆모습이, 수영부 여학생에게서 그녀의 잘록한 허리와 발목으로 갈수록 가늘어지는 늘씬한 종아리가 보였다. 하지만 모두 그녀가 아니었다.

"앨범이 더 있나요?" 조지가 셸판트 형사에게 물었다. 셸판트는 아예 일어서서 한 손에 마분지 폴더를 펼친 채 다초점 안경 너머로 폴더 속 서류를 들여다보고 있었다.

"아니, 그만 보거라. 네 눈이 걱정되는구나." 그는 조지 바로 뒤에 서더니 큼직한 손으로 조지의 왼쪽 어깨를 꽉 잡았다. 대대로 무뚝뚝한 집안 출신인 조지는 이런 뜻밖의 행동에 당황하면서도 믿을 수 없을 만치 큰 위로를 받았다. "네가 아는 그 아이에 대해 말해보거라. 어떻게 생겼지?"

조지는 자신의 사연을 들려주었고, 말하는 동안 그들이 사귀게 된 과정과 연애가 얼마나 평범하고 시시한지 깨달았다. 그들은 파티에서 만났다. 그는 그녀를 좋아했고, 그녀도 그를 좋아했다. 전 세계 수백만 신입생들이 의례적으로 추는 춤이리라. "그애가 오드리가 아닐 거라고는 꿈에도 생각한 적이 없어요. 과거 얘기를 잘 안 하기는 했지만 그냥 말하기 싫어하는 거라고 생각했죠. 그런 사람도 있잖아요."

"그럼 무슨 얘기를 했지?"

"저에 대해 물었어요. 제 고향과 부모님에 대해서요. 또 영화와 책 이야기도 하고요. 우리 둘 다 알고 지내는 친구들을 분석하기도 했죠. 그애는 플로리다가 추하고 보수적인 곳이라면서 싫어했어요."

"네 고향은 안 그랬니?"

"전혀 딴판이죠. 제 고향은 작지만 꽤 부유한 마을이에요. 고향을 특별하게 생각한 적은 없지만 그애는 제 고향 얘기를 듣고 싶어 했어요."

"또 무엇에 관심이 있었지?"

"그애는 똑똑했어요. 정치학을 전공하고 영문학을 부전공으로 하고 싶다고 했죠. 졸업 후에는 로스쿨에 갈 예정이었고요."

"성적은 좋았니?"

"전부 A였어요."

셸판트 형사는 다시 책상 뒤로 걸어가 한 발을 스툴 받침대에 올리고 신발끈을 묶었다. "여기에는 언제까지 있을 생각이냐?"

"한동안 있어야겠죠. 사건의 진상을 알아낼 때까지는요."

"알겠다." 셸판트 형사는 조지의 손에 명함을 쥐여주었다. "모텔에 묵는다고 했지? 또 연락하자꾸나."

밖으로 나오니 목화송이를 찢어 만든 듯한 가느다란 구름이 푸른 하늘에 바둑판 모양을 이루고 있었다. 조지의 자동차 와이퍼 밑에 쪽지가 찔러져 있었다. 공책에서 찢어냈는지 줄이 쳐졌고 라벤더색 잉크로 휘갈겨 쓴 일곱 개의 숫자만 적혀 있었다. 전화번호였다.

조지는 조심스럽게 쪽지를 접어 주머니에 넣었다. 오드리의 필체는 아닌 듯했지만 확실하지 않았다.

마침 인근 토마토 가공 농장의 퇴근 시간과 겹쳐 모텔로
돌아가는 길이 밀려 시간이 더 오래 걸렸다. 하지만 차 안에서
조지는 희열을 느꼈다. 단지 자기가 아는 오드리가 살아 있어
서가 아니라 평생 바랐던 것보다 훨씬 더 기이한 일에 말려들
었기 때문이다. 마더 대학과 고향 집의 따분한 현실은 무미건
조한 잿빛 과거로 물러났다.

　　조지는 중고차 가게 주차장에 차를 대고 댄 톰슨에게 열쇠
를 넘겼다. 톰슨은 시원한 맥주를 권하며 내일도 비슷한 심부
름을 해달라고 했다. 조지는 내일 아침에 다시 오겠다고 말했
지만 맥주는 사양했다. 마시기 싫어서가 아니라 바닥 세척제와
시가 연기 냄새가 진동하는 사무실에 있고 싶지 않아서였다. 게
다가 전화도 해야 했다.

　　조지는 문에 열쇠를 밀어 넣고 잠시 흔들어댔다. 열쇠가
잘 돌아가지 않자 큰 소리로 욕을 중얼거렸다. 그 바람에 뒤쪽
공터에서 자동차 문이 열렸다가 닫히는 소리를 듣지 못했다. 다
만 위험이 임박했다는 느낌은 들었다. 비록 거칠게 밀쳐져 모
텔 방바닥에 쓰러지기 직전이었지만.

14

        아이린과 함께하는 점심시간은 한없이 길게 느껴졌다.

    레스토랑에 들어가고, 종업원에게 이름을 말하고, 햇살이 내려쬐는 창가 자리로 안내되는 동안 조지는 아이린의 얼굴을 때린 남자가 실은 자기에게 메시지를 보낸 것이라는 말은 절대 하지 않기로 마음먹었다. 말해봤자 아이린을 놀라게 할 뿐이고, 어쩔 수 없이 모든 사정을 다 털어놓아야 할 텐데 그러면 아이린이 더 위험해질 것이다. 평상시처럼 즐겁게 식사하고 오늘은 그만 조퇴할 작정이었다. 그다음에는? 뉴에식스의 오두막에 가든지 해서라도 리아나 혹은 도니 젠크스 행세를 하는 남자를 찾아낸다면, 아이린을 이 일에서 빼달라고 분명히 말할 것이다. 이 일이 무엇이든지 간에.

갑자기 식욕이 떨어졌지만 아까 결정한 대로 비프 부리토와 럼을 넣은 콜라를 주문했다. 위장은 쪼글쪼글해진 레몬 크기로 줄어들었지만 그래도 음식을 절반가량 먹었다. 조지는 아이린에게 이런저런 질문을 했다. 그녀를 공격하고 스스로를 도니 젠크스라고 밝힌 남자가 제럴드 매클레인이 고용한 뚱뚱한 탐정이 아니라, 키 작고 이가 회자숫빛인 말라깽이가 맞는지 확인하기 위해서였다. 그녀의 대답을 들으니 의심의 여지가 없었다. 아이린을 공격한 사람은 조지가 뉴에식스에서 만난 남자였다. 그녀는 이상하리만치 차분했다. 마치 드디어 도시 생활의 어두운 일면을 보았고 그게 그리 나쁘지만은 않다는 듯이. 그 사건은 어느새 칵테일파티나 회사 휴게실에서 떠들어댈 수 있는 재미있는 일화로 변해버렸다. 하지만 조지는 그 이야기를 들으면 들을수록 이마에 땀이 송송 맺혔다.

"안색이 별로 안 좋네." 그녀가 말했다.

"네가 걱정돼서 그래."

"솔직히 그 남자를 다시 볼 일은 없을 거야. 내 얼굴을 후려치고 자기소개까지 했으니 하고 싶은 대로 다 한 거야. 길에 쓰러졌을 때 제일 먼저 한 생각이 뭔지 알아? 제발 저 남자가 날 죽이게 해달라는 거였어. 강간한 다음에 죽이지 말고, 그냥 죽이게 해달라고. 끔찍하지 않아? 겁에 질려서 한 생각이 아니라 지극히 상식적인 생각이지. '제발 그냥 살인으로 끝나게 해주세요. 강간당하는 건 도저히 감당할 수 없습니다.' 네 생각도

했어. 물론 엄마가 첫째였고 그다음으로. 내가 죽었다는 소식을 들으면 네가 어떤 반응을 보일까 궁금하더라. 이상하지 않아? 대략 5초 동안에 이 모든 생각이 떠오르더라고. 그런데 남자가 갑자기 가버린 거야. 지금은 마치 내 삶에 연장전이 주어진 기분이야. 마시는 게 뭐야? 럼 앤 코크? 나도 마르가리타를 마셔야 할까 봐."

조지는 좀처럼 눈에 띄지 않는 웨이트리스를 찾아 주위를 둘러봤다.

"농담 아니고 정말 안색이 안 좋아 보여. 병원에는 가봤어?" 아이린이 물었다.

"숙취 때문에 병원을 가? 그럴 필요 없어."

"월요일에 숙취라니. 주말에 대체 뭘 한 거야?"

"기억이 흐릿해. 실은 몸이 좀 안 좋아. 어젯밤 테디네 술집에서 칼라마리를 먹었는데 오징어가 상했나 봐. 오늘은 그만 일어날까?"

레스토랑에서 나온 조지는 한사코 사무실까지 바래다주겠다는 아이린을 말렸다. 그들은 작별의 포옹을 했고, 조지는 평상시보다 좀 더 오래 껴안았다. 아이린은 몸을 빼고 어리둥절한 표정으로 그를 바라봤다. 조지는 그녀의 얼굴 옆쪽, 갈색 눈썹 바로 위에 부드럽게 키스했다. "비록 한쪽 눈이 이래도 넌 여전히 아름다워." 조지가 말했다.

"진짜 아픈가 보네."

"아냐, 진심이야. 네가 그런 일을 당했다니 끔찍해."

"몸이 나으면 연락해. 알았지? 낫지 않아도 연락하고. 아무튼 연락해."

멀어지는 그녀를 바라보며 조지는 애정과 보호 본능이 뒤섞인 복잡한 감정을 느꼈다. 지금 이 순간에 도니 젠크스와 마주친다면 두렵기는커녕 화가 날 것이다. 혼자 위기에 처했을 때는 너무도 무서웠지만 이제 아이린이 연루되니 핏속에 기사도 정신이 들끓었다.

조지는 뉴에식스로 차를 몰았다. 달리 할 수 있는 일이 없었다. 리아나에게 연락할 수도, 도니 젠크스를 추적할 수도 없었다. 두 사람과 관련된 유일한 정보는 바닷가의 그 낡은 오두막뿐이었다. 도니 젠크스를 만난 곳도 거기였고, 리아나는 거기 살았다고 했다. 비록 이젠 그녀의 말을 절대 믿을 수 없지만.

조지는 회사로 전화해 몸이 아파 조퇴하겠다고 말했다. 차의 에어컨을 최고로 세게 틀고, 스포츠 채널에 맞춘 라디오는 음량을 줄였다. 운전을 하니 기분이 좋아졌다. 신경 쓸 필요가 없는 익숙한 동작이다 보니 생각할 여유가 생겼다. 조지가 매클레인에게 돌려준 돈은 분명 직간접으로 그의 죽음과 연관이 있었다. 하지만 도무지 이해가 가지 않았다. 조지가 돈을 돌려준다는 사실을 알아낸 도니 젠크스가 매클레인의 집으로 가서 그를 죽이고 돈을 차지했을 수도 있다. 하지만 그 전에 얼마든지 빼앗을 수 있었다. 도니가 술집에서 리아나에게 처음 접근했을 때. 리아나와 도니가 공모했을 가능성도 생각해봤지만 그건 더욱 말이 되지 않았다. 그랬다면 애초에 둘이서 돈을 나눠 가지면 될 일이다. 왜 굳이 매클레인에게 돈을 돌려준 다음 그를 죽이고 돈을 빼앗는단 말인가? 어쩌면 제3자, 그가 전혀 모르는 누군가가 저지른 짓일 수도 있다. 매클레인의 저택에서 일하던 누군가가 돈이 든 가방을 보고 욕심이 나서 가져간 것이다. 진짜 도니 젠크스? 매클레인의 아픈 아내를 돌보는 간호사? 그에게 문을 열어준 조카?

조지는 천천히 뉴에식스 도심을 통과했다. 도심은 관광객으로 바글거렸는데 대부분이 은퇴한 노인들이었다. 기념품 가게에서 아이스크림 가게로 갔다가 다시 기념품 가게로 어슬렁어슬렁 걸어가거나, 몇몇 남자들은 길가 벤치에 구부정하게 앉아 아내의 쇼핑이 끝나기를 기다렸다. 그들에게는 정체되고 축처진 분위기가 감돌았다. 마치 더 이상 인생에 중대한 사건이 일어나지 않으리라는 것을 아는 듯이.

오래된 석조 교회에 이르자, 조용했던 비치 로드가 갑자기 혼잡해졌다. 그렇지 않아도 좁은 도로에 차들이 이중 주차되어 있었다. 하지만 교회 정문 앞에 번쩍거리는 검은색 영구차와 검은 양복을 입은 사람들이 얼핏 보이자 마음이 누그러졌다.

조지는 캡틴 소여 레인을 발견하고 그쪽으로 빠졌다. 비포장도로의 파인 자국은 더 깊어졌고, 간밤에 내린 비가 군데군

167

데 고여 있었다. 머리 위로 지붕을 이룬 소나무들 사이로 몇 가닥 햇살이 새어 들어왔고, 그 햇살 속에서 웅웅거리는 곤충 떼가 보였다. 여름마다 뉴잉글랜드 습지를 오염시키는 주범이었다. 오두막은 앞에 주차된 하얀 닷지만 없을 뿐 지난번과 똑같았다. 그는 차를 세우고 현관 계단을 올라가 썩어빠진 문을 두드렸다. 문의 페인트는 벗겨진 지 오래였다. 때가 낀 유리창을 들여다봤더니 유리창 안쪽이 거미줄로 뒤덮여 있었다. 잠시 시간이 흐르자 눈이 어둠에 적응되었고 그제야 이 오두막은 사실상 폐가라는 걸 알 수 있었다. 벽은 곰팡이가 펴서 거뭇거뭇했고, 가구처럼 보이는 물건이라고는 가죽 소파뿐인데 가장자리에서 노란 솜이 삐져나와 있었다. 뒤에서 무슨 소리가 들리기에 얼른 돌아봤지만 사브 엔진이 틱틱거리며 식는 소리였다.

집 뒤쪽으로 돌아가니 물에 잠긴 습지 위로 썩은 잔교가 있고, 잔교의 그나마 튼튼한 부분에 밧줄로 묶인 보트가 있었다. 유리섬유로 된 보트였는데 외장 모터가 달렸고 기껏해야 3미터 남짓 되는 길이였다. 딱히 고급스럽지도, 새것처럼 보이지도 않았지만 그래도 이 황량한 배경 속에서 단연 눈에 띄었다. 조지는 지난번에도 저 보트가 있었는지 기억해내려 했다. 잔교를 본 기억은 났지만 보트는 기억나지 않았다.

다시 집 쪽으로 걸어갔다. 1층 베란다는 방충망이 둘러져 있었지만 절반이 뜯겨 나갔고, 한쪽 바닥은 꺼져 있었다. 마룻바닥 널빤지에는 하얗게 부풀어 오른 버섯이 소담스럽게 피어 있었다.

베란다로 들어가는 문에는 걸쇠가 걸려 있었지만 힘껏 밀었더니 걸쇠가 썩은 나무 문짝에서 떨어져버렸다. 베란다에서 다시 집 안으로 들어가는 문은 잠겨 있지 않았는데도 좀처럼 열리지 않았다. 문이 위쪽 경첩에서 떨어져 아래쪽 모서리가 바닥에 박혔기 때문이다. 발로 찼더니 문이 문틀에서 떨어지며 안쪽으로 열렸고 매캐한 먼지가 얼굴을 덮쳤다. 조지는 집 안으로 한 발짝 들어갔지만 더는 들어가지 않기로 했다. 리놀륨 바닥에는 금이 가고 기포가 생겼으며, 오래되어 곰팡이가 생긴 천장의 스티로폼 타일이 떨어져 있었다. 아까 창문 너머로 봤던 가죽 소파는 새로운 각도에서 보니 한층 더 끔찍했다. 야생동물들이 소파 안쪽을 파냈는지 레몬 커드처럼 노란 충전재가 사방에 흩어져 있었다.

조지는 돌아 나와 다시 차로 갔다. 비록 리아나 덱터를 잘 모를지라도 이 집에서 단 하룻밤도 보내지 않았으리라는 사실은 알고도 남았다.

조지는 차를 몰아 길 초입으로 갔고 근처의 유일한 다른 집, 울창한 소나무 숲속에 있어서 눈에 잘 띄지 않는 갈색 목재 가옥을 지나쳤다. 다시 비치 로드로 빠지려는 찰나, 사브를 후진해 목재 가옥 진입로로 들어섰다. 최근에 페인트를 다시 칠한 우편함에는 22라는 숫자가 적혀 있었다. 그 위에는 플라스틱 신문함이 있었는데 너무 바래 알아보기 힘든 글씨로 〈보스턴 헤럴드〉라고 적혀 있었다. 짧은 진입로를 내려가는 동안 억센 잡초가 차체 바닥을 긁어댔다. 그는 집 앞에 차를 세웠다. 돌 위에 지은 목재 가옥은 길에서 볼 때보다 컸고 지붕널은 아주 조금만 기울어져 있었다. 천장부터 바닥까지 난 통창은 어두워서 전혀 들여다보이지 않았고, 외벽은 때가 타서 거뭇거뭇했다. 하지만 현관 계단 주위의 낮은 산울타리는 단정하게 다듬어져 있었고, 조지가 차에서 내릴 때 현관문 양쪽으로 길쭉하게 덧 대어진 유리 너머로 인기척이 나는 듯했다.

초인종을 누르자 안에서 저음의 징 소리가 울렸다. 10초쯤 지나자 현관문의 체인을 거는 소리가 들리더니 문이 8센티미터쯤 열렸다. 팽팽하게 당겨진 체인 위로 지금까지 본 적이 없는 크고 소름 끼치는 눈이 나타났다. 연한 하늘색 눈동자는 거의 탈지우유 같은 빛깔이었다.

"방해해서 죄송합니다. 이 길 아래쪽 오두막에 사는 사람을 찾는데 혹시 아시나요?" 조지가 물었다.

여자가 반 발짝 물러서자 조지는 그녀를 제대로 볼 수 있었다. 스물다섯 같기도 하고, 마흔다섯 같기도 하고, 그 중간쯤인 듯도 했다. 길고 지저분한 머리는 가운데 가르마를 탔고, 무늬가 있는 홈드레스를 입었다. 앞면에 지퍼가 여럿 달린 옷이 었는데 너무 커서 한쪽 어깨 쪽으로 흘러내렸다. 하얗다 못해 투명한 얼굴은 요정 같았고 광대뼈가 도드라졌다. 한때는 아주 아름다웠으리라. 입은 크고 입술은 얇았는데 바짝 말라서 심하

170

게 갈라졌고, 한쪽 입꼬리에는 하얀 각질이 일어나 있었다.

여자는 한 손으로 홈드레스를 잡아 가슴 앞에서 모으며 말했다. "난 여기 살지 않아요." 그러더니 다시 덧붙였다. "여긴 그냥 가족 소유의 집이에요."

"저 오두막에 대해 좀 알고 싶어서요. 제 친구가 저 집에 산다고 했는데 가서 봤더니 도저히 사람이 살 만한 집이 아니더군요. 혹시 저 집에 대해 아시나요?"

그녀는 큼직한 머리를 앞으로 내밀더니 오두막이 있는 쪽으로 시선을 돌렸다. 마치 그렇게 하면 오두막이 보인다는 듯이. 그녀의 얼굴이 어찌나 가까이 있는지 입 냄새까지 맡을 수 있었는데, 축축한 곡물처럼 시큼한 냄새였다. "저긴 아무도 살지 않아요. 내가 아는 한 저긴 사람이 살았던 적이 없어요."

"저 집이 누구 소유인지 아시나요?"

"아뇨."

"그럼 이 집은 누구 소유인가요?" 조지의 질문에 여자는 문에서 몸을 살짝 뗐고, 부은 눈을 아래로 깔았다. 너무 꼬치꼬치 물어본 모양이었다.

"담배 있나요?" 여자가 물었다.

"미안하지만 없습니다."

"저기, 난 그만 가봐야 해요." 여자는 현관문을 닫았다. 구름이 태양 앞으로 지나가며 갑자기 어스름이 내린 듯 주위가 어두워졌다. 정적 속에서 습지 부근의 갈매기 두 마리가 서로

171

끼룩끼룩 울어댔다. 소나무 그늘 아래서 그 소리를 들으니 기분이 이상했다. 조지는 다시 차로 돌아가 보스턴으로 향했다.

보스턴으로 돌아가는 길은 질척거렸고 비현실적으로 느껴졌다. 피로가 몰려왔다. 주차장에 사브를 주차한 뒤, 천천히 아파트로 걸어갔다. 일단 눈을 좀 붙일 생각이었다. 초인종 소리나 문을 두드리는 소리, 전화벨 소리는 무시하리라. 잠을 잔 후에는 무엇을 해야 할지 몰랐지만 그건 그때 가서 걱정할 것이다.

조지는 이 동네에 오래 산 터라 눈에 익지 않은 차는 금방 알아볼 수 있었는데, 아파트 앞에 하얀색 스즈키 사무라이가 주차되어 있었다. 떼어낼 수 있는 금속 지붕은 그대로 달려 있고, 옆면에는 검정과 빨강으로 된 줄무늬가 있었다. 전면 유리 맨 위에 하얀색으로 새겨 넣은 '사무라이'라는 글자가 아직 남아 있었다. 차량용 햇빛 가리개 너머로 두 사람이 보였는데 하나는 덩치가 크고, 하나는 덩치가 작았다. 분명 그를 만나러 온 사람들이라는 생각에 걸음을 늦추자, 양쪽 차 문이 열렸다. 운전석에서 덩치 크고 하체 비만인 남자가 내렸다. 매클레인의 저택에서 만난 남자였다. 진짜 도널드 젠크스, 혹은 매클레인이 부른 대로 하자면 DJ. 그는 조지를 향해 한 손을 들어 올려 알은체를 하더니 조수석에서 내리는 동행을 바라봤다. 그녀 역시 낯익은 얼굴이었다. 매클레인의 저택을 방문했을 때 문을 열어

췄던 젊은 여자. 로베르타 제임스 형사가 그녀의 이름을 말해 줬지만 기억나지 않았다.

"조지 포스 씨?" 그녀가 짜증난 목소리로 말했다.

조지는 고개를 끄덕이며 앞으로 나갔다. 여자가 스즈키 앞으로 돌아가 DJ 옆에 섰다.

"실례지만…… 성함이?" 조지가 물었다.

"카린 보이드예요. 우리 어제 만났죠. 제가 문을 열어드렸으니까."

카린은 지난번보다 덜 위압적으로 보였다. 검은 카프리 팬츠에 스쿱 네크라인의 민소매 흰 티셔츠를 입고, 묶었던 금발은 풀어 내렸는데 습기 때문인지 살짝 꼬불거렸다. 마치 운 사람처럼 빨갛게 부은 여자의 눈을 보며 조지는 그녀가 매클레인의 조카라고 했던 말이 생각났다.

"잠깐 얘기 좀 할 수 있을까요?" 그녀가 말했다.

DJ가 한 발짝 다가왔다. "우리도 어제 만났죠. 난 도널드 젠크스입니다. DJ." 그는 지갑에서 신분증을 꺼내며 자신이 사립 탐정이라고 했다. 가까이서 보니 미남이었다. 구릿빛 얼굴은 모공을 찾아볼 수 없었고, 윗입술 위의 검은 콧수염은 깔끔하게 손질되어 있었다. "매클레인 씨가 절 고용하셨죠. 그분이 돌아가신 건 압니까?"

"네."

"잠시 이야기를 나눌 수 있을까요?"

조지는 그들을 집으로 들이기가 망설여져 근처 카페로 가자고 했다. 카운터에서 가장 멀리 떨어진 뒤쪽 구석 테이블이 비어 있었다. 조지는 라지 사이즈의 아이스커피를 주문했지만 카린 보이드와 DJ는 아무것도 주문하지 않았다. 조지가 테이블에 앉았을 때는 벌써 유리컵에 이슬이 맺혀 있었다. DJ가 입을 열었다. "살인 사건은 경찰에 맡겼습니다만 도둑맞은 물건을 찾으려면 당신 도움이 필요합니다, 포스 씨. 워낙 큰 액수라서요."

커피를 주문하는 동안, 조지는 이들에게도 경찰에게 말한 만큼만 알려주기로 마음먹은 터였다. 누군가 도니 젠크스 행세를 하고 다닌다는 사실은 말하지 않을 것이다. 언젠가는 모든 사실을 털어놓아야 할 테지만 당분간은 비밀로 해두는 게 낫다. 사건의 진상을 파악할 때까지는. 한편으로는 리아나가 걱정됐지만 그보다는 아이린이 더 걱정되었다.

"경찰에게서 별로 들은 게 없습니다. 대체 무슨 일이 있었던 겁니까?" 조지가 물었다.

DJ와 카린은 서로를 힐끗 보았고 카린이 말했다. "먼저 어쩌다 이번 일에 끼어들었는지 말해주세요. 왜 제인 번이 훔친 돈을 당신이 돌려줬죠?"

"경찰에게도 말했지만 제인은 대학 동창입니다. 비록 그때는 지금과 다른 이름을—."

"어떤 이름이었죠?" DJ가 그의 말을 자르며 휴대전화를 꺼

174

냈다. 조지는 경찰에 말한 대로 오드리 벡이라는 이름을 알려주었고, DJ는 문자를 보내는 십대 아이들처럼 두 엄지로 재빠르고 능숙하게 그 이름을 입력했다.

"20년 동안 못 봤는데 며칠 전에 우연히 바에서 만났죠…… 이 근처 술집입니다……. 그러다 제인이 그 일을 부탁했고요. 이상한 부탁이라고 생각했지만 매클레인 씨를, 당신 삼촌을 직접 보고 돈을 돌려줄 용기가 없다고 하더군요. 당시에는 그 말이 이해가 갔습니다."

"매클레인 씨를 만난 후에는 어딜 가셨죠?"

"소거스로 차를 몰아…… 구룡에서 제인을 만났습니다. 돈을 잘 전해줬다고 말했죠. 제인은 안도하는 표정이었습니다. 우린 함께 저녁을 먹었고요. 그런데 매클레인 씨가 어떻게 살해됐죠? 그걸 알아야 여러분을 도와드릴 수 있을 것 같습니다. 제가 떠난 직후에 살해됐나요?"

이번에도 두 사람은 서로를 보았고, 카린이 DJ에게 보일 듯 말 듯하게 고개를 끄덕였다. 이제 DJ의 고용주는 카린인 모양이다.

"망치로 뒤통수를 맞았습니다." DJ가 체구에 비해 작은 손으로 뒤통수를 톡톡 쳤다. 손에는 결혼반지가 있었고, 손톱은 네일숍에서 관리를 받은 듯했다. "매클레인 씨의 침실에서요. 아마 당신이 떠나고 몇 분 후였을 겁니다. 아주 운이 좋은 줄 아세요, 포스 씨. 여기 보이드 양이 집에서 나가는 당신을 보지 않았다면 지금쯤 유치장에 있을 겁니다."

"내가 나가는 걸 봤다고요?" 조지가 물었다. 매클레인의 집에서 나가는 길에 그녀를 본 기억이 없었기 때문이다.

"내 사무실이 2층에 있어요. 삼촌은 당신을 만난 후, 침실로 가기 전에 내 사무실에 들러 일이 잘 해결됐다고 알려주셨죠. 사무실에서 나와 발코니로 갔더니 당신이 보이더군요. 발코니 창문이 현관 바로 위에 있거든요. 당신은 차를 타고 떠났어요. 하지만 그렇다고 해서 당신이 삼촌의 죽음과 관련이 없다고 생각하진 않아요." 카린의 눈은 노련한 형사처럼 감정을 전혀 드러내지 않았다.

"난 그냥 친구를 위해 돈을 돌려준다는 생각밖에 없었습니다. 오늘 아침 경찰이 찾아오기 전까지는 살인 사건에 대해 알지도 못했고요."

카린은 변함없는 표정으로 그를 바라봤다. 그녀의 피부는 창백하고 살짝 주근깨가 있었는데 화장은 하지 않았다. 목 아래쪽에 불그레한 얼룩이 퍼져 있었다. 너무 습한 날씨 때문이거나 이번 일에 대한 스트레스 때문일 것이다.

"우린 당신을 믿습니다, 포스 씨." DJ가 재판을 이기게 해줄 뜻밖의 증인을 소개하는 변호사처럼 차분한 목소리로 말했다. "우리가 정말로 알고 싶은 건 제인 번이 어디에 있는지 혹은 그녀의 진짜 정체가 무엇인지 알아낼 수 있는 단서입니다."

"그렇다면 돈이 사라졌다는 뜻인가요?"

"당신이 전해준 돈 말입니까?"

"네."

"사라졌습니다. 하지만 지금은 그게 문제가 아닙니다. 매클레인 씨가 당신을 만난 뒤에 침실로 간 까닭은 금고 안에 돈을 넣어두기 위해서였습니다. 매클레인 씨를 죽인 범인은 침실에서 매클레인 씨를 기다리고 있었습니다. 집 뒤쪽의 2층 창문이 열려 있는 걸로 보아 거기로 들어온 듯합니다. 그날은 집에 정원사들이 왔고, 그들은 등나무를 손질하려고 사다리를 가지고 다니니까요. 변명하려는 건 아닙니다. 보안에 더 신경을 쓰지 못한 우리의 불찰이죠. 어쨌든 금고는 열려 있었고, 서류를 제외한 모든 물건이 사라졌습니다. 매클레인 씨는 화폐를 신뢰하지 않았습니다. 그래서 몇 년간 다이아몬드 원석을 구입했죠. 흔치 않은 색깔의 값비싼 다이아몬드로요. 거의 수집하다시피 했습니다. 그렇죠, 카린? 금고 안에는 꽤 많은 자산이 들어 있었습니다. 돈으로 따지면 50만 달러가 훨씬 넘는 재산이었죠. 범인들이 돈을 돌려준 건 매클레인 씨로 하여금 금고를 열게 하기 위해서였습니다. 금고가 열리면서 매클레인 씨는 공격을 당했고, 금고가 털렸죠. 그들의 목적은 분명 다이아몬드였습니다. 당신 친구도 다이아몬드의 존재를 알고 있었고요. 아주 심각한 상황입니다."

DJ가 금고 이야기를 꺼내자마자, 조지의 눈앞에서 실내가 빙빙 돌기 시작했다. 혼란스럽거나 지치거나 너무 많은 정보로

177

인해 어리둥절해서가 아니라 불현듯 모든 것이 명확해졌기 때문이다. 퍼즐의 마지막 조각이 맞춰졌다. 그동안 조지는 스포츠백 안에 든 돈, 그가 평생 본 것보다 많은 돈을 찾는 게 문제라고 생각했다. 하지만 그것은 그저 미끼였다. 매클레인으로 하여금 특정한 시간에 금고를 열게 하기 위한 장치.

"괜찮으세요?"

"미안합니다. 금고에 대해서는 전혀 몰랐습니다. 그 다이아몬드의 가치가 돈으로 따지면 얼마나 되나요?" 조지가 물었다.

DJ와 카린은 서로를 바라봤고, DJ가 말했다. "정확히 얼마인지 말해줄 순 없지만 값이 꽤 나갑니다. 적어도 5백만 달러는 될 겁니다. 당신이 다이아몬드를 가져갔다고는 생각하지 않습니다만 우리로서는……."

"괜찮습니다. 충분히 이해합니다. 그리고 죄송합니다. 그런 사정은 전혀 몰랐습니다." 조지는 반쯤 남은 아이스커피를 무력하게 바라봤다. 육각형 얼음 하나가 컵 속에서 움직였다.

"아까 말했듯이 우린 포스 씨가 제인 번과 연락할 방법을 알거나, 그녀가 보스턴에 있는 동안 머물 만한 곳을 아실까 해서 찾아왔습니다. 어떤 정보든 도움이 될 겁니다."

하지만 조지는 말이 잘 들리지 않았다. 새로 알게 된 정보를 받아들이느라 머릿속이 분주했다. 게다가 모두 나쁜 소식뿐이었다. 알고 했든 모르고 했든, 그는 한 남자를 죽이는 일에 관여했다. 시간을 벌기 위해 커피를 한 모금 마셨지만 위장이 요

동치고, 침이 마구 분비되었다. 그는 코로 숨을 쉬며 말했다. "미안합니다만, 전 지금 알게 된 정보를 받아들이기도 벅찹니다. 화장실 좀 다녀와야겠습니다." 조지는 이 말이 끝나기도 전에 의자를 뒤로 밀고 자리에서 일어나 화장실 쪽으로 걸어갔다. 카페 뒤쪽에 있는 남자 화장실 문을 밀고 들어가 빗장을 걸었다. 형광등 불빛이 불규칙한 무늬를 이루며 펄럭거렸다. 바닥은 조금 전에 걸레질을 했는지 축축했지만 타일에 검은 머리카락이 달라붙어 있어서 여전히 더러워 보였다. 조지는 변기 앞에 무릎을 꿇었다. 오래된 파이프 냄새가 났다. 옆구리에서 찌릿한 통증이 느껴졌지만 토하려고 몸을 앞으로 숙였다. 아무것도 나오지 않았다. 메스꺼움은 사라지고 대신 현기증이 일었다. 그는 변기 가장자리를 붙잡고 다시 일어섰다. 차가운 수돗물을 틀어 몇 차례 손을 씻은 다음, 얼굴과 목덜미도 씻었다. 코로 숨을 깊이 들이쉬고 세면대를 짚은 채 허리를 폈다.

조지는 거울 속 얼굴을 바라봤다. 안색이 놀랄 정도로 창백하고, 머리카락은 땀에 푹 젖어 있었다. 난 완전히 똥멍청이였어. 조지는 그렇게 생각하며 거울에 비친 얼굴을 계속 바라보았다. 현기증이 사라지기를 기다리면서.

15

조지는 몸을 옆으로 굴려 바닥에 등을 대고 누웠다. 두 남자가 모텔 방으로 들어오더니 문을 닫았다. 둘 중에서 키가 작고 마른 쪽이 조지의 무릎을 밟으려다 실패했다. 키가 크고 덩치 큰 쪽이 입을 열었다.

"일어나, 이 새끼야. 넌 이제 뒈졌어."

조지는 꿈틀꿈틀 기어 방 한가운데로 갔고 눈이 어둑한 실내에 적응되었다. 남자들은 조지와 같은 또래이거나 더 어려 보였다. 고등학교 미식축구부의 라인배커 둘이서 토요일 저녁 버거킹에 가는 옷차림이었다. 둘 다 스톤워싱 청바지에 오션 퍼시픽(서핑 의류 전문 업체—옮긴이) 티셔츠를 입고 있었다.

"그냥 누워 있을게." 조지가 말했다.

"좆나 겁쟁이네. 우리가 일어나라면 일어나." 지금까지 입을 다물고 있던 키 작은 남자아이가 말했다.

"생각 좀 해보고."

키 작은 쪽, 조지의 무릎을 밟으려다 실패했던 남자아이가 허리를 숙여 조지가 마지막으로 갈아입은 셔츠의 멱살을 잡았다. 조지는 녀석의 코에 주먹을 날리려 했지만 빗나가는 바람에 목울대를 맞혔다. 남자아이는 거칠게 컥컥 소리를 내더니 손으로 목을 감싼 채 뒤로 펄쩍 물러났고, 입은 알파벳 O 모양으로 동그랗게 벌어졌다.

"개새끼." 녀석이 간신히 켁켁거렸다.

조지는 바닥에서 일어났다. 무서워야 마땅했지만 살아야 한다는 본능 때문에 오히려 마음이 차분했다. 그는 손바닥을 바깥쪽으로 향한 채 두 손을 들어올렸다.

"대체 나한테 뭘 원하는지―."

조지가 말문을 열자, 덩치 큰 녀석이 달려들었다. 조지는 주먹을 날리려고 했지만 손을 들기도 전에 덩치에게 들이받혀 말끔히 정돈해놓은 침대로 쓰러졌다. 덩치는 조지의 몸을 돌려 얼굴이 바닥을 향하게 하더니 팔로 목을 누르고, 무릎으로 허리 아래쪽을 눌렀다.

"맛이 어떠냐, 이 개새끼야! 맛이 어때?"

대답을 듣고자 하는 질문이 아니었으므로 조지는 아무 말도 하지 않았다. 조지에게 목을 맞은 남자애가 침대 가장자리로 다가오더니, 블라인드 틈에서 새어 나오는 한 줄기 햇살 속으로 들어갔다. 이제는 한결 편안하게 숨을 쉬면서 손으로 목을 조심스럽게 만지고 있었다. 뾰족한 턱은 여드름으로 시뻘겋고, 짧게 자른 머리카락 속으로 점이 다닥다닥 난 두피가 보였다.

"너 이 새끼, 죽여버릴 거야." 턱을 맞은 말라깽이가 갈라지는 목소리로 말했다.

"내가 뭘 어쨌다고 그래?" 조지가 말했다.

"몰라서 물어?" 덩치 큰 녀석이 조지의 척추를 누른 무릎에 온 체중을 실으며 말했다. 침대 안쪽에서 스프링 하나가 툭 끊어졌다.

"정말로 모르겠어. 오드리 벡 때문이야?"

"그럼 뭐겠냐." 말라깽이가 아래턱을 천천히 돌리며 답했다. 마치 비행기에서 귀가 먹먹해진 승객처럼.

"그 일이라면 난 너희들보다 더 아는 게 없어. 정말이야. 내가 오드리를 알았는지조차 의심스럽다고."

"네가 걔를 마약 중독자로 만들었지?"

"저기, 지금 우리가 이야기하는 사람은 동일인이 아냐. 오드리 벡은 대학을 다니지 않았어. 다른 사람이 대신 다녔지. 진짜 오드리는 이언 킹이라는 남자와 웨스트팜 비치에서 살았다고. 맹세해."

"무슨 개소리야?"

"나 좀 놔줘. 그럼 다 말할게."

"퍽이나 그러겠다." 말라깽이가 말했다. 그동안 조지를 누르고 있던 덩치는 다시 복잡한 레슬링 기술을 선보이며 조지를 돌아 눕혔다. 이제 조지는 침대에 등을 대고 누웠고, 무릎은 굽혀진 채 명치 부근에 눌려 있었다. 그제야 아까 그를 들이받았던 남자아이를 볼 수 있었다. 큰 키에 덩치가 우람하고 이중 턱인 데다 이마 면적이 얼굴의 반이 넘었다. 금빛 머리의 앞과 옆은 짧고 뒤는 길었다.

"잠깐 내 말 좀 들어줘. 거짓말이 아니야. 난 오드리 벡이라는 아이를 만난 적이 없어."

마치 거짓말하는 아이를 나무라는 부모처럼 덩치가 고개를 저었다. "만약 네가 오드리의 죽음과 조금이라도 연관이 있다고 밝혀지면 내가 사슴 사냥하듯이 널 찾아내 쏴버릴 거야. 알아들었어?"

"알았어, 하지만―."

"알아들었냐고, 이 새끼야."

"알았어."

"스콧, 내가 맞은 것처럼 이 새끼 목을 한 대 때려야겠어."

"내가 할게." 스콧은 그렇게 말하더니 밀가루 반죽 같은 주먹을 뒤로 뺐다. 조지가 어깨를 웅크려 턱을 가슴에 대는 바람에 주먹이 윗입술과 코에 떨어졌다. 입술과 코에서 피가 났고, 눈물이 흘렀다.

그들은 올 때처럼 재빨리 방에서 나갔다.

조지는 욕실로 비틀비틀 걸어가 표백제 냄새가 나는 얇은 수건에 얼굴을 묻었다. 코가 제일 아팠고, 그다음으로 광대뼈와 눈 사이가 아팠다. 5분가량 얼굴에 수건을 대고 있다가 문을 잠그지 않은 게 생각나 방을 가로질러 문을 잠갔다. 그런 다음 침대에 앉아 아까 와이퍼 밑에서 발견한 쪽지를 꺼내 전화번호를 눌렀다. 가슴이 방망이질 쳤고, 혹시라도 통화할 때 목소리가 제대로 나오지 않을까 걱정되었다.

"여보세요?" 여자아이가 걱정스런 어조로 전화를 받았다. 남부 억양이 살짝 섞인 점을 제외하고는 별로 오드리의 목소리와 비슷하지 않았다.

"네가 전화번호가 적힌 쪽지를 남겼지?" 조지의 목소리는 심한 감기에 걸린 사람 같았다.

"마더 대학에서 왔다는 오드리의 친구?"

"응. 넌 누구지?"

"나도 오드리 친구야."

조지가 담뱃갑을 흔들자 담배 한 개비가 고개를 내밀었다.

"나도 그런 줄 알았는데 내 생각이 틀린 것 같아."

"오드리는 대학에 가지 않았어." 여자아이가 말했다.

"응, 다른 사람이 대신 갔지. 넌 이름이 뭐야?"

"캐시 자윈스키."

"넌 오드리가 마더 대학에 가지 않았다는 걸 아는구나?"

"응, 알아."

"그럼 누가 대신 갔는지도 알아?"

"이름은 모르지만 누군가 대신 갔다는 건 알아. 아마 친카 핀 고등학교 학생일 거야. 넌 그애를 잘 알지? 어떤 애였어?"

"내 여자 친구였어. 착한 아이야." 조지는 담배에 불을 붙였다. 첫 모금을 빨자, 코가 약간 뚫리면서 피 냄새가 났다.

"하지만 그애의 진짜 정체는 모르는 거야?" 캐시가 물었다.

"저기, 나도 너한테 물어볼 게 많아. 내가 여기 온 걸 어떻게 알았는지, 네가 내게서 뭘 알아내려고 하는 건지 모르겠어. 그러니까 만나서 얘기하는 게 어때?"

"그러자."

"고속도로변에 있는 쇼니스라고 알아?"

"물론이지."

두 시간 뒤, 샤워를 마친 조지는 코가 멍들고 입술이 갈라진 채 쇼니스의 뒤쪽 칸막이 좌석에 앉아 기다렸다. 테이블에는 엑스트라라지 사이즈 콜라가 있었다.

쇼니스는 부부들로 바글거렸다. 둘만 남은 노부부들, 그리고 시끄럽게 떠드는 아이를 대동한 젊은 부부들. 조지는 식당으로 들어서는 캐시를 단번에 알아볼 수 있었다. 일행 없이 혼자였고 조지와 같은 또래였으며, 크라우디드 하우스(오스트레일리아에서 결성된 록밴드—옮긴이) 콘서트 티셔츠에 남성용 빈티지 양복 조끼를 걸치고, 찢어진 청바지를 입고 있었다. 조지가 손을 흔들자, 캐시가 맞은편 자리로 들어가서 앉았다.

"얼굴이 왜 그래?" 캐시가 물었다.

"남자아이 둘이 모텔 방으로 쳐들어와서 오드리에게 무슨 짓을 했냐고 묻더라. 혹시 너도 알고 있니?"

"어떻게 생긴 애들인데?" 캐시는 짧게 자른 빨강 머리에 눈은 작고 청록색이었으며, 아담한 코는 끝이 살짝 들렸고, 큼직하고 새하얀 치아에 입이 컸다. 어울리지 않는 다홍색 립스틱을 발랐는데 송곳니에 립스틱이 조금 묻어 있었다.

"모르겠어. 운동하는 아이들 같았어. 한 명의 이름은 스콧이었고."

"맙소사. 스콧은 내 동생이야. 다른 애는 마르고 귀가 크지 않아?"

"응."

"걘 케빈 라인백이라고 내 동생 부하야. 맙소사, 미안해. 아마 악의는 없었을……. 나 때문이야. 내 말을 듣고 네가 여기 온 줄 안 거야."

"넌 어떻게 알았지?"

웨이트리스가 오자 캐시는 닥터 페퍼를 주문한 뒤, 그 질문에 대답했다.

"오늘 오드리의 집에 갔지? 거기서 오드리 동생 빌리를 봤을 거야. 그래, 빌리가 내게 전화로 알려줬어. 네가 떠나고 1분쯤 후에. 사실 오드리가 대학에 갈 생각이 없었다는 걸 아는 사람은 나 말고 빌리가 유일해. 그래서 내게 곧바로 전화한 거야.

186

멍청한 내 동생이 우리 통화를 엿들은 게 틀림없어. 그럴 줄 알았어. 동생은 작년 여름에 오드리와 잠깐 데이트를 했는데 아직도 오드리를 못 잊고 있거든."

"내 차에 메모는 어떻게 남겼지?"

"빌리에게 네가 경찰과 함께 경찰서로 갔다고 들었어. 네 차가 어떻게 생겼는지도 들었고. 그래서 그냥 전화번호만 남기자고 생각했지. 그럼 다른 사람이 봐도 상관없으니까." 캐시는 양손을 테이블 아래에 둔 채 몸만 내밀어 빨대로 닥터 페퍼를 한 모금 빨아들였다. 그런 방법을 생각해낸 자신이 대견한 표정이었다.

"그럼 스콧과 그 친구는 어떻게 내가 묵는 모텔을 찾아낸 거지?"

"빌리가 전화로 그 모텔을 알려줬을 때 내가 큰 소리로 반복해서 말했나 봐. 아니면 엿들었거나. 전화가 내 방에 있기는 하지만 전화선은 온 가족이 함께 쓰거든. 그러니까 누구든 전화기를 들고 엿들을 수 있지. 어쨌든 그렇게 해서 네가 묵는 모텔을 알아낸 거야."

"그런데 왜 오드리는 대학에 안 가려고 했지? 이해가 안 돼. 본인이 지원했을 거 아니야."

"지원해야만 했어. 부모님이 강요했거든. 오드리는 스위트검에서 4년제 대학에 합격하는 건 둘째 치고 대학에 다닐 형편이 되는 소수의 아이들 중 하나였어. 그애의 부모님은 반드시 대학에 가야 한다고 우겼지. 오드리가 마더 대학을 고른 건 아마 집에서 멀리 떨어져 있어서 그랬을 거야. 하지만 오드리는 가고 싶어 하지 않았어. 그 이언 킹이라는 남자에게 빠져서—."

"게이터 베이트?"

"세상에, 너 그 밴드를 아는구나."

"아니, 몰라. 오늘 형사님에게 처음 들었어. 오드리가 그 이언이라는 남자와 함께 떠났다고 하셨어."

"그럴 계획이었지. 어쨌든 나한테는 그럴 거라고 말했어. 부모님께는 대학에 갈 거라고 하고 일단 마을을 뜰 생각이었지. 자기를 찾아내지 못하면 부모님도 어쩔 수 없을 거라면서."

"그러다 자기 대신 대학에 가줄 사람을 찾아낸 거야?"

"응. 사실 오드리도 내게 다 말해주진 않았어. 오드리와 내가 친구이긴 하지만 죽고 못 사는 단짝 친구는 아니거든. 우린 모두 함께 자랐어. 우리 아빠는 오드리의 아빠를 알고, 엄마들끼리도 서로 알아. 그래서 빌리와 나도 아는 사이고, 내 동생도 오드리를 알지. 한 가족이나 다름없거든. 오드리가 대학에 가지 않겠다고 했을 때 난…… 모르겠더라고. 그러더니 오드리가 친카핀 고등학교에 다니는 여자아이가 있는데 자기랑 닮았다는 거야. 엄청 똑똑한데 집은 가난하고, 대학에 가고 싶어 한다고 했어."

"둘이 어떻게 만났대?"

"토론 대회에서 만난 거 같아."

"그게 뭔데?"

"각 학교의 토론 동아리가 모여서 벌이는 대회. 나도 잘은 몰라."

"그 여자애 이름은 말 안 해줬어?"

"오드리는 내게 사실대로 말해놓고 후회한 거 같아. 아까도 말했듯이 우리가 단짝 친구는 아니니까. 오드리는 꼭 비밀을 지켜달라고 했고, 난 절대 말하지 않겠다고 약속했어. 지금 생각하니 좀 죄책감이 드네. 내가 말렸어야 했는데."

"리필해줄까?" 웨이트리스가 나타났다.

둘 다 고개를 끄덕였다.

"음식은 뭘 주문할지 결정했니?"

조지가 캐시에게 말했다. "사실 난 별로 배가 안 고파."

"그럼 프렌치프라이 나눠 먹을래? 여기 프렌치프라이가 맛있거든."

10분이 지나자 큼직한 접시에 크링클컷 프렌치프라이가 수북이 담겨 나왔다. 캐시는 할 말이 많았지만 알아야 할 정보는 이미 다 나온 상태였다. 조지가 찾는 소녀는 친카핀 출신이고, 토론 동아리 소속이었다. 내일 다시 졸업 앨범을 뒤져보면 이름을 알아낼 수 있으리라. 다만 혼자서 해야 할지, 셸판트 형사에게 알려야 할지는 결정할 수 없었다.

조지는 캐시의 차가 있는 곳까지 그애를 배웅했다. 캐시는 고개를 들어 별이 점점이 박힌 하늘을 올려다봤다. "저거 봐, 북두칠성이야." 캐시가 손가락으로 가리키며 말했다.

"오드리 행세를 한 아이는 오드리의 죽음과 상관없겠지?" 조지가 물었다.

"응, 그럴 거야. 하지만 또 모르지. 오드리는 마약 중독이었으니까."

"혹시 뭐라도 알아내면 전화해줄래?"

"그럴게. 그리고 걱정 마. 동생에게 넌 이 일과 아무 상관없다고 할게. 다시는 널 귀찮게 하지 않을 거야."

"다음번엔 나도 가만있지 않겠어."

"내 동생은 성질이 못됐어."

"그렇더라."

조지가 스프링이 부러진 침대에 누워 뜬눈으로 밤을 새우는 동안 소나기가 산발적으로 내렸다. 얼굴은 여전히 아팠다. 오랜 세월 비바람을 맞은 모텔의 접합 부분에서 딸칵거리는 소리와 휘파람 소리가 났다. 고속도로의 차들이 드리우는 그림자는 길어졌다가 짧아졌다가 다시 길어지며 방 안을 빙 돌아갔다. 재떨이에는 담배꽁초가 수북이 쌓였고, 조지는 텔레비전을 몇 번씩 껐다가 켰다. 새벽이 되어 바람이 잠잠해지고, 떠오르는 태양의 희미한 햇살에 세상이 잠길 무렵에야 잠이 들었다. 입술은 욱신거리고, 입 안에서는 담배 맛이 진하게 감도는 채로.

아침이 되자 셸판트 형사에게 전화해 그들이 찾고 있는 소녀가 이웃 마을에 사는 아이일지도 모르겠다고, 그러니 졸업 앨범을 더 살펴봐야겠다고 말했다. 또한 친카핀에 사는 아이일 가능성도 있다고 덧붙였다. 셸판트 형사는 점심시간이 지난 후에 경찰서로 오라고 했다.

댄 톰슨은 이번에도 차를 빌려주었다. "스페인어 할 줄 아니?"

"아뇨. 죄송합니다."

"괜찮아. 할 줄 알면 도움은 되겠지만 못해도 상관없다. 네게 또 부탁할 일이 있구나. 아벨리토라는 멕시코 식당이 있는데 아니?" 톰슨은 어제와 마찬가지로 연갈색 양복을 입었지만 넥타이와 손수건은 번쩍거리는 네온블루였다.

"아뇨. 하지만 찾아갈 수 있습니다."

톰슨은 주소를 알려주고, 서명을 받아와야 하는 서류를 주었다.

조지는 점심시간에 맞춰 아벨리토로 갔고, 사람들로 붐비는 식당에서 점심을 먹었다. 음식은 맛있었지만 식욕이 없었다. 몇 시간 후면 자신이 오드리라고 알고 있던 소녀의 진짜 신원이 밝혀질 터였다. 언제쯤 그녀를 다시 만날 수 있을까? 조지는 음식 값을 내고 경찰서로 차를 몰았다.

셸판트 형사는 외출 중이었지만 그의 사무실에는 드니스가 가져다 둔 앨범이 한 무더기 쌓여 있었다. 그중에 친카핀 고등학교 앨범도 있었다. 혼자 남게 된 조지는 친카핀 고등학

191

교의 최근 앨범을 집어 들었다. 졸업생 개인 사진을 보지 않고 뒤쪽으로 넘겨 동아리 단체 사진부터 살펴봤다. 그중에 '웅변과 토론' 동아리의 흑백사진이 있었는데 일곱 명 정도 되는 학생들이 두 줄로 서 있었다. 조지는 초조하게 사진 속 얼굴을 살폈다.

거기 그녀가 있었다. 머리는 약간 달랐지만—더 길고, 층을 많이 내어 잘랐으며 더 금발에 가까웠다—얼굴과 자세, 어렴풋한 미소는 똑같았다.

사진 아래 여러 개의 이름이 적혀 있었다. 그녀는 두 번째 줄, 왼쪽에서 세 번째였다. L. 덱터. 다시 졸업생 개인 사진이 실린 앞 페이지로 넘어가 그녀를 찾아냈다. 리아나 덱터. 스쿱 네크라인의 검은 드레스를 입고 한 줄짜리 진주 목걸이를 했다. 조지는 한동안 사진을 바라보았다. 그녀의 눈동자도 그를 응시했지만 아무것도 말해주지 않았다.

조지는 앨범을 덮고 그대로 무릎 위에 두었다. 드니스의 안내를 받아 이 사무실에 들어온 후로 복도에서는 아무 소리도 나지 않았다. 그는 결정을 내렸다. 앨범을 내려놓고 태연하게 사무실을 걸어 나간 다음, 드니스가 뒤돌아 서류함을 뒤지는 사이에 로비를 통과했다. 그러고는 유리문을 지나 돌풍이 몰아치는 무더운 대기 속으로 나갔다.

친카핀에 사는 덱터는 모두 여섯 명이었다. 누가 전화를 받든 무조건 리아나를 바꿔달라고 할 작정으로 맨 처음에 적힌 번호부터 눌렀다. 처음 두 번호는 신호음만 울릴 뿐 아무도 전화를 받지 않았고, 자동응답기로 넘어가지도 않았다. 다음 번호는 알아들을 수 없는 자동응답기 메시지가 나왔다. 다음 두 번호는 잘못 걸린 전화라고 했다. 하지만 마지막 번호를 누르자, 한 남자가 그의 질문에 답했다. "네가 누군데?"

"리아나의 친구입니다, 어르신."

"이름을 말해줄 테냐, 아니면 스무고개라도 할까?" 가래가 잔뜩 끼어 탁하고 떨리는 노인의 목소리였다.

"조지 포스라고 합니다."

"알았다, 조지. 리아나에게 전화 왔었다고 전해주마. 리아나가 전화해줄 거라고 장담은 못한다. 그건 내 알 바 아니니까."

"고맙습니다, 어르신." 조지는 평소 '어르신'이라는 호칭을 거의 쓰지 않았지만 플로리다에 온 후로는 습관이 되었음을 깨달았다. "제 번호를 알려드려도 될까요?"

"뭐야. 그럼 우리 딸이 네 번호도 모른단 말이야?"

"네, 어르신."

"그럼 꺼져라. 여기가 무슨 데이트 주선해주는 덴 줄 알아?" 그러고는 전화가 끊겼다.

조지는 허벅지에 펼쳐놓은 전화번호부를 내려다봤다. 꾹 누르고 있느라 끝이 새하얗게 변한 검지 밑에 방금 전화한 번호가 있고, 그 옆에 주소가 적혀 있었다.

K. 덱터는 8번가에 살았고, 조지는 30분간 운전한 끝에 집

을 찾아냈다. 전에 봤던 어떤 동네보다 허름했는데 마당을 콘크리트로 메워버리고 그 자리에 고물차 두세 대가 주차된 상자형 집들이 모여 있었다. 도로 옆에는 인도 대신 녹색 물이 들어찬 배수로가 있었다. 집들 뒤에는 울타리가, 울타리 뒤에는 물이 썩어버린 인공 호수가 있었다. 야자수마저도 늙고 지쳐 보였고 거리에는 누렇게 바랜 잎들이 떨어져 있었다.

조지는 천천히 운전하며 한 바퀴를 돈 끝에 401번지를 찾아냈다. 401번지라고 적혀 있어서가 아니라 바로 옆집이 397번지였기 때문에 겨우 알아챘다. 빛바랜 플라스틱 판재로 마감된 집이었고 지붕만 있는 간이 차고에는 폐차 직전의 픽업트럭이 주차되어 있었다. 조금 남은 땅에는 떡갈나무가 심어졌는데 회색 스페인이끼가 지저분한 수염처럼 늘어져 있었다. 집에는 리아나의 아버지만 있는 것 같았기에 당분간 지켜보기로 마음먹었다. 사람들 눈총도 피하고, 더위도 식힐 겸 길옆 떡갈나무 그늘 아래 주차했다.

하지만 30분이 지나자 그의 바람대로 되기는 틀렸음을 깨달았다. 자동차 안은 7월의 다락방처럼 후끈후끈했다. 가끔씩 옆으로 지나가던 운전자들은 하나같이 속도를 줄이며 차창 밖으로 목을 빼고 동네의 침입자, 패널을 덧댄 차를 모는 괴짜를 조금이라도 더 잘 보려 했다. 그중 한 명이 차를 세우거나, 인근 주택에서 누군가 튀어나와 여기서 뭐하냐고 따지는 건 시간문제였다.

194

이런 걱정 못지않게 여러 가지 생각들로 머리가 복잡했다. 오드리 벡 행세를 한 리아나 덱터의 집 근처에 있으니 그녀의 성격과 가정환경을 재평가하게 되었다. 그녀는 이 동네의 불행한 운명에서 벗어나기 위해 오드리와 신분을 바꾸는 기회를 잡은 걸까? 장기적인 계획은 뭐였을까? 평생 오드리 벡 행세를 할 수 있었을까? 고향과 현실을 멀리한 채 마더 대학을 다닐 수는 있었을지라도 결국 진실이 밝혀졌을 것이다. 실제로도 오드리의 죽음으로 그렇게 되었고. 조지는 지난 24시간 동안 알게 된 사실을 곰곰이 생각하는 한편, 지금 자신이 이렇게 차 안에 잠복하고 있는 이유를 따져보았다. 그는 리아나를 만나고 싶었다. 집에서 나오거나 귀가하는 그녀를 만나 사정을 듣고, 앞으로 어떤 일이 닥칠지 경고해주고, 진짜 오드리 벡이 대학에 가지 않은 것을 경찰도 알고 있다고 말해주고 싶었다.

브랜드를 알 수 없는 고성능 차가 검은 배기가스를 부글부글 내뿜으며 길 건너편에 섰다. 조지는 불이 붙지 않은 담배를 문 채 좌석에 비스듬히 누웠다.

건너편 자동차의 문이 활짝 열리더니 키가 크고 마른 체격에 청바지와 데님 셔츠를 입은 남자가 운전석에서 내렸다. 이십대 후반으로 보였고 검은 머리는 뒤로 바짝 모아 묶었다. 멀리서 보기에는 얼굴이 창백하고 이목구비가 작았으며 래이 밴 선글라스를 쓰고 있었다.

남자는 길 건너 리아나의 집으로 긴 팔다리를 흔들며 건들

건들 걸어갔다. 조지의 차는 떡갈나무 뒤에 바싹 붙여 주차된 탓에 집 현관까지는 잘 보이지 않았다. 2분 후 다시 시야에 들어온 남자는 조지 쪽으로 태평하게 걸어왔다. 조지는 입에 물고 있던 담배에 얼른 불을 붙이려고 했지만 필터가 축축하게 젖어 있었다.

남자는 한 손을 차 지붕에 올리고, 다른 손은 창틀을 잡더니 몸을 숙여 접시만 한 얼굴을 차 안으로 들이밀다시피 했다. 예쁘장하고 푸른 눈동자가 차 안을 훑었다. 조지는 따지고 싶었지만 할 말이 떠오르지 않았다.

"안녕하신가." 남자가 말했다. 라디오에서 흘러나오는 인사말처럼 스스럼없고 친근한 말투였다. 핏기 없는 입술 바로 위에 연필로 그린 듯이 가느다란 콧수염이 눈에 들어왔다. 남자치고는 광대뼈가 두드러졌다.

"안녕하세요."

"네가 왜 여기 있는지는 묻지 않겠어. 이유를 알고 있으니까. 리아나에게 네 얘기 들었어. 좋은 집안에서 자란 도련님이라면서?"

"전 그냥 리아나를 만나러 왔을 뿐이에요."

"아, 그러시겠지. 충분히 이해해. 이런 상황이 아니었다면 리아나도 널 보고 싶어 했을 거야. 하지만 지금은 좋은 때가 아니야. 리아나가 너에게 마을을 떠나서 학교로 돌아가라고 전해 달란다."

나름 이성적인 말투로 들리기를 바라며 조지가 대답했다. "그렇게 못하겠다면요?"

　대답이 끝나자마자 자동차 지붕에 있던 남자의 손이 순식간에 조지의 목을 움켜잡았고, 조지는 숨이 막혀 컥컥거렸다. 관절이 툭 불거진 남자의 손은 목을 조이는 동시에 머리 받침대 쪽으로 조지의 머리를 밀쳤다.

　"보아하니 최근에 이미 맞은 거 같군. 그러니 한 대쯤 더 맞는 게 뭐 대수냐 싶지? 어디 보자……." 남자는 다른 손으로 조지의 얼굴을 붙잡고 부드럽게 이쪽저쪽으로 돌리며 살펴봤다. 마치 여자 환자의 눈가 잔주름을 살펴보는 성형외과 의사처럼. "코를 맞았을 때 아팠겠어." 남자는 티스푼처럼 끝이 넓적하고 평평하게 생긴 엄지로 조지의 연약한 코를 꾹 눌렀다. 조지는 자신을 보호하기 위해 반사적으로 팔을 들었다.

　"움직이지 마, 씨발." 남자는 목을 더 세게 졸랐고, 엄지로 코를 더 세게 눌렀다. 조지의 윗입술로 피가 떨어져 입속으로 흘렀고, 연골이 으스러지는 소리가 들렸다. "내가 네 코를 때리면 말이야, 넌 내일 일어나지 못해. 네 코는 영원히 회복되지 못할 거라고. 얼굴 한복판에 콧구멍 두 개만 남는 거지. 내 말 알아들어?" 남자는 마치 인형을 조종하는 복화술사처럼 조지의 머리를 위아래로 움직였다. "좋아." 차 한 대가 천천히 옆으로 지나갔지만 꽁지머리 남자는 동요하지 않았다.

　"좋아, 조지. 이제 난 여길 떠날 거니까 너도 그렇게 해. 또 다시 날 만난다면 그건 네가 끔찍한 고통을 견뎌야 한다는 뜻이야. 그러니 나와 다시는 마주치지 않는 게 좋을 거야."

남자는 조지의 얼굴에서 손을 떼고 허리를 폈다. 조지는 볼을 타고 흐르는 눈물을 닦아내고 고통스러운 숨을 깊이 들이쉬었다. 우는 건 시간문제였다. 그것도 그냥 눈물만 흐르는 정도가 아니라 엉엉 소리 내고 콧물까지 흘리면서 울 터였다. 하지만 이 남자가 눈앞에서 사라질 때까지는 참을 수 있었다. 남자는 딱 달라붙는 검정 데님 바지를 추어올렸다. 허리에는 큼직한 버클에 잭 대니얼스 로고가 새겨진 벨트를 매고 있었다. 그는 올 때처럼 태평하게 어슬렁어슬렁 걸어가 차체가 낮은 검은색 차에 올라타 떠났다.

모텔로 돌아온 조지는 울기 시작했지만 예상만큼 심하게, 또 오래 울지는 않았다. 최악의 순간, 그러니까 꽁지머리 남자가 정말로 끔찍한 짓을 할 거라는 두려움은 지나갔기 때문이다. 네 코는 영원히 회복되지 못할 거야. 남자는 그렇게 말했고 그 말이 조지의 머릿속에 박혀버렸다.

이제 플로리다를 떠날 때가 되었다. 버스를 타고 학교로 돌아간 뒤, 셸판트 형사에게 전화해 아는 사실을 전부 말해주고 그가 알아서 해결하도록 맡기리라. 리아나는 곤경에 처해 있었지만 그가 해결해주기에는 너무 벅찼다.

전화가 울렸고 조지는 받지 않으려다 전화기를 집어 들었다.

"안녕, 조지." 그녀가 말했다.

16

조지는 카페 화장실에 서 있었다. 울렁거림은 가라앉았지만 아직 패닉에서 벗어나지 못했다. 도널드 젠크스와 카린 보이드에게 뭐라고 말할지 결정해야 했다. 그들에게 모든 걸 말해줄 의무가 있었지만 그럼에도 신중하고 싶었다. 리아나가 아니라 자신을 보호하기 위해서. 지난번 경찰에게는 또 다른 도니 젠크스가 있다는 말도, 뉴에식스의 집을 살펴보러 갈 거라는 말도, 심지어 제인 번의 본명을 안다는 말도 하지 않았다. 하지만 그때는 리아나에게 이렇게까지 속고 이용당하는 줄 몰랐다. 돈 가방을 전달해주는 것이 살인 사건으로 이어질 줄 몰랐다. 참으로 기막히면서도 간단한 계획이었다. 어떻게 해야 잠긴 금고를 열 수 있을까? 금고 주인에게 금고에 넣을 만한 무언가를 주면 된다. 조지는 그 상황에서 완벽한 배우

199

였다. 자신이 연기하고 있다는 걸 몰랐기 때문이다. 그저 옳은 일을 하려는 착한 사람이었다. 돈을 원래 주인에게 돌려주고, 겁에 질린 여자를 보호하고, 세상을 다시 원래대로 돌려놓으려는 사람. 그가 자신이 맡은 역할을 하는 동안 누군가, 아마도 도니 젠크스 행세를 하던 남자가 금고 옆에서 망치를 든 채 매클레인을 기다리고 있었을 것이다. 그자가 어떻게 매클레인의 침실에 들어갔을까? 정원사들 틈에 섞여서?

마음 한편으로는 아직도 리아나가 결백하다고, 그녀가 이번 강도 및 살인 사건의 배후가 아니라고 믿고 싶었다. 리아나가 그런 짓을 할 리 없어서가 아니라, 그런 목적으로 그를 이용하지 않았을 거라고 믿고 싶어서였다. 조지가 늘 리아나와 살짝 사랑에 빠져 있었듯이, 그녀도 늘 그와 살짝 사랑에 빠져 있었기를 바랐다. 하지만 리아나를 보호한답시고 경찰에게 그가 아는 사실을 감출 수는 없었다. 행여나 리아나가 결백하다면 그녀 역시 위험했다.

아니다, 조지가 카린 보이드와 DJ, 나아가 경찰에게 당장 사실대로 털어놓기 두려운 진짜 이유는 어젯밤 아이린이 가짜 도니 젠크스에게 공격당했기 때문이다. 그것은 특별히 그에게 보내는 경고였다. 앞으로 조지의 행동에 그는 물론 아이린의 목숨까지 달려 있다는 경고. 하지만 왜? 만일 가짜 도니 젠크스가 매클레인을 죽이고 다이아몬드까지 차지했다면 리아나를 만나 함께 마을을 떠나면 끝이다. 누구도 그들을 찾아낼 수 없으리

라. 조지는 리아나의 본명을 알고 있지만 그 이름은 오랫동안 쓰이지 않았고, 공범의 진짜 정체는 알지도 못한다. 그러니 왜 아이린을 협박한단 말인가? 게다가 아이린의 존재는 어떻게 알았으며 주소는 어떻게 찾아냈을까? 불현듯 이번 주말에 있었던 일들이 오래전부터 치밀하게 계획되었음을 깨달았다.

조지는 뭐라고 말할지 결정을 내린 후, 좀 더 차분해진 상태로 자리에 돌아갔다. 의자를 빼고 자리에 앉자, 나직하게 이야기를 나누던 카린과 DJ가 대화를 멈췄다.

"괜찮아요?" 카린이 물었다.

"좀 낫네요. 이제야 그들의 계획이 정확히 무엇이었는지 알았습니다. 나도 모르는 사이에 살인을 도왔다니 좀 충격이군요."

DJ의 눈이 환해졌고, 코 아래의 가느다란 콧수염이 살짝 움찔거렸다. "그럼 우리에게 전부 말해줄 겁니까?"

"그러죠. 전부 다 말씀드리겠습니다. 하지만 지금은 안 됩니다. 그 전에 몇 가지 처리해야 할 일이 있습니다."

"그렇게는 안 되겠는데요." 마치 보고서 제출 기한을 늘려달라고 부탁 받은 교수처럼 DJ가 말했다.

"저로서는 그게 최선입니다. 제 말을 믿으세요. 제가 아는 걸 모두 말씀드려도 듣고 나면 실망하실 겁니다. 전 제인이 어디에 있는지, 다이아몬드가 어디에 있는지 모릅니다. 굳이 짐작하자면 두 사람은 진작 여길 떠났을 겁니다. 하지만 어쨌든 전화드리겠습니다."

　DJ는 돌연 포기한 듯했지만 카린은 얼굴이 빨개졌다. 가슴속 울화가 목을 타고 올라온 것이다. "알고 있는 게 있다면 말해주셔야 해요." 그녀는 조지와 DJ를 번갈아 바라보며 말했다. "그렇죠? 우리가 경찰에 신고할 수도 있어요. 당신은 살인 사건과 관련된 중요한 정보를 감추고 있는 거라고요." 그녀가 언성을 높이자 카운터 뒤에 있던 바리스타가 고개를 들었다.

　"카린, 괜찮아요." DJ가 부드러워 보이는 손을 내밀었다.

　"경찰에게도 내가 아는 사실을 모두 말할 겁니다. 두세 시간만 주시면 그 안에 일을 처리하겠습니다. 약속드리죠."

　"그냥 보내주면 안 돼요." 카린이 DJ에게 말했다.

　"괜찮아요. 우리에겐 선택의 여지가 없어요. 전화할 거죠, 포스 씨?"

　"네."

　"전화하지 않으면 경찰에게 당신이 감추는 정보가 있다고 알릴 수밖에 없습니다."

　"압니다."

　카린의 가방에서 휴대전화가 울렸다. 조지가 자리에서 일어나는 동안, 그녀가 휴대전화에 대고 다시 전화하겠다고 재빨리 말했다.

　"내 명함은 가지고 있죠?" DJ의 말에 조지는 명함을 넣어둔 셔츠 앞주머니를 톡톡 쳤다.

"연락드리죠." 조지는 그렇게 말하고 자리를 떴다.

피곤과 땀에 찌든 채 아파트 뒷계단으로 이어지는 골목을 걸어갔다. 집 앞에서 누군가 기다리고 있을 게 뻔했다. 드라마 주인공처럼 눈물을 뚝뚝 흘리고 있을 리아나, 혹은 망치를 휘둘러댈 가짜 도니 젠크스, 혹은 수색영장을 내밀며 질문을 퍼부어댈 형사 부대. 하지만 아무도 없었다. 집 안에도 마찬가지였다. 바닥에 떨어진 셔츠 위에서 잠든 노라뿐이었다. 조지는 노라를 두 팔로 들어 올렸고, 노라는 다시 그와 단둘이 있게 됐다는 사실에 기뻐하며 가르랑거렸다. 조지도 노라와 같은 생각이었다. 불현듯 단조로운 일상을 왜 그토록 싫어했는지 의아해졌다.

노라를 내려놓고 침실 창문에 설치된 에어컨을 세게 틀었다. 이 고물 에어컨의 장점은 소음이 너무 커서 전화 소리도, 누가 찾아와서 문을 두드리는 소리도 들리지 않는다는 것이다. 옷을 모두 벗고 엉킨 시트 속으로 들어갔다. 리아나의 냄새가 남아 있기를 바랐지만 어쩐 일인지 전혀 맡을 수 없었다. 그녀는 이미 증발한 것이다. 아니면 모두 열에 들뜬 꿈이었거나. 그 생각을 끝으로 깊고 텅 빈 잠에 빠져들었다.

조지는 초저녁이 돼서야 잠에서 깼다. 낮잠을 자고 나면 으레 그렇듯 몽롱하고 비현실적인 기분이었다. 에어컨은 교향곡이라도 연주하듯이 심하게 덜컹거렸고, 방 안은 한겨울이 따로 없었다. 땀을 흘렸던 살갗은 끈적거리고, 입 안에는 여전히 쓴 커피 맛이 감돌아 텁텁했다. 가만히 누운 채 천장에서 스러져가는 햇빛을 보며 몇 시쯤 되었을까 생각했다. 고개를 돌려 머리맡 테이블의 시계만 보면 해결될 문제였는데도.

에어컨 소음 너머로 미친 듯이 긁어대는 소리가 들렸다. 노라가 문을 삼았다고 항의하는 것이다. 배가 고파 저러는 것일 테니 아마 6시쯤 되었으리라.

조지는 다시 눈을 감았다. 잠이 무거운 담요처럼 내려앉았다. 아침까지 계속 잘까? 오늘이 무슨 요일이지? 내일 해야 할 일이 있던가? 이런 생각이 의식으로 들어오자마자 다른 생각들도 연달아 들어왔다. 카린 보이드와 도널드 젠크스에게 아는 대로 다 말해주겠다고 했던 약속이 떠올랐다. 지금 무슨 일이 벌어지고 있는지 아이린에게 다 말해주기로 결심했던 일도 기억났다. 다시 눈을 뜨고 이번에는 고개를 돌려 시계를 보았다. 7시가 조금 넘었다.

노라에게 밥을 준 다음, 자동응답기를 틀어보았다. 아까 잠결에 어렴풋이 전화벨 소리를 들은 것 같았는데 남겨진 메시지는 없었다. 어쩌면 꿈이었는지도 모른다. 샤워를 하고, 옷을 입은 다음, 벽감에 마련된 작은 부엌으로 갔다. 잉글리시 머핀을 구워 아무것도 바르지 않은 채 우유와 함께 먹었다. 샤워를 하고 요기를 했지만 기운이 나기는커녕 더 피곤했다. 소파에 누워 야구 중계나 옛날 영화를 보고 싶지만 할 일이 있었고 그 일을 끝마쳐야 했다.

아이린은 강 건너 케임브리지에 살았다. 예전에 신발 공장이었던 3층짜리 벽돌 건물에 그녀가 소유한 로프트 스타일의 아파트가 있었다. 환기가 잘되는 친환경 아파트로 1990년대 보스턴 대도시권에 부동산 붐이 불어닥치기 직전에 개조되었다. 당시 아이린은 대출까지 받아가며 이 33평짜리 아파트를 구입했는데 지금 시세를 생각하면 완전히 헐값이었다. 그녀가 아파트를 구입하면서 사귄 지 채 2년이 안 되었던 조지와 아이린의 관계에 처음으로 작은 위기가 닥쳤다. 당시에는 둘 다 허름한 아파트에 살고 있었는데, 아이린이 아파트를 구입해 함께 사는 게 어떠냐고 제안했다. 둘은 사자 머리를 한 공인중개사와 함께 집을 보러 다녔고, 공인중개사는 그들을 신혼부부처럼 대하며 재생 목재며 스테인리스 스틸, 천장의 채광창을 보여주었다. 하지만 조지의 머릿속에는 당시 도저히 감당할 수 없었던 대출금과 따로 분리된 방이 없다는 사실뿐이었다. 이 어른들의 아파트에서는 깨어 있는 시간을 모두 아이린과 함께 보내야 했다. 그날 저녁 올스턴의 술집에서 맥주를 마시며 조지는 지금 상황에서 동거는 너무 빠르고 부담스럽다고 말했다. 아이린은 실망했지만 혼자서라도 집을 구입하겠다고 했다. 그해 그들의 관계를 서서히 무너뜨린 폭발들 중 첫 번째 폭발이었다.

조지는 아이린의 아파트에서 두 블록 떨어진 곳에 차를 세웠다. 미리 전화해볼 필요도 없었다. 오늘은 월요일 저녁이니 아이린은 집에 있을 터였다. 그녀는 틀에 박힌 일상의 신봉자라서 월요일 저녁에는 절대 외출하지 않고 집에서 간단한 저녁을 먹으며 공영 방송에서 해주는 영국 드라마를 봤다. 조지는 좁은 거리 양쪽으로 3층짜리 아파트가 빼곡히 들어찬 구역을 통과했다. 아이린이 사는 아파트 건물은 그 블록의 거의 절반을 차지할 정도로 컸다. 마치 백 개의 요트들 사이에 정박한 대형 페리 같았다. 꼭대기 층에 있는 아이린의 집까지 가려면 아치형 통로를 지나 문을 통과해야 했다. 조지는 육중한 문 옆에 설치된 번쩍거리는 금속판에서 그녀의 이름(I. 디마스)을 찾아 옆에 있는 버튼을 눌렀다. 기다리는 동안 비상계단 너머로 어두워지는 하늘을 올려다보았다. 날씨는 여전히 무더웠지만 여름은 끝나가고 낮은 점점 더 짧아졌다. "누구세요?" 인터폰에서 그녀의 목소리가 둔탁하게 흘러나왔다.

아이린은 현관문 앞에서 그를 맞았다. 잠옷 반바지에 색이 바랜 레드삭스 유니폼 상의 차림이었다. 굳이 확인하지 않아도 유니폼 등에는 팀 웨이크필드의 이름과 등번호가 적혀 있을 터였다. 머리카락은 면 헤어밴드를 착용해 뒤로 넘기고, 얼굴은 막 씻고 나이트크림이라도 바른 듯이 번들거렸다. 얼굴 옆쪽에 붙인 반창고는 새것으로 바뀌었고, 아까 낮에 봤을 때보다 반창고 주위의 피부가 부풀고 누렇게 변해 있었다.

"웬일이야?" 아이린이 물었다.

"갑자기 들러서 미안해. 꼭 할 얘기가 있어. 들어가도 돼?"

로프트 내부는 바깥보다 어두웠지만 소파에 앉기 전에 아이린이 플로어 램프를 켰다. 가장자리가 들쭉날쭉한 원형의 부드러운 불빛이 바닥에 드리워졌다. 널찍한 로프트는 차가운 분위기의 기하학적 구조였는데도 아이린이 예쁘게 꾸민 덕분에 작고 따뜻한 방처럼 아늑했다. 조지는 이 집에 오래 머무른 적이 없었다. 올 때마다 그들이 실패한 커플이라는 사실이 떠올랐기 때문이다. 이곳은 한 여자에게 헌신하지 못하는 그의 무능력과 부재를 전시하는 박물관이었다. 물론 여기서 10년 넘게 산 아이린은 그렇게 생각하지 않을 테지만 조지는 올 때마다 이곳이 자신의 집이었을 수도 있다는 생각을 떨칠 수 없었다.

조지는 마실 것을 주겠다는 제안을 거절하고 거대한 소파의 한쪽 끝에 앉았다. 아이린은 그 반대편에 앉았다.

"금요일 밤 잭 크로에서 만났을 때 내가 어떤 여자를 알아봤던 거 기억나?" 조지가 말문을 열었다.

아이린은 고개를 끄덕였다.

"내가 대학 때 사귀었다고 한 여자 있지? 바로 그 여자야. 리아나 덱터."

"그럴 줄 알았어. 네 표정이 꼭 유령이라도 본 거 같았거든. 다시 돌아가서 만났어? 그래서 몸이 안 좋은 거야?"

"응."

"그럼 그 여자랑 주말을 함께 보냈겠네?"

"응. 하지만 그 일 때문에 온 게 아냐. 그보다 더 중요한 얘기가 있어. 일요일 밤 네게 일어난 일과 관계가 있어."

조지는 모두 다 말했다. 사실 그대로 가감 없이. 아이린은 계속 듣기만 하다가 제럴드 매클레인이 등장하는 대목에서야 방금 전에 오늘자 〈글로브〉지에서 그의 죽음이 타살로 의심된다는 기사를 읽었다고 말했다.

조지의 이야기가 끝나자 아이린은 "맙소사, 조지"라고 말하며 레드삭스 유니폼 자락으로 눈가를 훔쳤다.

"화났어?"

"아니, 무서워. 네가 걱정돼서. 대체 무슨 생각을 한 거야? 사람을 죽인 여자야."

"알아. 나도 무서워. 네가 그 남자에게 맞은 얘기를 듣는 내내 착잡했어. 내 탓이라는 걸 알면서도 그 말을 할 수 없는 내 심정을 넌 모를 거야."

"왜 나한테 비밀로 하려고 했어? 난 성인이야. 나도 감당할 수 있다고. 진작 말했으면 이렇게 찾아오지 않아도 됐잖아."

"알아. 전부 다 미안해. 정신없는 하루였고, 이제야 어떻게 해야 할지 결정했어."

"어떻게 할 건데?"

"경찰에게 전부 말할 거야. 매클레인의 비서에게도. 또 알고 싶어 하는 사람이 있다면 누구에게든. 이젠 리아나와 그녀의 정체를 보호하지 않을 거야. 난 리아나에게 아무것도 빚지지 않았어. 그래서 여기로, 너한테 제일 먼저 온 거야. 전부 말해주고 싶었어. 그리고 하나 더 있는데…… 당분간 보스턴을 떠나줘."

"무슨 말이야?"

"이유는 모르겠지만, 도니 젠크스는 매클레인의 금고에서 다이아몬드를 훔친 뒤에 널 찾아갔어. 널 해칠 수 있다는 걸 보여주고 자기 이름을 알려줬지. 그 일이 내 귀에 들어가리라는 걸 알고 내게 메시지를 보낸 거야. 이유는 모르겠지만 어쨌거나 그건 입 다물고 있으라는 메시지야. 그 외의 다른 뜻은 생각할 수 없어. 그런데 이제 내가 입을 다물지 않기로 결심했으니까 넌 여길 떠나야 해. 샌프란시스코에 있는 언니 집을 가든가해. 그럼 내가 훨씬 마음이 놓일 거야."

"나 출근해야 해. 내일 아침 일찍 미팅이 있다고."

"이건 협상 불가야."

아이린이 웃었다. "진심이야? 왜 협상 불가라는 건데?"

"내가 멍청해서 널 위험에 빠뜨렸고, 넌 이미 다쳤으니까." 조지는 아이린의 다친 얼굴 쪽으로 슬쩍 손짓했다. "그러니 내가 더는 널 걱정하지 않도록 내 부탁을 들어줘. 떠나는 비용은 내가 댈게."

"돈이 문제가 아니야……."

"알아. 다만…… 네게 무슨 일이 일어난다면 난 도저히 견딜 수 없을 거야. 과민반응이라고 해도 어쩔 수 없어."

아이린이 뾰로통하게 입을 내밀었다. 그가 한 말을 생각하며 입술 안쪽을 부드럽게 깨물고 있을 것이다. 평소 짙은 화장으로 뒤덮인 눈꺼풀은 화장을 지우면 항상 연약해 보였다. 아이린은 한숨을 쉬더니 자세를 바꿔 오른쪽 다리를 쿠션 위에 올렸다. 셀룰라이트 때문에 울퉁불퉁해진 허벅지 위로 얇은 반바지가 팽팽해졌다. 조지는 눈을 돌렸다. 아이린이 다른 사람들에게 뚱뚱한 허벅지를 보이는 걸 얼마나 싫어하는지 알기 때문이다. 그녀는 왼쪽 다리도 쿠션 위에 올려 두 다리를 가지런히 모았다. 갑자기 그녀를 안고 싶은 욕망을 주체할 수 없어 조지는 얼굴을 붉혔다. 섹스 자체보다는 안락함과 안전함을 느끼고 싶어서였다.

"떠나지 뭐. 조카들도 볼 겸. 게다가 갑자기 목숨이 위태로워져서 보스턴을 떠나야 한다니까 살짝 흥분도 되네." 아이린이 말했다.

"고마워. 정말, 정말 고마워."

"근데 넌?"

"난 알아서 할게." 그가 목소리를 깔며 말했다.

"픽이나."

"정말이야. 일단 경찰을 찾아갈 거야. 그게 내가 유일하게 해야 할 일이자, 올바른 일이야. 솔직히 리아나나 젠크스가 아직도 보스턴에 있을 거라고는 생각하지 않아. 그건 말이 안 되니까. 원하는 걸 얻었는데 왜 아직 여기 있겠어?"

"둘 중 한 명이 상대를 엿 먹였을 수도 있잖아. 도니 젠크스가 다이아몬드를 가지고 튀었거나, 리아나가 가지고 튀었거나. 그래서 도니가 아직 여기 있는 거 아닐까?"

"그 생각도 해봤어. 그럴 가능성도 있지. 사실 가능성이 한둘이 아니야. 그래서 네가 떠나야 한다는 거야. 앞으로 어떻게 될지 전혀 모르니까."

"맞는 말이야. 알았어, 내가 보스턴을 떠날게. 앞으로 일어날 재미있는 일을 놓치는 게 좀 아쉽긴 하지만." 아이린이 미소 지었다.

"지금 농담할 때가 아니야. 나한텐 네 다친 눈밖에 안 보인다고."

그녀는 손을 들어 반창고를 만졌다. "난 자꾸 잊어버려. 대신 매일 전화해서 무슨 일이 있었는지 알려주겠다고 약속해. 네가 걱정되니까."

"알았어." 조지는 그렇게 말했지만 그대로 앉아 있었다.

"안 갈 거야?" 아이린이 말했다.

조지는 몸을 내밀어 그녀에게 키스했다. 뭘 기대한 행동인지는 알 수 없었지만 아이린은 격렬하게 키스에 답하며 조지를 뒤로 밀치고 위에 올라탔다. 조지는 유니폼의 단추를 풀고 그녀의 가슴을 모아 쥐었다. 작은 갈색 젖꼭지는 벌써 딱딱해져 있었다. "침실로 갈까?" 조지가 쉰 목소리로 나직이 물었다. 아이린은 고개를 저으며 그의 바지 지퍼를 내렸다. 조지가 그녀의 바지를 벗기려고 고무 밴드 속으로 손가락을 집어넣자 아이린이 그의 손을 뿌리치더니 신축성 있는 반바지의 사타구니 부분을 옆으로 밀치며 그를 안으로 이끌었다. 조지는 사정을 늦추기 위해 아랫입술을 깨물었고, 그녀는 난폭하게 엉덩이를 앞뒤로 흔들며 그를 세게 내리눌렀다. 그의 손을 잡아 주먹을 쥐게 하고 그의 손가락 관절을 클리토리스에 비벼댔다. 둘은 채 1분도 되지 않아 동시에 절정에 도달했다.

아이린은 그를 현관까지 배웅했다. "내 목숨이 위태로워지는 일이 더 자주 있어야겠어." 두 사람이 작별의 포옹을 나눌 때 그녀가 말했다.

"농담하지 마."

그들은 몸을 뗐다. 아이린의 볼은 상기되어 있었고, 그녀는 그의 눈을 피했다. "일이 이렇게 돼서 정말 미안해." 조지가 말했다.

아이린은 별거 아니라는 듯 손을 저으며 말했다. "됐어. 일부러 그런 것도 아닌데."

"하지만……."

"괜찮아. 감상에 빠질 거 없어. 그나저나 피곤해 보인다. 우리 집에서 자고 가도 되는데."

"경찰청에 가야 해."

"조심해. 언제 떠날지 정해지면 연락할게."

조지는 현관문이 닫힌 후에도 잠시 서 있었다. 혼란스러웠지만 결심에는 변함이 없었다.

17

아이린의 아파트에서 나오니 하늘은 아직 강청색이었지만 아치형 통로는 칠흑처럼 깜깜했다. 어느 비상 구에 걸린 풍경이 가락 없는 소리를 냈다. 벽에 설치된 두 개의 전등이 드리우는 진한 그림자가 벽돌이 깔린 안뜰을 가로질러 교차했다. 그림자 속으로 한 남자의 실루엣이 얼핏 지나가는 듯했다. 조지는 눈이 어둠에 적응될 때까지 잠시 서 있었다. 도요타 프리우스 한 대가 소리 없이 지나가면서 헤드라이트가 잠깐 안뜰을 비춘 덕분에 아무도 없다는 걸 확인할 수 있었다.

차를 향해 걸어가며 자기가 너무 유난을 떤다는 생각과 아무리 조심해도 지나치지 않다는 생각이 번갈아 들었다. 만약 가짜 도니 젠크스가 아직 보스턴에 있다면 지금 여기 있지 말라는 법이 없다. 전날 밤에도 여기서 아이린을 때려눕혔으니까.

만약 조지에게 접근하려고 마음먹었다면 여기가 적절한 장소임을 알고 있을 것이다. 조지는 걸음을 재촉하며 창문이 활짝 열린 집 앞을 지나쳤다. 창문 너머 대문짝만 한 평면 텔레비전에서 '아메리카 퍼니스트 홈 비디오'가 쩌렁쩌렁 방영되고 있었다. 텔레비전 소리가 잦아들자, 뒤에서 발소리가 들리는 듯했다. 조지는 더욱 빨리 걸었고, 고개를 기울였고, 보이지는 않아도 뒤에 누군가 있다는 느낌이 들었다. 심장 박동이 두 배로 빨라진 듯했다. 차를 세워둔 곳으로 가려면 오른쪽 모퉁이를 돌아야 했다. 모퉁이를 돌 때 자연스럽게 뒤를 돌아볼 수 있을 테고 그러면 정말로 누가 있는지 알 수 있으리라. 좀 더 속력을 내 모퉁이를 돌았고, 그와 동시에 가능한 한 자연스럽게 뒤를 돌아보았다. 반 블록쯤 떨어진 곳에 누군가 있었다. 흐느적흐느적 걷고 있었는데 보도 옆 가로수에 가려 잘 보이지 않았다.

조지는 자신에게 남은 선택이 무엇일지 생각했다. 그의 차는 2백 미터쯤 떨어져 있었다. 그를 미행하는 사람이 누군지는 몰라도 그보다 체력이 더 떨어지기를 바라며 차까지 뛰어갈 수 있다. 아니면 이 모두가 그저 망상이고 뒤에 있는 남자는 저녁 산책을 나온 주민이라 생각하며 계속 걸어갈 수도 있다. 하지만 최근에 일어난 일들을 보면 결코 과대망상일 것 같진 않았다. 오른쪽으로 단독주택이 나왔는데 집 앞 진입로에 미니밴이 주차되어 있었다. 미행하는 사람이 아직 모퉁이를 돌지 않았기를 바라며 조지는 무턱대고 미니밴 뒤로 달려가 쪼그리고 앉았다.

호흡을 진정시키고 귀를 기울였다. 한쪽 발을 살짝 끄는 듯한 발소리가 점점 더 커졌다. 추적자는 잠시 머뭇거리는 것 같았다. 마치 갑자기 조지가 어디로 사라졌는지 모르겠다는 듯이. 그러더니 다시 발소리가 들렸다. 조지가 쪼그리고 앉은 곳은 캄캄했지만, 그의 셔츠는 연푸른색이었고 미니밴은 은색 광택이 도는 쥐색이었다. 조지는 운전석 문에 몸을 바짝 붙였다. 하지만 그의 머리가 문손잡이를 스치자 귀청이 떨어질 듯한 사이렌 소리가 나면서 헤드라이트와 후미등이 깜박거렸다.

조지는 너무 놀란 나머지 소리를 지르거나 바지에 오줌을 지릴 것 같았지만 꾹 참았다. 대신 차에 불이라도 난 듯이 뛰쳐나가, 진입로를 따라 조성된 산울타리의 날카로운 나뭇가지 속으로 뛰어들었다. 그러고는 그가 있는 쪽으로 다가오는 남자에게 이를 악물고 달려들었다. 볼링핀처럼 생긴 몸매를 보자마자 조지는 상대가 누군지 깨달았다. 마주칠까 두려웠던 도니 젠크스가 아니라 사립 탐정 DJ였다. DJ는 한 손을 가슴에 댄 채 조지만큼이나 겁에 질린 표정이었다. 반은 어둠에 잠겨 있었지만 창백하고 땀에 젖은 얼굴이 보였다. DJ는 허리를 숙여 두 손으로 무릎을 짚더니 거친 숨을 몰아쉬었다. "괜찮아요?" 조지가 보도로 다가가며 말했다. 요란한 사이렌 소리가 근처 주택가에 울려 퍼졌다. "저쪽으로 갑시다."

두 사람은 함께 조지의 차가 있는 쪽으로 갔다. DJ는 사십 줄에 접어든 미식축구 선수처럼 헉헉거렸다.

"날 미행한 겁니까?" 조지가 물었다.

"네. 사이렌 소리 때문에 하마터면 심장마비로 쓰러질 뻔했습니다."

"설마 정말 쓰러지는 건 아니겠죠?"

"걱정 말아요. 예전에 쓰러진 적이 있어서 아는데 이런 느낌은 아니었으니까."

조지는 뭐라고 말해야 할지 몰라서 이렇게 물었다. "어디서부터 날 따라온 겁니까? 보스턴?"

"네, 혹시라도 당신이 제인 번에게 안내해줄까 해서요."

"아니라는 걸 어떻게 알았죠?"

"아이린 디마스를 찾아갔으니까요. 그녀가 제인을 숨겨주고 있는 거라면 모르지만……."

"아이린은 또 어떻게 알았습니까?"

"난 탐정입니다. 그런 걸 알아내는 게 내 일이죠. 예전 직장 동료와 15년이나 사귄 걸 숨기려고 했습니까?"

"그건 아닙니다. 그럼 지금까지 계속 밖에서 나를 기다린 겁니까?"

"네, 그 바람에 저녁도 못 먹었죠."

두 사람은 조지의 차 앞에 섰다. 사이렌은 아직도 비명을 지르고 있었다. 그들은 잠시 어색하게 서 있었다. 마치 좀 더 시간을 보내야 할지, 이쯤에서 데이트를 끝내야 할지 결정하지 못한 커플처럼. "난 제인이 어디 있는지 모릅니다." 조지가 말했다.

"난 당신 말을 믿지만, 보이드 양은 아닙니다. 또 당신이 아직 우리에게 말해주지 않은 것도 있고요."

"그렇죠. 생각해봤는데 이제 전부 말할 준비가 됐습니다. 당신에게도, 경찰에게도."

"그거 잘됐군요." 사이렌 소리가 멈췄다. 조지가 지켜본 바로는 혹시라도 누가 차를 훔쳐 가는지 보려고 나온 사람은 한 명도 없었다. 미니밴의 주인도 포함해서.

"그렇다고 이렇게 길에 서서 말할 수는 없죠. 어디 좀 들어갑시다. 당신 차는 어딨죠?"

DJ가 웃었다. "다음 사거리에 뒀습니다."

"미행하기에는 너무 눈에 띄는 차 아닌가요?"

"그래도 당신을 미행하는 데 성공했잖습니까."

"만약 상대가 고속도로에 들어가면요? 시속 백 킬로미터를 넘길 수 있나요?"

"사실 고속도로에서 용의자를 미행하는 일은 별로 없습니다. 사무실에서 서류 작업을 하는 데 더 많은 시간을 보내죠."

"그럼 어디서 얘기할까요? 보스턴에 있는 우리 동네로 갈까요? 거기 편안한 술집이 있긴 한데."

"그럽시다. 당신 아파트 앞에서 보죠. 거기까진 찾아갈 수 있습니다."

조지는 운전석 쪽으로 돌아갔고, DJ는 길을 건널 채비를 하며 조용하고 어두운 거리를 위아래로 살펴보았다. 지나치게 조심스러운 그의 태도에 조지는 빙그레 미소를 지었다. 하지만 DJ가 길을 건너기 시작하자, 하얀 차 한 대가 헤드라이트를 끈 채 쏜살같이 달려왔다. 조지는 조심하라고 외쳤지만, DJ는 이미 반쯤 건넌 상태여서 계속 건널지 다시 돌아갈지 결정하지 못한 채 잠시 머뭇거렸다. 그 순간, 하얀 차의 브레이크가 공포영화 속 소녀처럼 비명을 질렀다. DJ는 인도 쪽으로 겨우 한 발 내디뎠지만 계속 달려오는 차의 후드에 받쳐 거꾸로 뒤집혔다. 조지는 DJ의 거대한 엉덩이가 허공으로 둥실 떠오르는 것을 지켜보았다. 얼굴을 가린 DJ의 팔이 자동차 앞유리창에 부딪히며 유리가 깨졌고, DJ는 빙그르르 돌아 시야에서 사라졌다. 차가 멈추면서 갑자기 브레이크의 비명이 멎자, DJ가 도로에 쿵 떨어지는 소리가 들렸다.

조지는 하얀 닷지 운전석으로 시선을 던지며 DJ가 있는 쪽으로 다가갔지만 이내 걸음을 멈췄다. 차창이 내려가더니 운전자가 총신을 잘라낸 라이플을 들어 두 개의 총렬을 창유리 위에 조심스럽게 얹었다. 조지는 저절로 양손을 들어 올렸고, 뒷걸음질 치다가 방금 걸어 내려온 보도 연석에 뒤꿈치가 닿는 바람에 뒤로 쓰러졌다. 라이플을 재장전하는 듯한 소리가 들렸고, 총이 발사되며 대기가 흔들리는 동안 조지는 반은 구르고 반은 몸을 날려 사브 뒤로 들어갔다. 사브가 좌우로 흔들렸고, 차창 하나가 박살났다. 정적이 흐르더니 다시 타이어가 짧게 비명을 지르며 닷지가 떠났다. 고무 타는 냄새와 뜨거운 금속 냄새가 대기를 가득 채웠다.

"DJ!" 조지가 어둠에 대고 외쳤지만 아무 대답도 들리지 않았다. 그저 터진 타이어에서 쉬익 바람이 빠지는 소리와 어딘가에서 방충망을 단 덧문이 탁 열리는 소리, 그에게로 다가오는 사람들의 목소리가 들릴 뿐이었다.

조지는 한 시간 넘게 보스턴 경찰청 취조실에 있었다. 형광등 불빛 아래 홀로 플라스틱 의자에 앉아 기다렸다. 커피를 다 마신 후에 스티로폼 컵의 가장자리를 계속 뜯어냈더니 컵은 원래의 절반 크기로 줄어들었다. 자정 직전에야 취조실 문이 활짝 열리고 로베르타 제임스 형사가 들어왔다. 청바지에 반팔 셔츠를 입었고, 보스턴 셀틱스 로고가 새겨진 초록색 야구 모자를 쓰고 있었다.

"안녕하세요, 조지." 그녀가 머그컵과 폴더를 테이블에 내려놓고 자리에 앉았다.

"안녕하세요, 형사님." 조지도 인사를 건넸다.

"오늘 밤에 끔찍한 일을 겪으셨다고요?"

"도널드 젠크스는 어떻게 됐습니까? 여기 사람들에게 모두 물어봤지만 아무도 대답을 안 해주더군요."

"팔꿈치 골절에 어깨 탈골, 뇌진탕 징후가 보인대요. 오늘 밤은 병원에서 보낼 거예요."

조지는 안도의 한숨을 내쉬었다. 아까 총격을 피한 후, 조지는 후들거리는 다리를 끌고 길을 건넜다. DJ는 보도와 도로에 걸쳐 누워 있었는데 옆으로 몸을 비튼 채 머리카락은 피에 흥건하게 젖어 있었다. 의식은 있었지만 괜찮냐는 조지의 질문에 어리둥절한 표정으로 그를 올려다보더니 다시 보도를 바라볼 뿐 아무 말도 하지 않았다. 마치 그런 질문을 받은 게 부끄럽다는 듯이.

"무슨 일이에요?" 뒤에서 목소리가 들렸다. 금발을 빡빡 민 삼십대 여자였는데 걱정스럽게 얼굴을 찌푸린 채 그들에게서 몇 미터 떨어져 있었다.

"뺑소니 운전자에게 치였습니다." 조지의 목소리는 정중하면서도 떨렸다. 아마 자신도 쇼크 상태일 거라고 생각했다. 여자는 머뭇거리며 한 발짝 다가왔고, 갑자기 여자 옆에서 웬 남자가 등장하더니 휴대전화에 대고 무어라 말했다. 다른 사람이 듣는 걸 원치 않는다는 듯이 속삭이고 있었다. 경찰차가 먼저 오고 그다음에 구급차가 왔다. 더 많은 사람들이 거리로 나와 빙 둘러 서서 나직이 속닥거렸다. 응급요원들이 DJ를 살펴보는 동안, 조지는 경찰관과 이야기했다. 그에게 아스팔트에서 타이어가 미끄러진 자국과 라이플에 맞아 벌집이 된 사브를 보여주었다. 경찰관도 차를 좋아하는지 심각한 표정으로 손상된 부분을 골똘히 바라보았다. 조지는 있었던 일을 그대로 말했지만 더 복잡한 배후 사연은 생략했다. 다만 로베르타 제임스 형사의 명함을 내밀면서 이번 사고가 그녀가 수사 중인 사건과 연관이 있다고 말했다. 구급차가 떠난 후 조지는 경찰청으로 이송되었고 취조실에서 기다리라는 말을 들었다.

"무슨 일이 있었는지 말해주시겠어요?" 로베르타가 물었다. 조지는 그녀의 파트너인 오클레어 형사가 어디에 있을지 궁금했다. 어딘가에서 모니터로 지켜보며 그들의 대화를 듣고 있을까?

"물론입니다." 조지가 말했다.

"오늘 밤에 당신을 쏜 사람이 누군지 아시나요?"

"누군지는 압니다만 본명은 모릅니다. 저한테는 자기가 도니 젠크스라고 했으니까요."

"지금 입원 중인 도널드 젠크스요?"

"아뇨, 그건 진짜 도널드 젠크스죠. DJ를 차로 치고 내게 총을 쏜 남자는 스스로를 도니 젠크스라고 했지만 당연히 본명이 아닙니다. 아니면 대단한 우연의 일치겠죠."

"무슨 말인지 모르겠네요."

"좋습니다. 보충 설명을 드리죠. 제가 아는 걸 전부 다 말씀드리겠습니다."

그리고 조지는 그렇게 했다. 그날 밤에 이 이야기를 한 것은 아이린에게 이어 두 번째였다. 똑같은 이야기를 반복하다 보니 자신이 정말로 순진해빠졌고 무능하다는 기분이 들었다. 금요일 밤 이후에 일어난 일을 전부 털어놓았지만 20년 전 리아나와 있었던 일은 자세히 말하지 않았다. 그래도 그녀의 본명은 말해주었다. "아마 그 이름으로 된 사건 파일이 있을 겁니다. 플로리다 주 살인 용의자로 수배 중이니까요."

"덱터의 철자가 어떻게 되나요?"

"D—E—C—T—E—R."

"왜 오늘 아침에는 이 얘기를 하지 않았죠?"

조지는 어깨를 으쓱였다. "그땐 리아나가…… 내가 살인 사건에 연루되었다는 사실을 몰랐습니다. 그녀가 한 말이 사실일지 모른다고 생각했죠. 리아나는 그저 돈을 돌려주기 위해 보스턴에 왔고, 조금이나마 삶의 평화를 되찾으려 한다고요. 하지만 당연히 제가 틀렸습니다."

"그리고 지금은 그녀가 어디 있는지는 모르고요?"

"전혀 모릅니다. 보스턴을 떠났을 것 같긴 한데 동업자가 아직 있는 걸 보니 또 모르겠네요."

로베르타는 앞에 놓인 폴더를 펼치더니 흑백 머그샷(범죄 행위로 체포된 사람들의 기록을 남기기 위해 찍는 상반신 사진—옮긴이)을 꺼내 조지가 앉은 쪽으로 빙글 돌려주었다. "이 남자가 도니 젠크스를 사칭한 사람인가요?"

사진 속 남자는 긴 머리를 뒤로 넘겨 묶었고, 그가 만난 도니 젠크스보다 적어도 열 살은 어려 보였다. 하지만 위로 갈수록 넓어지는 얼굴과 가운데로 몰린 작은 이목구비가 비슷해 보였다. 조지는 코를 바라보았다. 사진이 흐릿해 잘 알아볼 수 없었지만 똑같은 코였다. 콧대가 납작한 들창코. "이 사람 같네요.

이게 누구죠?" 조지가 물었다.

"버니 맥도널드예요. 들어본 적 있나요?"

"아뇨."

"하지만 뉴에익스에서 만난 남자가 확실하죠? 당신을 때린 남자?"

조지는 다시 사진을 바라봤다. 사진 속 얼굴은 거만하리만치 차분했다. 마치 자신이 어쩌다 이렇게 되었고, 앞으로 무슨 일이 일어나든 딱히 신경 쓰지 않는다는 듯이. 바로 그 차분함 때문에 조지는 이 남자가 맞다고 확신했다. "네, 확실합니다. 이 남자가 리아나 덱터 혹은 제인 번과 연관이 있나요?"

"구체적인 증거는 없지만 이자는 최근까지 애틀랜타에 살았어요. 리아나의 직장과 집에서 가까운 술집에서 바텐더로 일했죠. 교외에서 발견된 도난 차량에서 이자의 지문이 나왔고 그래서 이 파일을 찾아낸 거예요."

"무슨 죄목으로 체포됐나요?"

"심각한 건 아니에요. 가중폭행과 좀도둑질 정도죠. 살인이나 살인미수는 없어요. 아직까지는."

"다행이군요."

"버니 맥도널드와 리아나가 뉴에익스의 그 오두막에 숨어 있을 가능성은 없나요?"

"없습니다. 거긴 완전히 폐가예요. 사람이 살 수 없죠. 왜 그랬는지는 몰라도 둘 중 하나가 그 집을 알고 있었고 거기서

이 남자…… 이 버니라는 남자와 내가 만나도록 꾸민 겁니다. 날 겁줘서 리아나의 부탁을 들어주게 하려는 계획이었죠."

"오두막 근처 어딘가에 숨어 있을 가능성은요? 왜 하필이면 뉴에식스를 골랐을까요?"

"그 길에 다른 집이 하나 더 있기는 합니다. 혹시 몰라서 직접 찾아가기도 했고요. 마약 중독자가 살고 있더군요."

"이름을 아시나요?"

"아뇨. 낡은 오두막에 누가 사는지 아냐고만 물었습니다. 큰 도움을 받진 못했고요."

"알겠습니다." 로베르타는 버니 맥도널드의 사진을 제자리에 넣고 폴더를 덮었다. 양쪽 어깨를 뒤로 활짝 젖히자 우드득 소리가 났다.

"이제 가도 됩니까?" 조지가 물었다. 온몸이 쑤셨다. 낮잠을 자기는 했지만 눈만 감으면 잠들 것 같았다.

"더 해줄 말이 없다면요." 로베르타는 그렇게 말하며 의자에 등을 기대고 양쪽 팔걸이에 손을 올려놓았다. 조지는 그녀의 팔이 조각처럼 아름답고 매끈하다는 것을 처음으로 알게 되었다. "더는 저희에게 숨기는 정보가 없었으면 좋겠군요. 앞으로는 봐주지 않을 겁니다."

"없습니다. 혹시 말하지 않은 게 있다면 정신이 없어서일 겁니다. 집에 가서 좀 자고 싶군요."

로베르타는 고압적이면서도 지루해 보이는 눈으로 그를

응시하더니 자리에서 벌떡 일어났다. "따라오세요. 이제 가셔도 됩니다."

조지의 차는 강 건너 정비소에 있었기 때문에 순찰 경관이 순찰차로 집까지 데려다주었다. 그는 뒷자리에 앉았다. 뒷좌석에 씌워진 구깃구깃한 비닐에서는 세척제와 공중 화장실 냄새가 났다. 경관은 운전하는 내내 휴대전화로 통화했는데 딸이 보호자 없이 어떤 행사에 가도 되느냐 마느냐를 두고 부인과 실랑이를 벌였다. 경관이 어느 쪽인지는 정확히 알 수 없었지만 부인에게 지고 있는 듯했다. 살인 사건이 터지고 백만 달러가 도난당하고 나 같은 멍청이가 그런 일에 연루돼도 세상은 잘 돌아간다고 조지는 생각했다.

경관이 아파트 앞에 차를 세우더니 부인에게 잠깐 기다리라고 하고는 뒤를 돌아봤다.

"혼자 갈 수 있겠소? 아니면 집까지 바래다 드려?"

조지는 어두운 골목을 바라보며 잠시 버니 맥도널드 같은 인간들이 죽치고 있지 않을까 생각했다. "괜찮습니다." 조지의 말에 경관은 차 문의 잠금장치를 해제했다. 조지는 고맙다고 말한 뒤 차에서 내렸다. 너무 피곤한 탓에 뒷계단에서 누가 기다리든 말든 상관없다는 생각이었다. 계단에는 아무도 없었다. 집 안에도. 배고픈 고양이가 시끄럽게 울어댈 뿐이었다. 노라에게 밥을 주고 물을 연거푸 몇 잔 마신 다음, 침대에 올라갔다. 몸이 납덩어리처럼 무거웠고 근육이 쿡쿡 쑤셨다. 아무래도 차에 총알이 박혔을 때 몸 전체가 잔뜩 긴장한 모양이었다.

조지는 눈을 감았지만 곧바로 잠들지는 않았다. 머릿속에 온갖 질문이 웅웅거렸다. 왜 아직도 이런 일에 휘말리는지 알 수 없었다. 그가 이용당한 건 분명하지만 리아나 덱터와 버니 맥도널드 사이가 틀어진 것도 틀림없다. 아니라면 왜 버니가 아직 여기 있겠는가? 조지가 다이아몬드를 가지고 있다고 생각하는 걸까?

노라가 침대 발치로 펄쩍 뛰어오르며 들릴 듯 말 듯하게 야옹거렸다. 늘 앉던 자리에 앉으려는 모양이었다. 조지는 배를 깔고 누워 천천히 잠으로 빠져들었다. 동시에 24시간 전, 바로 이 침대에 리아나가 알몸으로 누워 있던 순간을 떠올렸다. 그녀의 얼굴, 그리고 여명 속에서 그 얼굴이 가면으로 변해가던 모습이 아직도 기억났다. 흐릿하게 떠오르는 눈과 코, 입. 둘이 손발이 얽힌 채 나란히 누워 있을 때 자기가 물었던 말이 생각나 조지는 움찔했다. "우리가 대학 때 느꼈던 감정, 그건 진짜지?"

속마음을 읽을 수 없는 가면이 되어버린 그녀의 얼굴은 아무런 내색도 하지 않았다.

"쉬." 리아나는 그렇게 말하며 그를 가까이 끌어당겼다. 그의 귀가 자기 입술 옆에 오도록. 그러고는 혀끝으로 그의 목을 핥아 내렸다.

조지는 아까 만난 아이린을, 둘 다 절정에 도달한 후 아이린이 그의 목에 머리를 묻었던 일을 생각했다. 조지는 계속 그녀 안에 있었고, 둘은 그대로 가만히 누워 있었으며 아이린의 따뜻한 숨이 그의 쇄골에 닿았다. 리아나와 아이린의 이미지가 싸우고 섞이고 뒤얽히는 동안, 조지는 선잠에 빠져들었다.

18

　"안녕, 오드리." 조지는 전화기 너머로 리아나 덱터에게 말했다. 아까 꽁지머리 남자에게 당한 일로 아직 흥분이 가시지 않은 터라 목소리가 떨렸다.

　"내가 죽은 줄 알았어?"

　"그럼 산 줄 알았겠어?"

　"미안해."

　조지가 아무 말도 없자, 리아나가 말을 이었다. "오늘 오후에 데일이 널 심하게 겁준 것 같던데 그 일도 미안해."

　"꽤 무서운 사람이던데."

　"맞아. 그게 그 사람이 하는 일이야. 그게 직업이고. 하지만 탬파로 돌아갔으니까 우리 오늘 밤에 만날 수 있어. 네게 설명하고 싶어."

조지는 1초 후에 대답했다. "좋아."

"친카핀에 팜스 라운지라는 술집이 있어." 리아나는 주소를 불러줬다. "찾아올 수 있겠어?"

그들은 저녁 9시에 만나기로 했고, 조지가 더 질문할 틈도 없이 리아나는 전화를 끊었다. 조지는 침대 가장자리에 잠시 걸터앉아 있었다. 지금이라도 원래 계획대로 플로리다를 떠나 도중에 셸판트 형사에게 전화해 모두 말할 수 있다. 본명이 뭐든 간에 오드리를 다시는 만나지 않을 수도 있다. 하지만 그 전화로 모든 게 바뀌었다. 리아나가 만나고 싶어 했고, 조지로서는 거절할 방도가 없었다. 진실을 알기 위해 플로리다에 왔는데 이제 그걸 알아내기 직전이었다.

더는 갈아입을 옷이 없는데도 조지는 샤워를 한 다음, 댄 톰슨을 찾아가 오늘 밤에 자동차를 빌려달라고 했다. 톰슨은 내일 아침 8시까지 반납하는 조건으로 차를 빌려주었다.

초저녁이라 아직 밖은 환했다. 조지는 너무 긴장돼 방에 가만히 앉아 있을 수가 없었다. 밖으로 나가 차를 몰고 다훈 강을 건너 친카핀으로 갔다. 코르테스 가를 따라 세인트 안나스 아일랜드로 가서 해변에 차를 세웠다. 바다는 진한 강청색이었고, 저무는 태양이 하늘을 붉게 물들였으며, 바다 위로 눈부시게 하얀 빛이 퍼져 나갔다. 해변을 따라 걷다 보니 구조물이 딸린 낡은 잔교가 나왔다. 조지는 어부들과 나이 지긋한 관광객들 틈에서 잔교를 따라 걸었다. 잔교 맨 끝에 야외 바가 있었는데 바람에 움직이지 않도록 스툴 세 개가 고정되어 있었다. 조지는 버드와이저 한 병을 주문했고 바텐더는 군말 없이 내주었다. 바에서 술을 마시는 게 처음은 아니었다. 학교 근처의 술집 서너 군데는 신분증 검사도 하지 않고 술을 팔기로 악명이 높았다. 하지만 학교를 벗어나 주문에 성공한 적은 처음이었다. 재빨리 한 병을 비운 다음, 하나 더 주문하고 담배에 불을 붙였다. 두 번째로 주문한 맥주는 천천히 마셨다. 스러지는 햇살 속으로 둥둥 흘러들어 갔다가 흘러나오는 배들을 바라보면서.

한 시간 반 뒤, 하지만 아직 리아나와의 약속 시간까지 한 시간 반이 남았을 때 조지는 팜스 라운지의 자갈밭 주차장에 도착했다. 팜스 라운지는 평평하고 텅 빈 두 도로의 교차점에 자리한 낡은 농가였는데 측면에 색이 바랜 야자수 한 그루가 그려졌고, 문 위에는 맥주라고 적힌 네온사인이 있었다. 조지는 아까 패스트푸드점에서 포장해온 치즈버거를 차 안에서 먹었다. 주차장에는 조지의 차를 제외하고 두 대가 더 있었는데 모두 트럭이었다. 꽁지머리의 고성능 자동차가 보이지 않아서 마음이 놓였다.

팜스 라운지 내부는 열차 한 량만 한 넓이였다. 천장에 매달린 형광등 불빛이 눈 시릴 정도로 환하게 쏟아져 내리는 입구와 달리 뒤쪽은 어둠침침했다. 바텐더와 손님 한 명뿐이었는데 둘 다 바의 어둑한 끝에 앉아 칵테일을 마시고 있었다. 바텐더는 오십대 남자로 숱이 많은 콧수염을 길렀고 정수리 쪽이

듬성듬성했다. 손님도 비슷한 또래의 여자였는데 챙이 짧고 밀짚으로 만든 카우보이모자를 쓰고 있었다.

조지는 바 가운데로 걸어가 바 테이블에 한쪽 팔꿈치를 올렸다. 바텐더가 다가오자 버드와이저를 주문했다.

바텐더는 맥주를 가져다주고는 조지에게서 2달러를 받아가며 말했다. "주크박스가 고장 났으니까 듣고 싶은 노래가 있으면 들어. 공짜야."

조지는 맥주를 들고 뒤쪽의 낡은 주크박스로 걸어갔다. 볼록 유리 안에 마흔다섯 개의 작은 종이가 가로로 진열되었는데 타자나 손글씨로 노래 제목이 적혀 있었다. 대부분이 컨트리송이었다. 조지는 닥치는 대로 잔뜩 골랐다. 행크 윌리엄스나 팻시 클라인처럼 많이 들어본 가수들 위주로.

그녀는 9시 1분에 나타났다. 조지가 기다리는 동안 키가 작고 싸구려 인조 가죽 재킷을 입은 남자가 들어와 카우보이모자를 쓴 여자 옆에 앉아 잭 앤 코크를 시켰다. 그다음에는 뚱뚱한 남자가 마르고 문신을 한 여자와 함께 들어왔다. 그들은 위스키 사워 두 잔을 시켜 입구 근처의 테이블로 가더니 말 없이 마시고 나갔다.

오드리 겸 리아나가 출입문을 밀치며 들어왔고, 문이 그녀의 등 뒤로 돌아가 닫혔다. 머리 위 형광등의 환한 불빛 탓에 어두운 실내가 잘 안 보이는 듯했다. 웨이터와 웨이트리스가 가끔씩 입을 법한 검은 면바지에 초록색 반팔 블라우스를 입었다. 초록은 그녀가 가장 좋아하는 색이었다. 조지가 기억하는 모습 그대로였다. 좁은 어깨, 넓은 골반, 놀랍도록 이국적인 눈동자. 리아나가 그를 발견했다.

조지는 그대로 앉아 있었고, 리아나는 입구의 환한 불빛에서 걸어 나와 실내의 어둠 속으로 들어왔다. 바 쪽을 힐끗 바라보더니 테이블로 다가와 그의 어깨에 손을 올리며 살짝 기댔다. 그녀에게서 예전과 똑같은 냄새가 났다. 시나몬 껌 같은 냄새. 불과 몇 주 사이에 이 냄새를 까맣게 잊고 있었다.

"바텐더가 신분증 검사 했어?" 리아나가 맥주를 가리키며 물었다.

"아니. 걱정 안 해도 될 거 같아."

"하나 더 마실래?"

"내가 가져올게. 앉아 있어. 맥주 마실래? 아님 다른 거?" 조지가 말했다.

"맥주."

리아나는 자리에 앉았고, 조지는 바텐더에게 가서 맥주를 두 병 더 주문했다.

돌아오니 그녀가 양쪽 손바닥을 테이블에 올린 채 기대하는 눈빛으로 그를 바라보았다. 음식 먹여주기를 기다리는 어린 아이 같았다. 조지는 전에도 저런 모습을 본 적이 있었다. 신분을 속였다고는 해도 리아나는 그가 알던 오드리였다. 반쯤 술

233

에 취한 탓인지 조지는 손을 뻗어 그녀의 어깨에 팔을 두르고 싶었다. 키스하고 싶었다.

"네가 여기까지 왔다는 게 믿기질 않아." 맥주병에서 흘러넘치는 거품을 홀짝거린 후에 리아나가 말했다.

"믿기질 않아라고 말해야 할 사람은 나 아냐?"

그녀가 빙그레 웃었다. "그러네."

"난 네가 죽은 줄 알았어. 대체 어쩌자고—."

"잠깐만. 나도 미안하게 생각해. 하지만 내 얘길 들으면 너도 이해할 거야. 오늘 우리 동네에 왔으니 우리 집이 얼마나 가난한지 봤지? 자식을 대학에 보낼 형편이 못 돼. 자세히 말하고 싶진 않지만, 난 아빠하고 단둘이 살아. 아빠 나이가 거의 일흔이니까 내 또래 아빠 치고는 늙었지. 30년쯤 전에 캘리포니아에서 드라마 작가로 일했고, 자기 말로는 〈환상특급〉을 썼다는데 잘 모르겠어. 지금 하는 일이라곤 맥주 마시고 대마초 피우고 도박하는 것뿐이니까. 맙소사, 말하다 보니까 정말…… 나 불쌍하구나, 그치? 어쨌든 요약하자면 엄마는 처음부터 없었고, 늘 빚에 시달리는 늙은 아버지와 운이 좋으면 고등학교를 졸업한 뒤 전문대 학위라도 딸 수 있지 않을까 생각하는 평범한 딸뿐이었어."

"그러다 토론 대회에서 오드리 백을 만났고."

리아나는 가슴이 들썩일 정도로 숨을 들이쉬었다. "맞아. 다 알아냈구나, 포스 탐정. 난 오드리와 친구가 됐어. 사실은 친

234

구라기보다 그냥 아는 사이였지. 토론 동아리 활동을 하다가 만나 이야기를 나누게 됐어. 오드리는 내 귀걸이가 예쁘다고 하고, 난 그애의 청바지가 예쁘다고 하는 식으로. 오드리는 부모님이 억지로 대학을 보내려 한다, 자기는 그저 밴드를 하는 남자 친구가 밴드 멤버들과 함께 사는 해변의 집에서 같이 살고 싶다고 했어. 그래서 난 대학에 가고 싶어 죽겠는데 돈이 없다, 설사 내 방으로 남자 친구를 끌어들인다 해도 우리 아빠는 모를 거라고 했지. 그러면서 작전을 모의하게 된 거야. 아니다, 정확히 말하면 작전이 아니라 환상이었지. 서로 부모가 바뀌면 얼마나 좋을까 생각했어. 내가 오드리라면 대학에 가고 부모님도 행복해하겠지. 만약 오드리가 나라면 해변에서 남자 친구와 살 수 있을 거고. 그게 작년 5월이었어. 그러다 우린 고등학교를 졸업했고 8월까지 연락이 끊겼어."

"넌 여름 내내 뭘 했어? 장차 뭘 할 계획이었지?"

"지난 2년간 그랬듯이 리버뷰라는 레스토랑에서 웨이트리스로 일했어. 전문대에 원서를 낸 상태였지. 형편없는 대학이지만 어쩌겠어? 그때 오드리에게 전화가 왔어. 자기는 대학에 가지 않기로 마음을 먹었다는 거야. 대신 웨스트팜 비치에 갈 거라면서 자기 대신 대학에 가라고 했어. 내겐 차가 있으니까 아빠에게 여행 간다고 말하고—어차피 아빠는 신경도 쓰지 않을 테지만—코네티컷 주까지 운전해서 간 다음, 오드리 벡이 되어 대학 생활을 하는 거지. 오드리는 매주 부모님께 전화하는 시간을 정해놓고 학교에 다니는 척하기로 했어. 혹시 오드리 부모님에게서 전화가 오면 난 룸메이트인 척하고 전화를 받았다가 다시 플로리다에 있는 오드리에게 메시지를 전해주기로 했고. 잘하면 성공할 거 같았어……. 아니, 누가 봐도 성공할 게 틀림없었어. 그래서 우린 그렇게 했고 역시 성공했지." 리아나는 어금니를 꽉 물며 조지를 똑바로 바라보았다. "그리고 난 계속 그렇게 할 수 있을 거라고―."

"하지만 오드리가 죽었어."

"맞아. 오드리가 죽었지. 따라서 나도 죽었고." 리아나의 한쪽 눈이 주크박스 불빛을 받아 반짝거렸다. 늘 자정 넘어 산책한다고 팻시 클라인이 노래했다.

"어떻게 된 거야?"

"오드리 말이야?"

"응."

"플로리다로 돌아왔더니 오드리에게 전화가 왔어. 자기도 스위트검으로 돌아왔다고 해서 만났지. 사실 바로 이 술집에서 만났어. 오드리는 상태가 좋지 않았어. 놀랄 일도 아니지. 알고 보니 남자 친구가 완전 개자식이더라고. 하는 일이라고는 마약하고 섹스뿐이래. 심지어 오드리에게 밴드 멤버 전부와 섹스하라고 설득했다는 거야. 게다가 마약상에게 빚까지 졌더라고. 듣기만 해도 끔찍했어. 오드리는 마더 대학에 대해 물었고, 난 사실대로 말해줬지. 한 학기 동안 정말 즐거웠다고. 네 얘기도 해

236

췄어. 오드리도 자기가 엄청난 실수를 저질렀다고 생각하는 표정이더라. 내 생각에도 그랬고. 그날 밤에도 마약을 하다가 온 것 같았는데 날 만나서 술까지 마셨어. 어쨌든 오드리는 다시 제자리로 돌아가고 싶어 했어. 다음 학기부터 마더 대학에 다니고 싶다는 거야."

"아무도 모를 거라고 생각했대?"

"내 말이 그 말이야. 근데 오드리는 아무 생각이 없었어. 난 그건 불가능하다, 그냥 가서 사람들에게 네가 진짜 오드리라고 말할 수는 없다고 했지. 네가 정말 원한다면 나도 더는 너 대신 마더 대학에 다니지 않을 테니까 다른 대학으로 편입하는 걸 알아보라고 했어. 그렇게 얘기하고 헤어졌지. 오드리는 속상해했어. 그냥 원래대로 돌아갈 수 있을 줄 알았나 봐. 우리가 똑같이 생긴 것도 아닌데 말이야."

"완전히 다르지."

"그걸로 끝이야. 오드리는 집으로 돌아갔고, 나도 그랬어. 그리고 그날 밤에 오드리는 죽었고."

"그럼 넌 오드리가 자살했다고 생각해?"

"오드리는 많이 취해 있었어. 그러니까 아마도 차고에 주차하고 정신을 잃었을 거야. 난 오드리가 죽은 지 이틀 후에야 사망 소식을 들었어. 이미 마더 대학에 돌아가지 않기로 마음먹은 상태라서 너와 에밀리에게 전화하려고 했거든. 그런데 오드리가 죽었으니 어찌해야 좋을지 모르겠더라."

"맙소사." 조지는 담배에 불을 붙였다. 맥주는 이미 다 마셨고 약간 어지러웠다. 하지만 리아나의 이야기는 어딘가 앞뒤가 맞지 않았다. "오드리가 다시 자기 이름을 찾고 싶다고 했을 때 네 기분은 어땠어? 넌 계속 학교에 다니고 싶었을 텐데."

"그랬지. 하지만 일시적인 삶이라는 걸 늘 염두에 두고 있었어. 오드리로 사는 건 일시적이라고. 난 완전히 다른 사람, 내가 되고 싶었던 사람이 됐지. 대학에 다니고, 성적도 좋고, 남자 친구, 그것도 너 같은 남자 친구도 있고. 하지만 남들이 모르는 병에 걸린 것과 같아. 혹은 내 안에 시계가 있거나. 심장이 뛰듯 재깍거리는 시계. 이 시계는 언제든 종료 알람이 울릴 수 있지. 그럼 오드리 백은 더 이상 존재하지 않아. 그녀는 죽고, 난 리아나 덱터로 돌아가야지. 지금 생각하니까 지난 학기가 꿈만 같다."

"기분이 이상했겠다."

"좋기도 했어. 행복한 시간이었으니까."

"어떻게든 다시 마더 대학을 다닐 수 있을지도 몰라. 오드리가 아닌 리아나로. 넌 정말로 공부 잘했잖아."

리아나가 웃었다. "내가 오드리를 사칭한 걸 학교에서 쉽게 용서해줄 거 같아? 오드리의 부모님이 날 용서해주겠어? 그분들은 모르는 사람에게 등록금을 대줬다고."

"이젠 오드리의 부모님도 딸이 대학에 가지 않았다는 걸 알아. 모두 다 알아. 경찰은 물론이고."

238

"응, 나도 들었어. 밝혀질 줄 알았어. 아마 그게 나라는 것도 곧―."

"하지만 내 덕분에―."

"변함없이 헌신적인 네 덕분이지." 리아나가 팔을 뻗어 그의 볼을 만졌다. 잠시 침묵이 흘렀다. 술에 취한 데다 리아나가 이렇게 가까이 있으니 지금 여기서 둘이 얘기를 나눈다는 사실이 비현실적으로 느껴졌다.

"보고 싶었어. 그때도, 지금도." 조지가 말했다.

"나도 보고 싶었어."

"키스해도 돼?"

"응."

"나 맞아서 입술이 부었어."

"응, 봤어. 괜찮아."

두 사람은 어두운 구석에서 부드럽게 키스했다. 팻시 클라인의 노래가 끝나고 로커빌리(로큰롤과 컨트리송이 결합된 음악―옮긴이)가 흘러나왔다.

"아직 못 들은 얘기가 있어." 조지가 말했다.

"알아. 하지만 우선 학교 얘기부터 해줘. 사람들 반응은 어땠어?"

조지는 마더 대학에서 이틀간 일어난 일을 말해주었다. 에밀리에게 소식을 듣고 버나드 홀에서 임시 추도식이 열리고 학생처장을 만나고 케빈에게 엉덩이를 걷어차일 뻔한 일. 리아나는 열심히 들었고, 입술은 살짝 벌어졌으며, 눈은 평소보다 커졌다. "마치 죽은 뒤의 장례식을 보는 기분이야. 좀 우울하지만 재미있다." 그녀가 말했다.

그다음에는 플로리다까지 오게 된 일과 지난 이틀간 일어난 일을 말해주었다. 리아나의 집 근처에서 그녀를 기다렸던 대목에 이르자 조지가 말했다. "자, 이제 그 남자가 누군지 말해봐."

"데일이야."

"그래, 그러니까 데일에 대해 말해보라고."

"알았어. 넌 대답을 들을 자격이 있지. 하지만 듣고 나면 기분 나빠질 거야."

"네 친구야?"

"비슷해."

"남자 친구?"

"아니. 하지만 어떤 면에서는 그렇다고 할 수 있어. 내가 다 말해줄게. 우선 아까 말했듯이 우리 아빠는 도박에 빠졌어. 아주 심하게. 예전에는 경마장에 다녔는데 나중엔 탬파에 있는 사설 도박장에 전화해서 각종 스포츠 경기에 돈을 걸기 시작했지. 솔직히 말해서 아빠가 누구랑 통화하는지도 몰라. 어쨌거나 늘 전화통을 붙잡고 살았어. 내가 여중생이던 때보다 더. 빚은 점점 늘어났고 아빠가 빚을 갚지 않자 무서운 남자들이 나타났지. 그중 하나가—."

"데일이구나."

"맞아. 데일은 해결사고, 꽤 자주 찾아왔어. 아무런 흔적도 남기지 않고 사람을 아주 아프게 하는 재주가—."

"내겐 그렇게 말하지 않았는데. 흔적이 남을 거라고 했어."

리아나는 그의 팔을 잡았다. "데일을 상대하게 해서 미안해. 분명 불쾌했을 거야. 내가 마더 대학으로 가기 직전 여름에는 한동안 보이지 않았어. 왜냐하면 아빠가 도박 중독자들 치료 모임에 나가기 시작했거든. 그래서 나도 안심하고 마더 대학으로 갈 수 있었고. 난 아빠에게 친구랑 전국 일주를 하고 오겠다고, 가끔씩 전화해서 아빠가 잘 지내는지 확인하겠다고 했어. 아빠는 걱정 말라고 했지. 난 도박 중독자들 모임에 계속 나가라고 신신당부했지만 그러지 않은 모양이야."

"그래서 데일이 돌아왔구나."

"그렇기도 하고, 날 찾아온 것이기도 해. 나도 한 대 줄래? 담배가 다 떨어졌어." 조지는 담배에 불을 붙여 주었다. 리아나는 말을 이었다. "이제부터 말하기 힘든 대목을 얘기할게. 예전에 한동안 사정이 아주 나빠져서 빚이 엄청 늘어난 적이 있어. 아빠 빚이긴 했지만 내 빚이나 다름없지. 데일은 아빠를 불구로 만들어버리겠다고 협박했고, 죽일 수도 있다고 했어. 우리집을 찾아오곤 했기 때문에 날 알고 있었지. 그리고 날 좋아했어. 그래서 결국 계약을 맺었어."

"무슨 계약?"

"뭐겠어?"

"맙소사."

"그래."

"그때가 몇 살이었는데?"

"열여섯. 하지만 고등학교에 진학한 후로 아빠를 설득해 도박을 끊게 했어. 그래서 데일이 자주 찾아오지 않았고."

"맙소사."

"내가 역겨워?"

"아니…… 응, 그 계약이 역겨워. 네 아빠와 데일이 역겨워. 정말 끔찍하다. 맙소사, 네가 너무 가여워."

"분명《초원의 집》에 나오는 이상적인 가정은 아니지만 이젠 끝났어. 아빠는 도박을 그만둘 거야. 이미 그만뒀어. 데일도 더는 얼쩡거리지 않을—."

"너 혹시 이번 크리스마스에 데일과……."

"응, 그래서 데일이 찾아온 거야. 하지만 아니, 아무 일도 없었어. 이상해. 강제로 사귀는 거긴 하지만 데일은 날 정말 자기 여자 친구처럼 대하고 보호해줘. 그래서 오늘 오후에 널 쫓아낸 거야. 아빠가 창밖으로 네 차를 보고 데일에게 전화했고, 데일은 늘 하던 대로 했지. 난 오늘 집에 있지도 않았어."

"분명 무슨 해결책이 있을 거야."

"걱정 마. 다 끝났어. 우리 다른 얘기 하자. 아니면 여기서 나가든가. 여긴 우울해."

두 사람은 밖으로 나가 어두운 주차장으로 갔다. 머리 위로 노란 별이 쏟아져 내릴 것만 같았다. 리아나의 차는 조지의 차 옆에 세워져 있었고, 그들은 두 차 사이에 서서 껴안고 키스했다. 조지는 자신의 일상에서 백만 킬로미터, 백만 년쯤 멀어진 기분이었다.

"우리 내일 또 볼 수 있어? 그렇다면 오늘 밤엔 그냥 잘 자라는 인사만 할 거야." 그가 말했다.

"그래, 만나자. 하지만 넌 언젠가 학교로 돌아가야 해."

"모르겠어. 그냥 여기서 너와 함께 살 수도 있어."

"그건 내가 허락하지 않을 거야. 네가 아무리 날 좋아해도 안 돼. 여긴 사람 살 곳이 못 된다고."

"뭘 허락하지 않겠다는 거야? 플로리다에 사는 거? 아니면 너와 함께 사는 거?"

"둘 다."

"플로리다는 그렇게 나쁘지 않아. 폭죽과 오렌지를 같이 파는 가게가 어디 또 있겠어?"

"아, 폭죽과 오렌지. 그거야말로 플로리다의 완벽한 정의네. 사실 말이야, 오렌지는 생각만큼 대단하지 않아. 예전에 주스 공장 옆을 지나다닌 적이 있는데 악취가 얼마나 심했는지 알아? 오렌지 주스를 마시는 건 둘째 치고 오렌지를 쳐다보기도 싫더라니까. 폭죽은 말할 것도 없고."

"폭죽이 어때서?"

"무의미하지. 하늘에서 불꽃 좀 터지는 걸 가지고 사람들이 떼거지로 모여서 우와 우와 그러잖아. 몇 번 번쩍거리기만 하면 사람들은 저능아가 된다고."

"내 기억에 이렇게 냉소적인 성격은 아니었는데."

"이게 진짜 내 모습이야."

조지는 그녀를 더 꽉 끌어안았고, 리아나는 그의 쇄골에 키스했다.

"내일 아침에 내가 있는 모텔로 올 수 있어?" 조지가 물었다.

"응. 몇 시가 좋아?"

"네가 올 수 있는 가장 빠른 시간."

"정오쯤 갈게. 함께 점심 먹자."

"좋아. 그리고 우리에게 남은 선택이 뭐가 있는지 얘기해보자."

"좋아. 남은 선택. 나 그거 좋아해."

"다른 곳에 가서 함께 살 수도 있어. 지금 당장은 아니더라도. 경찰은 너와 오드리 사이에 무슨 일이 있었는지 알고 싶어 할 거야."

"알아. 내가 알아서 할게."

"아냐, 우리가 함께 알아서 하는 거야."

"그래. 우리가 함께."

리아나가 먼저 차에 타 차창을 내렸다. 조지는 몸을 내밀어 작별 키스를 했다.

"너 아직까지 내 이름 한 번도 안 불렀어." 리아나가 말했다.

"잘 가, 리아나. 기분이 이상하네."

"그게 내 진짜 이름이야. 사실은 나도 오드리가 더 좋아. 원한다면 계속 오드리로 불러."

"아니, 네 진짜 이름으로 부르고 싶어."

리아나가 탄 차의 붉은 후미등이 자갈이 깔린 진입로를 따라 위아래로 들썩이다가, 양옆으로 목초지가 펼쳐진 길을 따라 서서히 멀어졌다. 훗날 조지는 리아나가 그 길로 마을을 떠났는지, 아니면 아빠가 있는 집에 들렀다 갔는지 늘 궁금했다.

19

조지는 문을 두드리는 소리에 잠에서 깼
다. 잠시 어리둥절한 상태로 침대에 가만히 누워 있었다. 지난
며칠간의 기억이 순식간에 떠올랐다. 꿈의 파편 같았지만 모두
현실이었다. 누군가 현관문을 쾅쾅 두드리는 걸로 보아 더욱 확
실했다. 지금까지 살면서 연락도 없이 그의 집을 찾아온 사람
은 없었기 때문이다. 더구나 화요일 아침에는.

방 안의 습한 공기 때문에 살갗이 아직 끈적하고 축축했지
만 그래도 가운을 입었다. 전날 밤에 너무 지쳐서 에어컨을 틀
고 자는 걸 깜빡한 탓에 집 안은 사우나실이 따로 없었다. 거실
을 가로지르는 동안 어지럽고 속이 울렁거렸다. 마지막으로 음
식을 먹은 때가 언제인지 기억도 나지 않았다. 다시 쾅쾅 두드
리는 소리가 났다. 분노에 넘치는 일곱 번의 두드림. 조지는 문

을 두드리는 사람이 경찰이기를, 일을 마무리하려고 찾아온 버니 맥도널드나 리아나가 아니기를 바랐다.

"누구세요?" 그가 잠긴 현관문 너머로 외쳤다.

"카린 보이드예요." 그 이름을 알아듣는 데 잠시 시간이 걸렸다. 매클레인의 조카 이름을 잊어서가 아니라 깊고 축축한 잠에서 덜 깼기 때문이다. 조지가 문을 열고 카린에게 들어오라고 말하려는 찰나, 그녀가 먼저 문을 밀치고 집 안으로 들어왔다. "밖에서 20분이나 기다렸어요." 그녀가 말했다.

"미안합니다. 들어오세요." 조지는 문을 닫았다.

카린의 얼굴은 붉으락푸르락 달아올랐고, 입을 굳게 다물고 있었다.

"DJ 소식을 들었나 보군요." 조지가 말했다.

"오늘 아침에 만나고 오는 길이에요. 다행히 목숨을 건졌더군요." 마치 DJ를 차로 들이받은 사람이 조지라도 된다는 듯한 말투였다.

"뇌진탕이라고 들었습니다. 무슨 일이 있었는지 기억하던가요?"

"당신을 미행하다가 들킨 일은 기억하더군요. 당신이 아는 사실을 전부 말해주기로 했다는 것도요. 하지만 그다음 일은 전혀 기억나지 않는대요. 경찰 말로는 당신들이 습격을 받았다더군요."

"아무래도 당신 삼촌을 죽인 자의 소행 같습니다. 저기, 난 커피를 마시고 좀 앉아야겠습니다. 당신도 들어와서 앉으세요. 집 안내는 생략하죠. 난 이제 당신 편입니다." 중학교 때 조지는 한 학년 위의 여자 선배에게 1년 내내 괴롭힘을 당했는데 당시 그 선배도 지금의 카린 보이드처럼 노골적으로 공격성을 드러내며 째려보곤 했다. 조지는 그녀를 남겨둔 채 부엌으로 걸어가며 말했다. "아무 데나 앉으세요." 카린이 순순히 들어와 노라가 다리를 잔뜩 할퀴어놓은 안락의자 끝에 걸터앉자 조지는 안도했다. "마실 것 좀 드릴까요? 물이라도?"

카린은 거절했고, 조지는 부엌으로 들어가 물을 따라 마셨다. 커피메이커 유리 주전자에는 내린 지 대엿새는 된 검은 액체가 손가락 세 마디 높이쯤 남아 있었다. 맥주잔에 커피를 따른 다음, 얼음과 우유를 넣어 거실로 들고 갔다. 카린은 집 안을 둘러보고 있었는데 어딘가 경멸 어린 표정이었다. 아니면 평소 표정이 저렇거나.

"당신 삼촌 집과 똑같습니다." 조지는 그렇게 말해놓고 곧바로 후회했다.

카린이 한쪽 눈썹을 들어 올렸다. "위치가 좋네요." 조지의 터무니없는 비유에 아랑곳하지 않고 그녀가 말했다.

"네, 그렇죠. DJ 일은 어떻게 알았습니까?" 자리에 앉으며 그가 물었다.

"어제 DJ가 연락하기로 했는데 소식이 없더군요. 어젯밤 늦게야 로베르타 제임스 형사와 연락이 닿아 그 얘기를 들었어요. 당신을 신문한 뒤 풀어줬다고 하더군요. 당신이 DJ에게 하려던 말이 뭔지 들으려고 병원에서 곧장 여기로 왔어요." 말하는 동안 카린은 다리를 꼬았다가 풀더니 다시 꼬았다. 지난번에 봤을 때보다 더 편안한 차림으로, 짧은 검정 스커트에 하늘색 폴로셔츠를 입었다. 머리는 뒤로 모아 묶었고, 얼굴에는 화장기가 전혀 없었다. 말하는 동안 가슴과 볼이 붉게 달아올랐다. 피부는 탈지유처럼 푸르스름했는데 햇볕을 피해 다니는 모양이라고 조지는 생각했다.

"아마 듣고 나면 실망하실 겁니다. 할 얘기가 많지 않지만 일단 아는 대로 말씀드리죠. 경찰에게 이미 다 말했습니다."

"그렇다면 현재 제인 번이 어디에 있는지 경찰에게 말하지 않았다는 뜻인가요?"

"안다면 말했겠죠. 아마 당신 삼촌의 금고에 있던 물건을 몽땅 쓸어 간 다음에 멀리 도망갔을 겁니다. 다만 동업자가 아직 보스턴에 남아 있는 걸 보면 아닌 듯도 싶고요."

"어젯밤에 당신을 공격한 남자죠?"

"그럴 겁니다. 얼굴을 본 건 아니라서요."

"제인일 수도 있잖아요."

"DJ를 친 차가 지난번에 그 남자가 몬 차였습니다. 처음부터 말하죠."

"좋아요."

채 24시간이 지나기도 전에 조지는 같은 이야기를 세 번째로 반복했다. 금요일 밤에 리아나를 다시 만난 후로 무슨 일이 있었는지. 로베르타 제임스 형사처럼 카린도 뉴에식스의 버려진 오두막과 마약에 찌든 여자가 사는 집에 관심을 보였다.

"두 사람이 그 집에 숨어 있지 않을까요?" 카린이 물었다. 여전히 의자 끝에 걸터앉은 자세였다. 조지가 이야기하는 동안, 태양이 슬금슬금 서쪽으로 이동했고 길쭉한 거실 창문으로 햇살이 쏟아져 들어와 그녀의 얼굴 절반을 환히 비췄다. 햇빛에 잠긴 작은 귀가 투명해 보였다.

"아까도 말했지만, 그들이 다이아몬드를 훔친 후에도 여기 숨어 있을 이유는 전혀 없습니다. 둘 중 하나가 배신이라도 했다면 모를까. 예전에 거기서 지냈을 것 같기는 합니다. 그러면 앞뒤가 맞아떨어져요. 둘 중 하나가 그 집에 사는 여자를 알고 있었고, 그러다 그 폐가를 발견해 거기서 나와 버니 맥도널드가 마주치는 계획을 꾸민 겁니다. 날 겁줘서 내가 리아나를…… 제인을 도와주도록 말이죠. 혹시라도 누가 나처럼 다시 그곳을 찾아간다 해도 있는 건 폐가뿐이니까요."

"거기까지 좀 데려다주세요."

조지는 이 말이 나오리라고 예상했지만 대답은 미처 생각해두지 않았다. 어젯밤에 실컷 잠을 자기는 했어도 여전히 피곤했고 신경이 날카로웠다. 금고에서 사라진 다이아몬드와 리아나의 행방이 궁금했지만 아는 사실을 경찰에게 모두 털어놓고 나니 마음이 홀가분했다. "위치를 알려드리죠. 아니면 경찰에게 가보라고 하는 건 어떨까요?" 그가 말했다.

"경찰은 이미 알고 있잖아요. 그러니 자기들이 가고 싶을 때 가겠죠."

"그러니까 군이 우리가 나설 필요 없습니다." 조지가 말했다.

"분명 허탕만 치겠죠? 아마 아무것도 없을 거예요. 하지만 밑져야 본전이잖아요."

"위치를 알려드리죠."

"혼자 가고 싶지 않아요. 당신이 함께 가줘야겠어요."

"하지만—."

"당신은 내게 빚을 졌어요. 삼촌의 죽음에는 당신 책임도 있고요. DJ가 다치지 않았다면 함께 갔을 테지만 DJ가 그렇게 된 것도 당신 책임이잖아요." 카린이 언성을 높였고, 조지는 부당하든 정당하든 그녀가 자신을 이번 사건의 주요 관련자로 보고 있음을 깨달았다.

"데려다드리죠. 하지만 거기 누가 있거나 수상한 차가 보이면 바로 돌아와서 경찰에 연락하는 겁니다." 조지가 말했다.

"좋아요."

"준비할 시간을 주세요. 몇 군데 전화도 해야 합니다."

카린은 마치 그의 부탁을 들어줄지 말지 결정하려는 듯이 손목시계를 보았다. 그러더니 "기다리죠"라고 말했다.

조지는 욕실로 들어가 이를 닦고 젖은 손으로 머리칼을 쓸어내리고 샤워 대신 겨드랑이에 데오도란트를 듬뿍 뿌렸다. 그런 다음, 침실로 가서 옷을 갈아입으며 전화를 했다. 먼저 회사로 전화해 안내 데스크 직원에게 아직 몸이 회복되지 않아 출근할 수 없다고 말했다. 그다음에는 아이린의 휴대전화로 전화했다. 일곱 번의 신호음이 울린 후에 그녀가 전화를 받았다.

"어디야?" 조지가 물었다.

"운전하는 중이야. 언니랑 조카들이 아빠에게 갔다잖아. 그래서 지금 아빠가 계신 로체스터로 가고 있어. 네가 마침 적절한 때에 내 목숨을 위태롭게 한 거야." 아이린은 활기가 넘쳤다. 조지는 어젯밤 그녀의 아파트 앞에서 있었던 일은 말하지 않기로 했다.

"운전 조심해, 알았지?"

"응. 넌 별일 없어?"

"별일 없다 못해 하품이 날 지경이야. 회사에 병가를 냈는데 아파서가 아니라 너무 피곤해서. 가족들에게 안부 전해줘."

"그래."

은색 광택이 도는 카린의 회색 아우디는 조지의 아파트 앞, 거주자들 전용 주차 구역에 세워져 있었다. 조지는 조수석으로 조심조심 들어갔다. 버니에게 맞은 곳이 여전히 욱신거렸다. 기온은 10도가량 뚝 떨어졌고 갑자기 습도도 낮아졌다. 완벽한 늦여름 날씨였다. 카린은 차의 시동을 걸고 버튼을 눌러 양쪽 차창을 내린 다음, 주차 구역을 빠져나왔다.

"뉴에식스까지 가는 길은 알아요?" 조지가 물었다.

"도심까지는 갈 수 있어요. 거기서부터 안내해주세요."

카린이 월요일 아침의 러시아워처럼 붐비는 보스턴 시내를 빠져나오는 동안, 두 사람은 침묵을 지켰다. 93번 도로에서 95번 도로로 넘어가는 길목에서 차량 정체가 시작되자, 카린은 욕을 퍼부으며 씩씩거렸다. 마치 뉴에식스가 언제 사라질지 모른다는 듯이. 하지만 95번 도로로 넘어오자 차량은 한 대도 보이지 않았고 차 안의 정적이 느껴질 정도로 조용했다.

"매클레인 부인은 좀 어떠세요? 미안한데 이름이 기억나지 않는군요." 조지가 말했다.

"테레사요. 약간 좋아졌어요. 물론 여전히 죽어가는 중이지만 일시적으로 의식이 또렷해졌죠. 삼촌이 돌아가셨다는 말을 하려니 입이 안 떨어지더군요. 그 집에서 살해당했다는 말은 하지 않기로 했어요. 그냥 심장마비로 돌아가셨다고 했죠. 숙모가 건강해져서 신문이나 텔레비전을 보는 일이 없기를 기도할 뿐이에요. 여전히 통증에 시달리고, 여전히 죽어가고 있는데 거기다 남편을 잃은 슬픔까지 더해졌죠."

"숙모와도 가까웠나요?"

"아뇨, 삼촌하고만요. 난 자식이 없는 삼촌에게 MBA를 딴 똑똑한 딸이나 다름없었죠. 사실 서브프라임 사태가 발생했을 때 난 리먼 브러더스에서 일하고 있었어요. 내가 다른 일자리를 구하지 못하자, 삼촌은 죄책감 때문인지 당신 비서로 일해달라고 했죠. 내 인생의 좋은 전환점이었어요."

"죄책감 때문이었다는 건 무슨 말입니까?"

한동안 침묵이 흐른 후에 카린이 입을 열었다. "삼촌이 불법적인 일을 했는지는 잘 모르겠어요. 하지만 서브프라임 사태가 발생하기 전에 삼촌은 엄청나게 많은 돈을 벌었어요. 삼촌이 부자가 되는 동안, 누군가는 피해를 봤겠죠. 그러니 약간의 죄책감이 있지 않겠어요? 내가 쓸데없는 말을 했군요."

"매클레인 씨가 피라미드 조직을 운영하셨나요?"

"누구한테 들었죠?"

"들은 적 없습니다." 조지는 거짓말을 했다. "그냥 당신 말을 들으니 그런 게 아닐까 싶어서요."

"그랬던 거 같아요. 알겠지만 이 얘기는 비밀로 해주세요."

"난 매클레인 씨와 아무런 이해관계도 없는 사람입니다. 그분이 어떻게 돈을 벌었든 상관없습니다."

그들이 이야기하는 동안 열린 차창으로 바람이 휙휙 몰아쳤다. 카린은 버튼을 눌러 양쪽 차창을 끝까지 올렸다. 갑자기 차 안이 쥐죽은 듯 고요해졌다. 카린은 온도조절장치를 만지작거리며 에어컨의 온도를 낮추고는 다시 침묵을 지켰다. 삼촌의 재산 이야기를 하는 게 불편한 모양이었다. 하지만 조지는 관심이 있었다. 결국 이 모든 사건의 발단은 매클레인의 돈이었다. "매클레인 씨는 다이아몬드를 전부 그 금고에 넣어두셨나요?"

"아뇨, 그럴 리가요. 그래도 많이 넣어두긴 했어요. 우리가 제발 은행 금고에 보관하라고 애원했으니까요. 하지만 삼촌에 겐 다이아몬드를 보는 게 큰 즐거움이었어요. 색깔별로 수집했 죠. 다이아몬드는 흰색뿐만 아니라 여러 색이 있거든요."

"난 다이아몬드가 비싸다는 것 말고는 아무것도 모릅니다."

"네, 비싸기도 하고 훔치기 쉽죠. 팔기도 꽤 쉽고요."

"또 재산을 쉽게 은닉할 수 있는 방법이기도 하죠."

"이봐요, 비록 삼촌의 사업이 좀 비윤리적이었다 해도 대 부분의 재산은 가구 사업과 투자를 통해 합법적으로 모아들였 어요. 내가 지금 돈 때문에 이런다고 생각해요?"

"그 이유도 있겠죠."

"우리 삼촌은 함정에 빠져 재산을 뺏기고 살해됐어요. 난 범인이 누군지 알고 싶어요. 설사 금고 안에 있던 물건이 삼촌 이 어린 시절에 가지고 놀던 장난감 기차라고 해도 난 똑같이 행동했을 거예요."

"이해합니다. 나라도 그랬을 거예요."

"그리고 어차피 내 돈도 아닌걸요. 만약 다시 찾는다면 모 두 숙모에게 갈 거예요. 숙모의 유언장에 뭐라고 적혀 있을지 는 하느님만 아시겠죠."

조지는 카린의 언성이 높아질수록 아우디의 속도도 빨라 진다는 것을 알았다. 그가 뉴에식스로 빠지는 출구를 가리켰을 때 속도가 최고조에 달해 시속 145킬로미터였다. 카린은 3차선 도로를 능숙하게 가로지른 다음, 속도를 줄인 채 급커브를 틀어 출구로 빠져나갔다. 조지는 뉴에식스 도심으로 안내한 다음, 다시 교외로 안내했다. 비치 로드에 도착한 후에는 석조 교회를 찾아보라고 했다. 카린이 다시 양쪽 차창을 내리자 짭조름한 바다 내음이 차 안을 가득 채웠다. 조지는 흑점과 푸른 광채가 콕콕 섞인 대서양을 바라보았다. 화요일인데도 바다에는 수많은 보트가 떠 있었다. 지난 일주일간의 질식할 듯한 습기를 고기압이 몰아낸 틈을 타 많은 사람들이 항해를 즐기고 있었다.

갑자기 조지는 무서워졌다. 캡틴 소여 레인에 있는 집과 오두막에 가봤자 허탕 칠 게 뻔했지만 혹시라도 아니라면? 버니 맥도널드가 라이플을 들고 그들을 기다리고 있기라도 한다면? 조지는 집이나 오두막에 누군가 잠복하고 있는 흔적—예를 들어 버니의 차가 있다든가—이 있으면 곧장 차를 돌려 경찰에 신고하리라고 다시 한번 다짐했다. 하지만 무언가 마음에 걸렸다. 리아나였다. 만에 하나 그녀가 버니 맥도널드에게 인질로 잡혀 그의 도움을 기다리고 있을지 모른다. 아무런 증거도 없지만 조지는 여전히 그런 희망을 품고 있었다. 지난 20년간 품어온 희망이기도 했다.

그들은 교회를 지났다. 교회의 작은 주차장에는 차가 한 대도 없었다. 조지가 캡틴 소여 레인을 가리키자, 카린은 속도를 줄이고 급커브를 틀었다. 환한 대낮인데도 지붕처럼 하늘을 덮은 나무들 때문에 길 안쪽은 어두웠다. 땅에 파인 타이어 자국에 차가 심하게 걸리는 바람에 차체 바닥이 긁혔다. 카린은 속도를 늦추고 천천히 나아갔다.

"그 오두막을 보고 싶어요?" 조지가 물었다.

"폐가요?"

"네, 습지 옆에 있는 오두막요."

"아뇨, 곧장 그 여자가 산다는 집으로 가요. 거기서 건질 게 없으면 오두막에 가보죠."

카린은 조지가 가리킨 진입로로 들어섰다. 깨진 자갈과 흙 사이로 여전히 키 큰 잡초들이 있었다. 집 안은 그때보다 훨씬 어두워 안에 누가 있는지 도통 알 수가 없었다. 차고는 닫혀 있고, 진입로에는 차가 한 대도 없었다. 창문은 어둡고 안은 텅 비어 있었다. 가옥 상태가 좋을 뿐이지 습지 옆 오두막처럼 아무도 살지 않는 듯했다.

"지난번에 왔을 때 집 앞에 주차된 차가 있었나요?" 카린이 살짝 떨리는 목소리로 물었다. 어두운 숲속에 들어오니 불안한 모양이었다.

"아뇨. 지난번에도 없었습니다."

그들은 주차하고 차에서 내렸다. 소나무 그늘 아래라서 더 시원할 줄 알았는데 빼곡한 나무들 안에 지난주의 습기가 그대로 갇힌 듯이 오히려 후텁지근했다. 바닷가였는데도 바닷바람은 전혀 불지 않았다. 그들은 함께 현관으로 걸어갔고 조지는 초인종을 눌렀다. 지난번과 마찬가지로 집 안에서 저음의 징 소리가 들렸다. 두 사람은 말 없이 30초간 기다렸다. 조지는 다시 초인종을 누르고, 현관문 양옆에 세로로 길게 붙은 장식 유리 안쪽을 들여다봤다. 집은 2층 구조였다. 카펫이 깔린 층계참은 두 개의 짧은 계단으로 이어졌는데 하나는 아래로, 하나는 위로 향했고, 어디에서도 인기척은 나지 않았다.

카린이 문손잡이를 돌려봤지만 잠겨 있었다. 둘은 서로 마주 봤다. "다른 창문도 살펴볼까요?" 조지가 물었다.

"그냥 몰래 들어가는 게 낫지 않아요?"

"일단 집을 둘러보면서 열린 문이 있는지, 안에 사람이 있는지 살펴봅시다. 당신은 이쪽으로 가고, 나는 반대로 가면 집 뒤쪽에서 만날 겁니다."

"그냥 함께 다녀요. 난 이 집이 무섭단 말이에요." 카린이 말했다.

두 사람은 시계방향으로 돌기 시작했다. 차고가 닫혀 있어서 모퉁이를 돌아갔다. 갈색 플라스틱 판재로 마감한 집과 마구잡이로 뻗어나가는 숲을 갈라놓는 작은 뜰이 나왔다. 하지만 지난겨울 이후로 손질을 거의 하지 않았는지 풀은 무릎 높이로 자랐고, 들꽃이 무성했다. 조지는 발끝을 바깥쪽으로 향한 채 발로 잔디를 눌러가며 뜰을 통과했다. 덤불에서 하루살이 무리가 피어올랐다. 그의 뒤를 바짝 따라오던 카린이 말했다. "난 이 망할 놈의 자연이 정말 싫어요."

"그래요?"

"보는 건 상관없지만 그 안에 들어가고 싶진 않다고요."

가옥 측면에는 창문이 하나뿐이었는데 가로로 긴 직사각형 모양이었다. 창틀에 설치된 나무 화분은 장식용 이끼로 덮여 있고, 뒤죽박죽으로 섞인 식물들이 이파리를 축 내밀고 있었다. 벽을 따라 빛바랜 플라스틱 상자 여러 개와 부패되어 곰팡이가 시커멓게 핀 나무 발판 하나가 세워져 있었다. "이 상자 위에 올라가면 집 안을 볼 수 있을 것 같은데요." 조지가 말했다.

그가 상자 하나를 들어 올리자, 오랫동안 그 밑에 가려졌던 검고 축축한 흙이 모습을 드러냈다. 작은 초록 뱀 한 마리가 재빨리 땅속으로 사라졌다. 카린은 외마디 비명을 지르고는 조지의 팔을 붙잡았다. 조지가 말했다.

"저건 그냥 가터 뱀이에요. 우리 매사추세츠 주의 공식 파충류라고요."

"그래도 싫어요. 난 샌들을 신었잖아요. 집 뒤로 돌아가서 더 낮은 창문이 있는지 살펴봐요."

조지는 알겠다고 하고 상자를 다시 내려놓았다.

집 뒤의 작은 뜰에도 잡초가 우거졌고, 바닥에 벽돌을 깔아 만든 파티오가 조성되어 있었다. 바닥의 깨진 벽돌들 위로 한때 파티오에 구비되었던 물건들이 널브러져 있었다. 원탁 유리 상판에는 검은 물이 얇은 막처럼 퍼져 있고, 의자 두 개는 옆으로 쓰러져 있었다. 큼직한 그릴은 버려진 지 오래인 듯했다. 금속 손잡이와 다리는 군데군데 녹슬었는데 다리의 접합 부위에 이젠 벌이 살지 않는 작은 벌집이 있었다. 파티오 옆에는 집 안으로 들어갈 수 있는 널찍한 미닫이 유리문이 있었다. 카린이 다가가 열어보았지만 잠겨 있었다. 두 사람은 유리문 너머로 거실을 들여다보았다. 파티오의 상태로 보아 실내도 엉망일 거라고 짐작했으나 의외로 거실은 사람이 지낼 만했다. 낮은 천장 아래 큼직한 가죽 소파와 가죽 의자 같은 가구들이 여남은 개 있고, 벽은 책꽂이로 꾸며졌으며 벽돌로 만든 벽난로가 있었다. 소파 앞의 낮은 테이블에는 유리컵과 재떨이, 더러운 접시들이 어질러져 있었다.

"조금 열리네요." 다시 유리문을 옆으로 밀며 카린이 말했다.

"아무래도 그냥 가야 할 것 같습니다."

"왜요? 아무도 없잖아요. 당신 친구들이 여기서 지낸다는 흔적이라도 나오면 경찰에 연락해야죠."

조지는 유리문 손잡이를 잡고 옆으로 세게 밀었다. 문이 1센티미터쯤 열리며 그 틈으로 잠기지 않은 빗장이 보였다. 이번에는 쪼그리고 앉아 문 밑의 레일을 들여다보았다. 문이 열리지 않도록 레일 안에 놓아둔 가느다란 나무못 하나가 보였다. 카린에게 문을 힘껏 밀어보라고 하자, 나무못이 구부러지며 위로 들렸다. 조지는 집 안을 잠깐 둘러보는 것 정도는 괜찮을 거라고 여겨 마음을 바꾸어 먹었다. "잘하면 못을 부러뜨릴 수 있을 것 같네요. 문을 세게 잡아당기면요."

그들은 함께 문손잡이를 잡고 발로 땅을 단단히 디딘 다음, 체중을 실어 문을 잡아당겼다. 잠시 후 가느다란 나무못이

딱 부러지는 소리가 나면서 유리문이 열렸다. 그 바람에 조지는 뒤로 벌렁 넘어졌고, 카린도 조지 위로 쓰러졌다. 두 사람은 어색하게 웃었고 카린은 몸을 옆으로 굴려 허둥지둥 일어났다.

"실례합니다." 집 안에 아무도 없는 게 확실했지만 그래도 조지는 어두운 실내에 대고 외쳤다. 집 안으로 한 발짝 들어서서 잠시 눈이 어둠에 익숙해지기를 기다렸다. 카린도 그의 뒤를 바짝 따라 들어왔다. 집 안의 퀴퀴한 냄새 속에 무언가 다른 냄새가 있었다. 톡 쏘는 썩은 내. 조지는 낮은 커피 테이블 쪽으로 걸어갔다. 테이블에는 더러운 접시들이 쌓여 있었는데 음식 찌꺼기며 담뱃재와 담배꽁초가 버려져 있었다. 시가 상자 위에는 까맣게 변해버린 스푼 두 개가 있었다. 아마도 헤로인이나 코카인을 가열하는 데 사용했을 것이다. 조지는 스푼을 치우고 시가 상자를 열어보고 싶었지만 본능적으로 방에 있는 물건을 만지지 말아야 한다는 생각이 들었다.

카린은 거실 바로 옆의 주방으로 들어갔다. 조지는 거실과 주방 사이의 벽에 뚫린 창문 너머로 그녀를 볼 수 있었다. 카린은 가만히 서서 주위를 둘러보았다.

"주방은 어때요?" 조지가 물었다.

"토 나와요."

"다이아몬드 원석은 없고요?"

"내 눈엔 안 보이네요."

조지는 전기가 들어오는지 보려고 전등 스위치를 켰다가

천장에 달린 선풍기가 돌아가기 시작하자 얼른 스위치를 껐다.

"전기는 들어오네요. 당신은 여길 찾아봐요. 난 아래층에 내려가 볼게요." 그가 말했다.

카린은 몸 옆으로 양팔을 꼭 붙인 채 부엌에서 나왔다. 마치 조금이라도 몸에서 팔을 떼면 집 안의 더러움에 감염된다는 듯이. "왜 자꾸 따로 둘러보자고 해요? 난 혼자 다니고 싶지 않다고요. 여기부터 살펴봐요."

거실에서 이어지는 복도가 있었는데 창문이 없어 칠흑처럼 캄캄했다. 조지가 스위치를 켜자, 낮은 천장 안쪽으로 오목하게 설치된 세 개의 등 중에서 두 개가 켜졌다. 벽은 칙칙한 회색으로 칠해졌고, 사진이나 그림은 하나도 걸려 있지 않았다. 바닥에 깔린 카펫은 1층 전체에 깔린 카펫과 마찬가지로 진녹색이었다. 저 안에 얼마나 많은 먼지와 더께가 숨어 있을지 알수 없었다. 복도 끝에 이르자, 서로 마주보는 두 개의 문이 나왔다. 조지는 열려 있는 문 안쪽을 들여다봤다. 작은 꽃무늬 벽지로 도배된 침실이었는데 벽에는 핀으로 고정시킨 포스터와 사진 액자가 잔뜩 걸려 있었다. 그가 방 안으로 한 걸음 들어가자 카린도 뒤따라 들어왔다. 십대 소녀의 방 같았다. 포스터 속주인공은 록밴드였고, 액자 속 사진은 졸업식 무도회 드레스를입은 소녀들과 필드하키 유니폼을 입은 소녀들의 단체 사진이었다. 침실 한쪽 구석에는 작은 원목 책상이 있고, 위쪽 벽에 설치된 게시판에는 패션 잡지에서 오려낸 사진들이 빼곡히 붙어 있었다. 반대편 구석에는 좁은 싱글 침대가 있었다. 침대에는 시트와 이불 대신 푹신해 보이는 침낭과 커버도 씌우지 않은 베개가 있었다.

"여기 사는 여자를 봤다고 했죠? 몇 살로 보였어요?" 카린이 물었다.

"마약 중독자라서 나이를 가늠하기가 힘들었습니다. 사십대로 보였지만 아마 이십대 초반일 겁니다. 십대가 아닌 건 확실합니다."

카린은 책상으로 갔다. 스프링 노트를 집어 들고 커버에 적힌 이름을 바라봤다. "케이티 앨러라는 사람 알아요?"

"아뇨."

카린은 노트를 내려놓았다. "이 집을 우리가 계속 둘러봐야 할까요?"

그들은 다시 복도로 나갔다. 조지가 침실 맞은편의 다른 문을 연 순간, 썩은 내가 코를 찔렀다. 작은 세탁실이었는데 지금까지 둘러본 곳 중에서 제일 더러웠다. 타일이 깔린 방에는 때 묻은 세탁기와 건조기 외에도 쓰레기 봉지가 삐져나온 대형 플라스틱 쓰레기통 네댓 개가 있었다. 바닥에는 쓰레기로 터질 듯한 봉지 하나가 떨어져 있었다. 봉지의 찢어진 부분에서 정체를 알 수 없는 검은 액체가 흘러나왔고, 움직임이 둔한 왕파리들이 그 주위를 에워싸고 있었다. "여긴 쓰레기를 보관하는 곳 같군요." 조지가 말했다.

263

"왜 밖에 내놓지 않았을까요?"

"모르겠습니다."

조지는 세탁실로 들어가지 않고 복도에 선 채 코와 입을 막고 더 자세히 보려고 몸을 내밀었다. 세탁기와 건조기 사이에 하얀 플라스틱 세면대가 있었다. 안이 깊이 파인 정육면체 모양이었는데 곰팡이가 얼룩덜룩 피어 있고, 주변에서 파리들이 엥엥거렸다. 멀리 떨어진 벽 앞에는 투명 비닐이 원통 모양으로 둘둘 말려 있었는데, 대형 카펫을 말아놓은 정도의 크기로 길이가 180센티미터쯤 되었다. 원통 양쪽 끝에 노란 나일론 밧줄이 단단히 묶여 있어 포장지를 벗기지 않은 대형 사탕처럼 보였다. 세면대 옆의 창문으로 햇빛이 들어와 실내는 충분히 환했는데도 조지는 손으로 벽을 훑으며 전등 스위치를 찾았다. 스위치를 찾지 못하자, 숨을 멈춘 채 방 안으로 들어가 천장에 매달린 형광등의 줄을 잡아당겼다. 무자비한 백색 빛 속에서 보는 실내는 훨씬 더 흉측했다. "뭐해요?" 카린이 뒤에서 물었다. 조지가 세탁실 안으로 들어가는 동안, 그녀는 복도로 멀찌감치 물러선 상태였다.

"이 비닐 안에 뭐가 있는지 봐야겠습니다."

조지는 둘둘 말린 비닐 옆에 쪼그리고 앉았다. 더 많은 파리들이 날아오르더니 밧줄로 묶인 입구 근처에서 미친 듯이 이리저리 튀어 올랐고, 전류가 흐르는 철사처럼 지직거렸다. 비닐은 여러 겹으로 감겨 있었지만 안에 검은 형체가 들어 있는 걸 알 수 있었다. 150에서 180센티미터 정도의 길이였다. 불현 듯 조지는 이게 무엇인지 확신할 수 있었다.

"뭐예요?" 카린이 복도에서 물었다.

"아직 모르겠습니다." 조지가 말했다. 말하면서 썩은 내를 맡는 바람에 속이 울렁거렸다. 비닐 맨 위쪽으로 몸을 내밀어 검은 형체 위에 손을 대고 꾹 눌렀다. 비닐이 아래로 꺼지면서 그 안의 물체가 모습을 드러냈다. 검은 얼굴과 이마, 움푹 파인 눈구멍. 머리 주위로 펼쳐진 머리카락도 알아볼 수 있었다. 조지는 비닐에서 손을 뗐지만 임시 관에 든 시신을 건드린 탓에 코를 찌르는 썩은 내가 진동했다. 조지는 벌떡 일어나 복도 쪽으로 달려가다 이미 늦었음을 깨닫고 걸음을 멈춰 플라스틱 세면대에 토하기 시작했다. 카린은 이상하리만치 말이 없었다. 그가 다 토하고 나자 카린이 웅얼거렸다. "안에 뭐가 들었어요? 시체예요?"

"네, 비닐로 꽁꽁 쌌네요. 경찰에 연락해야겠습니다."

조지가 수도꼭지를 틀자, 몇 번 튀튀거리는 소리가 나더니 가는 물줄기가 흘러내렸다. 범죄 현장을 훼손해서는 안 된다는 걸 알고 있었지만 물로 입 안을 헹구고 싶은 마음이 간절했다. 그런 다음 이 집에서 멀리 달아나고 싶었다. 허리를 숙여 쇳내가 나는 물을 입 안 가득 머금었다가 세면대에 뱉었다. 세탁실에서 복도로 나가자, 카린이 두 걸음 비켜섰다. 흐릿하고 초점 없는 그녀의 눈동자를 보니 너무 큰 충격을 받았나 걱정되었다.

"경찰에 연락해야 합니다." 조지가 다시 한번 말했다.

"네." 카린은 마치 전화기가 마법처럼 나타날 수도 있다는 듯이 복도를 두리번거렸다.

"휴대전화 있습니까?"

"차에 두고 왔어요. 가방 속에요."

"아까 주방에서 전화기를 봤어요. 가봅시다."

조지는 카린과 함께 주방으로 갔다. 토하고 나니 메스꺼움 뿐 아니라 두려움까지도 모두 쏟아낸 기분이었다. 앞으로 일어날 일들이 눈앞에 또렷이 펼쳐졌다. 먼저 경찰에 전화한 다음, 차에서 기다리며 더는 현장을 훼손하지 않도록 주의할 것이다. 또한 로베르타 제임스 형사에게도 가능한 한 빨리 연락할 것이다. 그녀는 분명 훼손되지 않은 현장을 보고 싶어 하리라. 주방 벽에 설치된 핑크색 전화기를 귀에 댔지만 신호음은 떨어지지 않았다. 예상대로였다. "당신 휴대전화로 전화해야겠습니다." 그는 카린에게 말했다. 부엌에 떨어지는 햇살 아래서 보니 그녀의 얼굴은 붉게 달아올라 있었고, 입술은 말 없이 벌어졌다가 닫혔다. 어항 유리에 비친 자신의 모습을 멍하니 바라보는 금붕어처럼. 카린은 뒤돌아 계단 네 개를 내려가더니 현관 쪽으로 걸어갔다. 조지는 들어온 길로 나가는 게 좋다고 생각했지만 말 없이 그녀를 따라갔다. 카린이 빗장을 풀고 육중한 현관문을 안쪽으로 잡아당기자 흰색 닷지와 버니 맥도널드 겸 도니 젠크스가 보였다. 흰색 닷지는 카린의 아우디가 나가지 못

하도록 바로 뒤에 주차되었고, 버니는 손에 긴 라이플을 든 채
그들 쪽으로 태평하게 걸어왔다.

20

팜스 라운지에서 리아나를 만난 다음 날, 조지는 새벽에 일어났다. 리아나가 오기로 한 정오까지 기다릴 수 있을지 의문이었다.

샤워를 하고 옷을 입은 뒤, 쇼니스에 가서 라지 사이즈의 커피와 페스트리 하나, 담배 한 갑을 사왔다. 리아나가 오려면 아직 다섯 시간이나 남았지만, 혹시라도 길이 어긋날지 몰라 모텔 방을 비우고 싶지 않았다. 창문에 내려진 블라인드를 올리고 방문을 빠끔 열어두었다. 커피를 마시고 페스트리 절반을 먹은 다음, 카멜 라이츠의 비닐 포장을 뜯었다. 정오가 되고 시간이 지나도 리아나는 나타나지 않았다. 조지는 중고차 가게에 가서 이제는 자기 차나 다름없는 뷰익을 빌려 리아나의 집으로 찾아갈까 생각했다. 오후 1시가 되자 완전히 패닉에 빠져 방 안을 서성이며 담배를 거의 반 갑이나 피워댔다. 리아나의 집으로 전화했지만 아무도 받지 않았다.

조지는 차를 빌리기로 결심했다. 흐리고 따뜻한 바깥으로 나가자, 진회색 크라운 빅토리아 한 대가 주차장으로 미끄러져 들어왔다. 운전석에 앉은 사람은 셸판트 형사였다.

셸판트는 차를 세우고 시동을 끈 다음, 차에서 내렸다. 윌슨 경관 없이 혼자였다. "조지, 잠깐 시간 좀 있니?"

두 사람은 모텔 방으로 들어갔다. 방에서는 땀에 찌든 옷과 담배 냄새가 진동했다. 조지는 시트가 헝클어진 침대 가장자리에 걸터앉았다. 셸판트 형사는 방에 하나뿐인 의자에 앉아 바지 주름을 펴더니 무릎에서 무언가를 떼어냈다. "고양이 털이 붙었구나." 그러고는 조지에게 빙그레 웃어 보였다. "몇 가지 물어볼 게 있다. 부탁할 것도 있고. 시간 있니? 어디 가려는 모양이던데."

"옆 중고차 가게에서 차를 좀 빌리려고요. 드라이브나 하려고."

"친카핀 8번가로 돌아가 리아나를 만나려는 건 아니고?"

조지는 아무 대답도 하지 않았다.

"괜찮다." 잠시 후 셸판트가 말했다. "우리도 이미 알고 있으니 말할 필요 없어. 사실 너한테 고마워해야지. 네가 우리 대신 발품을 팔아줬으니까. 우리에게 미리 알렸어야 한다고 생각은 하지만. 어제 윌슨 경관이 경찰서에서 나가는 널 미행해 친카핀까지 따라갔다. 네가 갔던 집 주소로 전화해 그 집이 덱터 씨의 집이라는 걸 알아냈지. 나머진 졸업 앨범에서 찾아냈고. 네게 묻고 싶은 게 있다. 리아나와 연락이 됐니? 그애를 만났어?"

조지는 머뭇거리며 어디까지 말할지 생각했다. "통화는 했어요. 여기로 전화했더라고요. 오늘 정오에 만나기로 했죠."

"오늘 통화했니?"

"아뇨. 어제요. 겁에 질린 목소리였어요. 자기가 오드리 백 대신 대학에 간 사실이 들통났다고 걱정했어요."

셸판트는 코로 숨을 들이쉬었다. "조지, 미안하지만 우리에겐 리아나의 체포 영장이 있다. 그애의 행방에 대해 조금이라도 아는 게 있다면—."

"무슨 혐의로요? 신분을 속인 건 사실이지만 그건 학교에서 문제 삼을 일이죠. 안 그런가요?"

"그 때문이 아니야. 네 말대로 그건 경찰이 나설 일이 아니지. 체포 영장은 살인 혐의 때문이다. 오드리 백은 자살하지 않았어. 오드리가 차고에서 죽어갈 때 누군가 옆에 있었다는 강력한 증거가 나왔어."

"그건 리아나가 아니에요. 리아나가 말해줬어요. 오드리가 죽기 전날 저녁에 술집에서 그애를 만났다고요. 하지만 각자 차를 타고 헤어졌다고 했어요." 조지는 자신이 언성을 높인 채 속사포처럼 쏘아대고 있음을 깨달았다.

"진정해라, 조지. 네 말이 맞다면, 나도 그렇길 바란다만, 리아나를 찾아내는 게 그애에게도 도움이 될 거다. 빨리 혐의를 벗을 수 있으니까. 그날 밤 차고에 오드리와 함께 있었던 사람이 리아나라는 증거는 없다. 하지만 오드리 말고 다른 누군가가 있었던 건 확실해. 리아나는 오드리의 차를 타고 함께 팜스 라운지에 갔어. 그러니 돌아올 때도 둘이 함께 차를 타지 않았겠니?"

"둘이 같은 차를 타고 갔다는 걸 어떻게 아시죠?"

"오드리의 동생인 빌리가 봤다. 졸업 앨범을 보고 그게 리아나라는 걸 확인해줬고. 그러니 네가 우릴 도와다오. 네가 리아나의 결백을 그토록 확신한다면, 그리고 아마 네 생각이 맞겠지만, 그애에게 최선의 길은 빨리 자수해서 이 혼란스런 상황을 정리하는 거다."

"리아나의 집에 가보셨나요?"

셸판트 형사의 눈동자가 살짝 흔들리며 유리창에서 엥엥거리는 검은 파리를 따라갔다. "리아나는 어제 저녁에 나간 후로 집에 돌아오지 않았어. 그애가 도망갔다고 믿을 만한 이유도 있고. 그러니 그애의 행방이나 갈 만한 곳에 대한 정보가 있다면 우리에게 말해다오. 그렇지 않으면 넌 범인의 도주를 방조하는 게 되는 거야. 알겠니?"

"전 리아나가 어디로 갔는지, 왜 갑자기 떠났는지 전혀 몰라요."

"통화할 때 리아나가 아무 말 없었더냐? 찾아갈 만한 사람이나 장소도 언급한 적 없고?"

"네. 말씀드렸다시피 리아나는 정오에 여기서 절 만나기로 했으니까요."

"네 말을 믿는다, 조지. 넌 그렇게 생각했을 거야. 하지만 우린 리아나가 이미 이곳을 떠났을 거라고 확신한다."

"왜죠?"

셸판트 형사의 눈동자가 다시 흔들렸다. 아주 살짝. 그는 지금까지 조지에게 거짓말을 한 적이 없었다. 그런데 왜 지금은 거짓말을 하는 것처럼 보일까? "리아나는 괜찮아요? 혹시 이 일이 데일과 관련 있나요?" 조지가 물었다.

셸판트 형사가 눈을 들었다. "데일 라이언에 대해 얼마나 알고 있지?"

"잘 몰라요. 성이 라이언이라는 것도 몰랐는걸요. 어제 리아나의 집에 갔을 때 만났어요."

"좋다, 조지. 앞으로 어떻게 해야 할지 말해주마. 나와 함께 경찰서에 가서 몇 가지 질문에 대답해다오. 지금 여기서 말한 대로 하면 돼. 걱정할 거 없다. 넌 아무 문제 없어. 그런 다음 짐을 챙겨서 다시 학교로 돌아가거라. 리아나는 돌아오지 않을 거야. 오히려 코네티컷 주로 갔을지 모른다. 그애가 연락할 경우를 대비해 넌 학교에 가 있어야 해. 그리고 무슨 일이 있으면 바로 내게 알려다오. 그렇게 해주겠니?"

셸판트 형사의 말을 듣는 동안, 조지는 지난 며칠간 느끼지 못했던 든든함과 편안함을 느꼈다. 셸판트는 어른이었고, 지금 조지에게 어떻게 해야 할지 말해주고 있었다. 앞으로 어떻게 할지 결정하는 것은 이미 조지의 권한 밖의 일이었다. 갑자기 고통스러울 정도로 강렬하게 마더 대학으로 돌아가고 싶었다. 리아나가 찾아올지 모른다는 기대감 때문만은 아니었다. 리아나가 없어도 마더 대학이 집처럼 느껴졌다. 긴장되었던 등과 목의 근육이 서서히 풀어졌다. "알겠습니다." 조지는 그렇게 대답하고 자리에서 일어났다.

두 사람은 함께 스위트검 경찰서로 갔다.

그런 후에 조지는 리아나 덱터가 오기를 기다리며 마더 대학으로 돌아갔다.

21

버니 맥도널드가 유연하고 무심한 움직임
으로 한 번에 라이플을 들어 올렸다. 아무 소리도 나지 않았지
만, 조지는 빨간 직선을 그리며 그들이 있는 쪽으로 빠르게 날
아오는 물체를 보았다. 그러더니 손도끼로 나무를 찍는 듯한 소
리와 함께 옆에서 카린이 털썩 쓰러졌다. 버니가 라이플의 각
도를 조정하는 사이에 조지는 현관문을 쾅 닫고 빗장을 걸었다.

그는 무릎을 땅에 대고 주저앉아 카린을 살펴봤다. 그녀는
손으로 목을 긁으며 숨죽여 하품하는 듯한 소리를 냈다. 그녀
의 손을 치워보니 골프 티(golf tee, 티샷을 할 때 골프공을 올려놓는 도
구—옮긴이)보다 조금 큰 다트가 목 한가운데 박혀 있었다. 조지
가 빨간색 원뿔 모양의 꼬리를 잡아 다트를 빼내자 그 자리가
부풀어 오르더니 압정만 한 크기의 핏방울이 부글부글 흘러나

왔다. 카린은 숨을 거칠게 들이쉬고는 고개를 앞뒤로 흔들며 신음했다.

"다트예요. 아마 진정제가 주입되었을 겁니다. 많이 힘들어요?" 조지가 물었다.

카린은 목에 손을 댄 채 일어나 앉았다. 다트를 맞은 자리는 금세 볼록하게 부풀었다. 그녀가 손으로 그 자리를 문지르자, 피가 번졌다. 조지는 거실의 미닫이문을 열어둔 게 생각났다. 버니에게서 도망치려면 그 문으로 달아나야 그나마 성공할 가능성이 있었다.

"내가 뒷문을 잠그고, 경찰에 연락할 수 있는 방법을 찾아볼 테니까 여기 가만히 있어요. 알았죠? 이 벽에 기대고 있어요. 다 잘될 겁니다." 그의 목소리는 차분하고 이성적으로 들렸다. 마치 회사 동료에게 팩스만 보내고 바로 오겠다고 말하는 것처럼.

그는 카린을 끌고 가 복도 벽에 기대어 앉혔다. 그녀의 눈동자에 동물처럼 광기가 돌았지만 눈꺼풀이 조금씩 처지기 시작했다.

"내가 총에 맞았나요?" 그녀가 물었다.

"그냥 진정제에 맞은 겁니다. 이내 잠이 들겠지만 괜찮을 거예요."

카린은 목에서 손을 떼고 손끝에 묻은 핏자국을 바라보았다. "금방 올게요." 조지는 그렇게 말하고 2층으로 향하는 계단을 절반가량 올라갔다. 거기 서서 거실 미닫이 유리문 너머를 바라보았다. 뒤뜰과 파티오에는 버니의 흔적이 없었다. 다시 계단을 내려가 유리문을 꼭 닫고 빗장을 걸어 잠근 뒤, 거실 중앙으로 갔다. 문득 이렇게 문을 잠가봐야 소용없다는 생각이 들었다. 비닐로 꽁꽁 싸인 시체가 있는 걸로 보아 이 집은 버니 그리고 리아나와 직접적인 연관이 있었다. 그러니 버니에게는 이 집의 열쇠가 있을 것이다. 없다면 그냥 유리문을 깨버릴 테고.

조지는 다시 카런에게 달려갔다. 그녀는 조지가 두고 간 대로 구부정하게 앉아 있었지만 눈이 감겨 있고, 벌어진 입으로 숨을 쌕쌕 내쉬었다. 아까 바라보던 피 묻은 손은 얼굴 앞에 그대로 들고 있었고, 팔은 여전히 구부린 채 꼿꼿하게 세우고 있었다. 마치 줄이 하나만 남고 모두 끊어져버린 꼭두각시 같았다.

조지는 쪼그려 앉았다. 세탁실에서 시체를 발견한 지 한 시간은 된 듯했지만 사실은 몇 분 되지 않을 것이다. 집 안팎으로 아무 소리도 들리지 않았다. 버니가 어떻게 나올까? 만약 집 안으로 쳐들어온다면, 조지는 그 소리를 듣고 다른 출구로 달려가 도망칠 수 있다. 버니가 닷지로 진입로를 막아뒀기 때문에 아우디를 타고 갈 수는 없다. 하지만 숲으로 도망가 숨을 수 있다. 성공 확률은 낮지만 그래도 가능성은 있다.

조지는 집 안에 출구가 몇 개나 있는지 세어봤다. 적어도 세 개였다. 현관문과 거실의 미닫이 유리문, 그리고 침실에도 미닫이 유리문이 있었다. 차고 문도 있을 텐데 아마 아래로 내려가는 계단과 이어져 있을 것이다. 그런데…… 왜 버니는 아무런 행동도 취하지 않는 거지?

조지는 2층의 어두운 복도에 자리를 잡기로 했다. 거기라면 버니가 어느 창문을 들여다봐도 보이지 않을 것이다. 자리에서 벌떡 일어났더니 무릎에서 크게 우드득 소리가 났다. 카린은 팔꿈치가 고정된 사람처럼 팔을 들어 올린 채 계속 같은 자세로 있었다. 조지는 허리를 숙여 그녀의 팔목을 살그머니 잡아 팔을 내렸다. 이제는 파티장에서 술에 취해 잠든 사람처럼 보였다. 차라리 이게 나았다.

조지는 너무 빠르지도, 느리지도 않게 걸으려고 했다. 다시 거실 유리문 너머로 뒤뜰을 내다보았다. 아무것도 없었다. 복도로 들어선 다음, 어두워지도록 전등을 껐다. 벽에 기댄 채 귀를 기울였다. 1분이 지났다. 아까는 살갗이 찌릿찌릿하고 따끔거렸는데 지금은 몸이 축 늘어지면서 차가워졌다. 손으로 머리를 쓸어내리다가 손바닥이 땀범벅인 것을 알고 깜짝 놀랐다. 집 안에서 희미하게 재깍거리는 소리가 났고, 다리가 풀리기 시작했다. 지금까지 그를 이끌어준 용기와 지략이 세면대에서 빠지는 물처럼 빠르게 빠져나가고 있었다. 머릿속에는 자신이 무사히 도망치는 모습이 아닌, 갑자기 버니 맥도널드가 어두운 복도에 나타나는 모습만 떠올랐다. 자신이 동상처럼 우두커니 서 있는 동안 버니가 다트를, 혹은 그보다 더 끔찍한 것을 그의 목에 쏠 것이다.

왜 버니는 내가 경찰에 신고할까 걱정하지 않지? 분명 전화가 불통이라는 걸 알고 있는 거야. 하지만 내게 휴대전화가 없다는 건 또 어떻게 알았지? 여기가 바닷가 근처의 깊은 숲속이라 전화가 안 터지나? 그렇다면 버니로서는 서두를 이유가 전혀 없었다. 조지는 숨어 있으면 있을수록 두려움만 커진다는 걸 깨달았다.

그래서 앞으로 나갈지, 뒤로 나갈지 정하고 뛰쳐나가기로 마음먹었다. 성공 확률은 반반이었다. 집 뒤로 나가면 숲과 가깝다는 게 장점이었다. 파티오에서 몇 발짝만 걸어가면 바로 숲이었다. 조지는 뒤쪽 숲이 어떻게 생겼는지 기억해내려 했다. 집 양쪽으로 뚫고 들어가기 힘든 진달래와 장미 덤불이 야트막하게 펼쳐진 기억이 났다. 하지만 파티오 근처가 정확히 어땠는지는 기억나지 않았다. 만약 거기도 그와 비슷한 덤불이 있다면 숲으로 들어가기 힘들 것이다.

집 앞쪽으로 나가면 정확히 어디로 가야 할지 안다는 장점이 있다. 나무에 조금이라도 가려지도록 길 가장자리에 바짝 붙어 자갈 깔린 진입로를 곧장 내려간 다음, 캡틴 소여 레인으로 달리는 것이다. 이럴 경우 더 많이 노출되지만 더 빠르게 움직일 수 있다.

조지는 계획을 짰다. 민첩하지만 차분하게 현관으로 달려가 진입로 쪽을 내다보며 버니가 있는지 살핀다. 만약 그가 아직 거기, 하얀 닷지 옆에 라이플을 든 채 서 있다면 최대한 빠르게 집 뒤쪽으로 달려가 숲으로 들어간다. 만약 진입로 쪽에 버니가 없다면 현관문을 열고 튀어나가 캡틴 소여 레인으로 달려갈 것이다.

조지는 떨어지지 않는 발걸음을 현관 쪽으로 옮기기 시작했다. 계단 서너 개를 조심스럽게 내려가 층계참에 도착해 카린 옆으로 지나갔다. 그녀는 여전히 벽에 기댄 채 허리를 푹 숙인 자세로 앉아 있었다. 얼굴은 놀랄 정도로 짙은 잿빛이었다. 조지는 현관문 양옆에 붙은 장식 유리 앞에서 걸음을 멈추고 밖을 내다봤다. 버니는 보이지 않았다. 닷지는 여전히 카린의 아우디 뒤에 있었다. 까마귀 한 마리가 자갈 깔린 진입로를 깡충깡충 뛰어가며 무언가를 쪼아 먹었다. 시력이 닿는 곳까지 좌우로 살펴봤지만 아무것도 없었다.

조지는 현관문의 빗장을 풀고 문을 안쪽으로 잡아당겼다. 좌우를 살피며 현관 밖으로 나갔다. 버니 맥도널드는 보이지 않았다. 차가 주차된 곳으로 달려갔다. 까마귀가 서너 걸음을 비틀비틀 달려가더니 폴짝 뛰어오르며 깃털이 군데군데 빠진 날개를 펄럭여 날아갔다. 그는 카린의 아우디를 지난 다음, 버니의 닷지를 지나가며 차 안을 슬쩍 바라봤다. 뒷좌석에 웬 여자가 누워 있었다. 더 자세히 보려고 달리는 속도를 늦췄다. 리아나였다. 두 다리를 구부린 채 머리는 좌석 등받이에 기댔다. 한쪽 볼에는 머리카락이 달라붙어 있었다. 조지의 그림자가 지나가자, 그녀의 창백한 눈꺼풀이 실룩거리는 듯했다. 그는 한 발짝 더 다가갔다. 누운 자세는 이상했지만 옷차림은 아주 단정했다. 전에 봤던 자주색 스커트에 면으로 보이는 터틀넥 스웨터를 입었는데 스웨터가 위로 살짝 올라가 하얀 복부가 드러나 있었다. 플랫 슈즈 한 짝은 차 바닥에 떨어졌고, 다른 한 짝은 길쭉한 발에 걸려 있었다. 차 문의 손잡이를 잡아당겨 봤지만 잠겨 있었다. 조지는 최대한 소리가 나지 않게 차를 살그머니 흔들었지만 그녀는 분명 의식을 잃은 상태였다. 버니가 무슨 약물을 썼는지는 몰라도 그의 총에 맞아 기절한 것이다. 그녀의 실룩이는 눈꺼풀을 본 게 다행스러웠다. 적어도 아직 살아 있다는 뜻이니까.

그 순간 어깨가 따끔했다. 손으로 어깨를 더듬자 작은 다트가 잡혔다. 그는 다트를 빼내 마치 살아 있는 벌이라도 되듯이 내팽개쳤다. 버니가 이미 라이플을 아래로 내린 채 느긋하면서도 우아하게 그를 향해 걸어왔다. 뒤에서 돌아 나오는 걸 보니 짐작대로 집 뒤쪽에 있었던 모양이다. 조지는 다시 달리기 시작했다. 어쩌면 숲에 들어가 은신처를 발견해 그 안에 숨어 있을 수도 있다. 버니가 그를 찾아내지 못할 수도 있다. 독이 혈관에 침투하기 전에 다트를 빼낼 수도 있다.

하지만 울창한 나뭇잎 사이로 내리꽂히는 햇살을 통과해 달리는 동안 발아래 땅이 흔들리더니 갑자기 오른쪽으로 급격하게 기울기 시작했다. 똑바로 걸으려고 했지만 발이 엉켰고, 조지는 앞으로 쓰러지며 얼굴이 제일 먼저 땅에 떨어졌다. 무릎으로 딛고 일어섰지만 2배속으로 돌린 영상처럼 땅이 다시 기울고 주위의 나무들이 빙빙 돌기 시작했다. 조지는 땅에 털썩 쓰러졌다. 솔잎이 쌓인 땅은 푹신한 침대가 되어주었다. 눈을 감자, 빙빙 돌아가던 세상이 멈췄다.

22

가끔씩 조지는 자신의 제한된 기억 저장소가 오로지 리아나에 관한 세세한 사실들로만 가득 찬 게 아닌가, 1학년 1학기의 짜릿했던 16주를 기억하는 데 다 써버린 건 아닌가 하는 의문이 들었다. 사진은 없어도 당시 리아나가 입고 다닌 옷이라든가 그녀가 생활한 기숙사 방의 정확한 크기와 실내장식, 펜을 쥔 손의 모양, 담배를 피우는 모습, 입술의 정확한 맛을 또렷이 기억했다. 이렇게 세세한 것까지 기억하는 이유는 마음이 늘 그때로 돌아가고 또 돌아가 아무 생각 없이 흘려보내고 지나쳤던 것들까지도 거의 전부 기억해냈기 때문이다. 그럴 때마다 마음속에서 기억을 개조하고, 여기저기 어설프게 손보고, 심지어 위조까지 한다는 것도 알고 있었다. 마치 귓속말 전달 게임에서 조금씩 왜곡되는 이야기처럼 믿을 수 없는 기억이었다.

하지만 어둠이 짙어지기 시작한 12월 초 어느 밤의 기억만은 예외였다. 너무도 자주 떠올린 기억이고, 그때마다 기억 속 대화의 내용이 한 번도 바뀌지 않았기 때문에 사실이라고 믿을 수 있었다. 그날 조지와 리아나는 트럼블 아트 시네마에 갔다. 캠퍼스 안뜰 동쪽에 화려하게 재단장한 강당에서 학생들이 운영하는 극장이었다. 그날 본 영화는 제프 대니얼스와 멜라니 그리피스가 주연하고 조너선 드미 감독이 연출한 〈썸씽 와일드〉였다. 비록 조지는 그후로 그 영화를 다시 본 적이 없지만 거의 모든 장면을 기억했다. 그들이 함께 앉았던 살짝 낡은 발코니석과 영화를 보는 내내 잡고 있던 리아나의 손이 어떤 감촉이었는지 기억하듯이.

금요일 밤이었고, 그들은 영화를 본 후에 파티에 갈 예정이었다. 4인실에서 생활하는 잭 그로스먼이 여는 파티였다. 리아나의 룸메이트인 에밀리의 남자 친구였기 때문에 리아나도 잭을 알고 있었다. 잭은 이 지역 출신인 데다 형이 둘이나 있어서 1학년들 파티의 믿음직한 맥주 공급책이었다. 파티장이 가까워지니 열린 창문으로 UB40의 음악이 쿵쾅쿵쾅 요란하게 흘러나왔다. 리아나가 조지의 손을 꽉 잡으며 말했다. "우리 파티 말고 다른 데 가자."

"어디?"

"새로 짓는 과학관에 가보자."

둘은 칼바람을 맞으며 4층짜리 과학관 공사 현장이 있는 캠퍼스 북쪽 끝으로 걸어갔다. 학교에서 제일 큰 주차장 옆의 완만하게 경사진 땅에 건물을 짓는 중이었다. 기초공사는 끝났고, 기둥과 대들보도 모두 4층까지 설치되어 있었다. 마치 거대한 이렉터 세트(금속으로 된 조립 완구─옮긴이)로 지은 건물 같았다. 공사 현장 주위에 오렌지색 비닐로 만든 그물 모양의 울타리가 마구잡이로 쳐져 있었다.

리아나는 기둥이 뽑혀 울타리가 느슨하게 내려간 쪽으로 조지를 이끌더니 울타리를 넘어갔다.

"뭐하는 거야?" 조지가 물었다.

"안에 들어가보자. 꼭 해보고 싶었어."

조지는 그녀를 따라 건물 안으로 들어갔다. 그들은 콘크리트를 부어 만든 바닥에 서서 눈이 어둠에 익숙해지기를 기다렸다. 반쯤 만들어진 계단에 널빤지를 어긋나게 놓아 꼭대기 층까지 올라갈 수 있도록 되어 있었다. 몇몇 층의 일부 구역은 공사가 끝났지만 대부분은 아직 공사 중이었다. 고개를 들어보니 자줏빛으로 물든 하늘과 반짝이는 별이 보였다.

"난 위에는 안 올라갈 거야." 조지가 말했다.

"올라가 보자."

그가 말리기도 전에 리아나가 계단을 쏜살같이 올라갔다. 들보에 놓인 널빤지가 그녀의 발밑에서 덜거덕거렸다. 조지는 무서움을 참고 뒤따라갔다. 3층에 도착한 리아나는 임시 통로를 건너 바닥 공사가 끝난 것으로 보이는 남서쪽 구석에 가서 앉았다. 조지도 안도하며 옆에 털썩 앉았다. 벽 대신에 세워진 지저분한 푸른색 방수포가 거친 바람에 펄럭거리며 타닥타닥 소리를 냈다.

"꼭 배에 탄 것 같다." 조지가 말했다.

"그러게." 리아나가 대답하며 뒤로 누워 하늘을 바라봤다. 조지는 캠퍼스 쪽으로 몸을 돌렸다. 안뜰을 둘러싼 기숙사 건물들의 낮고 경사진 지붕과 희미하게 야간 조명이 켜진 예배당 첨탑이 보였다. 멀리서 도시가 깜빡거렸다.

"네 말이 맞아. 여기 오길 잘했다." 조지가 인정하며 리아나 옆에 누웠다. 펄럭거리는 방수포와 쌩쌩 부는 바람 소리가 캠퍼스의 다른 소리를 모두 지워버렸다.

"룰루가 정직하지 못했다고 생각해?" 리아나가 물었다.

조지는 그녀가 방금 본 영화 이야기를 한다는 걸 조금 후에야 깨달았다.

"당연하지." 그가 말했다.

"다른 사람 행세를 했기 때문에? 아니면 과거를 사실대로 말하지 않아서?"

"둘 다."

"그렇다고 새로운 사람을 만날 때마다 과거를 전부 털어놓을 필요는 없잖아. 꼭 그래야만 정직한 것도 아니고."

"과거를 시시콜콜 털어놓으라는 게 아니야. 그냥 본명을 쓰라는 거지."

"하지만 너희 기숙사의 그애 있잖아. 자기를 체비라고 불러달라는 애. 그건 그애가 대학에 와서 스스로 만든 별명이야. 영화 속 룰루도 다를 바 없다고." 평상시에는 신중하리만치 담담하던 리아나의 말투가 빨라졌다. 놀랄 정도는 아니지만 충분히 알아차릴 수 있을 정도로. 뭔지는 몰라도 리아나가 비밀을 털어놓으려 한다는 느낌이 들었다. 그는 약간 몸을 일으켜 라이터 주위로 손을 둥글게 말고 담배에 불을 붙였다.

"그런가?" 그가 말했다.

"만약 어떤 사람이 영화 속 룰루처럼 새로운 나를 만들어냈다면 그게 원래 모습보다 더 솔직하고…… 진정한 내가 아닐까? 아무도 가족을 선택할 수 없어. 이름이나 외모, 부모도 선택할 수 없고. 하지만 나이를 먹으면서 선택권이 생기고 자신이 되고자 하는 사람이 될 수 있는 거야."

"네 본명이 보브이고, 사실은 캐나다 출신이라고 고백하려는 거야?"

"아니, 하지만 난 한 번도 부모님과 유대감을 느껴본 적이 없어. 내 고향 플로리다도 그렇고. 나도 이름을 바꿀 걸 그랬어. 무슨 뜻인지 알지?"

"완벽하게 동의할 순 없지만 무슨 뜻인지는 알겠어."

"완벽하게 동의할 순 없다고?"

"넌 마치 사람은 마음만 내키면 언제든 다른 신분으로 살 수 있다는 듯이 말하잖아. 그렇게는 안 돼. 원래의 내가 싫을 수도 있지만 그렇다고 달라지는 건 없어. 우린 여전히 그런 사람인 거야."

"언제든 다른 신분으로 살 수 있다는 말이 아냐. 변한 모습이 진짜 나라는 거지. 영화에서처럼. 모든 걸 지어냈다 해도 그게 룰루의 실체잖아."

"하지만 그 영화의 주제는 그게 아냐. 우리가 과거를 외면할 수 없다는 말을 하는 거라고."

"알아. 난 그냥 내 생각을 말하는 거야."

"그래도 네 말에는 완전히 동의하지 못하겠어."

"넌 그냥 반대를 위한 반대를 할 뿐이야."

"그렇지 않아. 네 말이 무슨 뜻인지는 알겠어. 나이를 먹으면서 내가 원하는 사람이 될 수 있다는 거잖아. 난 그냥 과거로부터 달아난다거나, 부모와 의절할 수 있다는 생각은 큰 착각이라는 거야. 그건 불가능해. 겉보기에는, 다른 사람이 보기에는 가능해 보일지 몰라도 본질적으로 우린 누구나 과거의 산물이야."

"그럼 사람은 변할 수 없다는 거야?"

"그런 뜻이 아냐. 누구도 과거를 완전히 지울 수는 없다는 거지. 좋든 싫든." 조지는 건물 가장자리 너머로 담배꽁초를 던졌다. 바람에 멀리 날아가는 오렌지색 불꽃을 보니 가슴이 철렁했다. 그는 높은 곳이 무서웠다.

"피는 못 속인다는 얘기네." 리아나의 목소리는 체념한 듯했다.

"그런 셈이지."

리아나는 건물의 철골 사이로 말 없이 하늘을 올려다보았다. 조지는 옆으로 누워 그녀의 옆얼굴, 멀리 보이는 주차장 불빛을 배경으로 한 검은 실루엣을 바라보았다.

"넌 가정환경이 좋으니까 그런 말을 하는 거야. 부모님도, 고향도, 뉴잉글랜드도 좋아하잖아. 그러니까 고향에서 두 시간도 안 걸리는 대학을 선택했겠지. 가족 안에서 이방인이 된다는 게 어떤 기분인지 넌 몰라."

"그래. 인정해. 알았으니까 진정하라고. 네 말에 극구 반대하는 건 아냐. 다만…… 어른이 됐을 때가 어릴 때보다 더 진정한 나에 가깝다는 말에는 완전히 동의할 수 없어. 잠깐만, 끝까지 들어봐. 난 두 모습 다 진정한 나라고 생각해. 사람의 태생을 무시할 순 없어. 아무리 그러고 싶다 해도 불가능해. 그건 늘 존재하고, 우리의 실체이기도 해."

리아나는 다시 말이 없어졌다. 돌이켜보면 그때 그녀는 자기가 졌다고 생각했을 것이다. 대화는 그렇게 끝났지만 그후로도 몇 년간 조지는 그 대화를 여러 번 곱씹었다. 그리고 그때 리아나 덱터가 영원히 오드리 벡으로 살기 위해 허락을 구했다는 것을 깨달았다. 다른 사람으로 산 지 채 3개월이 안 됐지만, 리아나는 분명 과거를 완전히 지우고 새롭게 시작할 수 있는 가능성을 보았으리라.

그들은 반쯤 지어진 과학관에 한 시간을 더 머물렀다. 점점 더 추워지자 모로 누워 서로를 끌어안은 채 상대의 온기를 느꼈다. 조지는 바닥에 눌린 엉덩이의 통증과 리아나가 먼저 추위로 떨기 시작했던 일이 기억났다. 두 사람은 키스했고, 조지는 리아나의 한쪽 눈에서 반짝이는 섬광을 보았다.

"기숙사 방으로 갈까?" 그가 물었다.

"아니."

조지가 계속 모로 누운 상태에서 리아나가 아래로 내려가더니 그의 청바지 지퍼를 내리고 그를 입 안에 넣었다. 전에도 이런 적은 있었지만 늘 다음 단계로 넘어가기 전의 짧은 전희에 불과해 리아나는 어떻게 해야 할지 잘 몰랐고, 조지는 사정하지 않으려고 애썼다. 하지만 그날 밤에는 긴장을 풀고 감각에 집중했다. 차가운 콘크리트 바닥에 머리를 그대로 떨어뜨린 채 밤하늘을 바라봤다. 그가 사정을 한 후에도 리아나는 물렁해진 페니스를 계속 입에 넣고 있었다. 그날의 대화와 이 일은 조지의 기억 속에 영원히 자리했다.

리아나는 다시 위로 올라와 그의 입에 키스했다. 이제는 조지도 추워서 몸이 떨리기 시작했지만 그들은 나란히 누운 채 15분을 더 있었고 마침내 추위에 항복했다.

그리고 지금 마취에서 깨어난 조지는 자신이 모로 누워 리아나와 마주 보고 있음을 깨달았다. 속은 울렁거리고 정신이 혼미한 탓에 처음에는 꿈을 꾸는 거라고 생각했다. 아니면 이미 죽어서 살아생전 가장 행복했던 순간으로 돌아갔거나. 하지만 그때 리아나가 눈을 떴다. 그녀의 눈에서 공포를 본 순간, 조지는 자신의 손목과 발목이 결박되었고 바닥이 위아래로 흔들리고 있음을 깨달았다. 휘발유 냄새가 났고, 모터가 리드미컬하게 칭얼대는 소리와 바닷물이 찰싹거리는 소리가 났다. 그들 위로 초록색 방수포가 덮여 있었는데 그다지 두껍지 않은지 떨어지는 햇살에 안쪽이 환했다. 덕분에 리아나의 그늘진 이목구비를 볼 수 있었다.

"여기가 어디지?" 알아듣기 힘들 정도의 거친 목소리로 조지가 말했다. 말하는 행위가 머릿속의 무언가를 건드렸는지 이미 위아래로 들썩거리는 세상이 훨씬 더 위태롭게 기울어졌다. 마치 어디에도 묶이지 않은 채 우주 공간으로 떨어지는 기분이었다. 바닥이 심하게 들썩이자 그의 몸도 덩달아 들썩였고, 그를 고정시켜둔 무언가가 팽팽하게 당겨졌다. 면도날처럼 날카로운 유리 조각이 손목을 그어대는 듯했다.

조지는 구역질을 하고는 발작하듯이 기침을 했다. 감긴 눈에서 눈물이 줄줄 흘렀다. 기침이 멎고, 호흡이 원래대로 돌아가자 다시 눈을 뜨고 리아나를 보았다. 리아나는 그에게서 몸을 약간 뗐고, 조지는 그녀도 자신처럼 결박된 채 방수포 밑에서 꼼짝 못하고 있다는 것을 깨달았다.

"괜찮아?" 그녀가 물었다.

조지의 입 안과 목구멍은 담즙으로 한 꺼풀 덮여 있었다. 또다시 속이 울렁거리자 그는 눈을 꼭 감고 욕지기를 떨쳐냈다.

"아마 마취총에 맞았을 거야." 리아나가 말했다.

"알아." 조지는 다시 눈을 떴다. "여긴 어디야?"

"우린 도니의 보트에 타고 있어. 이젠 너도 도니의 본명을 알지?"

"버니."

"맞아. 버니가 우릴 죽일 거야."

보트가 심하게 기울며 파도를 타고 높이 올라갔다가 다시 수면 위로 세게 떨어졌다. 무언가가 굴러와 그의 엉덩이에 부딪혔는데 사람 같았다. 뒤를 돌아보려고 했지만 그들을 덮고 있는 방수포만 보일 뿐이었다. "내 뒤에 있는 건 누구야?"

"네 친구. 누군진 모르지만."

"카린 보이드, 제럴드 매클레인의 조카야. 맙소사."

"그 여잔 죽었어, 조지."

"그걸 어떻게 알아?"

"버니가 너희 셋을 보트로 끌고 왔는데 그 여자는 마취총에 맞아 죽었다고 했어. 어차피 우릴 다 죽일 작정일 테니 상관없겠지만."

"그 집에 있던 시신도 보트에 실었어?"

"케이티 앨러?"

"그게 그 집에 살던 여자야?"

"응, 어젯밤에 버니가 케이티를 죽였어."

"그 여잔 누구야?"

"말하자면 긴데 지금은 시간이 없어. 먼저 네가 해야 할 일이 있어. 버니가 네 손을 앞으로 묶어놨지?"

"응."

"버니에게 잡히기 전에 내가 스테이크용 칼을 치마 속에 숨겨뒀어. 팬티 고무 밴드 속에. 내가 빼내려고 했지만 안 돼."

"팬티 앞쪽이야?"

"응."

조지가 최대한 몸을 웅크리자 둘의 무릎이 맞닿았고, 얼굴이 나란히 놓였다. 그의 움직임에 따라 방수포가 같이 움직이긴 했지만 그래도 여전히 그들을 완벽하게 가려주었다. 버니가 어떤 방식으로 묶었는지는 알 수 없었지만 발목도 손목처럼 묶여 있었다. 또한 허리에도 밧줄이 묶여 있었는데 그 밧줄이 손목과 연결되어 두 손이 배꼽 부근에 고정되어 있었다. 손가락이 얼얼하고 감각이 없었지만 그래도 움직일 수는 있었다. 조지는 리아나의 손가락이 만져질 정도로 가까이 다가갔다. 그녀의 손목에 단단히 묶인 나일론 밧줄과 피인지 땀인지 모를 무언가로 끈끈해진 살갗도 만져졌다. "더 아래로 내려가." 리아나가 말했다.

조지는 그녀의 말대로 했다. 하지만 버니가 몸 구석구석을 밧줄로 꽁꽁 묶어놓아서 내려가기 힘들었고, 발목과 손목을 묶은 밧줄이 살갗을 파고들었다. 일단 그의 손이 리아나의 손 아래로 내려가자, 그녀가 조지 쪽으로 몸을 더 내밀었고 덕분에 그의 손가락이 그녀의 허벅지 위에 놓였다. 스커트의 천과 엉덩이에 걸쳐진 팬티 선이 만져졌다. 하지만 칼은 없었다.

"오른쪽으로." 리아나가 말했다. 조지는 몸을 살짝 기울여 그녀의 사타구니 쪽으로 손을 조금 더 내렸다. 그러자 딱딱하게 튀어나온 무언가가 만져졌는데 뭉툭한 칼끝인 듯했다.

"스커트 자락을 잡아당겨야겠어. 바닥에서 엉덩이를 뗄 수 있겠어?" 조지는 손에 스커트 자락을 잔뜩 모아 쥐고 자기 쪽으로 당길 준비를 했다. 리아나가 엉덩이를 들어올리자 조지는 다시 스커트를 한 움큼 모아 쥐었다. 갑자기 보트가 거칠게 흔들리는 바람에 엉덩이가 바닥으로 쿵 떨어지며 그녀가 신음했다. 극심한 고통 속에서 3분이나 걸린 끝에 마침내 리아나는 엉덩이를 바닥에서 들어 올렸고, 그사이에 조지는 스커트를 더욱 자기 쪽으로 잡아당겼다. 손목이 끊어질 듯 아프고 손가락에는 경련이 일었지만 리아나를 다그칠 순 없었다. 바닥에서 엉덩이를 떼는 일도 분명 엄청나게 고통스러울 터였다. 그녀는 숨을 점점 거칠게 쉬며 씨근거렸다. 마침내 손가락이 스커트 밑단에 닿자, 조지는 마지막으로 스커트를 힘껏 잡아당겨 밑단 안으로 손을 넣었다. 이제 그의 손가락이 리아나의 맨 허벅지에 닿았다. "아, 살았다." 리아나는 그렇게 말하며 엉덩이를 내렸다.

그녀의 허벅지는 땀으로 축축했고, 조지는 손가락을 움직여 팬티 가장자리를 더듬었다. "이 일에도 보상이 있네." 조지의 말에 리아나가 피식 웃었다.

조지는 손가락 하나를 팬티 가장자리에 걸고 조금씩 위로 올라갔다. 팬티 아래로 까끌까끌한 음모가 느껴졌다. 그녀에게 몸을 더욱 밀착시켜 손을 들어 올렸더니 고무 밴드 밑에 가로로 얌전히 놓인 칼이 만져졌다. 팬티를 끌어내려 나무 손잡이가 나오자, 엄지와 네 손가락으로 손잡이를 단단히 잡았다. 칼을 빼내는 동안 하마터면 스커트 자락에 걸려 놓칠 뻔하자 잠시 멈췄다가 손잡이가 오른손 손바닥에 오도록 바꿔 잡았다.

"꺼냈어?" 리아나가 물었다.

"응."

"그걸로 밧줄을 자를 수 있겠어?"

"네 거 아니면 내 거?"

"네 것부터 해. 그게 더 쉬워. 난 팔에 아무 감각이 없어."

"잠깐만." 배가 방향을 바꿨는지 이제 중천에 뜬 태양이 그들을 덮은 방수포에 정통으로 떨어지는 듯했다. 이마 가장자리에서 땀이 비 오듯 흘러내렸다. 조지는 자신의 체취에서 두려움의 냄새를 맡을 수 있었다. 거기에 비릿한 바다 공기와 다른 냄새, 시체 썩는 냄새도 섞여 있었다. 캡틴 소여 레인의 목재 가옥 세탁실에서 맡았던 냄새였다. 비닐 수의를 입은 케이티 앨러의 냄새.

조지는 칼을 움직여 오른손의 네 손가락으로 나무 손잡이를 쥐고 뾰족뾰족한 칼날이 아래로 향하게 했다. 손목을 앞뒤로 움직이자, 칼날이 손목의 밧줄에 닿는 게 느껴졌다. 몇 번 더 움직였더니 칼날이 비로소 밧줄을 자르기 시작했다.

"되는 거 같아." 조지가 말했다.

"다행이다. 내 머리 위쪽을 보면 바닥에서 계속 미끄러져서 정수리를 톡톡 치는 낚시 도구 상자가 있어. 거기 총이 들어 있는 게 확실해. 리볼버."

"나더러 버니를 쏘라고?" 물어보나마나 한 질문이었지만 조지는 배 속이 간질거리는 공포로 떨리는 걸 느꼈다. 아까 그 집 복도에 서서 버니가 라이플을 들고 나타나기를 기다리던 때가 생각났고, 자신에게 과연 용기가 남았을지 의문이 들었다.

"총을 손에 넣으면 버니를 겨누고 바다에 뛰어들라고 명령해. 버니는 말을 듣지 않을 테지만 그래도 넌 기회를 준 거야. 버니가 널 설득하려 들 테니까 그가 하는 말은 듣지 마. 그냥 바다에 뛰어들라고 해. 버니가 망설이거나 말을 듣지 않으면 가슴을 겨누고 쏴. 버니가 죽든지, 우리가 죽든지 둘 중 하나야, 조지. 너도 알지? 밧줄은 풀었어?"

"거의 다 됐어." 요란하던 모터가 엥엥거리는 모기 소리로 줄자 조지의 가슴이 방망이질 쳤다. 밧줄 하나도 잘라내지 못한 채 이대로 바다에 빠지는 걸까? 하지만 그 순간 모터 소리가 다시 커졌다. "버니는 왜 아직까지 우리를 살려둔 거지?"

"오늘 바다에 나온 배가 많으니까 아마 사람들의 눈을 피해 더 멀리 가려고 할 거야."

"우리가 어쩌다 이렇게 됐는지 말해봐."

리아나가 차분하게 숨을 내쉬었다. 그녀의 따뜻한 숨결에서 퀴퀴한 냄새가 났다. "면목이 없어, 정말로."

"네가 보스턴에 온 건 매클레인의 금고에서 다이아몬드를 훔치기 위해서였어." 조지는 묻지 않고 그냥 말했다. 지금이 삶의 마지막 순간이라면 더는 리아나에게 속고 싶지 않았다.

"맞아. 하지만 버니가 누굴 죽일 줄은 몰랐어. 정말이야. 원래는 그냥 매클레인을 기절시키고 다이아몬드를 훔쳐서 달아날 계획이었어."

"버니가 어떻게 저택 안으로 들어갔지?"

"매주 일요일마다 정원사들이 오는 걸 알고 그 시간에 맞춰서 갔어. 버니가 숲을 통과해 저택으로 몰래 들어갈 수 있는 곳까지 내가 차로 데려다줬고. 옷도 정원사처럼 입고 있어서 설사 숲에서 나와 저택으로 들어가는 모습을 들켰다고 해도 의심받진 않았을 거야. 버니는 저택을 미리 정찰한 덕분에 뒤쪽 베란다 지붕 위의 창문이 늘 반쯤 열려 있다는 걸 알고 있었어. 그래서 짧은 사다리를 가져갔지. 아주 쉬웠어. 2층에 있는 제럴드의 침실에 들어가 그가 오길 기다렸지. 금고에서 다이아몬드를 훔친 뒤에는 사다리를 들고 다시 숲으로 돌아가 내가 기다리고 있던 차에 탔고."

"왜 날 끌어들인 거지?"

"매클레인의 집에 직접 가고 싶지 않다는 말은 진심이었어. 우리 관계에 대한 얘기도 모두 사실이었고. 부인이 죽어가고 있으니 매클레인은 감정적으로 불안정한 상태였을 거야. 그러니 다른 사람을 보내는 게 훨씬 낫지. 게다가 네가 가야 그 사이에 내가 버니를 차로 데려다줄 수 있으니까. 버니는 뉴턴의 고급 주택가에 낯선 차를 세 시간이나 세워두는 건 위험하다고 했어. 사람들의 이목을 끌 테니까. 밧줄은 어떻게 돼가?"

조지는 칼질을 계속했지만 보트가 크게 원을 도는 게 느껴졌다. 아마 리아나도 느꼈으리라. 모터 소리가 점점 작아졌다. 버니가 시체를 빠뜨릴 곳을 발견한 걸까?

"밧줄을 자르고 있기는 한데 손이 조금도 느슨해지지 않아. 근데 그럼 그날 구룡에는 왜 온 거야? 굳이 날 만날 필요 없었잖아."

"이튿날 아침에 버니와 도망치기 전에 네게 별일이 없는지 마지막으로 확인해야 했어. 근데 널 만난 일로 버니가 난리를 치더라고. 우리 둘이 한통속이 돼서 자기를 엿 먹일 거라고 철석같이 믿었어. 그래서 네 여자 친구를 협박하고 증인들을 죽이기 시작한 거야. 제정신이 아냐."

조지는 나일론 밧줄이 느슨해지는 걸 느꼈다. 손목을 움직여보았지만 여전히 단단히 묶여 있었다. 칼의 각도를 달리해 다른 줄에 대고 다시 칼질을 시작했다.

"우린 살아남을 수 있어." 말은 그렇게 했지만 리아나의 목소리에서는 확신이 느껴지지 않았다.

"얘기를 계속해봐. 도움이 되니까."

"무슨 얘기?"

"지금까지 어디에 있었어?"

"주로 뉴에식스에 있었지. 네가 봤던 그 집에. 버니에게 함께 떠나자고 설득하는 중이었어. 버니는 목격자가 너무 많아서 그냥 갈 수 없다는 거야. 너는 물론이고 케이티 앨러도⋯⋯."

"그 여잔 누구야?"

"바베이도스에서 만났어. 부모님 돈을 물 쓰듯 하는 마약 중독자야. 부모님은 돌아가셨는데 캡틴 소여 레인의 땅이 모두 그분들 거야. 버니와 여길 오려고 마음먹었을 때 케이티에게 연락했더니 자기 집에 머물게 해줬어."

"그리고 오두막도 빌려줬겠군."

"오두막도 빌려줬어, 응, 그리고―."

"이것도 그 여자 보트겠네."

"맞아. 저기, 조지, 천 번이라도 말할 수 있지만 그래봤자 달라질 게 없다는 거 알아. 그러니까 딱 한 번만 말할게. 이 일에 끌어들여서 정말 미안해. 이렇게 위험해질 줄은 꿈에도 몰랐어. 날 믿어줘. 난 오늘 죽어도 싸지만 넌 아냐."

손목의 밧줄이 느슨해지면서 손가락에 피가 통하기 시작했다. 오른쪽 손목을 최소한 45도 정도 돌릴 수 있었다. 덕분에 칼의 각도를 달리해 더 잘 잡을 수 있었다. 세게 두 번 칼질을

298

했더니 밧줄이 툭 끊어지며 오른손이 풀려났다. 왼손은 아직 허리에 묶인 밧줄과 연결되어 있었다.

"풀었어." 조지가 말했다.

"두 손 다?"

"오른손만. 하지만—."

보트 측면에 무언가 쿵 부딪치는 듯한 소리가 났다. "무슨 소리지?" 조지가 물었다. 한 손이 풀려나자 공포심이 한 단계 상승했다. 절망이 실낱같은 희망으로 대체되었다. 갑자기 아드레날린이 급격히 분비되며 현기증이 일었다. 그는 눈을 꼭 감고 이런 감정을 떨쳐냈다.

리아나의 "젠장"이라는 말에 조지는 눈을 떴다. 그녀가 고개를 뒤로 젖힌 채 위를 올려다보고 있었다. 마치 방수포 너머를 볼 수 있다는 듯이. 무슨 일이냐고 물으려는 찰나, 불현듯 그도 느낄 수 있었다. 보트의 속도가 느려지더니 거의 멈춰 섰다. 모터가 한동안 부글부글, 튀튀거리더니 완전히 꺼지며 소리가 멎었다. 보트가 앞뒤로 흔들거렸고 갑작스런 정적에 숨이 막힐 듯했다. 숨바꼭질을 하는 아이처럼 조지는 다시 눈을 꼭 감고 가만히 있었다. 그렇게 하면 버니가 방수포 밑에 두 사람이 있다는 걸 잊을지도 모른다는 듯이.

"모두 기상." 코맹맹이 소리가 들렸다. 새롭게 내려앉은 정적 속에서 놀랄 만큼 크게 들렸다. 방수포가 이불이라도 된다는 듯이 버니가 절반쯤 걷어 내렸다. 조지는 위를 올려다봤다.

하지만 맑은 하늘에 높이 뜬 태양이 너무도 강렬해 아무것도 보이지 않았다. 그저 그들을 내려다보는 흐릿한 형체, 검고 가 장자리가 빛나는 실루엣만 보일 뿐이었다. 이로써 한 가닥 남은 희망마저 완전히 사라졌다.

23

"자, 이제 작별 인사들 하시지." 버니가 말했다.

"버니, 잠깐 내 말 좀 들어봐." 리아나가 부자연스러울 정도로 목청을 높여 말했다. "지금 네가 하려는 짓을 생각해봐. 이건 너답지 않아."

여전히 태양을 가린 채 얼굴 없는 검은 형체에 불과한 버니가 양쪽 팔을 크게 휘둘렀다. 마치 뻣뻣한 등을 풀어주려는 듯이. "네가 함께 이 일을 하자고 했던 때 기억나?" 버니가 말했다. "넌 어떤 남자의 집에 몰래 들어가 그를 기절시키고 다이아몬드를 빼내는 일이 식은 죽 먹기라고 말했지. 처음에만 어려울 거라고. 네 말이 맞았어. 그 집에 들어가는 건 전혀 어렵지 않았어. 하지만 망치로 내려치는 건 좀 힘들더군."

버니가 겸연쩍게 웃었다. 칵테일파티에서 재미없는 농담을 뱉어놓고 웃는 사람처럼. "난 망치로 사람을 때리는 게 나무토막을 내려치는 것과 비슷할 줄 알았어. 하지만 아니더라고." 버니가 말을 이었다. "나무토막보다는 과일에 가까웠어. 망치가 머리 속으로 푹 들어갔지. 심지어 잠시 거기 박혀서 안 나오더라니까. 그게 어떤 기분인지 알아?"

"그렇게 해달라고 부탁한 적 없어, 버니."

"기절시켜달라고 했잖아."

"누가 망할 놈의 망치로 해달랬어? 제발 정신 좀 차려, 버니. 네가 무슨 짓을 하려는지 생각해보라고. 그냥 다이아몬드를 가지고 도망가. 시체는 우리가 처리할게. 아무도 모를 거야."

"맞아, 시체를 버려야지." 버니가 그렇게 말하며 옆으로 비켜서자 한낮의 강렬한 햇살이 조지의 얼굴에 떨어졌다. 조지는 눈을 가늘게 뜨며 순간적으로 말도 안 되는 생각을 했다. 선글라스를 어디에 뒀더라? 버니가 허리를 구부리더니 무언가를 질질 끄는 소리가 났다. 마룻바닥 위로 무거운 가구를 끌고 가는 듯한 소리였다. 구름 한 점 없는 환한 하늘에 눈이 적응되자, 버니가 무언가를 끌어다가 리아나 옆에 나란히 두는 게 보였다. 그녀는 버니가 뭘 하는지 보려고 몸을 뒤로 젖힌 상태였다.

"버니, 그만해." 리아나가 이전과는 다른 말투를 써서 권위적인 엄마처럼 말했다. 하지만 조지의 귀에는 이젠 피할 수 없는 죽음을 막기 위해 무엇이든 시도해보려는 절박한 소리로 들렸다. 아마 버니에게도 그렇게 들렸으리라.

조지는 자유로운 오른손으로 칼을 잡고, 왼손 손목에 단단하게 감겨 허리와 연결된 나일론 밧줄을 최대한 빠르고 세게 칼질했다. 갑자기 망망대해의 정적이 무겁게 흐르는 탓에 절대 소리를 내거나 주의를 끌지 않고 해내야 했다.

버니는 리아나의 허리에 묶인 밧줄을 잡더니 그녀를 살짝 들어 올려 보트 앞쪽으로 굴렸다. 리아나는 숨을 헉 들이쉬었다가 신음했다. 방수포가 사라지자 위로 올라간 그녀의 스커트와 하반신이 훤히 드러났다. "이건 뭐야?" 버니가 물었다. "남자 친구에게 죽기 전에 마지막으로 만져보라고 한 거야? 맙소사, 제인. 변태가 따로 없군." 버니는 고개를 뒤로 젖히고 걸걸하게 웃었다. 며칠 전 뉴에식스 오두막 앞에서 그를 처음 만났을 때 들었던 그 웃음이었다. 리아나를 제인이라고 부르는 걸 보니 버니는 자기가 죽이려는 여자의 정체를 모르는 모양이었다.

"네가 무슨 짓을 하려고 하는지 잘 생각해봐." 이번에는 또 다른 목소리로 리아나가 말했다.

"생각해봤어. 처음에는 그 늙은이에게 했던 것처럼 널 망치로 내려친 다음, 바다에 던지려고 했지. 그런데 그렇게 죽이기에는 너무 아깝더라고." 버니는 리아나 위로 허리를 구부렸고, 조지는 그가 뭘 하는지 볼 수 있었다. 아까 버니가 끌어다 놓은 것은 가로세로 30센티미터 정도의 시멘트 벽돌이었고 이제 그 벽돌을 리아나의 발에 묶고 있었다. "안 될 말이지. 그래서 널 그냥 이 바다에 빠뜨리기로 했어. 물에 빠져 죽는 동안 네가 한 짓을 반성하도록 말이야." 버니는 손놀림이 빨랐고, 말을 마치며 허리를 펴더니 방금 묶은 매듭을 단단히 조였다. 리아나는 조지 쪽으로 머리를 비틀었다. 얼굴 절반이 머리카락에 가렸지만 겁에 질리고 언저리가 빨갛게 물든 한쪽 눈이 보였다. 버니는 리아나를 보트 가장자리로 끌고 갔고, 리놀륨이 깔린 데크 위에서 그녀의 맨살이 쓸리며 뻑뻑 소리가 났다.

조지는 왼손에 묶인 밧줄을 거의 다 잘랐지만 아직 부족했다. 설사 리아나가 바다에 빠지기 전에 다 자른다 해도 발목은 여전히 묶여 있을 터였다. 다리가 묶인 상태에서 상자로 다가가 총을 꺼내 버니를 쏘는 건 불가능했다.

버니는 다시 리아나를 거칠게 끌어당기더니 보트 가장자리로 밀쳐 올렸다.

"잠깐만!" 조지가 외치자, 버니가 돌아봤다. 회자줏빛 이를 드러낸 채 놀랍다는 듯한 미소를 짓고 있었다.

"남자 친구께서 하실 말씀이라도?" 버니가 말했다.

"아까 네 마취총에 맞기 전에 이미 경찰에 연락했어. 네가 우릴 바다에 빠뜨릴 거라고 말했지. 아마 경찰이 곧 이 일대를 비행기로 수색할 거야."

"아, 그래? 내가 바다로 나가리라는 걸 어찌 알고?"

"전에 오두막 근처에서 이 보트를 봤으니까. 달리 시체를 없앨 방법이 없잖아."

버니가 흥미롭다는 표정으로 그를 바라봤다. 그러더니 시멘트 벽돌을 들어 보트 너머 바다에 떨어뜨렸다. 리아나와 벽돌을 연결한 밧줄이 팽팽해졌다. 이제는 리아나를 들어 바다 속에 던지기만 하면 끝이었다. "그렇다면 서둘러야겠군. 수색이 시작되면 이 배에 아무런 증거도 남아 있지 않게 말이야."

버니는 그렇게 말하고는 다시 리아나를 돌아봤다. 그녀는 결박된 몸을 앞뒤로 꿈틀거리며 안간힘을 썼다. 버니는 그녀의 머리와 허리 사이에 서서 리아나를 들어 올리기 위해 허리를 숙였다. 조지는 혹시라도 다가오는 보트가 있을지 몰라 최대한 큰 소리로 "살려주세요"라고 외쳤다. 하지만 하늘에서 선회하는 갈매기의 거친 끼룩끼룩 소리만 들릴 뿐이었다. 버니가 리아나를 잡아 들어 올리기 시작하자, 조지는 다시 소리를 질렀다. 버니의 벌어진 다리 사이로 리아나와 눈이 마주쳤고, 그녀는 조지에게 고개를 절레절레 흔들었다. 그녀의 얼굴을 가린 머리카락이 바람에 휘날려 두 눈동자가 드러났다. 그 눈에서는 공포가 사라지고 체념만 남았다. 조지는 소리 지르는 걸 멈췄다.

"조지, 미안해. 사랑해." 그녀가 말했다.

"오드리."

조지가 왼손 손목에 묶인 밧줄을 미친 듯이 잡아 뜯는 동안, 버니는 리아나를 굴려 보트 가장자리 너머로 밀어버렸다. 첨벙 소리가 크게 한 번 나더니 더는 아무 소리도 나지 않았다. 시멘트 벽돌이 그녀를 곧장 심연으로 끌어당긴 것이다.

버니는 몸을 돌려 큼직한 두 손으로 허벅지를 짚은 채 보트 가장자리에 몸을 기댔다. "생각보다 힘들군." 버니가 약간 숨찬 목소리로 말했다. 조지는 그의 얼굴을 볼 수 없었다. 너무 지친 나머지 이마를 끈적한 갑판에 댄 채 버니의 신발, 장식용 술이 달린 로퍼만 바라봤다. 그의 한쪽 바짓단이 미풍에 펄럭거렸다. 조지는 코로 숨을 깊이 들이쉬며 갑판에서 풍기는 강렬한 비린내도 함께 들이마셨다. 거대한 공허함이 그를 삼켰다. 죽음이 코앞에 닥치자 지독한 외로움이 느껴졌고 아버지가 떠올랐다.

버니가 몸을 일으키는 소리가 들렸다. 방수포를 걷어내면 내부은 손가락이 붙들고 있는 칼을 발견하고 빼앗아가겠지. 조지는 생각했다. 끊어진 밧줄을 보며 도망치려던 나의 헛된 시도를 비웃고 다시 밧줄을 묶은 다음, 내 발에도 시멘트 벽돌을 매달아 바다로 던져버릴 거야.

조지는 여전히 갑판에 이마를 댄 채 버니가 보트 앞쪽으로 가는 것을 지켜봤다. 턱을 가슴으로 당기자, 운전석 뒤에 놓인 시멘트 벽돌 세 개가 보였다. 버니가 그중 하나를 들더니 조지의 시야에서 사라졌다. "꿀 먹은 벙어리 같군, 조지. 넌 마지막에 죽일 거니까 아직 시간이 있어. 하고 싶은 얘기가 있으면 해봐. 대화를 나누는 건 나도 싫지 않으니까."

갑판을 걸어가는 버니의 발걸음이 느껴졌다. 방수포가 바스락거렸지만 여전히 제자리에 있었다. 쿵 하고 시멘트 벽돌을 내려놓는 듯한 소리가 나더니, 버니가 두 손을 조지의 등 아래쪽과 허벅지 뒤쪽에 대고 앞으로 살짝 밀었다. 오른손으로 붙잡고 있던 칼이 우둘투둘한 갑판을 긁었고, 조지는 버니도 분명 그 소리를 들었으리라 생각했다. 하지만 버니는 "거기 꼼짝말고 있어, 알았지?"라고만 말했다.

조지는 아직 방수포에 덮인 자신의 몸을 내려다보았다. 앞으로 몇 분간 버니는 카린 보이드와 케이티 앨러의 발에 시멘트 벽돌을 묶고 바다에 던지느라 바쁠 것이다. 조지는 밧줄을 더듬어 절반 이상 잘려 나가 너덜너덜해진 가장자리를 찾아냈다. 거기에다 다시 칼질을 시작했다.

"이 여자를 보고 좀 놀랐어." 버니가 말했다. "매클레인의 조카 말이야. 넌 예쁜 여자들을 끌어들이는 재주가 있나 봐, 조지. 나로서는 도무지 그 이유를 알 수가 없지만. 마취총에는 너 같은 성인 남자를 쓰러뜨릴 만큼의 약을 넣었지. 하지만 알다시피 그 양을 맞추기가 쉽지 않아. 아무래도 이 여자에게는 너무 과했나 봐. 영원히 잠들고 말았네."

왼손 손목의 밧줄을 간신히 다 잘라내자, 근육이 마비된 팔이 갑판 위로 떨어졌다. 그 소리를 감추기 위해 허리를 숙이고 미친 듯이 기침을 하면서 아무런 감각 없이 쿡쿡 쑤시는 양손을 서로 비벼댔다. 가짜로 하던 기침은 이내 진짜가 되었고, 횡격막이 경련을 일으키며 거의 비어 있던 위장이 담즙의 마지막 한 방울까지 짜냈다. 조지는 갑판 위로 담즙을 뱉어냈다.

"곧 끝날 거야." 버니가 말했다. 보이지는 않지만 소리로 봐서 카린 보이드의 시신을 보트 가장자리로 들어 올리는 듯했다. 버니가 등을 돌렸기를 바라며 조지는 재빨리 양손을 복부로 가져갔다. 허리를 두 번 묶어둔 밧줄이 비교적 느슨해져 있었고, 왼쪽 골반 위에 손가락 마디만 한 매듭이 있었다. 조지는 매듭에 대해서는 아는 게 없었다. 손으로 만져봐도 그저 꽁꽁 묶인 매듭을 풀 만한 가닥이 전혀 없다는 것만 알 수 있었다. 매듭은 허벅지를 가로질러 다리 사이를 단단히 묶어 놓은 밧줄과 연결되어 있었다. 이 밧줄을 자르면 설사 발목은 계속 묶여 있을지라도 몸을 뻗을 수 있고 양손이 자유로워질 터였다. 그러면 도구 상자 속의 권총도 꺼낼 수 있으리라.

다시 첨벙 소리가 나더니—카린 보이드가 수장되는 소리일 것이다—버니의 큰 한숨 소리가 들렸다. 점점 지치는 건가? 버니는 힘이 셌다. 그것만은 의심의 여지가 없었다. 하지만 비교적 서늘한 날씨라 해도 양복 바지에 반지르르한 회색 실크 셔츠를 입은 채 땡볕에 서 있으니 기력이 소진될 터였다.

"아, 케이티." 비닐이 바스락거리는 소리가 나더니 버니가 말했다. 아마 케이티는 조지가 발견했을 때처럼 아직도 비닐에 둘둘 말려 있을 것이다. "넌 케이티를 모르지, 아마?"

"만난 적이 있어." 조지는 버니가 계속 떠들어대도록 대꾸해주는 한편, 발목과 허리를 잇는 팽팽한 밧줄에 칼날을 댔다.

"그렇다면 내가 죽이지 않았어도 이 애는 어차피 죽을 목숨이었다는 걸 알겠군. 애가 몇 살인지 알아? 여든 둘로 보이는 스물 둘이었지. 마약에 중독된 지 채 1년이 안 됐어. 하지만 아주 대단한 1년이었지." 버니가 웃음을 터뜨렸다. "애를 마약 중독자로 만든 게 누군지 알아? 바로 너의 그 소중한 제인이야. 제인은 여자를 다루는 솜씨가 보통이 아니지. 너처럼 말이야."

조지는 몸에서 힘이 빠지는 것을 느꼈다. 어지러웠고 몸 전체가 땀으로 미끈거렸다. 마지막으로 남은 밧줄 몇 가닥을 자르기 위해 젖 먹던 힘까지 쥐어짜야 했다. 얼굴에 떨어지는 햇볕 때문에 오븐 속에서 구워지는 고깃덩어리가 된 기분이었다.

버니가 끙 소리를 내더니 다시 비닐이 바스락거리는 소리가 들렸다. "그거 알아? 사람은 말이야, 죽으면 더 무거워져. 예전에 이년이 살아 있을 때도 몇 번 든 적이 있었는데 그땐 그냥 헝겊 인형 같았거든. 근데 지금은, 젠장, 나도 늙었나 봐."

칼질에 밧줄이 두 갈래로 갈라졌고, 마침내 다리가 자유로워졌다. 발목은 여전히 묶여 있을지라도 더는 칠면조처럼 꽁꽁 묶인 신세가 아니었다. 저리고 무감각해진 다리를 쭉 펴고 싶었지만 버니가 어느 쪽을 보고 있을지 몰라서 꾹 참았다. 고개를 최대한 뒤로 젖혔지만 보이는 건 하늘뿐이었다. 구름 서너 줄이 재빨리 하늘을 가로지르고 있었다. 케이티 앨러가 바다에 빠지며 다시 첨벙 소리가 들렸다. 이젠 버니와 단둘이 남았고, 발목에 묶인 밧줄을 자르기에는 시간이 부족했다. 머리를 반대 방향으로 틀어 리아나가 묶여 있던 자리를 돌아봤다. 그녀가 말한 도구 상자가 보트 가장자리에 계속 부딪히고 있었다. 옆에 있는 다홍색 구명조끼를 보자, 그냥 조끼를 입고 바다에 뛰어들어 운에 맡기는 게 낫지 않을까 하는 생각이 들었다.

뒤에서 버니의 신발이 갑판을 스치는 소리가 들렸다. 숨을 깊이 들이쉬었지만 아무리 들이쉬어도 산소가 희박하게 느껴졌다. 이제 곧 버니가 방수포를 모두 걷어내고 잘린 밧줄을 보게 될 것이다. 그런 다음에는 기껏해야 스테이크나 자를 수 있는 칼을 들고 버니와 싸워야 했다.

다시 뒤에서 소리가 났다. 버니가 목으로 짧게 콧노래 같은 소리를 냈는데 마치 뭐라고 묻는 것처럼 들렸다. 그러더니 키 쪽으로 세 걸음을 걸어가 허리를 숙여 사물함을 열었다. 사물함에서 쌍안경을 꺼내더니 눈에 대고 먼 곳을 바라봤다. 조지는 지금이 기회라고 생각했다.

손과 무릎을 이용해 최대한 빠르게 옆으로 몸을 굴린 다음, 무릎으로 바닥을 딛고 도구 상자를 향해 뛰쳐나갔다. 몇 시간이 아니라 며칠씩 묶여 있었던 사람처럼 근육이 뻣뻣해서 속도가 나지 않았다. 도구 상자의 똑딱단추를 벗겨 내용물을 갑판에 쏟았다. 연장, 낚시 도구와 함께 기름 묻은 천에 싸인 리볼버가 나왔다. 조지는 오른손으로 리볼버를 집어 들고 다시 몸을 굴려 바닥에 앉았다. 버니는 손에 쌍안경을 든 채 여전히 키 옆에 서 있었다. 살짝 어리둥절한 미소를 띠었고, 조지의 얼굴을 바라보던 눈은 손에 든 권총으로 내려갔다가 다시 얼굴로 올라왔다.

"장전되지 않은 총이야." 버니가 말했다.

"확실해?" 조지는 그렇게 묻고 공이치기를 잡아당겼다. 생각보다 쉽게 딸칵 젖혀졌다. 무섭기도 하고 피곤하기도 해서 팔이 부들부들 떨렸지만 상관없었다.

"그럼 어서 쏴." 버니가 말했다. "정말로 장전이 안 됐다니까. 차라리 구명조끼를 입고 바다에—."

조지는 방아쇠를 당겼다. 반동으로 손이 살짝 올라가며 총에서 폭죽처럼 날카로운 탕 소리가 났다. 버니는 쌍안경을 갑판에 떨어뜨리더니 오른손을 들어 목에 댔다. 끔찍한 꿀럭꿀럭 소리와 함께 검은 피가 흘러내리며 실크 셔츠 앞면을 적셨다.

버니는 목을 더 세게 눌렀지만 피는 손가락 관절을 지나 손등으로 흘러내렸다. 버니는 다른 쪽 손을 뻗어 운전석을 붙잡더니 관절이 아픈 노인처럼 천천히 의자에 앉았다.

조지에게 고정된 버니의 눈동자에는 어떤 두려움이나 분노도 없었다. 그저 혼란뿐이었다. 왜 갑자기 목에서 피가 흐르고, 그게 조지가 든 총과 무슨 연관이 있는지 모르겠다는 듯이. 그 상태에서 버니의 허리가 꺾이더니 피 묻은 손이 허벅지로 떨어졌다. 셔츠 앞면 전체가 피로 물들었고, 지친 얼굴은 귀신처럼 창백했다. 그의 눈은 더 이상 혼란스러워 보이지 않았다. 그 안에는 아무것도 없었다. 버니가 죽은 것이다.

조지는 몸을 돌려 주위의 바다를 둘러봤다. 저 멀리 보트가 있거나 아까 버니가 쌍안경으로 보던 무언가가 있을 거라고 생각했지만 사방으로 뻗은 수평선뿐이었다. 20미터쯤 떨어진 푸른 파도 위에서 오르락내리락하는 갈매기 외에는 다른 생명체를 찾아볼 수 없었다.

조지는 눈을 감고 잠시 머리를 비우려 했다. 방금 일어난 일을 이해하려 했다. 무자비한 태양이 살갗을 간지럽혔고, 갑판이 기울어졌다. 의식과 무의식의 경계에서 꿈속 이미지들이 떠올랐고, 잠시 환각 상태에 빠져 하마터면 그대로 잠들 뻔했다.

눈을 떠보니 모든 게 그대로였다. 쏟아진 도구 상자의 내용물 그리고 그의 몫인 시멘트 벽돌과 함께 갑판에 조지 홀로 있었다. 손에서 리볼버가 살짝 진동했다. 버니는 운전석에 축 늘어진 채 부드러운 파도의 리듬에 따라 앞뒤로 흔들거렸다.

24

조지는 마더 대학으로 돌아갔다. 스위트검으로 떠난 게 반 백 년 전의 일 같았지만 실은 채 일주일도 되지 않았다. 룸메이트인 케빈을 비롯해 그동안 어디 갔었냐고 묻는 사람들에게는 잠시 집에 다녀왔다고, 집에서 부모님과 함께 지냈다고 했다. 아무도 의심하지 않았다.

거짓말하는 게 마음에 걸렸지만, 리아나를 보호하기 위해서라고 위안을 삼았다.

셸판트 형사의 말이 옳았다. 리아나가 그를 찾아 마더 대학으로 찾아올지 몰랐다. 플로리다로 돌아갈 수도 없고, 딱히 다른 가족도 없으니 달리 어디로 가겠는가? 만약 리아나가 찾아온다면 조지는 어떤 대가를 치러서라도 그녀를 도울 작정이었다. 자수하라고 설득할 테지만, 만약 실패한다면 무슨 수를

써서라도 그녀가 잡히지 않도록 할 것이다. 또한 반드시 그녀
와 함께할 것이다.

지난 학기에는 리아나와 사귀느라 딱히 사교 활동을 하지
않았는데 이번 학기에는 더욱 그랬다. 파티에는 전혀 가지 않
았고, 복도 끝 4인실 친구들과 정기적으로 어울려 노는 일도 그
만두었다. 학생 식당에서는 종종 학보를 펼치고 그 뒤에 숨어
혼자 밥을 먹었다. 수업을 들으러 강의실을 옮겨 다닐 때도 겨
울 코트 속에 몸을 웅크리고 입에는 늘 담배를 문 채 혼자 다녔
다. 여가 시간은 늘 도서관 지하 개인 열람실의 똑같은 자리에
서 보냈다. 도서관 안에서도 특히 더 조용한 곳이라서 고물이
된 라디에이터의 틱틱, 쉿쉿 소리만 들렸다. 조지는 지난 학기
의 무난한 학점을 만회하기 위해 공부에 매진했다. 기숙사 같
은 층에서 지내는 동기들은 갑작스럽게 거리를 두는 그의 태도
에 큰 상처를 받았다. 특히 케빈이 그랬다. 하지만 사람들은 조
지가 오드리의 죽음으로 슬픔에 빠져 그런 것이라 생각하며 이
해해주었다.

그해 겨울은 50년 만에 최저 기온을 돌파해 몇 주째 영하
두 자릿수 추위를 이어갔다. 가뜩이나 해가 짧아진 데다 추위
와 어둠까지 더해져 하루가 한없이 길게만 느껴졌다. 플로리다
에서 보낸 시간과 지난 학기는 더욱 꿈만 같았다. 그래도 기숙
사 방의 전화가 울릴 때마다 가슴이 철렁 내려앉으며 혹시 리
아나가 아닐까 생각했다. 하지만 그녀에게서는 결코 연락이 오

지 않았다.

2월 봄방학에는 집으로 돌아갔다. 엄마는 오드리의 일을 언급하지 않았지만, 아버지는 그 사건 이후로 어떻게 지냈느냐고 물었다. 조지가 한결 나아졌다고 말하자 아버지는 물을 탄 위스키를 건넸다. 아버지가 술을 권한 건 그때가 처음이었다. 조지는 위스키를 받아 마셨고, 두 부자는 그렇게 서재에 앉아 말 없이 술을 마셨다.

"위스키 맛이 어떠냐?"

"고기도 먹어본 사람이 더 잘 먹는다잖아요."

아버지가 오랫동안 파이프 담배를 피운 탓에 누렇게 변색된 이를 드러내며 웃었다. "진저에일을 줄 걸 그랬구나."

"아뇨, 이것도 괜찮아요. 먹을수록 낫네요."

다시 학교에 돌아오자, 해는 길어지고 날씨는 따뜻해졌다. 조지는 코트에 달린 모자를 쓰고 다닌 덕분에 아무도 자신을 알아보지 못하던 겨울이 그리웠다. 캠퍼스를 걸어 다닐 때면 사람들의 시선이 필요 이상으로 그에게 오래 머물렀다. 그들이 무슨 생각을 할지 알고 있었다. 저기 조지 포스다. 쟤 여자 친구가 크리스마스 방학 때 자살했잖아. 그후로는 거의 아무하고도 말을 안 해. 늘 혼자 다녀. 딱히 신경이 쓰이지는 않았다. 외롭기는 해도 언젠가 리아나가 나타나거나 전화할지 모른다는 희망이 있었다.

마침내 전화가 왔지만 전화를 한 사람은 셸판트 형사였다. 토요일 아침, 조지가 학생 식당에 간 사이에 케빈이 받았다.

"너 무슨 사고 쳤냐?" 셸판트 형사가 남긴 메시지와 전화 번호를 전해주며 케빈이 물었다.

"부모님 친구야. 우리 집에선 그분을 '형사'라고 불러. 일종의 별명이지."

조지는 방에서 전화하지 않고, 전화 카드를 들고 학생회관에 있는 공중선화도 샀다. 요새는 공중전화를 쓰는 사람이 없으므로 누가 들을 염려 없이 통화할 수 있기 때문이다. 담배에 불을 붙이고 한 모금 깊이 빨아들인 다음, 전화번호를 눌렀다.

두 번째 신호음이 울렸을 때 셸판트 형사가 전화를 받았다.

"안녕하세요. 조지 포스예요. 전화하셨다고요."

"그래, 조지. 잘 지냈니?"

"네."

"우리 친구에게서 연락이 왔니?"

"아뇨. 안 왔어요. 전 형사님께 새로운 소식이 있는 줄 알았는데요."

"유감스럽지만 없다. 아무것도 찾아내지 못했어. 그애는 정말 감쪽같이 사라져버렸구나." 전화기가 달그락거리는 소리가 들렸다. 셸판트 형사가 전화기를 다른 쪽 손으로 바꿔 잡는 듯했다. "조지, 미리 경고를 해줘야겠구나. 여기 지방 뉴스를 계속 확인했는지 모르겠다만 리아나 덱터의 아버지가 죽었다. 리아나가 친카펀을 떠나던 날 밤에. 그때 이 이야기를 하지 않은 이유는 상황을 복잡하게 만들고 싶지 않아서였어. 그리고 사실

당시에는 이게 어떤 상황인지도 알지 못했고. 하지만 이젠 리아나에게 두 번째 영장이 나왔다, 조지. 아버지를 살해한 일급 살인 혐의야."

"네?"

"의심의 여지가 없다. 이쪽 언론에서는 벌써 대서특필되기 시작했어. 곧 전국적으로 그렇게 되겠지. 그래서 전화한 거다. 네가 나한테 먼저 들어야 한다고 생각했으니까."

"왜 리아나가 아버지를 죽인 거죠?"

셸판트 형사가 한숨을 쉬었다. "두 번째 영장을 받는 데 이렇게 오래 걸린 건 우리가 커트 덱터의 살해범을 다른 사람으로 착각했기 때문이야. 덱터가 빚을 지고 있던 빚쟁이 말이다."

"데일요?"

"그래. 데일 라이언. 네가 그자를 안다는 걸 깜빡했구나. 우린 데일을 데려와 신문했지. 그자는 자기가 덱터에게 받을 돈이 있다는 건 인정했지만 그의 죽음과는 아무 상관 없다고 주장했어. 확실한 알리바이도 있었고, 법의학적 증거도 전혀 나오지 않았지. 그래서 그냥 풀어줬다. 이젠 리아나가 도망치기 전에 아버지를 직접 죽였다는 결론을 내린 상태인데 그 이유는…… 물론 어디까지나 가정이긴 하지만…… 아버지를 데일로부터 보호하기 위해서인 것 같다. 리아나가 아버지의 빚을 갚기 위해 가끔씩 데일에게 성상납을 한 것 같더구나."

셸판트는 말을 멈췄지만 조지는 아무 말도 하지 않았다.

이미 아는 사실이었지만 다른 사람에게 들으니 배가 살짝 뻣뻣해졌다.

"아마 리아나는 마을을 떠나기로 결심했을 때 자기가 없으면 아버지가 빚쟁이들 손에 죽으리라는 걸 알았을 거다. 그래서 차라리 자기 손으로 죽였겠지."

"어떻게 죽었나요?"

"집에서 시신이 발견됐는데 칼로 목을 그었더구나."

셸판트는 더 이상 자세히 설명하지 않았다. 그리고 만약 리아나에게서 연락이 오면 경찰에 신고하는 게 조지의 의무임을 다시 한번 일러주었다. 조지는 리아나가 찾아오면 연락하겠다고 약속했다.

그후로 마더 대학 도서관의 정기간행물 코너를 하루도 거르지 않고 찾아간 조지는 플로리다 주의 주요 일간지의 매거진 섹션에서 그 사건을 다룬 장문의 기사를 찾아냈다. 로버트 윌슨 경관과의 인터뷰를 바탕으로 한 추측성 기사였는데 윌슨 경관은 이제 스위트검 경찰서에서 일하지 않는 듯했다.

조지는 그 기사를 읽고 또 읽은 덕에 반쯤 외우고 있었다.

커트 덱터의 시신은 자택 거실에서 발견되었다. "흉물스런 집들이 모여 있는 거리에서도 가장 흉물스런 집이었죠." 윌슨 경관은 그렇게 말했다. 리아나 덱터의 체포 영장을 받은 셸판트 형사와 윌슨 경관은 함께 덱터의 집으로 갔다. 하지만 시체 썩는 냄새를 맡기도 전에, 현관문을 여는 순간 자신들이 범죄 현장에 왔다는 걸 알 수 있었다. 친카핀 주민들은 문을 잠그지 않고 외출하는 법이 없기 때문이다.

그들의 눈이 어두운 실내에 익숙해질 때까지 잠시 시간이 걸렸다. 시신은 거실 한가운데 빛바랜 갈색 소파에 똑바로 앉아 있었다. 턱이 가슴에 닿을 정도로 고개를 푹 숙인 채 헐렁한 카고 반바지 차림으로 다리를 벌리고 손은 자연스럽게 허벅지 옆에 놓아 두었다. 처음에는 검은 탱크톱을 입은 줄 알았는데 어깨끈이 하얀 것으로 보아 원래 하얀 옷이 피가 흘러 진갈색으로 얼룩진 모양이었다. 시신 주위로 검은 파리들이 웅웅거렸다.

맥박을 확인할 필요도 없었다. 남자의 목에 길게 베인 상처가 있고 양쪽 턱 밑이 벌어졌을 정도로 깊고 넓게 파였기 때문이다. 셔츠가 피로 물들었을 뿐 아니라 무릎 위에도 피가 고여 있었다. 동맥이 끊어지면서 튄 피가 커피 테이블의 유리 상판을 가로질러 그 너머 베이지색 러그까지 떨어져 있었다.

셸판트와 윌슨은 커트 덱터가 어떻게 생겼는지 몰랐지만, 앙상한 팔에 검버섯이 피어 있고 벗어진 머리에 햇볕으로 손상된 반점이 있는 것으로 보아 일흔이 다 된 커트 덱터가 맞을 거라고 짐작했다. 엉덩이 밑에 리모컨을 찔러 넣었고 맨발이었다. 커피 테이블에는 빈 맥주 캔이 흩어져 있었다. 큼직한 세라믹 재떨이는 몸을 동그랗게 말고 있는 악어 모양이었는데 피우고 남은 마리화나 여남은 개와 담배꽁초가 가득했다. 재떨이 옆에는 소량의 마리화나가 든 작은 비닐봉지가 있었다.

소파의 등받이 쿠션 위에 식칼이 놓여 있었는데 진갈색 손잡이가 쿠션의 격자무늬와 절묘하게 어울렸다. 두 형사는 감식반이 오기 전까지 아무것도 건드리지 않으려고 조심하며 빙 돌아 소파 뒤에 섰다. 월슨은 인터뷰에서 시신 옆에 얌전히 놓인 식칼이 왠지 커트 덱터의 벌어진 목보다 훨씬 무서웠다고 말했다. 마치 썰다 만 당근 옆에 놓인 도마 위의 식칼 같았다고.

셀판트가 다른 방을 살펴보는 동안, 월슨은 시신 뒤에 서서 현장을 좀 더 찬찬히 바라봤다. 대형 텔레비전은 꺼져 있었지만 싸구려 장식장에서 끄집어내 덱터 쪽으로 돌려놓은 상태였다. 벽에는 먼지 싸인 골프백이 기대어져 있었다. 바닥에는 고양이 사료가 수북이 쌓인 식판과 물그릇이 나란히 놓여 있었다. 식판에서 벽 아래쪽의 깊이 파인 틈까지 개미들의 행렬이 이어졌다. 테이블에는 먹다 만 티본스테이크와 선홍색 육즙 자국이 남은 접시가 있었다. 통통한 파리 한 마리가 시신의 무릎에서 우아한 호를 그리며 날아올라 스테이크 연골 위에 착륙했다.

기사에서 월슨은 커트 덱터가 술과 마약에 취한 상태에서 고급 스테이크로 배를 채우고 행복하게 죽었다고 했다.

조지는 왜 리아나가 아버지를 죽였는지 알 수 있었다. 그것은 물론 아버지에게 주는 벌이었다. 빚을 갚기 위해 기꺼이 딸을 창녀로 만들 만큼 타락하고 나약한 인간에게 주는 벌. 하지만 동시에 안락사이기도 했다. 리아나는 영원히 마을을 떠나

다시는 아버지를 찾아오지 않을 작정이었다. 혼자 남은 아버지는 계속 도박에 빠져 돈을 잃을 테고, 리아나가 보호해줄 수 없는 상황에서 계속 데일이 찾아올 것이다. 커트 덱터는 살아 있어도 죽은 목숨이나 다름없었고, 고통스럽게 생을 마감할 터였다. 리아나는 그저 칼을 딱 한 번 휘둘러 그 과정을 단축시켰을 뿐이다.

하지만 오드리를 왜 죽였는지는 이해할 수 없었다. 기사에 따르면 오드리의 차에 리아나가 함께 있었다는 확실한 증거가 나왔다. 조지는 아마 그들이 팜스 라운지에서 다퉜을 거라고 생각했다. 리아나가 한 말, 다시 말해 오드리가 둘의 계약을 끝내고 싶어 했고, 자신의 삶과 이름을 되찾고 싶어 했다는 말은 사실일 것이다. 아마 오드리는 몸을 가눌 수 없을 정도로 취했을 것이다. 리아나는 오드리의 차를 몰아 자신의 차를 세워둔 오드리의 집까지 갔을 것이다. 문이 닫힌 차고 안에 오드리의 차를 세웠을 때—차는 아직 시동이 꺼지지 않았고, 옆자리의 오드리는 의식을 잃은 상태에서—리아나는 결심을 했으리라. 오드리가 질식해서 죽게 내버려두겠다고. 오드리가 죽으면 자기가 계속 오드리 행세를 할 수 있을 거라고 생각했을까? 그럴 리 없다. 그게 불가능하다는 건 리아나도 알고 있었으리라. 아마도 오드리가 죽으면 새롭게 시작할 수 있을 거라고, 그녀 안에 있던 시계 심장이 완전히 멈추면서 자신이 한 거짓말과 떠나온 삶을 대면할 필요 없이 새롭게 시작할 수 있으리라고 생각했을 것이다. 과거와의 완벽한 단절이 가능했으리라.

하지만 조지가 스위트검에 찾아오는 바람에 모든 계획이 틀어져버렸다.

25

조지는 아이린이 마실 커피를 가져다 그녀 앞에 있는 테이블에 조심스럽게 내려놓았다. 테이블에 있던 노라가 갓 내린 커피 냄새를 맡더니 못마땅하다는 듯이 머리를 뒤로 홱 잡아 뺐다. 그러고는 마룻바닥으로 사뿐히 뛰어내려 밥그릇을 확인하려고 부엌으로 당당하게 걸어갔다.

"고마워. 밖에 나가서 마셔도 되는데." 아이린이 말했다.

"너무 애쓰지 마." 조지가 말했다.

"너 혼자서도 밖에 나가 커피를 마실 수 있어." 아이린이 일부러 과장되게 말했는데 의도가 빤히 보여 짜증날 정도였다.

"아예 밖에 못 나가는 건 아니지?"

"당연하지." 조지가 말했다.

엄밀히 따지면 사실이었다. 버니 맥도널드를 쏜 후로 열흘

간 조지는 가끔씩 외출을 했는데 목적지는 주로 길모퉁이의 슈퍼와 바로 옆에 있는 주류 판매점이었다. 또 형사들의 요청에 따라 경찰청을 예닐곱 번 방문하기도 했다. 광장공포증은 아니었다. 적어도 스스로는 아니라고 생각했다. 단지 보통 사람들이 아무렇지도 않게 살아가는 모습, 혹은 더 나아가 즐거워하는 모습을 보면 공포에 가까운 불편함을 느꼈다. 현재로서는 그의 마음이 스크린이고, 그 위에서는 화요일 오후 뉴에식스에서 버니와 한 보트에 타고 있던 장면만 계속 상영되고 있다는 사실을 인정했다. 그는 식은땀을 흘리며 깨어나지도, 자다가 소리를 지르지도 않았고, 이상한 소리에 움찔거리지도 않았다. 하지만 그날 있었던 일이 자꾸만 눈앞에 떠올랐다. 마치 대학교 3학년 때 테트리스 게임에 중독되어 여섯 색깔의 도형이 계속 눈앞에 떠다니고 심지어 꿈에 나왔던 것과 비슷했다.

"언제 한번 커피 마시러 나가자." 아이린이 그렇게 말하며 입술을 꾹 다문 채 안타깝다는 표정을 지었다.

"그런 표정은 도움이 안 돼. 게다가 난 원래 밖에서 커피 마시는 거 싫어해. 너도 알잖아." 조지가 말했다.

"네가 그 사람을 만난다고만 하면 나도 이렇게 괴롭히지 않을게." 아이린은 마치 지금이 한겨울인 듯이 두 손으로 머그잔을 감쌌다. 8월이 지났지만 도시는 여전히 금방이라도 불이 붙을 듯한 열기에 갇혀 있었다. 에어컨을 틀어야만 시원해지는 조지의 아파트 온도는 25도가 넘었다. 아이린이 만나보라는 사람은 전문 상담사였다. 그녀는 수소문한 끝에 완벽한 상담사를 찾아냈다. 조지도 머리로는 상담을 받아야 한다고 생각했지만 아직 실천에 옮기지는 않았다.

"만날 거야. 내가 준비됐을 때. 이제 겨우 2주밖에 안 됐잖아. 네가 〈양들의 침묵〉을 보고 그 충격에서 회복되는 데도 2주가 더 걸렸어."

아이린이 미소를 지으며 다시 커피잔을 테이블에 내려놓고는 소파 위에 두 다리를 뻗었다. 검은 카프리 팬츠에 소매 없는 물방울무늬 셔츠를 입고 있었다. 버니 맥도널드에게 맞아서 생긴 멍은 거의 다 사라졌다. 그래도 조지의 눈에는 여전히 노르스름한 자국이 보였는데 어쩌면 착각인지도 모른다.

"좋아. 오늘은 내가 너무 피곤해서 입씨름할 기운이 없으니까 네가 이긴 걸로 해. 그럼 시시한 내 일상 이야기나 들어볼 테야?" 아이린이 말했다.

"좋지."

아이린은 이혼한 편집자와의 끔찍한 데이트를 이야기해주었다. 이혼남은 마이크로 브루어리(소규모 맥주 양조장—옮긴이)에 그녀를 데려갔고, 발리 와인(알코올 도수가 높은 영국식 에일 맥주—옮긴이)을 마시는 즐거움을 설교하더니 술에 취해 집에 가는 차 안에서 흐느껴 울었다고 했다. 조지는 이야기를 들으며 빈정거리는 말투로 몇 마디 대꾸했지만 마음은 늘 그렇듯 광활하고 공허한 죽음 속에 있었고, 그날의 영상들이 테트리스 조각처럼 계속 떨어져 내렸다.

버니를 쏜 후, 조지는 발목에 묶인 밧줄을 자르는 데 집중했다. 마치 난기류를 만나 흔들리는 비행기 안에서 플라스틱 컵을 입으로 가져가는 사람처럼 손이 심하게 떨렸다. 그래도 계속 고개를 숙인 채 밧줄에서 눈을 떼지 않고 어떻게든 잘라냈나. 마침내 두 발이 자유로워지자 뒤로 이동해 선미에 몸을 기댔다. 버니는 부드럽게 좌우로 돌아가는 회전의자에 앉아 꼼짝하지 않았다. 마치 잠든 사람처럼 턱을 가슴에 대고 있었다. 다만 셔츠 앞부분이 피로 물들었는데 선홍색이던 얼룩이 이제는 황토색으로 바뀌어 있었다. 큰 파리 한 마리가 고개를 숙인 버니의 머리 근처에서 엥엥거렸다. 어떻게 벌써 이 망망대해까지 날아왔을까? 불현듯 발목의 밧줄을 자르는 데 몇 분이 아니라 몇 시간이 걸린 게 아닐까 싶어 두려움이 밀려왔다. 태양을 바라보며 지금 몇 시쯤 되었을지 생각했다. 곧 밤이 되고, 그는 밤새 시체와 함께 바다를 표류하는 게 아닐까?

그 생각을 하자 저절로 몸이 움직여졌다. 감각이 없어진 다리로 자리에서 일어나 뱃머리로 걸어가려 했지만 다리가 떨려서 무릎으로 기어갔다. 버니 앞에 멈춰서 손가락으로 버니의 정강이를 쿡 찌르고는 뒤로 주춤 물러났다. 아직도 버니가 살아 있을 것만 같았다. 아무 반응도 없자 조지는 간신히 일어나 버니를 의자에서 밀어내고 운전석에 앉았다. 버니는 쿵 소리를 내며 바닥에 떨어지더니 이내 가스가 빠지는 끔찍한 소리가 났다. 굳이 고개를 돌려서 보진 않았지만 바닷물과 피가 섞인 똥 냄새가 코를 찔렀다.

그는 텅 빈 바다를 바라보았다. 바람이 없는데도 여기저기서 잔물결이 일었고, 하얀 파도가 햇빛에 반짝거렸다. 사방이 모두 똑같은 풍경이었다. 둥글게 구부러지는 지구의 표면을 따라 멀어지는 바다. 끝내 육지를 찾지 못해 이 무無의 한복판에서 죽을지도 모른다는 생각이 들었다. 중천의 태양은 더 떠오르지도, 내려가지도 않은 채 무의미함으로 조지를 조롱하는 듯했다. 보트의 조종 장치를 보았더니 계기판에 나침반이 부착되어 있었다. 어릴 때 형편없는 컵 스카우트 단원으로 활동했던 이후로 처음 보는 듯했다. 표면에 튄 바닷물을 닦아냈더니 현재 배가 북쪽으로 향하고 있음을 알 수 있었다. 그가 아는 것이라고는 서쪽으로, 다시 육지로 가야 한다는 것뿐이었다. 다른 배들의 눈에 띄기만 하면 된다. 산 자들의 땅에 도착하면 살인죄로 체포될 테지만 그것은 또한 이 배에서, 속이 울렁거릴 정도로 넘실대는 바다에서 벗어날 수 있다는 뜻이었다. 더불어 피와 똥에 범벅이 되어 누워 있는 버니에게서도.

조지는 청새치 모양의 고무 조각에 돌돌 말린 스프링 코드로 연결된 보트 열쇠를 발견했다. 열쇠를 밀어 넣고 돌려보았다. 시동이 걸리지 않자 조지는 겁이 나서 가슴이 오그라들었다. 조절판을 만지작거려 중립에 두고서 다시 돌렸더니 모터가 기침을 하며 살아났다. 조지는 평생 보트라고는 운전해본 적이 없었지만 조절판을 이리저리 움직이자 배가 만족스런 속도로 나아갔다. 그런 다음 나침반에 따라 서쪽으로 향할 때까지 타륜을 계속 돌린 후 그대로 나아갔다.

10분쯤 지나자 북쪽 방향에 꽤 큰 요트로 보이는 물체가 나타났다. 계속 육지로 갈까 하다가 연료가 얼마나 남았는지도 알 수 없고, 일단은 기회가 왔을 때 한시바삐 버니의 시신에서 멀어지고 싶었다. 너무 급하게 타륜을 돌리는 바람에 잔잔한 수면 위에서 보트가 통통 튀며 물보라를 일으켰고, 햇볕을 받아 무지개가 생겼다.

다행히도 눈부시게 하얀 요트는 움직이지 않고 그저 같은 자리에 둥둥 떠 있었었다. 스포츠 낚시용 대형 요트로 선실 지붕에 위성 접시와 안테나 같은 것이 달려 있었다. 갑판에 서 있는 두 남자와 그들 앞에 높이 솟은 낚싯대가 보였다. 요트와의 간격이 50미터로 줄어들자, 남자들이 조지 쪽으로 몸을 돌렸고 의자에 앉아 있던 여자들은 다가오는 보트를 보려고 일어섰다. 조지는 보트의 속도를 줄이고 '도와주세요'와 '난 당신들을 해치지 않습니다'라는 의미가 섞인 동작이기를 바라며 두 팔을 흔들었다. 불현듯 버니의 시체를 방수포로 덮어둘 걸 그랬다는 생각이 들었다.

요트에 가까이 다가갔다. 남자들은 구릿빛 피부의 중년으로, 보냉 홀더를 씌운 맥주 캔을 들고 있었다. 역시 갈색으로 그을린 여자들은 황급히 비키니의 브라를 착용했다. 토플리스 차

328

림으로 선탠을 하고 있었던 모양이다.

조지는 조금씩 다가가며 행여나 요트를 들이받을까 싶어 조절판을 껐고, 거리가 10미터로 줄어들었을 때는 시동까지 꺼 버렸다. 조지의 배는 제자리에 둥둥 뜬 채 요트의 측면을 툭툭 쳤다. 두 남자 중에서 배가 메디신 볼만큼 튀어나온 남자가 말 했다. "맙소사, 지금 뭐하는 거요?"

조지는 다시 두 팔을 흔들며 말했다. "미안합니다만 좀 도 와주세요!"

검은색과 금색으로 된 비키니를 입은 여자가 요트 가장자 리 너머를 내려다보더니 버니의 시신을 보고 울부짖듯이 기이 한 비명을 질렀다. "사고가 있었습니다." 조지가 말했다. 그것이 그가 전하고자 하는 진실과 가장 가까웠다. "해안경비대를 불 러주시겠습니까?"

"저 남자 죽었나요?" 또 다른 여자가 난간에 서서 물었다. 요트에 탄 사람들 중에 가장 어린 듯했는데 남자들과 적어도 스무 살은 차이가 날 듯했다. 그녀가 새 담배에 불을 붙이자, 그 천상의 냄새가 공기 중에 섞인 피 냄새와 짭조름한 바다 내음 을 잠시나마 가려주었다.

"죽었습니다. 해안경비대를 불러주시면 설명드릴게요. 절 좀 태워주시겠습니까?" 조지가 물었다.

배가 툭 튀어나온 남자가 타륜 쪽으로 걸어가더니 복잡하 게 생긴 계기판에서 라디오 전송기를 집어 들었다. 나머지 세 사람은 미친 살인마로 보이는 남자를 배에 태워줘야 할지 말지를 말 없이 결정하듯 서로 시선을 교환했다. 그들의 시선이 조지가 탄 보트의 갑판을 훑었고, 어린 여자는 조지가 던져놓은 리볼버를 바라보았다. "제겐 무기가 없습니다." 조지는 그렇게 말하며 양손바닥을 내밀었다. "이 남자에게 납치된 겁니다. 절 배에 태우기 싫다면 물이라도 좀 주시겠습니까?"

그 말을 하기 전까지는 자신이 목마르다는 사실조차 미처 깨닫지 못했다. 입에서는 피와 쇠 맛이 났다. 밝은 노란색 비키니를 입은 젊은 여자가 아직까지 한마디도 하지 않은 남자를 돌아보며 말했다. "태워줘도 되죠?"

질문을 받은 남자는 또 다른 남자를 돌아보았다. 그는 계속 라디오 전송기를 만지작거리다가 다시 조지를 돌아봤다.

"그래. 가서 줄사다리를 가져올게."

조지가 '릴 타임'이라는 이름의 이 요트에 탄 지 15분 만에 해안경비대가 도착했다. 기다리는 동안, 갑판 의자에 앉아 물을 벌컥벌컥 들이켰고 손목과 발목을 문질렀다. 한참을 문지르다가 손목과 발목의 약해진 살갗이 찢어지며 갑판에 피가 튀는 걸 보고 오히려 역효과임을 깨달았다. 남자들은 조지와 떨어져 있었지만, 젊은 여자는 자신을 멜라니라고 소개하면서 무슨 일이 있었는지 물었다. 조지는 자초지종을 말하려 했지만 몸이 너무 심하게 떨리는 바람에 생수병을 내려놔야 했다. 갑자기 너무 추웠고, 아련하게 들려오는 자신의 목소리가 곧 쇼크 상태에 빠질 거라고 말했다. 해안경비대가 도착해 그를 배에 태우며 담요 한 장을 줬을 때는 그 사소한 친절에 감동해 걷잡을 수 없이 눈물을 흘렸다.

그 후로 며칠간 조지는 수많은 관계자들에게 같은 이야기를 수없이 반복해야 했다. 사람들의 의견이 갈려 그를 체포해야 할지 말지를 두고 논란이 벌어졌음을 느낄 수 있었다. 그는 한 남자를 총으로 쏴 죽였으며, 다른 네 명의 죽음과도 직접적인 연관이 있었고, 엄청나게 값비싼 다이아몬드 절도 사건에도 연루되어 있었다. 그에게 하는 질문으로 보아 매클레인의 금고에서 도난당한 다이아몬드는 아직 발견되지 않은 게 분명했다. 점차로 로베르타 제임스 형사가 그를 보호하고 있으며 그의 이야기를 전부 믿어주고 있음을 깨달았다. 조지에게 주기적으로 새로운 사실을 알려주는 사람도 그녀뿐이었다. 덕분에 그는 바다에서 한 구의 시신도 찾아내지 못했고, 매클레인의 아내는 남편이 살해되었다는 사실을 모른 채 죽었음을 알게 되었다.

돌이켜보면 조지는 끝없이 이어지는 신문이 그다지 싫지 않았다. 자기가 겪은 일을 말하고 또 말한 덕분에 그나마 버틸 수 있었다. 그러다 경찰에게서 연락이 끊긴 24시간 동안 집에만 틀어박혀 지낸 후에야 자신이 얼마나 엄청난 일을 겪었는지 실감 나기 시작했다. 운전석에 축 늘어져 있던 버니라든가 케이티 앨러의 집에서 납빛으로 변한 카린 보이드의 얼굴, 바다에 던져지기 직전의 리아나의 표정 같은 몇몇 이미지들은 도저히 지워지지 않았다. 책은 도움이 되지 않았고, 텔레비전도 마찬가지였다. 밖으로 나갔더니 그전까지는 늘 상냥해 보였던 세상이 곧 참사라도 일어날 것만 같았다. 빌딩은 금세라도 무너질 듯이 휘청거렸고, 자동차들은 위험천만하게 모퉁이를 돌았으며, 난폭한 이방인들은 마치 조지의 끔찍한 생각을 읽을 수 있다는 듯 그를 뚫어지게 바라보았다. 바나를 떠올리기만 해도 온몸이 공허한 두려움으로 가득 찼다.

조지는 회사 인사과에 상황을 설명했고, 조건부로 병가를 허락받았다. 대신 주치의의 진단서를 팩스로 보내야 했다. 매일 아침마다 주치의에게 전화해 약속을 잡자고 마음먹었다. 하지만 전화하지 않았다. 진단서를 보내달라고 독촉하는 회사의 이메일에도 답장하지 않았다.

아이린의 방문은 딱히 도움이 되지는 않았지만 그렇다고 해가 되지도 않았고, 낮 시간을 때우는 데 도움이 됐다. 낮보다는 끝없이 긴 밤을 보내는 게 더 큰 문제였지만.

"그 남자는 부인을 미워하는 줄 알았는데?"

"어머, 내 얘기를 듣기는 했네." 아이린은 몸을 일으켜 남은 커피를 마셨다. "자기 말로는 그래." 그녀가 어깨를 으쓱였다.

"그럼 다시 안 만날 거야?"

"당연하지. 상처받은 남자들과 시험 삼아 만나보는 건 이제 공식적으로 끝났어." 그 말이 끝나자마자 아이린이 아차 하는 표정으로 얼굴을 붉혔다. "내 말은……."

"물론 난 제외하고."

"넌 상처받은 남자라고 생각하지 않아."

"고마워. 피투성이지만 굴복하지 않은 남자, 그게 바로 나지. '날 파괴하지 못하는 것은 날 강하게 할 뿐이다.' 그나저나 이 말을 한 사람은 버니 맥도널드의 유령과 함께 바다에 표류해봐야 해."

"누가 한 말인지 알아내서 꼭 그렇게 만들게." 아이린이 어깨에서 노라의 털을 떼어내더니 자리에서 일어났다.

"가려고?" 조지가 물었다.

"네가 가지 말라고 애원하지 않으면."

그는 현관까지 아이린을 배웅했다. 아이린은 늘 그랬듯이 그의 입술에 키스하고는 말했다. "곧 좋아질 거야."

아이린이 떠난 후, 조지는 침실 옷장을 정리하며 더는 입을 것 같지 않은 셔츠들을 종이봉투에 담았다. 나중에 두 블록 떨어진 굿윌 스토어(기부받은 물건들을 저렴하게 판매하는 중고품 가게—옮긴이)까지 걸어가 기부할 수도 있다. 그 정도면 하루 외출 거리로 충분할 것이다.

머그컵에 다시 커피를 따르며 버번도 살짝 넣고 싶은 충동을 느꼈으나 참았다. 거실로 돌아가 남몰래 '죽음의 기록'이라고 제목 붙인 글을 쓰기 시작했다. 이 글을 쓰기 시작한 것은 로베르타 형사를 마지막으로 만났을 때 그녀가 제안했기 때문이었다. 그녀는 언제나처럼 경찰청 밖까지 그를 배웅해주었다. 도시의 회색빛 어스름 속에서 조지는 그녀에게 고맙다고 했다.

"뭐가요?" 로베르타가 물었다.

"내 얘기를 믿어줘서요. 날 체포하지도 않고, 다른 형사들과 같은 눈으로 바라보지도 않고요."

"당신이 좋아서 그러는 게 아니에요. 사실 난 정말로 당신 이야기를 믿어요."

"그런데도 절 계속 불러들이시는군요."

"뭔가 새로운 걸 기억해내길 바라니까요. 여전히 석연치 않은 대목이 있잖아요."

"아직 다이아몬드를 못 찾았죠?"

"네."

조지는 담배에 불을 붙였다. 바다에서 구조되어 육지에 발을 디딘 후로 다시 담배를 피우게 되었다. 폐를 확장시켜 깊이 빨아들였다가 로베르타 반대쪽으로 연기를 뱉어냈다. 하지만 저녁 바람에 연기가 그녀의 얼굴로 날아가 버렸다. 조지는 미안하다고 사과했다.

"괜찮아요. 냄새 좋네요. 담배는 끊었지만 아직도 간접흡연을 좋아하거든요. 술 마실 땐 담배가 그립기도 하고요."

"가끔씩 형사님이야말로 내가 찾던 이상형이라는 생각이 듭니다."

로베르타가 웃음을 터뜨리며 말했다. "자주 듣는 얘기는 아니네요."

"보는 눈이 없는 사람들과 어울려서 그런 겁니다."

"맞는 말이에요."

조지는 다시 담배를 길게 빨았다. "절 또 부르실 건가요?"

"아마도요. 아직 당신이 기억해내지 못한 게 있다고 생각하거든요."

"전 가능한 한 모든 걸 잊으려 하니까요."

"그래서 말인데 제안할 게 있어요." 로베르타는 목덜미를 문지르더니 셔츠의 칼라를 바르게 폈다. 손톱에 매니큐어는 바르지 않았다. 사실 립스틱만 바를 뿐 화장도 전혀 하지 않는 듯했다.

"뭔데요?"

"매일 기억을 더듬어 다 적어보세요."

"그건 형사님들이 하는 일 아닌가요?"

"적을 만한 것들이 더 있을 거예요. 그날 있었던 일을 세세한 것까지 전부 적어보세요. 사물을 묘사해보세요. 분명 놓친게 있어요. 우리에게도 도움이 되겠지만 당신에게도…… 그 일을 받아들이는 데 도움이 될 거예요."

"내가 맛이 갔다고 생각하는군요."

"아뇨, 하지만 맛이 갈 만한 사건을 겪었죠. 그 이야기를 자세히 써서 손해 볼 건 없어요. 당신이 꼭 해야 할 일이라고 생각해서 제안하는 거예요."

조지는 그녀의 제안을 받아들여 책꽂이에 꽂아두었던 낡

은 노트를 꺼내 작고 알아보기 힘든 글씨로 적어나가기 시작했다. 시간 순서대로가 아닌, 머릿속에 떠오르는 대로. 유쾌한 일은 아니었지만 시간을 때울 수 있었다.

최근에는 케이티 앨러의 집에서 버니 맥도널드를 피해 도망치던 때를 집중적으로 적고 있다. 먼저 집 내부와 케이티의 시신이 숨겨져 있던 세탁실 내부에서의 행적을 적어나갔다. 당시 했던 생각과 의문들을 기억해내려 했다. 우리가 거기 있다는 걸 버니가 어떻게 알았을까? 차로 미행했을까? 그렇다면 왜 한참 시간이 흐른 뒤에야 마취총을 쐈을까? 우리가 집 안에서 휴대전화로 경찰에 신고할 수도 있는데 왜 버니는 그걸 걱정하지 않았을까?

조지는 집 앞으로 달려 나가겠다고 결정한 일, 복도에서 카린 보이드 옆으로 지나갈 때 납빛으로 변한 그녀의 얼굴과 어색하고 구부정했던 자세를 묘사했다. 분명 진정제 과다 투여로 그때 이미 죽었거나 죽어가는 중이었을 것이다. 그런 다음, 닷지 뒷좌석에서 리아나를 발견하고 그녀가 의식을 잃은 채 널브러져 있었던 일을 적었다. 당시 조지는 그녀가 살아 있다는 걸 알고 있었다. 왜냐하면…… 왜냐하면 그녀의 눈꺼풀이 씰룩거렸기 때문이다. 그는 그 장면, 자신이 봤던 그 미묘한 움직임을 거듭 떠올렸다. 리아나의 눈꺼풀이 무의식적으로 씰룩거린 걸까? 아니면 누가 차 옆으로 지나가는 걸 보고 급히 눈을 감은 걸까? 당시에는 무의식적으로 씰룩거린 것이라고 생각했다. 기절했거나 마취총에 맞은 상태에서 눈꺼풀이 경련을 일으켰다고. 그런데 왜 이제는 닷지 뒷좌석에 누워 있던 리아나가 의식을 잃은 척했을 뿐 실은 정신이 멀쩡했을 거라는 확신이 들까?

그게 그가 계속 생각하는 가정에 부합되기 때문일까? 리아나와 버니는 처음부터 한패였고, 배를 타고 바다로 나간 것까지 포함해 모든 게 미리 계획되었다는?

만약 그렇다면 왜 그 두 사람은 죽고, 그는 아직 살아 있는 걸까? 왜 리아나는 버니에게 자신을 바다에 던지라고 했을까? 왜 버니는 사물함 속의 리볼버가 장전되지 않았다고 확신했을까?

그는 그저 모두 다 적는 게 도움이 된다고 믿었다. 자세히 적으면 적을수록 그 기나긴 주말에 실제로 어떤 일이 있었는지 점점 더 명확해졌다. 진실에 다가가는 느낌이 들었다.

조지는 노트 책장을 계속 넘겼다. 뒷부분에 그가 그려둔 그림이 있었다. 보트에 무엇이 있었는지 전부 기억해내려 애쓰며 예닐곱 장 그려두었다. 오늘은 보트 위의 네 사람, 산 사람 둘과 죽은 사람 둘의 위치가 보이도록 위에서 내려다본 각도로 그렸다. 눈앞이 흐릿해질 때까지 그림을 바라보다가 멀리서 자정을 알리는 교회 종소리를 듣고서야 눈을 들었다.

조지는 자리에서 일어나 부엌으로 갔다. 남은 커피를 머그컵에 다 따르고 이번에는 버번을 조금 넣었다.

26

이튿날인 수요일 아침, 9시가 막 넘었을 때 경찰이 찾아왔다. 조지는 커피를 새로 내리고 긴 하루를 어떻게 보낼지 생각하는 중이었다.

그때 현관문을 쾅쾅쾅 두드리는 소리가 나더니 누군가 외쳤다. "경찰이다. 문 열어!" 남자 목소리. 조지는 체포될 것을 예상하며 문을 열었다. 제복을 입은 경관 두 명과 오클레어 형사가 서 있었다. "조지 포스. 난 보스턴 경찰청 소속의 존 오클레어 경장이다. 이 아파트의 수색영장을 가져왔다." 오클레어는 접힌 자국이 있는 종이 두 장을 내밀었다. 마치 거액의 복권에 당첨되었으니 보라고 내미는 듯했다.

조지는 소파에 앉아 커피를 마시며 수색영장을 읽었다. 그동안 제복을 입은 경관들은 부엌부터 수색하기 시작해 거실을 지나 침실로 향했다. 노라는 흥미를 느꼈는지 그들의 다리 사이를 지그재그로 따라다니며 열린 서랍 속을 들여다봤다. 윤기가 흐르는 회색 양복 차림의 오클레어는 수색에 동참하지 않았다. 그저 거실에 서서 가끔씩 발꿈치를 들어 올리며 휴대전화만 확인했다.

"로베르타 제임스 형사님은 어디 있습니까?" 조지가 물었다.

"아, 형사님도 알고 있으니 걱정 마."

"정확히 뭘 찾는 거죠?"

오클레어는 대답하지 않았다.

조지는 아직 경찰에게 말하지 않은 돈, 일전에 리아나에게 사례비로 받은 돈을 생각했다. 그 돈은 이미 헝겊으로 싸서 건물 지하실의 건조기 밑에 숨겨두었다. 당시에는 너무 유난을 떠는 게 아닌가 싶었지만 지금은 현찰 1만 달러에 대해 해명할 필요가 없어서 무척 다행스러웠다.

"형사님, 찾았습니다." 한 경관이 침실에서 외쳤다.

오클레어는 노골적으로 기뻐하며 조지에게 그대로 있으라고 말하고는 침실로 들어갔다. 조지는 자신을 더욱 유력한 용의자로 만들 만한 물건이 무엇일까 생각하며 머릿속을 뒤졌다. 하지만 침대를 정돈하고, 구석에 쌓아둔 더러운 옷들을 치울 걸 그랬다는 생각만 들었다. 침실에서 플래시가 터지며 사진 찍는 소리가 들렸다. 키가 작고, 프리다 칼로 같은 눈썹을 한 히스패닉계 여자 경관과 오클레어가 함께 방에서 나오자 조지는 자리에서 일어났다. 여자 경관은 흰 고무장갑을 낀 손으로 종이를 들고 있었는데 종이 위에는 두 개의 작은 돌이 놓여 있었다. 엷은 녹색을 띤 돌과 핑크색 돌.

"이게 뭔지 알아보겠어?" 오클레어가 물었다.

"처음 보는 물건인데 어디서 찾으셨죠?" 꼭 돌처럼 보였지만 조지는 그게 다이아몬드임을 알고 있었다. 목덜미가 따끔거렸다.

"증거물로 압수하겠다. 그리고 당신은 우리와 함께 경찰청으로 가줘야겠어."

조지는 한 시간 넘게 취조실에서 기다렸다. 아까 오클레어 형사에게 변호사와 동석할 권리는 포기한다고 말한 터였다. 이로써 보스턴 경찰청의 취조실은 모두 다 들어와본 듯했다. 이 취조실에는 쇠창살이 달린 창문도 있었다. 자킴 다리와 저 멀리 찰스타운의 벙커 힐 기념비까지 보였다. 하늘은 빛바랜 푸른색이었다. 어쩌면 창문이 지저분해서 그렇게 보일 수도 있고.

"안녕, 조지."

귀에 익은 목소리에 뒤를 돌아보니 반가운 얼굴이 있었다. 로베르타는 검은 바지 정장에 하얀 실크 셔츠를 입었고, 재킷 라펠 위로 셔츠 칼라를 꺼내 놓았다. 어차피 체포될 거라면 오클레어가 아닌 그녀의 손에 체포되고 싶었다. 오클레어의 의기양양한 표정은 보고 싶지 않았다.

"안녕하세요, 형사님." 조지가 말했다.

"오클레어 말이 변호사와 동석할 권리를 포기한다고요? 그 마음 안 바뀌었나요?"

"네."

"좋아요. 먼저 이 대화는 녹화된다는 걸 알려드리죠." 로베르타는 취조실 구석의 작은 카메라를 가리켰다. 조지는 고개를 끄덕였다.

그녀는 녹화를 위해 먼저 자신의 신분과 조지의 신분, 현재 시간과 취조실 위치를 밝힌 후 조지에게 물었다. "오늘 찾아낸 다이아몬드에 대해 말해줄래요?"

"저도 오늘 처음 봤습니다."

"근데 그게 어떻게 당신 서랍장에서 나왔죠?"

"매클레인 씨의 다이아몬드인가요?"

"모르겠어요. 당신이 말해줘야죠."

"저도 모릅니다. 하지만 아니라면 더 이상하겠죠."

"그러니 그게 어떻게 당신 서랍에 들어갔을까요?"

"리아나 덱터가 넣어둔 겁니다. 매클레인이 살해되던 날 우리 집에서 자고 갔으니까요."

"당시에는 그걸 몰랐나요?"

"네, 몰랐습니다."

"왜 당신 몰래 그런 짓을 했을까요?"

"두 가지 이유가 있겠네요. 첫째 매클레인의 다이아몬드를 훔치도록 도와준 것에 대한 감사 인사죠. 물론 내가 알고 도와준 건 아니었지만."

"두 번째 이유는요?"

"날 함정에 빠뜨리기 위해서죠."

"리아나가 왜 그런 짓을 하죠?"

"얘기가 길어질 텐데요."

로베르타 형사가 빙그레 웃었다. "하루 종일이라도 들을 수 있어요. 그러니 리아나 덱터가 왜 당신을 함정에 빠뜨렸는지 말해보세요."

"난 리아나가 살아 있다는 걸 아는 유일한 사람이니까요. 또 내가 감옥에 갇혀야 리아나를 뒤쫓지 않을 테고요."

"지난번에는 버니 맥도널드가 리아나 덱터를 물에 빠뜨렸다고 진술하지 않았나요?"

"그 진술을 번복하죠."

"그렇다면 리아나 덱터가 시멘트 벽돌을 달고 바다에 떨어지는 걸 보지 않았다는 말인가요?"

"아뇨, 그 장면을 보긴 했지만 리아나가 아직 살아 있다고 생각합니다."

"어떻게 그럴 수가 있죠?"

"어떻게 그럴 수 있는지는 정확히 모르겠습니다. 다만 그날 죽지 않았다는 건 직감으로 알 수 있습니다."

로베르타는 목을 한쪽으로 길게 늘였다가 다시 반대쪽으

342

로 길게 늘였다. 마치 권투 시합에 나갈 준비라도 하는 듯이.

"처음부터 말해주세요."

"정말 그래도 괜찮겠습니까?"

"아까 말했듯이 하루 종일이라도 들을 수 있어요."

"좋습니다." 조지는 이야기를 시작했다. 말이 술술 나왔다. 지난 며칠 동안 머릿속으로 연습했기 때문이다. "어디서부터 시작해야 할지 모르겠으니 이 모든 건 바베이도스에서 시작됐다고 해두죠. 리아나, 혹은 거기서 썼던 이름으로 하자면 제인이 카클베이 리조트에서 일했고 거기서 제럴드 매클레인을 만난 건 분명 사실입니다. 리아나는 그가 불법적으로 돈을 모은 부자이고, 따라서 현금 자산이 있으리라는 걸 알고 있었습니다. 그래서 그를 목표로 정하고 사기를 쳤죠. 매클레인의 부인들이 어떻게 생겼는지 알아내 그들과 똑같이 꾸며서 그를 유혹했습니다. 리아나에게 넘어간 매클레인은 그녀를 정부로 삼아 애틀랜타로 데려갔고 일자리까지 줬습니다. 혹은 리아나가 일자리를 달라고 요구했을 수도 있고요. 덕분에 리아나는 회사 문서에 접근할 수 있었습니다. 그러다 매클레인이 현금 자산으로 다이아몬드를 사들여 여기 뉴턴의 집 금고에 보관해둔다는 사실을 알아낸 겁니다.

어떻게 하면 그 금고를 열 수 있을까요? 리아나는 완벽한 계획을 짭니다. 매클레인의 돈을 훔치는 거죠. 매클레인은 돈세탁을 위해 정기적으로 한 은행에 현금을 보냈고, 리아나는 그

현금에 접근할 수 있으니 누워서 떡 먹기였습니다. 그녀는 보내기로 되어 있던 현금을 가로채 도망쳤죠. 매클레인은 화가 났지만, 리아나는 돈의 성격상 그가 경찰에 신고하지 않으리라는 걸 알고 있었어요. 대신 매클레인이 정기적으로 일을 맡기는 사립 탐정, 도니 젠크스에게 그녀를 찾아오라고 시키리라는 걸 알았을 겁니다. 그러니 리아나는 여기 보스턴에서 매클레인에게 돈을 돌려줄 방법만 생각해내면 됩니다. 누군가 집에 현금, 그것도 많은 현금을 가져온다면 어떻게 할까요? 당연히 금고를 열고 그 안에 돈을 넣겠죠. 리아나는 바로 그걸 노렸습니다.

　도와줄 사람이 필요했던 그녀는 애틀랜타의 동네 바텐더인 버니 맥도널드를 설득했습니다. 그다음에는 케이티 앨러를 설득했죠. 아니면 그냥 그녀에게 연락을 했거나요. 케이티는 리아나가 바베이도스 리조트에서 일하다가 알게 된 여자였습니다. 난 케이티의 신상에 관해 많은 걸 알아냈습니다. 외동딸이고, 부모님은 케이티가 열여덟 살 때 보트 사고로 죽었습니다. 부모의 막대한 재산은 모두 케이티가 물려받았죠. 오두막과 목재 가옥이 있는 뉴에식스의 땅 외에도 플로리다와 멕시코에 부모님 소유의 땅이 있었습니다. 아버지가 포트 로더데일에서 고급 요트를 판매했거든요. 케이티는 마약 중독자였는데 리아나의 영향을 받은 것 같습니다. 아닐 수도 있고요. 버니와 함께 보스턴에서 지낼 곳이 필요했던 리아나는 케이티에게 연락합니다. 내 생각에는 아마도 리아나가 케이티를 여기로 데려와 넉

넉한 양의 마약과 함께 그 목재 가옥에 가둬두고, 자기 마음대로 오두막을 썼을 겁니다. 거기는 나와 버니의 첫 만남을 꾸미기에 완벽한 장소였으니까요."

"버니는 왜 도널드 젠크스 행세를 했을까요? 당신이 알아낼 게 뻔하잖아요."

"설사 내가 알아내도 상관없었습니다. 내가 매클레인의 다이아몬드를 훔치는 데 이용되었다는 사실을 눈치채는 건 시간 문제였습니다. 도니 젠크스는 이미 매클레인에게 고용된 상태였으니 그의 이름을 이용하는 게 가장 쉽죠. 혹시라도 내가 리아나에게 부탁을 받은 뒤에 미리 조사할 수도 있고요. 솔직히 나도 잘 모르겠습니다. 다만 어떻게 해서든 내가 매클레인의 돈을 대신 돌려주도록 설득해야 했습니다. 설득할 수 있을지 확신이 없었기 때문에 날 버니와 만나게 한 겁니다. 버니는 정말로 무서운 남자였으니까 내 보호 본능이 발동해 그녀의 부탁을 들어줄 거라고 생각한 거죠."

"리아나에게 버니와 케이티가 필요했다는 건 알겠어요. 하지만 당신은 왜 필요했던 거죠?"

"사실 필요 없었습니다. 적어도 계획의 초반에는요. 아마 본인이 매클레인에게 돈을 직접 돌려줬거나 케이티에게라도 시켰을 겁니다. 내게 돈을 돌려주게 한 진짜 이유는 오로지 날 끌어들이기 위해서였습니다. 자기가 바다에 빠지는 걸 목격해줄 사람이 필요했으니까요. 매클레인의 돈을 훔치는 건 시작에 불과합니다. 그녀에게는 더 큰 계획이 있었어요. 다이아몬드를 훔칠 뿐 아니라 완벽하게 사라지는 거죠. 자신의 죽음으로 사건을 마무리 짓고 싶어 했습니다."

"그러니까 애초에 당신은 그날 보트에서 살아남을 운명이었다는 건가요?"

"네. 살아남을 운명이었을 뿐 아니라 버니도 날 살려줘야 한다는 걸 알고 있었을 겁니다. 그자도 한패였으니까요. 다만 자기가 죽을 운명이었다는 걸 몰랐죠."

"아직 궁금한 게 있어요. 왜 버니가 당신 친구…… 아이린, 맞죠? 왜 아이린을 협박한 거죠? 그리고 왜 당신에게 마취총을 쐈나요?"

"버니가 편집증에 시달리는 것처럼 꾸미기 위해서였습니다. 살짝 미쳐서 나를 포함해 이번 사건에 연루된 사람을 모두 죽이고 싶어 하는 것처럼 보이도록 말입니다. 그리고 내가 그렇게 믿는 게 중요합니다. 왜냐하면 끝까지 살아남아 경찰에게 그 얘기를 해줄 사람이 바로 나니까요. 리아나는 다이아몬드를 훔친 뒤 버니와 곧장 떠나지 않고 날 한 번 더 만나고 싶어 했고, 그 일로 버니는 편집증에 빠져 길길이 날뛴다, 이게 바로 큰 그림이었죠. 억지스러운 거 압니다. 하지만 난 한동안 그렇게 믿었습니다. 리아나가 내 허영심을 건드린 거죠. 나란 남자는 그녀가 나와 하룻밤을 보내기 위해 보스턴에 하루 더 머물렀다고 믿는 쪽을 선택하리라는 걸 알았던 겁니다."

"그 일요일 밤을 말하는 건가요?"

"네. 버니가 다이아몬드를 훔친 후, 두 사람은 가능한 한 멀리 도망쳐야 마땅합니다. 하지만 리아나는 구룡에서 날 만나 그날 밤을 우리 집에서 보냈죠. 떠나기 전 옷장 서랍에 다이아몬드 두 개를 넣어두고요. 내 눈에 쉽게 띄지 않는 곳에 숨겨둔 겁니다. 그러고는 아주 아슬아슬하게 빠져나갔습니다. 매클레인의 시신이 발견되면 경찰이 날 찾아오리라는 걸 알았으니까요. 그녀가 이렇게까지 위험을 무릅쓴 이유는 그날 밤을 나와 함께 보내는 게 이번 작전에서 그만큼 중요하기 때문입니다. 날 계속 붙잡아둘 수 있고, 다이아몬드를 숨겨둘 수 있고, 버니 맥도널드가 미쳐 날뛰게 되는 그럴듯한 동기를 제공할 수 있으니까요.

버니가 미친 척하는 건 작전 후반부에 중요한 요소가 됩니다. 전반부에서는 매클레인의 다이아몬드를 훔치는 게 목표였고 그 일은 꽤 쉽게 해냈죠. 후반부에서는 리아나가 죽은 것으로 위장해 버니를 제거하는 게 목표였습니다. 그러면 다이아몬드는 전부 리아나의 차지가 되고 사람들은 더 이상 그녀를 찾지 않을 겁니다. 그녀는 죽었으니까요. 리아나는 전반부가 성공하리라는 걸 알고 있었습니다. 후반부는 그저 덤이었죠. 후반부에서는 무슨 일이 일어났다고 이해하는 것, 더 정확히 말하면 제가 어떤 일이 일어났다고 믿는지가 중요했습니다. 다이아몬드를 훔친 뒤에 있었던 일은 모두 다 쿼터백이 엔드존에서 던진 패스와 같습니다. 팀이 이기고 있는 상황에서 경기 종료 직전에 던진 헤일 메리(Hail Mary, 성공 확률이 거의 없이 무작정 전방으로 던진 패스. 여기서는 성공해도 그만, 아니어도 그만인 시도를 뜻한다―옮긴이)라고요. 아시겠어요?"

"지금 미식축구 얘기하는 거죠? 계속하세요. 알아들었으니까."

"이 계획은 너무나 복잡해서 리아나도 처음에는 성공하리라고 생각하지 않았을 겁니다. 만약 실패한다면, 예를 들어 내가 곧바로 경찰에 신고했다든가, 배에서 버니를 죽이지 못했다고 칩시다. 그래도 리아나에게는 다이아몬드가 있고 여전히 종적을 감출 수 있죠. 이것만이 유일하게 납득할 수 있는 가정입니다."

"그럼 배에서 있었던 일을 말해보세요."

"내 생각엔 이래요. 리아나는 분명 버니에게 날 살려둬야 한다고 말했을 겁니다. 자기가 죽었다고 증언해줄 목격자를 남겨두기 위해서요. 버니가 왜 그 계획에 찬성했는지는 잘 모르겠습니다. 하지만 추측해보자면, 아마 버니도 리아나의 매력에 빠져서 그녀를 기쁘게 해주고 싶었을 겁니다. 리아나는 자기가 영원히 사라져야 한다고 버니를 설득했겠죠. 그래서 오두막 옆 잔교에 묶여 있던 보트에 날 태우고 바다로 나간 겁니다. 마침내가 케이티 앨러의 집에 나타났으니 일이 더 쉬워졌죠. 불행히도 카린 보이드와 함께 가는 바람에 그녀는 뜻밖에 죽음을 맞았지만요."

"만약 당신이 그 집에 안 갔더라면 어떻게 됐을까요?"

"그럼 버니가 어떤 식으로든 납치했을 겁니다. 그는 분명 날 미행하고 있었습니다. 내가 아이린의 집에 간 날, 내게 총을 쏘고 진짜 도널드 젠크스를 차로 친 날에도요. 버니는 그때 날 죽일 수도 있었지만 그건 그들의 계획이 아니었습니다. 그때도 연기를 하고 있었던 거죠. 진짜 목적은 날 생포하는 거고, 그래서 마취총을 쓴 겁니다. 그게 아니면 왜 마취총을 가지고 있었겠어요?"

"그건 그렇고, 총을 추적해봤더니 애틀랜타의 동물원에서 도난당했더군요. 버니에게 동물원에서 일하는 친구가 있었던 모양이에요."

"그렇다면 이번 일이 오래전에 계획됐다는 뜻이네요. 마취 총은 날 생포하기 위한 수단이니 어떻게든 구해야 했을 겁니다. 갑자기 나타난 카린이 문제였지만 그거야 우리 둘 다 바다로 데려가면 해결될 일이었죠. 버니는 나 같은 체구의 남자를 쓰러뜨릴 수 있을 정도로 마취약을 넣었기 때문에 카린에게는 치사량이 되었고 결국 죽은 겁니다. 하지만 그렇다고 달라질 건 없습니다. 어차피 카린은 죽을 목숨이었으니까요.

버니가 날 케이티 앨러의 집으로 몰아넣는 동안, 리아나는 차에서 기다렸습니다. 지금 생각해보면 그때 리아나는 정신이 멀쩡했습니다. 기절한 척 누워서 혹시라도 내가 차 옆으로 지나가게 될 경우를 대비한 거죠. 그리고 실제로 그렇게 됐고요.

난 리아나가 의식을 잃었다고 확신했지만 그녀의 눈꺼풀이 실룩이는 걸 똑똑히 봤습니다. 당시에는 그저 마취총에 맞은 부작용이라고, 일종의 경련일 거라고 생각했지만 이제는 생각이 달라졌습니다. 내가 차 옆으로 지나가는 걸 보고 리아나가 황급히 눈을 감은 겁니다."

"지난번 진술을 번복하는 건가요?"

"네. 생각이 바뀌었습니다. 생각을 너무 해서 판단이 흐려진 건지도 모르지만 리아나는 그냥 뒷좌석에 누워 있었습니다. 버니가 날 잡아오기를 기다린 거죠. 만약 내 눈에 띈다 해도 그저 마취총에 맞아 기절한 것처럼 보일 테니까요. 그런데 정말로 내 눈에 띄었고, 난 정확히 그렇게 생각했습니다."

"하지만 만약 리아나를 보지 않았다면, 당신은 망설이지 않고 도망쳤을 텐데요."

"맞습니다. 난 숲으로 뛰어들어 도로로 나갔겠죠. 그랬다면 버니와 리아나는 거기서 계획을 접고 도망갔을 겁니다. 아까 내가 말했죠? 이 모든 건 다 헤일 메리라고."

"리아나가 쿼터백이었군요."

"네, 맞습니다. 리아나가 쿼터백이었죠. 버니는 기껏해야 라인맨이고요."

로베르타가 웃었다. "알아들었어요. 훌륭한 라인맨의 가치를 과소평가하는 것 같긴 하지만 무슨 말인지 이해했어요. 계속하세요."

"내가 기절한 후에는 나와 시신을 보트에 싣기만 하면 됩니다. 그러니 차를 타고 보트가 있는 오두막으로 갔을 겁니다. 리아나도 시신 운반을 도왔겠죠. 그런 다음, 버니에게 자신을 결박해달라고 하고 나와 얼굴을 마주 본 채 누웠습니다. 그 위로 방수포를 덮고요. 모든 준비가 끝나고 버니는 바다로 나가서 내가 정신이 들 때까지 계속 항해했습니다. 내가 정신을 차리자 리아나는 행동을 개시했습니다. 숨겨 온 칼이 있다면서 날 밧줄에서 풀려나게 해줬죠. 이 부분은 타이밍이 중요합니다. 내가 결박된 밧줄에서 풀려나는 건 반드시 리아나가 바다에 빠진 다음이어야 했습니다. 아마 보트를 세우고 자신을 바다에 던져야 할 때가 언제인지 리아나가 신호를 보내기로 했을 겁니다. 발로 보트의 측면을 차는 게 그 신호였고요. 당시에는 보트가 멈추는 소린 줄 알았습니다. 왜냐하면 그 소리가 나자마자 버니가 보트를 세우더니 리아나를 끌고 가 바다에 던졌으니까요. 하지만 나중에 보트가 멈출 때 보니 그런 쿵 소리가 나지 않더군요. 무언가에 부딪혔다면 몰라도요. 그러니 리아나가 버니에게 신호를 보낸 겁니다. 지금이 내가 그녀의 죽음을 목격해야 할 시간이라고요. 전 그녀의 죽음을 막을 수 없었지만 대신 칼이 있었습니다. 그리고 버니는 두 구의 시신을 버리며 시간을 끌었죠. 제가 나머지 밧줄도 자를 수 있도록 시간을 준 겁니다."

"그리고 총도 손에 넣고요." 로베르타가 말했다.

"음, 아뇨. 버니는 총에 대해 몰랐습니다. 사물함에 총이 있다는 건 알았지만 장전되어 있는 줄은 꿈에도 몰랐을 겁니다. 버니는 내가 밧줄에서 풀려나면 구명조끼를 입고 바다에 뛰어들 거라고 생각했죠."

"바다에 뛰어들어 봤자 멀리 가지 못했을 텐데요. 버니에게는 보트가 있으니 당신을 쫓아갔을 거라고요."

"하지만 날 쫓아오지 않았을 겁니다. 내가 도망치도록 내버려뒀겠죠. 내게 버니를 쏠 수 있는 총, 장전된 총이 있다는 걸 버니는 몰랐습니다. 리아나는 내가 버니를 죽이기를 바랐습니다. 그래야 그녀가 살아 있다는 걸 아는 사람이 한 명도 없을 테니까요. 난 경찰에게 그녀가 죽었다고 진술할 테고, 설사 시신이 나오지 않고 다이아몬드를 찾아내지 못한다 해도 그녀를 계속 추적할 이유가 없죠. 완벽한 계획이었습니다."

"너무 비현실적인데요. 일이 틀어질 수 있는 변수가 너무 많아요. 만약 당신도 카린 보이드처럼 마취총에 맞아 죽었다면요? 당신이 끝내 밧줄을 끊어내지 못했다면요? 버니가 죽지 않고 살았다면요? 이거 말고도 수없이 많아요."

"버니가 살았다고 해서 리아나가 끝장나는 건 아닙니다. 버니가 경찰에 리아나가 살아 있다고 신고하지는 않을 테니까요. 리아나는 그저 버니와 돈을 나누기만 하면 됩니다. 그리고 당신 말대로 돈은 아주 많으니까요. 아마 훗날 리아나가 버니를 죽일 방법을 찾아냈을 겁니다. 버니는 그녀를 믿었으니 쉽게 죽일 수 있었을 겁니다."

로베르타는 의심스럽다는 표정으로 입술을 꾹 다물었다.

"저도 형사님처럼 말이 안 된다고 생각했습니다. 그러다가 이 일을 완전히 다른 시각으로 보기 시작했죠. 아까도 말했듯이 이번 일에는 두 개의 계획이 있습니다. 첫 번째 계획은 완벽했습니다. 더 정확히 말하면 백만 달러를 훔치기에 거의 완벽한 계획이었죠. 바로 매클레인의 다이아몬드를 훔치는 일이었습니다. 두 번째는 허황된 계획이었습니다. 다이아몬드를 독차지하고, 버니를 제거하고, 영원히 사라지는 것이죠. 이 계획은 아까 형사님이 말씀하신 그런 변수들과 다른 많은 요인으로 인해 실패했습니다. 매클레인이 살해된 직후 경찰에서 연관성을 빨리 알아냈더라면 케이티 앨러를 곧바로 체포했을 겁니다. 내가 보스턴을 떠났을 수도 있고요. 버니가 아이린의 집 앞에서 총을 쐈을 때 사고로 내가 맞았을 수도 있습니다. 만약 그랬다면 리아나는 거기서 바로 계획을 접을 준비가 되어 있었습니다. 아마 경찰이 그녀의 본명을 알아내기도 전에 보스턴을 떠났을 겁니다. 하지만 완벽한 끝맺음을 위해 여기 남았고 결국 해냈습니다. 다이아몬드가 끝내 나오지 않았다는 사실이 시사하는 바가 있을 텐데요."

"음, 당신도 알다시피 다이아몬드의 일부가 발견됐죠."

"일부 말고 나머지는요? 그녀가 겨우 두 개를 훔치진 않았잖습니까."

"당신 말대로 리아나가 이 모든 걸 계획했다고 치죠. 하지만 바다에 빠진 후에 어떻게 살아남았죠? 당신 말대로라면 결박되어 있었잖아요. 게다가 버니가 발에 시멘트 벽돌까지 달았고요."

"그건 나도 모르겠습니다. 시멘트 벽돌은 분명 진짜였지만, 아마 겉보기와 달리 바다에 들어가면 금방 밧줄을 풀 수 있도록 묶었을 겁니다."

"첨벙 소리가 한 번 나고 그후로 아무 소리도 나지 않았다면서요."

"내 기억으로는 그렇습니다. 어쩌면 한동안 물속에서 잠영을 해 내가 소리를 들을 수 없는 곳까지 갔을 수도 있죠. 근처에 보트나 물에 뜰 수 있는 장비가 있었을 수도 있고요. 당시 난 결박된 채로 갑판에 누워 있었기 때문에 보트 밖을 내다볼 수 없었습니다."

"글쎄요." 로베르타가 말했다.

"솔직히 말하면, 나도 이 부분이 계속 걸리더군요. 거긴 망망대해였어요. 그리고 리아나가 바다에 빠진 지 얼마 되지 않아 내가 갑판에 섰을 때는 아무것도 없었습니다. 하지만 만약 바다를 헤엄쳐 새로운 인생을 살 수 있다면 리아나는 그렇게 했을 겁니다. 어떻게 했는지는 모르지만 해냈을 겁니다. 마술처럼요."

"현실적으로 거의 불가능한 마술이죠. 당신이 탄 보트는 육지에서 아주 멀리 떨어져 있었어요."

"터무니없는 소리로 들린다는 거 압니다. 하지만 어차피 이 일 자체가 터무니없어요. 난 보트에서 있었던 일을 계속 생각해봤습니다. 거긴 내가 목격자가 되도록 짜인 무대였습니다. 모든 게 너무 딱딱 맞아떨어져요. 리아나는 몰래 칼을 숨겨와 내게 빼내라고 했습니다. 칼을 손에 넣었을 때 난 리아나를 먼저 풀어주려고 했지만 그녀는 거절했죠. 내 손이 풀리자마자 버니는 시신 버릴 곳을 찾아냈다면서 보트를 세웠습니다. 그러고는 제일 먼저 리아나를 바다에 던졌지만 전 곧바로 던지지 않았어요. 그건 말이 안 됩니다. 대개는 살아 있는 사람을 먼저 죽인 다음에 시신을 처리하니까요. 이 모든 게 내가 밧줄을 풀고 달아날 수 있도록 시간을 주기 위해서였습니다. 목격자가 될 수 있도록 말입니다."

"하지만 설사 당신이 바다에 뛰어들었다 해도 살아난다는 보장은 없잖아요."

"어차피 처음부터 아무것도 보장되어 있지 않았습니다. 비현실적으로 들리는 거 압니다. 그렇다면 리아나가 버니에게 배반당해 바다에 빠지고, 결국에는 둘 다 죽고, 다이아몬드가 영원히 사라진 건 현실적인가요?"

"아뇨, 그것도 비현실적이죠. 유일하게 현실적인 대안은…… 그리고 이렇게 생각하는 게 나만은 아닌데…… 당신이 다이아몬드를 가지고 있다는 거예요."

"내가 다이아몬드를 가지고 있다면 왜 두 개를 속옷 서랍에 넣어뒀을까요?"

"자기주장을 뒷받침하기 위해서요. 자기가 함정에 빠진 것처럼 꾸미려고요."

"내가 천재적인 범죄자라도 되는 줄 아시는군요. 날 너무 과대평가하셨어요, 형사님."

"나도 그렇게 생각해요."

신문이 끝나자 조지는 다시 한 시간 동안 홀로 남겨졌다. 아마 방음 처리된 취조실 밖에서 형사들이 대화를 나누며 그를 지금 당장 구속할지 아니면 나중에 구속할지 결정할 것이다. 조지는 조금이라도 걱정을 해보려 했지만 자꾸 서랍 속에 있던 다이아몬드가 생각났다. 그건 리아나의 감사 인사였을까? 아니면 그를 마지막으로 엿 먹인 것일까?

로베르타가 다시 취조실에 들어와 말했다. "이제 가져도 됩니다, 포스 씨. 일단은 여기서 끝내죠."

조지는 일어섰다. "절 배웅해주실 거죠?"

경찰청 밖으로 나온 조지는 담배에 불을 붙이며 말했다. "전 오늘 체포될 줄 알았습니다."

로베르타는 경찰청 현관의 벽돌 계단까지 조지를 따라 나왔다. "당신 때문에 이번 수사가 혼란에 빠졌어요. 하지만 결국엔 체포될 거예요. 어떤 죄목으로, 언제 체포하느냐의 문제죠."

"경고해주셔서 고맙습니다."

"다들 당신이 리아나에게 안내해줄 거라고 믿고 있어요."

"그러니까 리아나가 바다에 빠져 죽지 않았다는 내 말을 믿어주는 거네요."

"아뇨, 다들 리아나는 그 보트에 탄 적이 없다고 생각해요. 적어도 그녀가 거기 있었다는 증거는 전혀 없으니까요."

"내 증언뿐이군요."

"당신 증언뿐이죠."

"그럼 지금 실컷 자유를 누려야겠네요."

"아, 그리고 보스턴을 떠나지 마세요. 공식적으로 그 말을 해두고 싶네요."

"왜 아직도 절 믿으시죠?" 조지가 물었다.

"당신을 믿는다기보다 당신이 사실을 말하고 있다고 믿어요. 직업상 숱한 거짓말쟁이들로부터 숱한 거짓말을 들었죠. 당신이 매클레인에게 돈을 돌려준 것은 순전히 호의에서였고, 리아나와 버니에게 이용당했다는 말을 믿어요. 또 침실에 다이아몬드가 있다는 걸 몰랐고, 리아나가 아직 살아 있다고 생각한다는 말도 믿고요."

"하지만 리아나가 살아 있다고는 생각하지 않는군요."

"오컴의 면도날(여러 개의 가설이 있을 때 가장 단순한 것이 진실일 가능성이 높다는 원칙—옮긴이)이라고 알아요?"

조지가 고개를 끄덕이자, 로베르타는 말을 이었다.

"리아나 덱터와 버니 맥도널드가 다이아몬드를 훔쳤다는 게 가장 단순한 해답이죠. 그러다 버니가 돈에 눈이 멀었거나,

357

질투를 했거나, 둘 다여서 연관된 사람들을 모두 죽이기로 마음먹은 거예요. 거의 성공했는데 자기가 죽고 말았죠. 다이아몬드는…… 누가 알겠어요? 어딘가에 있겠죠."

"그럼 난 왜 여기 있죠? 버니가 정말로 날 죽이고 싶어 했다면 죽일 수 있었어요. 내가 그 상황에서 버니를 죽이고 살아남았다는 게 말이 되나요?"

"운이 억세게 좋았던 거죠." 로베르타가 말했다.

27

집에 돌아온 조지는 뭘 해야 할지 알고 있었다.

늦은 오후였다. 일단 노라에게 밥을 준 다음, 사브 열쇠를 들고 밖으로 나갔다. 뉴에식스에 가볼 작정이었다. 리아나가 분명 무언가 남기고 갔을 거라는 확신이 들었다.

찾아야 할 물건이 뭔지는 몰라도 보면 알 거야.

뉴에식스 도심의 로터리를 통과하는 동안, 그의 심장 박동은 두 배로 빨라졌고 살짝 어지러웠다. 비치 로드가 나오자 곧장 캡틴 소여 레인으로 가지 않고 잠시 교회 주차장에 차를 세웠다. 차창을 내리고 바닷바람을 들이마셨다. 이유는 알 수 없었지만 처음 이곳을 지날 때 교회 벤치에 구부정하게 앉아 있던 노인이 기억났다. 당시 잠든 노인을 보며 어쩌면 그가 죽었는데 아무도 모르는 것일 수도 있다고 생각했다. 그저 일광욕을 즐기는 노인처럼 보였기 때문이다.

심장 박동이 정상으로 돌아가자 조지는 다시 기어를 넣고 교회 주차장에서 나왔다. 캡틴 소여 레인으로 빠져서 바퀴 자국이 파인 케이티 앨러의 집 앞 진입로로 들어섰다. 어스름이 내린 후라 소나무 숲 안은 어두웠지만 아직도 집 근처에 둘린 노란 테이프가 보였다.

리아나의 책《레베카》에서 멕시코 엽서를 발견한 뒤, 조지는 어둠 속에서 보스턴으로 차를 몰았다. 에어컨을 켜둔 채 차창을 살짝 열고 밤의 어둠 속으로 담배 연기를 내뱉었다. 그 책이 정확히 무슨 의미인지, 다시 말해 다이아몬드처럼 특별히 그에게 남긴 책인지 아니면 그냥 리아나의 실수인지는 알 수 없었다. 하지만 그 책이 자신에게 무슨 의미인지는 알고 있었다. 그것은 오로지 그만이 가진 단서이자 정보였다.

집에 돌아온 조지는 소파에 앉아《레베카》를 뒤적거렸다. 표시해둔 부분이 많았는데 리아나가 평소 책에 표시할 때처럼 모두 파란 사각형 테두리가 둘러져 있었다. 그는 딱 맞아떨어지는 사각형 모퉁이와 곧은 선을 손끝으로 훑었다. 마야 유적지 엽서가 꽂혀 있던 6페이지를 펼치고 거기에 표시된 구절을 읽었다. "하지만 이번 생에서 멜로드라마는 충분히 겪었다. 그러니 현재의 평화와 안도감을 보장받을 수 있다면 기꺼이 오감을 버릴 것이다. 행복은 소중히 여겨야 할 소유물이 아니라 생각의 질이자 마음의 상태이다."

그날 밤 조지는 잠을 이룰 수 없었다. 급기야 머릿속에서 리아나의 생각이 떠나지 않는 것은 그녀가 어딘가에 살아 있기 때문이라고 확신하게 되었다. 하지만 바다에서 부활한 뒤 그녀는 어디로 갔을까? 수중에 다이아몬드가 있을 테고―이것만은 확실했다―새로운 신분을 얻을 것이다. 머리를 새로운 스타일로 바꾸고 새 이름을 얻어 머나면 어딘가에서 살 것이다. 그것이 그녀의 재능이었다. 변신. 조지에게는 저주라고 말했지만 그렇지 않다. 재능이고 장기이며 능력이었다. 리아나는 다른 사람이 될 수 있었고, 그러고 나면 예전의 자신을 쉽사리 죽여버렸다. 그 과정에 연루된 사람들도 모조리. 변신이 그녀의 재능이라면 조지는 그녀가 왜 자신에게 끌렸는지 알 수 있었다. 조지는 절대 변하지 않는 사람이기 때문이다. 그는 늘 똑같을 것이다.

그래서 리아나가 보스턴으로 그를 찾아온 것이다. 사건을 종결짓기 위해서도, 그를 다시 보고 싶어서도, 곤경에 빠져 그의 도움이 필요해서도 아니었다. 조지가 어떤 역할, 아주 작은 단역을 할 수 있고, 그 일을 하게 하려면 그저 예쁜 모습으로 바에 앉아 겁에 질린 척만 하면 되기 때문이다.

여명이 침실 창문을 밝히기 시작했다. 길에서 〈글로브〉지 배달 트럭이 지나가는 소리가 들렸다. 잠을 한숨도 못 잤지만 정신은 또렷했다. 어떻게 해야 할지 알고 있었다.

"아이린 디마스입니다."

"아이린, 나야."

"어머, 네 번호인 줄 몰랐어. 어디야?"

"보스턴 아냐. 어딜 좀 다녀오려고. 너한테 부탁이 있어."

"뭐든 말해." 조지는 전화기 너머로 아이린이 일하는 사무실의 부산한 소음을 들을 수 있었다. 금요일 5시가 막 넘은 시간인데도 아이린은 아직 일하는 중이었다.

"나 대신 노라를 좀 봐줘."

"그럴게. 언제 돌아올 건데?"

"아예 노라를 네 아파트로 데려갔으면 좋겠어. 한동안 집을 비울 거 같아."

아이린이 언성을 높였다. "체포됐어? 지금 어디서 전화하는 거야?"

"아냐, 아냐. 나중에 어떻게 될지는 몰라도 아직은 아냐. 언제 돌아올지 모르겠어. 네가 노라를 맡아주면 안심이 될 거야."

"제발 리아나를 찾으러 가는 게 아니라고 말해줘."

"알았어. 리아나를 찾으러 가는 게 아냐."

"거짓말. 그냥 경찰에게 맡겨."

"경찰은 리아나를 찾지 않아. 날 주시하고 있지. 우리 집에서 사라진 다이아몬드가 나왔어."

"언제? 어떻게?"

"그만 가야 해. 노라를 잘 돌봐줄 거지?"

"물론이지. 지금 어딘지 말 안 해줄 거야?"

"응. 미안해."

"리아나를 찾으면 어떻게 할 건데?"

"그만 끊을게. 노라를 잘 부탁해. 다시 연락할게."

아이린이 더 질문하기 전에 조지는 전화를 끊었다.

만약 리아나를 찾으면 어떻게 할까? 사실은 그도 정확한 답을 알지 못했다. 그녀에게 자기가 한 짓의 대가를 치르게 하겠노라고 말하고 싶었지만 확신할 수 없었다. 다만 리아나 덱터를 찾아내 세상에 그녀가 유죄임을 밝히지 못하면, 그가 체포되어 오랫동안 수감되리라는 건 분명했다. 또한 그녀가 잭 크로에 나타났을 때부터 보트에서 그 많은 시신을 버릴 때까지의 일들이 정확히 리아나의 계획대로 일어났다는 사실도 알고 있었다.

조지는 싸구려 일회용 휴대전화를 원래 들어 있던 봉지에 넣어 피크닉 테이블 옆에 있는 쓰레기통에 버렸다. 노란 눈의 검은 새 한 마리가 급강하하더니 쓰레기통 가장자리에 앉아 조지가 음식을 버리기를 기다렸다. 조지는 자리에서 일어나 메신저백을 어깨에 멨다. 가방 안쪽의 지퍼 달린 주머니 속에 어제 자 〈보스턴 글로브〉지로 싼 1만 달러가 들어 있었다. 돈과 갈아입을 옷 몇 벌, 여권이 어제 집을 떠날 때 가져온 물건의 전부였다. 경찰이 지켜보고 있을지 몰라서 더 큰 가방을 가져올 수 없었다.

서늘한 새벽에 집을 나섰을 때는 딱히 수상한 점이 보이지 않았다. 그저 시동을 건 채 길모퉁이에 대기 중인 노란 택시뿐이었다. 그래도 만약의 경우에 대비해 사브를 주차해둔 주차장까지 걸어갔다. 주차장 정문으로 들어가 책상에서 잠든 직원을 지나 뒷문으로 빠져나와 쓰레기가 버려진 골목으로 걸어갔다. 거기서 가장 가까운 지하철역으로 가서 남부역까지 갔다. 로건 공항으로 가서 비행기를 타면 제지당할 게 뻔했다. 하지만 캐나다에서는 가능할 듯했다. 몬트리올까지 가는 기차가 없어서 편도 버스표를 샀다.

국경에서 여권에 도장을 찍어주던 캐나다인 직원은 그를 쳐다보지도 않았다. 칸쿤행 비행기 표를 산 몬트리올 국제공항에서도 마찬가지였다. 조지는 보안검색대 직원이 수상하다는 표정으로 질문을 하거나, 가방을 뒤져 현금을 찾아내리라 확신했기에 승객이 4분의 3가량 찬 비행기가 몬트리올 도심과 세인트로렌스 강 위로 날아올라 멕시코로 향했을 때는 도무지 실감이 나지 않았다.

칸쿤에서 허물어질 듯한 버스를 타고 한 시간가량 달려 툴룸에 도착했다. 숙소를 찾아야 했다. 아주 저렴해서 군말 없이 현찰을 받을 만한 곳으로. 하지만 먼저 휴대전화를 사서 마야 유적지로 향했다.

엽서와 똑같군. 절벽을 따라 펼쳐진 잿빛 폐허와 멀리 햇빛을 받아 반짝이는 바다를 바라보며 조지는 생각했다. 그리고 확

신했다. 대서양 밑바닥에 리아나가 잠들었을 리 없다고. 그녀
는 살아 있다.

감사의 말

　　나의 에이전트 냇 소벨이 대학 신입생에 관한 이야기를 읽고, 이들이 20년 뒤에 다시 만나면 어떻게 될까 궁금해하지 않았다면 이 책은 나오지 않았을 것이다. 냇은 내가 결승선에 도달할 때까지 훌륭한 코치가 되어주었다. 이 정도면 완벽하다고 생각할 때마다 훨씬 더 좋아질 수 있다고 알려주었고, 그의 말은 매번 옳았다.

　　중편소설인 《아낌없이 뺏는 사랑》을 인터넷 잡지인 〈미스터리컬―E〉에 처음으로 실어준 조 드마르코에게도 진심으로 감사한다. 인터넷 잡지는 말할 것도 없고, 문학잡지조차도 1만 단어가 약간 넘는 이런 중편소설에 거의 관심을 보이지 않는 형편인데 조는 내가 보낸 소설을 읽어줬을 뿐 아니라 잡지에 실어주었다. 또한 이 소설을 최고의 인터넷 단편소설 부문 후

보로 뽑아준 〈스파인팅글러 매거진〉에도 감사한다.

윌리엄 모로 출판사 편집자인 데이비드 하이필에게도 감사한다. 데이비드의 지성과 열정 덕분에 책의 교정 작업이 예상보다 훨씬 수월했다. 파버 앤 파버 출판사의 앵거스 카르길은 영리한 제안을 해주었고 그 모두가 더 나은 책을 만드는 데 도움이 되었다. 소벨 웨버 팀 전원에게도—주디스, 아디아, 줄리, 커스틴—감사한다. 그들은 실력이 뛰어날 뿐 아니라 친절하기까지 했다.

미리엄 스타인백은 훌륭한 상사이자 친한 친구라는 이 흔치 않은 조합을 가능하게 했다. 16년간 함께 일하며 내가 글을 쓸 수 있도록 근무 시간을 조정해줬고, 직장 일과 글쓰기 모두를 끊임없이 격려해주었다. 고마워요.

마지막으로 샬린에게 사랑과 감사를 전한다. 그녀는 내 첫 번째 독자이자 제일 열렬한 팬이며 엄격한 평론가다. 샬린, 내가 걸핏하면 서재에 틀어박힐 수 있게 해줘서 고마워.

피터 스완슨

옮긴이 **노진선**

숙명여대 영어영문학과를 졸업했고 잡지사 기자 생활을 거쳐 전문번역가로 활동하며 감칠맛 나고 생생한 언어로 다양한 작품들을 번역해왔다. 옮긴 책으로《죽여 마땅한 사람들》《블러드 온 스노우》《미드나잇 선》《스노우맨》《데빌스 스타》《네메시스》《아들》을 비롯한 요 네스뵈의 책들과《먹고 기도하고 사랑하라》《토스카나 달콤한 내 인생》《아빠가 결혼했다》《나의 외로움이 널 부를 때》《만 가지 슬픔》《새장 안에서도 새들은 노래한다》《금요일 밤의 뜨개질 클럽》등 80여 권이 있다.

아낌없이 뺏는 사랑

첫판 1쇄 펴낸날 2017년 6월 23일
2쇄 펴낸날 2017년 7월 5일

지은이 피터 스완슨 **옮긴이** 노진선
발행인 김혜경
편집인 김수진
책임편집 윤진아
편집기획 이은정 김교석 이다희 백도라지 조한나
디자인 박정민
경영지원국 안정숙
마케팅 문창운 노현규
회계 임옥희 양여진 김주연

펴낸곳 (주)도서출판 푸른숲
출판등록 2002년 7월 5일 제 406-2003-032호
주소 경기도 파주시 회동길 57-9번지, 우편번호 10881
전화 031)955-1400(마케팅부), 031)955-1410(편집부)
팩스 031)955-1406(마케팅부), 031)955-1424(편집부)
홈페이지 www.prunsoop.co.kr
페이스북 www.facebook.com/prunsoop **인스타그램** @prunsoop

ⓒ푸른숲, 2017
ISBN 979-11-5675-693-4 (03840)

이 도서의 국립중앙도서관 출판시도서목록(CIP)은 e-CIP 홈페이지(http://www.nl.go.kr/ecip)와 국가자료공동목록시스템(http://www.nl.go.kr/kolisnet)에서 이용하실 수 있습니다. (CIP2017013613)